跨过暗河
便是彼岸

周半挃

暗河传

周木楠　著

广东旅游出版社
GUANGDONG TRAVEL & TOURISM PRESS

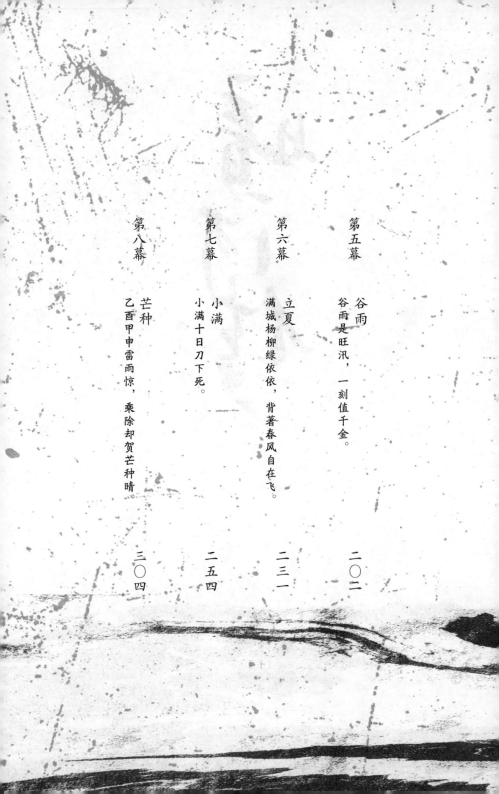

目录

序章·雪落

冬末春初，万物渐醒，可地处北境的寥落城，却忽然落下了一场大雪。

"白雪却嫌春色晚，故穿庭树作飞花。"寥落城中的一座大宅之中，一名身穿棉衣的老者正坐在庭院里的大湖旁观雪，他伸出了右手，看着指缝间飞过的细雪，低声喃喃道。

"本以为这个冬日已经结束了。"一个年轻的声音忽然自他身后响起。

老者神色不变，只是拿起脚边的酒壶，仰头喝了一口酒："像我们这个年纪的人，每年等着的便是冬天赶紧结束。因为每一个冬日的结束，都代表着我们又熬过了一年，一觉睡醒，便是新的开始。偏偏，冬日已逝，却又下了一场雪，又迎来了你，暗河的鬼。"老者转过头，看向了那个不速之客。

来人穿着一身黑衣，手中举着一柄油纸伞，面覆一张红色恶鬼面具，声音却是平静而清冷的："叨扰了。"

"哈哈哈哈。杀手临门，手中握着能取人性命的利器，却还如此有礼有节，真是有趣。"老者打量着执伞人，"看你这装扮，你是苏家这一代的第一高手执伞鬼。"

"有幸能让唐二老爷听过我的名字。"执伞人淡淡地说道。

"暗河，天下第一的杀手组织，在朝能杀皇亲国戚，在野可灭江湖大派。而你执伞鬼，年纪轻轻便执行天字任务一百零七次，无一次失手，几年前更是被暗河大家长选中成为其直属杀手团的首领，接任了傀的位置。"被唤作唐二老爷的老者手指轻轻一旋，一束飞雪在他指尖徘徊起来，"看来暗河真的很看得起我，派你前来杀我。只可惜啊……"唐二老爷手轻轻一挥，那束飞雪冲着执伞鬼打了过去。

执伞鬼头微微一扬，那束飞雪便在他面前一寸之地迸射开来，化为粉尘。

"可惜什么？"执伞鬼问道。

"可惜，只有你，还是不够的！"唐二老爷站起身，褪下了身上的棉衣，"即便你是如今暗河最好的杀手。"

执伞鬼往后退了一步："唐二老爷误会了，我今日，只旁观。"

"哦？那杀我的人是……"唐二老爷猛地转头，长袖一挥，一支朱颜小箭自他袖口飞出，冲那屋檐之上射去。

"自然是我。"一个白发苍苍的老者出现在了屋檐之上，挥袖一卷，将那朱颜小箭给截了下来，随后再一挥，那支小箭便折成了两段落在了地上。

小箭周围的那一片雪地，忽然就变成了血红色。

"年轻的时候托大，徒手接过你一枚暗器，差点被毒死。"白发老者拿出了一根烟杆，慢悠悠地抽了一口，"如今都过去了四十年，我可不会再上当。"

"你都已经是暗河大家长了，还记着四十年前的仇呢。"唐二老爷冷笑道。

大家长轻叹一声："不是我要记你的仇，只是没想到都快退位了，竟然还接到了要杀你的任务。"

唐二老爷挑了挑眉："哦？原来暗河大家长也要接亲自杀人的任务，倒是新奇了。"

"你们唐门不安分，不做那江湖上的勾当，却去掺和天启城的事务。"大家长纵身一跃，落在了雪地之上，"但只可惜，站错了队伍。"

"是天启城的人找了你们暗河？"唐二老爷瞳孔微微缩紧，"这样的单，你们也敢接？"

"我说了，即便是我，也不得不接。"大家长点足一掠，手中烟杆轻轻一挥，冲着唐二老爷的面门打去。

"所以找你们的人是谁？"唐二老爷伸出一指，轻轻将那烟杆打飞，随后右手轻轻一振，三根银针冲着大家长袭去。

"说出主顾的信息，可不是一个合格的杀手应该做的事情。"大家长将手按在了腰间的长剑剑柄之上，一个旋身，躲开了那三根银针。只见那长剑剑柄之上，雕刻着一条栩栩如生的金龙，只是那金龙闭着眼睛，似是陷入了沉睡之中。

"能让暗河大家长都不能拒绝的，怕不是当今圣上！"唐老二爷随手一挥，折下了旁边的一根梅枝，他再将那梅枝往那梅树上轻轻一敲，便见那一朵朵梅花忽然从梅树之上飞旋而下，冲着大家长袭去。

"好一招万树飞花。"大家长手中长剑飞扬，组成了一张剑网，将那些梅花拦在了三尺之外。

一旁的执伞鬼慢慢地握紧了手中的伞柄，身上渐渐散发出了几分杀意，他也曾和唐门中人对战过，自然也见过万树飞花，只是寻常的唐门高手，用的仍是一道道暗器，才组成了这万树飞花，而面前的这位唐二老爷，竟然能真的随手打落一树梅花，成就这天下第一的暗器手法！看来他说得没错，若真的只有自己一个人来，是绝对杀不了他的。

"许久未曾有如此尽兴一战了！"大家长长剑一挥，从那花雨之中杀了出来，只见剑柄之上的那条睡龙，忽然睁开了眼睛，露出了凶戾而霸道的目光！

唐二老爷轻叹一声，手中的梅枝忽然变成了血红色。

执伞鬼一把握紧伞柄，朝前踏出一步。

"暮雨，退后！"大家长高喝一声，执伞鬼立刻止步，没有再出手。大家长和唐二老爷擦身而过，各自落地之时，大家长的手中已经没有了剑。

剑插在唐二老爷的胸膛之上。

"若论杀人之术，天下无人能和你相比。"唐二老爷苦笑一声。

大家长看着躺在地上的那一枝梅花，擦了擦脸颊上的血迹，也是苦笑了一下，淡淡地说道："雪落一枝梅。"

"黄泉路上，我会歇歇脚，可别让我等得太久。"唐二老爷闭上了眼睛，缓缓坐在了雪地之上。

执伞鬼走上前，从唐二老爷胸膛之中拔出了那柄长剑，随即走到了大家长的身旁，低声问道："方才您可以避开的，他是唐二老爷，他的梅枝上必然带着剧毒。"

大家长点了点头："但是方才，是杀他的最好机会。"

执伞鬼将长剑插回大家长的鞘中："我们回暗河，立刻让慕家最好的药师为你治疗。"

"不能回暗河。"大家长一把按住了执伞鬼的肩膀，"去钱塘城，找一个叫白鹤淮的人。"

执伞鬼犹豫了片刻："大家长是觉得各家若是知道你受伤的消息……"

"他们等了很久。"大家长伸手在胸口轻轻点了几下，随后缓步朝前走去，"找到白鹤淮，我们北上。"

"北上？去哪里？"执伞鬼问道。

"家园。"大家长沉声道。

"家园！"执伞鬼握伞的手忽然剧烈颤抖了一下。

"是的，家园。在那里，我带你见你最想见的那个人。"大家长回头看了一眼。

二月的江南，春雷乍响，一场细雨随之落下，空气中很快就弥漫起泥土的芬芳，这样的时节最适合窝在家中，温一壶小酒，裹着棉被听着窗外的细雨声美美地睡上一觉，当然，也很适合杀手临门、鬼差引魂。

一名身穿紫靴的年轻人缓缓走到了一座灰白色的山庄之前，年轻人的紫靴很精致，上面用金线绣出了一条栩栩如生的八爪飞龙，他似乎很爱惜这双靴子，一路行走都刻意避开积水，以至于虽然春雨不停，他的紫靴却始终干净无瑕。他举起手，轻轻叩响了山庄的大门。

"咚咚咚"，敲门声回荡在山庄之内，却无人来应。

"没有人？"紫靴人转过身，困惑地说道。

有一背着金环大刀的壮硕男子站在那里，抬头看了看山庄之上的牌匾，喃喃道："白鹤药府，应当是没有走错。"

紫靴人微微皱眉："莫不是来晚了？"

"不晚不晚，分明是比我们来得早了一些。"一个带着几分讥笑的声音忽然在不远处响起，壮硕男子猛地转身，瞬间拔出了背上的金环大刀，低喝道："苏昌河！"

来人留着两撇精致的小胡子，脸上带着几分玩味的笑容，手里不停地把玩着一柄匕首，冲着那壮硕男子缓缓走来："不要那么激动、不要那么激动，你这么大声一喊，把这场温柔的春雨都给喊停了。"

紫靴人上前几步，走到了壮硕男子的身旁："如今苏家最可怕的杀手，赫赫有名的送葬师，有谁见到你还能够保持淡定？"

苏昌河连连挥手，回道："见外了见外了，都是自家兄弟，哪有什么可怕不可怕的。更何况你们也是谢家这一代的精锐啊，紫靴鬼谢长泽，刀阎罗谢金克！"苏昌河在他们十步之外站住了身，手指轻轻一转，便将那柄匕首收入了袖中。他抬起两根手指，轻轻摸了摸自己的小胡子。

谢金克警惕地看了苏昌河一眼："你来此，是有任务要执行？"

苏昌河没有直接回答他，只是看了一眼那山庄的牌匾，慢悠悠地回道："那么你们来此，也是有任务要执行？"

谢金克没有再说话，手微微往后伸去，握住了那柄金环大刀的刀柄。气氛一下子变得有些紧张起来，苏昌河依旧淡淡地笑着，只是原本藏入袖中的匕首再次露出了一点寒光。

"喀喀。"谢长泽轻轻咳嗽了几声，略微缓解了一下空气中的紧张气氛，他笑道，"暗河的规矩，在任务完成之前，不得与任何人提起，就算是族中兄弟亦是一样。"

"哦。"苏昌河点了点头，"我倒是没有什么任务，就是上次执行任务的时候受了点小伤，听说这白鹤药府中有名医，所以过来看看。"

"暗河慕家的生死药坊中名医无数，区区一点小伤，还需要跑到这么远的地方来吗？"谢金克沉声道。

"我为那么多人送过葬，可我自己是一个很怕死的人啊，所以要找这天下最好的医者。而这白鹤药府之中，听说住着药王辛百草的小师叔。如今辛百草已销声匿迹多年，所以你说这里面住着的，是不是这天底下最好的医者呢？"苏昌河依旧淡淡地笑着，眼角微微扬起，语气中多了几分挑衅的意味。

谢金克终于将那柄金环大刀拔了出来，他低喝道："那苏兄弟怕是来得不巧，我们二人的任务，便是杀了这山庄中的所有人。"

"我不信。"苏昌河摇头道。

谢金克一愣："你不信？"

"给我看提魂殿发的手书，我就信。"苏昌河撇了撇嘴，幽幽地说道。

谢金克嘴角微微抽搐了一下："你在开玩笑？"

"反正你不给我看手书，我就不信。我若是妨碍了你们的任务，那么回去以后，你们大可以去提魂殿那里将我的名字报上去，他们若判定我有罪，九刀十洞之刑，我自己去领。如何？"苏昌河挑了挑眉毛。

谢金克冷笑了一声，微微抬起金环大刀："看来你是铁了心要和我们谢家过不去了。"

"杀手临门，杀人之前还敲门等回应？这么有仪式感？你以为你是苏暮雨？"苏昌河大踏步地走上前，"说谎话也要讲究一些，暗河三家，就属你们谢家最没脑子！"

"你说什么！"谢金克怒喝一声，手中大刀已然抬起，一刀劈下，惊起一地雨水。

"我的话，从来不重复第二遍！"苏昌河已瞬间掠到了谢金克的面前，躲过了那势若千钧的一刀，手中寒光一现，匕首轻轻划过谢金克的咽喉。谢金克急忙侧身一躲，收回了金环大刀，但苏昌河却只是虚晃一招，他左手挥出，一把按住谢金克的后颈，随即低喝一声，直接将谢金克按倒在了地上。谢金克身形魁梧，但苏昌河将其一手按下，似乎不费吹灰之力。

谢金克怒喝一声，想要强撑着站起来，但苏昌河已经再次举起了那柄匕首……

暗河有铁律，不杀同门。但是暗河中所有人也都知道，苏昌河是个疯子，不将世间任何规则放在眼里！

"住手！"谢长泽拔出了腰间的软刀，上前拦去，却只听"叮"的一声，一枚金环不知何时突然出现，砸在了他的刀刃之上，逼得他连退三步。他止步，急忙朝着谢金克那一边看去。谢金克躺在地上，冷汗淋漓，却并未受伤，而苏昌河站在那里，轻轻举起了手中的匕首，一枚一模一样的金环嵌在其中，看来他也是被这金环挡住了那必杀的一击。

苏昌河低头无奈地笑了一声："喆叔。"

"里（你）这小子，和同门动手，不讲规矩。"随着一口并不流利的官话响起，一个瘦瘦高高，戴着斗笠的男子朝着他们缓缓走来，这人一手举着一个烟斗，一手拿着一根佛门法杖，佛杖之上挂满了金环，随着男子的走动而摇晃碰撞着，发出清脆的叮叮当当声。

"催魂铃，夺命环，苏家苏喆。"谢长泽微微眯起眼睛。

"里（你）们谢家人也不讲规矩，我大你们几十岁，也不叫声叔？"苏喆站定在他们十步之外，右手用力一顿，将手中的佛杖插进了土中三寸，随后举起左手的烟斗，慢悠悠地抽了一口。

谢长泽急忙收起软刀，垂首道："谢家谢长泽，见过喆叔。"

苏喆缓缓吐出一口烟，然后从怀里拿出了一颗槟榔，丢进了嘴里，慢悠悠地嚼了起来，还掏了一颗递给苏昌河："里次不次（你吃不吃）？"

苏昌河叹了口气："喆叔你这官话说得一如既往地烂，我就不次（吃）了，靴靴（谢谢）！"

"遗憾啊，丘（抽）一口烟，次（吃）一颗槟榔，美的嘞。"苏喆闭上了眼睛，似乎沉醉在了那槟榔配烟的快乐之中。

半晌之后，苏喆才将口中的渣子吐了出来，他举着烟斗，慢悠悠地说道："是谢霸那老头让里（你）们来的？"

谢长泽和谢金克相视一眼，没有回答。

"大家来则（这）里，不就是为了找那个名医，名医还么（没）有出现，里（你）们就先打起来了。么（没）得规矩。等等！等名医出来！"苏喆拿起手中的烟斗敲了敲旁边的佛杖，上面的金环又一次叮叮当当地响了起来。

苏昌河收起了匕首，笑了笑："喆叔说得是。"

谢长泽沉声道："方才我们敲过门了，并没有人回应。"

"那我就再敲一下门。你们谢家人敲门不够响！"苏喆用烟斗朝着身旁的佛杖轻轻一甩，打飞了一枚金环出去，金环撞到了那白鹤药庄的铁门之上，发出了沉闷的"咚"的一声，便又飞了回来。

谢长泽和谢金克忍不住捂住了耳朵，但凡有一些内功底子的人，都能感受到那一声敲门声的威力，那瞬间的冲击近乎一声佛门狮子吼。苏昌河倒是面不改色，摸了摸自己的小胡子，笑道："喆叔你这是敲门吗？我看你这是要杀人啊。"

"喏，里（你）看门系不系（是不是）开了。"苏喆挑了挑眉。

只见那药庄的大门徐徐打开，一个身穿红衣的女子从中走出来，女子身材高挑，面目秀美，皮肤有些惨白，似是常年不照日光，眉心之上有一点朱砂，显出了几分妖媚。她走到门口，眉头一皱，眼睛一瞪，倒又多了几分娇蛮："谁啊，敲门敲那么大声。"

"姑娘，请问你家老先生是否在府上？"苏昌河笑着问道。

女子一愣，随后笑道："哦哦哦，原来是找我家白老爷啊，老爷出门巡诊去了。要不，诸位进来喝杯茶再等？"

"不必了，我们在这里等便是。"谢长泽回道。

"好吧，那我帮你们出去找一下白老爷。"女子走了出来，她的身上背着一个药箱，似乎原本便要出门，她径直走过谢长泽和谢金克身旁，谢金克下意识地想要拔刀，却被谢长泽轻轻按住。

苏昌河看了苏喆一眼，手指轻轻一转，匕首重新落到了掌间。

"那便麻烦姑娘了。"苏喆右手握住那根佛杖，轻轻一晃，一枚金环再次飞出，擦过了女子的脸颊，随后又飞回到了苏喆的手中，苏喆看了一眼，上面带着一点血迹。

"你做什么！"女子摸着脸上的伤痕，冲着苏喆怒喝道。

苏喆将手中的金环重新扣了回去，从怀里拿出一个药瓶丢给了女子："抱歉抱歉，一时手滑，这是香凝膏，姑娘擦在脸上，不出半个时辰，就能够恢复如初。"

"有毛病！"女子看了一眼手里的药瓶，骂骂咧咧地走了。

苏昌河见女子走远了，转头问苏喆："喆叔，你确定此人不是那辛百草的小师叔？"

"辛百草自己都已年近半百，他的小师叔，怎会是这么小姑娘？"谢金克冷笑道。

"不会是戴了人皮面具？"谢长泽倒是有些怀疑。

"不会。"苏喆伸手拂过那些金环，"世上没有人皮面具能瞒过我的眼睛，包括慕家的那个千面鬼。"

苏昌河笑道："我发现了，只要一遇到貌美的女子，喆叔你的官话就会说得格外好。"

苏喆撇嘴笑了一下："怎个胡说。"

一里之外，那红衣女子悠然地掂着手里的药瓶："香凝膏？我白鹤淮会需要这样的东西？"她笑了笑，随后丢在了地上，一脚踩了过去。

荒郊野外，破败道观。

道观名为纯阳万寿宫，供奉的乃是八仙之首吕祖，昔日这里一定有过繁华的时光，毕竟道观修得很大，院墙砌得也很高，但时过境迁，如今那院墙依旧高耸，墙上却早已斑驳失色，看起来香火已是断了许久。

此刻日已西沉，昏黄的日光照射在道观之上，让这座破败的道观也显现出了几分仙气，一袭红衣的女子背着药箱慢悠悠地出现在了山道之上，她走到了道观之前，大声道："我来啦！"

随着她的这一声大喊，一阵疾风吹过，一个青衣人落在了她的面前，青衣人的脸上戴着一张牛首面具，腰间挎着一柄长剑，剑柄之处刻着一个"丑"字。牛面人看向红衣女子，皱眉道："你师父自己为什么不来？"

红衣女子挥了挥手，笑道："我师父他老人家早就成了灰，他是来不了了，只可能是你家老爷去见他。"

牛面人一手按住剑柄，身上杀气陡起。红衣女子却似乎毫不在意，只是打了个哈欠："还看不看病，不看我走了？"

"丑牛，让他进来。"一个清冷的声音自院内响起。

"这个人声音倒是好听，一听便是俊秀美男子！"红衣女子直接从那牛面人身边走过，踏入了院内。

院中却没有所谓的俊秀美男子等着他，只有一个背着油纸伞，戴着恶鬼面具的男子站在那里。但红衣女子的声音却更是高兴了，她似乎是看穿了那面具下的容颜："果然是个俊秀美男子啊。"

鬼面人看着女子，打量了许久缓缓道："随我来吧。"

红衣女子挑了挑眉："可惜是个不爱说话的家伙。"她拉了拉背上的药箱，跟着鬼面人走了进去。道观之中空无一人，只有一座高大的吕祖之像，落满了尘埃，面前的案台空空如也，那些还值些钱的香炉早已被人偷走了。可身处如此空旷的道观之中，红衣女子却觉得有无数双眼睛正看着自己。

"我觉得这道观里面有鬼。"红衣女子喃喃道。

鬼面人没有理会她，带着她走进内殿，绕了几圈后来到了一处偏房之前，两个执剑的青衣人站在两旁，一人覆马面，一人覆虎面，剑柄之上分别刻着"午""寅"二字。两人似乎对那鬼面人十分尊敬，见其到来立刻躬身行礼让开了路，红衣女子便跟着鬼面人直接走了进去。

偏房之内无比黑暗，只点着三根蜡烛，一个白发苍苍的老人躺在一张竹椅之上。老人看起来有些虚弱，但一双眼睛却依然散发出鹰一般锐利的目光，用这双眼睛审视了红衣女子许久后，老人忽然笑了，眼神在那个瞬间忽然变得很温柔，就像是一个普通长者看到自己孙女时的温柔，那一脸刀刻般的皱纹也在瞬间舒展开来。

"他比你厉害，他不用戴面具，他自己就会变脸。"红衣女子冲那鬼面人说道。

鬼面人一愣，微微摇了摇头，侧身站到了老者身旁。

老者坐起身，看着红衣女子，依旧温和地笑着，似乎对她方才的话语并不在意："许久没见面了，上一次见你时，你还是个流着鼻涕的脏孩子。"

红衣女子撇了撇嘴："上一次见大家长时，大家长还是一个随时准备拔刀的杀神呢。"

"现在也随时准备拔刀，不过是头发白了而已，手还是鲜红色的。"老者语气中多了一丝狠戾。

"那便不多言了，先诊脉吧，看看现在的大家长，还能不能拔起刀来！"红衣女子放下了背上的药箱，随后袖中丢出一根红线，缠住了老者的手腕，随即她伸指搭在了红线之上，闭上了眼睛，片刻之后便又睁开了眼睛，她收回了红线，一脚踢开药箱，手一挥，十几根银针从药箱中飞了起来，她衣袖一挥，银针全都打在了大家长的胸膛之上。

一套动作若行云流水，一气呵成，一旁的鬼面人一直默默地看着，直到那银针飞出之时，身上瞬间散发出了杀气，但既然老者没有说话，他便也没有动。

"收起你的杀气，若是吓到了我，我手微微抖那么一下，你们的大家长可就死定了。"红衣女子语气中隐隐有威胁。

"抱歉。"鬼面人微微垂首。

"你还挺有礼貌。"红衣女子撇了撇嘴，随后走到了老者的身旁，长袖一挥，那十几根银针便又落回了她的掌中，女子低头一看，微微皱了皱眉，随后嗅了嗅，便一把将那些银针甩了出去。

老者笑了笑："我的血液是不是有一股淡淡的梅香？"

"雪落一枝梅，大家长，你咋还没死？"红衣女子语气中带着几分惊讶。

老者却并没有觉得女子无礼，好像这一句"你咋还没死"是一句真正的疑问，他回道："毕竟有几十年的功力在身，勉强还能撑着。"

"雪落一枝梅，唐门唐二老爷的独门奇毒，号称唐门第一，天下第二，威力仅次于温家家主的镜花月，据说除了唐二老爷之外，无人能解此毒，唐二老爷人呢？"红衣女子问道。

"被我杀了。"老者轻描淡写地说道，"我的任务便是杀了他，只是杀他之前，他给我种下了此毒。"

"哦？"红衣女子微微皱眉，"暗河的大家长也要接杀人的任务？"

"敢问姑娘，是否能医？"鬼面人忽然开口问道，打断了红衣女子的询问。

"我们药王谷的名言便是，只要没死便可以医！"红衣女子摸了摸下巴，似乎在模仿着某个男医者说话时的样子，"但是雪落一枝梅，还真是一道难题呢。不过也不是没有办法，只要……"

"只要什么？"鬼面人问道。

红衣女子一脚踏在了药箱之上，理直气壮地说道："只要银子给够！"

鬼面人愣了片刻，最后回道："管够。"

"这就行了，能医。"红衣女子得意地笑道。

鬼面人看了一眼老者，又看了一眼红衣女子，仍然犹豫地问道："不再让你的师父来看看了吗？"

红衣女子收起了笑容，挠了挠头："我的师父早就入土为安了，你们怎么老想着要他从地底下爬起来呢？"

鬼面人吃了一惊："辛百草的小师叔，已经死了？"

"哈哈哈，暮雨，你错了。"老者笑道，"这位就是辛百草的小师叔，前代药王的师妹，药王谷初代谷主李雨珍的关门弟子。"

"医者白鹤淮，见过暗河大家长，见过……"红衣女子躬身行礼，抬头看了鬼面人一眼，幽幽地说道，"见过暗河的傀大人？"

鬼面人领着白鹤淮走出了那间偏房，屋内的老者服下了白鹤淮给的一粒药丸，已经昏睡了过去，两人朝着道观正殿行去。

"我师父在九十岁那一年遇到了我，我那年才五岁，他看出我天赋异禀，以后是能成为药王的坯子，便不想让我被师兄抢走，直接收我做

-012-

了关门弟子。只可惜啊，才教了我两年，师父就驾鹤西去了，我后面的医术算是师兄教的，只是论起辈分，我确实是现任药王辛百草的小师叔。"白鹤淮从怀里拿出一块桂花糕，边走边吃了起来。

"原来如此，只是既然如此，为何姑娘不在药王谷中，却跑来这江南了？"鬼面人问道。

白鹤淮掂了掂手里的桂花糕："一听你就没去过药王谷，药王谷总共就三栋茅草屋、两头猪、一匹马、七只羊，以及一大片菜地，世间还有比那里还无聊的地方吗？"

鬼面人疑惑道："是这么荒凉的地方吗？我还以为药王谷很繁盛。"

"师父留下了祖训，顶着药王谷的名号行医，不管对方是谁，都不能收高价诊费，所以药王谷其实很穷很穷。师兄过世以后，辛百草接了药王之位，我就跑出来了，毕竟我是小师叔嘛，他管不了我的。我千挑万选，便选了这江南之地，因为这里的人，都很有钱！"白鹤淮咬了一口桂花糕，"而且桂花糕也很好吃。"

"原来如此，倒是没有想到。"鬼面人轻轻摇了摇头。

白鹤淮看了他一眼："你这人好奇怪，我和你说了这么多，你就会一句'原来如此'。你难道就不好奇我是怎么看出你身份的？"

鬼面人扶了扶自己的面具："姑娘你和大家长是旧识，自然听过我们。"

"小时候我不想学医术，便缠着师父给我讲故事，听一个故事，便学一个时辰的医术，他的故事里便经常出现一个叫作暗河的组织。据说那是天下间最厉害的杀手组织，由三姓家族组成，分别是苏家、谢家和慕家。其中三家统率者称大家长，大家长座下有直属杀手团蛛影，其中最强的十二人以地支十二生肖为代号，即子鼠、丑牛、寅虎、卯兔、辰龙、巳蛇、午马、未羊、申猴、酉鸡、戌狗、亥猪，我今日见到的这些人以生肖为面，剑柄之处刻着十二地支，未免太过明显了吧。而你戴红色恶鬼面具，随侍大家长身旁，自然便是这蛛影的首领——傀了！"白鹤淮吃完了一块桂花糕，心满意足地拍了拍手。

鬼面人轻叹一声："我也曾问过上一任的傀：身为杀手，本应该想尽办法隐匿身份，可为什么作为直属杀手团的我们，却把身份写在脸上？"

"那人怎么说？"白鹤淮问道。

鬼面人忽然变得有些大舌头了："他说，仄系（这是）仪系（式）感，你懂个屁。"

白鹤淮一愣："这是仪式感，你懂个屁？你怎么忽然大舌头了？"

"不是我大舌头了，是他大舌头。"鬼面人纠正道。

白鹤淮忽然想了起来："难道我白日里见到的那人，就是上一任的傀！他是不是拿着一根佛杖，上面套满了金环？喜欢抽烟，还喜欢嚼槟榔？"

二人走到了大殿之中，鬼面人看着屋外，低声道："喆叔居然也来了。还有其他人吗？"

"还有个小胡子……"白鹤淮察觉到了鬼面人语气中的变化，"看来你们暗河并不像师父故事中所说的一条心啊，大家长命悬一线，而苏、谢两家却要赶在你们之前截住我，他们想让大家长死？"

"这些年，很多事情都变得不一样了。"鬼面人仰起头喊了一声，"辰龙！"

一个龙面人从屋檐之上落了下来，单膝跪地："头儿，辰龙在。"

"带上这位神医，领大家继续向北而行，在九霄城中留下记号，我来寻你们。"鬼面人沉声道。

白鹤淮微微皱眉："你不走？你要留下来拦住他们？"

"你说得没错，他们想让大家长死，但是只要我还活着，便不允许大家长死。"鬼面人轻轻一挥手，那辰龙便消失在了原地，随即道观之中传来了窸窸窣窣的轻响，藏在暗处的杀手们都行动起来了。

"那便希望在九霄城中，我们还能重逢。傀大人。"白鹤淮转过身。

"不必叫我傀大人，叫我苏暮雨便行。"鬼面人幽幽地说道。

"原来你姓苏。"白鹤淮想起了那个举着佛杖的大舌头和那个留着两撇精致小胡子的年轻人。

"是啊，和他们一样，姓苏。"

山崖之下，苏喆低头看着地上的药瓶，一条青花小蛇盘踞在药瓶之上，优哉游哉地吐着蛇芯。

苏昌河笑道："看来对方识破了喆叔你的伎俩啊，这才走出一里之外，就把你的药瓶给丢了。"

-014-

苏喆将佛杖插在地上，随即俯身伸出手将那药瓶和那条青花小蛇全都收入了怀中，他方才给出的香凝膏确有疗伤之效，但其中另加了一味独特的草药，寻常人根本闻不出任何味道，但他驯养的青花小蛇却能在几十里之外，还能够循着那味道前行，可他没有料到，那红衣女子早就识破了他的计划。他轻叹道："或许我们搞错了。"

苏昌河微微扬眉："什么错了？"

"或许，我们放走的，系（是）真的神医。"苏喆喃喃道。

苏昌河摸了摸自己的小胡子："还好，我也做了一点准备。"

"哦？"苏喆握住了佛杖。

"我派了个人跟着那谢家二人，但凡他们有一点消息，我的人就会传信给我。"苏昌河伸出手，一只信鸽落在了他的手掌之上，他摘下了信鸽腿上的信管，打开一看，幽幽地说道，"纯阳万寿宫。"

苏喆笑了笑："里（你）倒系（是）很聪明。"

苏昌河耸了耸肩："我懒嘛，所以就派个人跟着那些勤快的人，虽然会慢上几步，但永远不会迟到。走吧，喆叔。家里的那位老爷子，怕是已经等不及了。"

纯阳万寿宫，只是片刻之间，那些蛛影的杀手已经全部撤走了，独留下苏暮雨一人站在院中，他轻轻扶了扶自己的面具，轻声道："出来吧。"

道观的门被轻轻推开，谢长泽和谢金克从外面走了进来。

"不愧是大名鼎鼎的执伞鬼，我们自信没有发出一点声音，可你却还是察觉到我们来了。"谢长泽笑着说道。

"风变了。"苏暮雨淡淡地说道。

谢长泽一愣，随即点了点头："果真不一般。"

苏暮雨微微仰头："谢家的紫靴鬼和刀阎罗，不应该出现在这里。"

谢长泽向前踏了一步："我们家主听闻大家长受了重伤，心中焦急，想要赶快将大家长接回总堂疗伤。"

苏暮雨伸出一指，在谢长泽面前画出了一道浅痕："不要越过这道线。大家长无事，一切皆好，请回去禀报给谢家家主，劳烦他挂念。大家长这边有蛛影守护，就不劳他费心了。"

谢长泽看向苏暮雨的身后，从他进来后就开始探寻这座道观的气息，却察觉不到一丝除了苏暮雨以外的气息,他皱眉道:"大家长是否无恙,还请容许长泽见大家长一面,再予以确认。不然我就这么回去,不好交差啊。"

苏暮雨淡淡地说道:"你不好交差,又与我有什么关系呢?"

谢长泽瞳孔微微缩紧,冷冷地说道:"是否大家长真的受了伤,但是身为傀的你,刻意隐瞒,意图不轨,不让我们及时救治呢?"

"是个不错的理由,但你这个理由想要成立,只有一个可能。"苏暮雨的语气中多了几分杀意。

谢长泽也走上前,直接越过了苏暮雨方才画下的那道线:"杀了你!"

"不错。"苏暮雨张开双袖,杀气陡起。

"据说你重现了当年苏家第一任家主苏十八所创的十八剑阵,闻名已久,我很想看看!"谢长泽拔出腰间软刀,直接刺向苏暮雨的胸口。

"我的剑阵,不是所有人都有资格看!"苏暮雨伸出双指直接夹住了谢长泽的软刀,他双指再轻轻一弹,整柄软刀都剧烈地颤动起来,谢长泽只觉得虎口一阵剧痛,手中兵器几乎就要脱手而出,他急忙撤刀后退,却已经来不及了,苏暮雨直接一手扼住了谢长泽的咽喉。

苏暮雨在成为傀之前,便被称为这一代苏家弟子的最强者,谢长泽自诩在这一代谢家之中也算是佼佼者,虽然并不认为自己能以一人之力胜过苏暮雨,却也没有想到两个人只过了一招,自己就败了。但好在,他并不是一个人来的。

刀阎罗谢金克已经站在了苏暮雨的身后,手中金环大刀高高举起,冲着苏暮雨的头颅猛地挥下,苏暮雨伸手直接将谢长泽按倒在了地上,随后身子向下一弯,只听一声脆响,谢金克的大刀砍在了那柄油纸伞之上,却已无法再进一步。

"这柄伞有问题!"谢金克大喊道。

谢长泽从腰间拔出一柄匕首,刺向苏暮雨的胸膛,苏暮雨脚尖在地上轻轻一点,退出三步之外,他慢悠悠地说道:"即便是你们二人合力,也没有资格看我的剑阵。"

谢长泽起身退到了谢金克的身边:"那柄伞,就是他的剑!"

"我来!"谢金克怒喝一声,手中金刀狂舞,刀气凶悍,整座道观都为之颤动起来,大殿之内的吕祖像更是有些摇摇欲坠,似乎随时就要摔落下来。

"谢家的风舞轮之刀。"苏暮雨从背上拿出了那柄油纸伞，和谢金克的长刀相撞，两人同时往后退了一步。

"你应该后悔没有在一开始就用出十八剑阵。"谢长泽不知何时已经出现在了苏暮雨的身后，他手中软刀朝前一甩，将那苏暮雨手中的油纸伞给缠绕住了。苏暮雨想要挣脱开，却发现谢长泽的软刀比方才的力道要强了数倍，竟一时挣脱不开。

"你……"苏暮雨沉声道。

"面对执伞鬼，总得留些后手。"谢长泽冷笑道。

谢金克止步，拿起金刀大踏步地冲着苏暮雨冲了过去。

"有句话，带给谢老爷子。"苏暮雨手猛地一挥，那柄油纸伞忽然打了开来，谢长泽的软刀瞬间被震成了十几块碎片，并在苏暮雨的随手一甩之下冲着谢金克飞射而去，谢金克急忙转攻为守，长刀猛挥，将那些碎刃给打落在地。苏暮雨一个转身，油纸伞的伞尖对准了谢长泽的咽喉。

"什么话？"谢长泽低声道。

"若及时收手，那么这段时间的事情，大家长可以装作什么都没有看到。"苏暮雨收回油纸伞，"你们可以离开了，把话带到。"

谢长泽轻吁了一口气："你竟不杀我们？"

"暗河同门，皆是家人。"苏暮雨淡淡地说道。

谢长泽不屑地笑了一下，和谢金克相视一眼，立刻点足一掠，从道观中退了出去。

苏暮雨则转过身，收起了油纸伞，扶了扶脸上有些歪斜的恶鬼面具，等来了下一批客人。

"看来谢家那两人真的是废物啊，居然都没逼你用出你的十八剑阵。"一个带着几分讥讽的声音忽然在院外响起。

苏暮雨叹了口气，他的这一声叹气是真的无奈，因为他此刻最不想见到的，便是面前的这个人。

暗河苏家，苏昌河。

"好兄弟，许久不见了啊。"苏昌河从院外走了进来。

苏暮雨摇了摇头："这种时刻，最不想与你见面。"

"老爷子让我给你带句话。"苏昌河懒洋洋地说道，"你是蛛影的首领，但你更是……我们苏家的弟子。"

"傀，人中之鬼，我属于暗河，却不属于任何一家。"苏暮雨语气平静。

苏昌河撇了撇嘴："你啊，总是那么正经，一点意思都没有。当无名者的时候，每天起早贪黑地练剑，做一个勤勤恳恳的无名者。做杀手的时候，每个任务也都完成得妥妥当当，一点瑕疵都没有。现在做了傀，还是这么兢兢业业，你的大家长快死了，你还强拖着要给他陪葬？"

"大家长无碍，这样的传言，你不应该随便说起。"苏暮雨沉声道。

"别和我说这些。"苏昌河不耐烦地打断了苏暮雨的话，"大家长中了唐二老爷的雪落一枝梅，已经是半个死人了，不然不会跑来找什么辛百草的小师叔。你杀了他，把眠龙剑拿来，我们老爷子登大家长之位，你可以选择继续做你的傀，也可以回到苏家，甚至你可以拿到你最想要的——自由。"

"自由？"苏暮雨喃喃道。

"离开苏家，去你想去的地方，做你想做的事。几百年来，谁都不能允许发生的事情，我们苏家那老爷子愿意为你破例。"苏昌河连连摇头，"这样丰厚的筹码啊，有时候我真是有些嫉妒你，虽然出自同一座炼炉，老爷子对你的偏爱却实在太多了。"

"若我拒绝呢？"苏暮雨问道。

"老爷子把你从河里捞上来，抚养你这么多年，你跟着大家长能有几年？你和大家长的情分，能有和苏家的深？"苏昌河反问道。

"我和苏家的情分，确实比我和大家长的深。但我现在是傀，便只能对大家长负责。"苏暮雨轻轻摇头，"抱歉。"

"没错没错，便是这样，同样的话我直接回给了老爷子，我猜你一定会这样说。"苏昌河耸了耸肩，手腕轻轻一翻，已经握住了那柄匕首，"然后老爷子说，既然如此，那就杀了他吧。"

苏暮雨握紧了油纸伞："老爷子想靠谋逆来取得大家长之位吗？"

"不是老爷子想，是谢家也想，慕家也想，那么这个位置便只能是……谁强谁来做！说到底，这一切也是源于你，之前的一代代，下一任的暗河大家长都是由傀直接接任的，可这一任的傀是你。你是谁？你是苏暮雨，和我苏昌河一样，都是无名者出身。"苏昌河冷笑道，"无名者出身的人，没有资格统率整个暗河。"

"我并不想坐这个位置。等大家长伤好了，我会与他提此事，让他挑选一个合适的接班人来担任傀之位。"苏暮雨回道。

"你有时候强得可怕，有时候又天真得可爱。"苏昌河微微俯身，摇了摇头，"要不是你武功好，你怕是死了几百次了。"

"当年落不系（若不是）他强得可怕，又天真滴（得）可爱，你也不会成为苏昌河。"苏喆拄着佛杖走了进来，站在了苏昌河的身旁。

"喆叔。"苏暮雨恭恭敬敬地垂首。

"小暮雨，里（你）和小昌河打架差不多厉害，但加上一个我，里（你）觉得嘞？"苏喆晃了晃佛杖，上面的金环发出清脆的碰撞声。

"若喆叔和昌河联手，那么我自然不是对手，但是凡事总得一试。"苏暮雨微微俯身，杀气一点点地凝聚起来，他们三人曾经并肩作战，共同对抗过魔教大军的入侵，对彼此之间的实力再清楚不过，其他任何一个人想要同时对抗其他二人，都只有死战这一条路可以选择。

"大概木驴脑袋，说的就是你吧。"苏昌河纵身一跃，冲到了苏暮雨的面前，苏暮雨侧身一躲，苏昌河手中的匕首直接射出，划过了苏暮雨的恶鬼面具，冲着大殿之内的吕祖像射了过去。

吕祖像的眼珠子，在那个瞬间忽然转动了一下。

匕首一把插在了吕祖像的眉心之上，整个吕祖像瞬间崩裂开来，一声惨叫自神像之后响起，随即一道白影闪过，直接撞破屋顶冲了出去。

苏昌河仰起头，看着那个站在屋顶身穿白袍的男子，冷笑道："慕家慕蛰，在里面偷听得可还痛快？"

慕蛰点了胸前几处大穴，止住了血，冷笑道："苏家想要谋反！"

"难道慕家不想，谢家不想？"苏昌河的手对着大殿一伸，那柄匕首立刻飞回到了他的手中，"动手只需要一个理由，而结果，只能靠自己的实力。"

慕蛰冷哼一声，点足一掠，转身逃走了。

苏昌河握紧匕首，转头看向苏暮雨。此刻苏暮雨的恶鬼面具已经被划成两半，摔落在了地上，露出了面具之下那张年轻的面庞。

如白鹤准所言，面具之下，却是一张清冷而俊秀的面庞，只是那眉头微锁，带着几分愁意。

"昌河。"苏暮雨微微抬起手中的油纸伞。

"罢了。"苏昌河忽然收了匕首,挺直了腰杆,身上的杀气在瞬间泄了大半,他伸了个懒腰,"你若真的用出了剑阵,到时候收拾起来我都嫌麻烦。今日就到这里吧。我怎么会真的杀你呢!我们可是最好的兄弟啊。"

苏喆忽然咯咯咯地笑了起来,从怀里拿出了烟杆,慢悠悠地点上了烟:"系(是)嘛,都是好兄弟,有话好好说。"

苏暮雨松了一口气,点足往后撤了几步,眼神中仍然带着几分戒备。

"但是老爷子给的任务完不成,回去我也是一个死。箭出无法回弦,大家长这次一定要死,眠龙剑我一定要拿到。"苏昌河转身,"做好准备吧。苏暮雨。"

苏喆看着苏昌河转身离开,抽了一口烟,语气中也满是惆怅:"这个小昌河,常常满嘴胡言,没几句话是值得相信的。但是方才他说的那句话我信,他不会杀你的,你们是最好的兄弟。"

苏暮雨看向苏喆,淡淡地笑了一下:"喆叔,我发现你认真说话的时候,官话就会突然变得特别好。"

苏喆挑了挑眉:"哦?系(是)吗?"

官道之上,一辆马车疾行着,白鹤淮坐在马车之中,却完全感觉不到一点颠簸,甚至外面的声音都完全听不到,她好奇地敲了敲旁边的木板:"这辆马车可真有意思。"

大家长坐在软榻之上,笑道:"这是班家班三爷捣鼓出来的玩意,能将外部和马车完全隔离开来。"

"那外面有人来杀我们,我们岂不是也察觉不到?"白鹤淮好奇地问道。

"哈哈哈哈,这辆马车一共有十三处机关,每一处都极尽凶险,班三爷说过,只要没有他亲自来,就算来几百个高手,也攻不下这辆马车。"大家长喝了口茶,幽幽地说道。

"那若是班三爷来了呢?"白鹤淮又问道。

大家长笑了笑:"做完这辆马车后十天,班三爷就死啦。"

白鹤淮微微眯了眯眼睛。

"得病死的。"大家长特意强调道。

白鹤淮轻轻吁了一口气："那我要是治好了大家长，我会不会也得病死呢？"

大家长笑着拍了拍白鹤淮的肩膀："自然不会，你可是神医啊。何况，我真的还能治好吗？"

"雪落一枝梅。"白鹤淮撇了撇嘴，"我只能说，大家长你可以活下去，至于能活多久……"

"足够了！"大家长放下了茶杯，闭上了眼睛。

禄来镇，成华客栈。

一名骨瘦如柴的男子坐在房间之中，慢悠悠地沏着茶。

谢长泽和谢金克站在他的面前，背后已是冷汗淋漓，大气也不敢出一口。

"你们和苏暮雨交战了？"男子抬起头，他有着极重的黑眼圈，整个人看上去就像是一具披着皮的骷髅。

谢长泽低声道："是的。"

"啪"的一声，男子将一个茶杯放了桌上。

谢长泽和谢金克俱是浑身一颤。

"是我们无能，不是他的对手，让他给跑了！"谢金克急忙道。

"笑话。"男子将茶水慢悠悠地倒进了茶杯之中，"对方可是苏暮雨，你们两个是什么东西，若你们能打赢他，那么我们暗河的傀不就是个笑话？我生气的不是你们输给了他，而是你们让那位神医和大家长见面了！"

谢长泽轻叹道："那位神医，在我们到白鹤药庄的时候已经离开了。"

"果然是白痴。"男子慢悠悠地喝了一口茶，长叹一声，"你们放走的那个年轻女子，才是神医。"

"不可能，那女子看着不到二十，怎么可能是辛百草的小师叔呢？"谢长泽皱眉道，"而且苏家的苏喆也验过了，那女子并未戴着人皮面具。"

"若苏暮雨他们早就已与神医见面，怎还会留在那道观之中等你们。根据你们所说的时间推算，只有可能是那个女子找到了他们，将你们的行踪说给了苏暮雨，苏暮雨才会安排他们先行离开，自己在那里拖住你们。"男子无奈地摇了摇头，"说来也是我的错，这么重要的任务，我应该亲自出手的。"

谢长泽和谢金克同时轻吁了一口气，男子的语气明显缓和了不少，看来今日他们二人能够躲过一次重罚了。

"如今大家长病重，三家家主都想坐那位置，那么就是比谁快，谁先拿到眠龙剑，谁就是新任的大家长，这种重要的时刻，我不会罚你们。但是下一个任务，你们不能失败，不然……"男子忽然转头，将手中茶杯瞬间丢了出去，直接将旁边的木门给砸了个粉碎。

苏昌河出现在了门边，一手还搭在耳朵边，保持着偷听的姿势，此刻木门粉碎，他只能尴尬地收回了手，挠了挠头："哎呀，被发现了。"

"苏昌河。"男子微微皱眉。

苏昌河拍了拍手："繁花兄，你方才的那一番分析可谓是精妙绝伦，昌河十分之佩服啊！之前我还说你们谢家人最没脑子，我收回，我错了！"

男子站了起来，一双深凹的眼睛看着苏昌河，嘴角微微抽搐了一下："苏昌河，你这是在挑衅我？"

"我挑衅谁也不敢挑衅你啊，病死鬼谢繁花。"苏昌河点足一掠，从楼栏之上翻身而下，跳到了一楼的正厅之中。

谢金克追了出去，低头一看，只见苏昌河正在下方冲着他挥手，他怒喝一声，便要追下去。

"不必了。"谢繁花低喝道，"你不是他的对手，去了也是白白受折辱。"

看着苏昌河那满是挑衅的笑容，谢金克心中气急，却也知谢繁花所说无错，愤怒之下一掌将那楼栏拍得粉碎。

"里（你）没事老挑衅谢家人做甚（什）么？"苏喆站在苏昌河的身旁，无奈地说道。

"谢家人最好玩了。"苏昌河摸了摸自己的小胡子，"喆叔，我们走。"

苏喆举起佛杖走了出去，边走边嚼着槟榔："老爷子让我这次来帮你，说全都听里（你）的紫灰（指挥），你有啥子安排喽？"

"大家长此行北上，无非是想在路上拖延时间，让那个神医帮他把病给治好。只要大家长病一好，以他的手段，回到暗司，老爷子们没事，我们这一批跑腿的难免就要被清算了。所以，我们这一次的第一目的，大家长必须死！"苏昌河挑了挑眉。

苏喆点头："蓝（然）后呢？"

"谁愿意担杀死大家长的罪名？若是谢家和慕家愿意，我立刻将这扬名立万的大好机会拱手相让，反正刀递给我，我也不杀。我只把那个小丫头杀了，神医一死，大家长能活几日，便让他活几日吧！"苏昌河伸了个懒腰，"大家长一死，再和那些傻子抢眠龙剑吧，到时候我和苏暮雨，还有喆叔你联手，谁能抢过我们？"

"等等等等，苏暮雨怎么就和里（你）联手了？今天里（你）们还差点打起来。"苏喆吐出了槟榔渣子，点上了烟。

"先这么安排嘛。"苏昌河笑道，"我派了一队人马去拦苏暮雨了，那些人武功算不得多好，但都姓苏，都曾和苏暮雨共同执行过任务，苏暮雨不会杀他们，但是喆叔你知道，逼退一群人比杀一群人要难很多啊。所以苏暮雨一时半会儿追不上大家长他们，我们抓紧机会，去把那个神医给杀了！"

"大家长和那神医现在有地支十二生肖的保护，里（你）辣（那）么有信心？"苏喆慢悠悠地吐出一口烟圈。

苏昌河撇了撇嘴，仰头看着远方："我派人传了个信，传向北面的那座皇城，里面有个人出身唐门，如今身居高位，当年在江湖之上也算是赫赫有名。九江琵琶亭内，三道暗器，震惊天下，是可以与百里东君、司空长风等人并提的绝世高手。"

"唐怜月。"苏喆握烟杆的手微微颤动了一下。

"唐二老爷不在蜀中唐门住，而是自己买了间宅子住在寥落城中，是因为他性子古怪，和那些唐门人相处不来，整个唐门除了唐老太爷和他有些兄弟情分，剩下的那些唯有一个人和他算得上亲近，那个人就是唐怜月。我不知道为什么大家长要去杀唐二老爷，但我知道，唐二老爷死了，最想报仇的一定是唐怜月。"苏昌河笑了笑。

苏喆眉头紧锁："昌河啊，你的这步棋，走得很危险啊。"

"皇家改朝换代，可以天下人为代价，那我们暗河改朝换代，为何不能走一些险棋呢？"苏昌河那原本带着几分戏谑的眼中忽然流露出了几分凶戾。

春雷炸响。

"吁！"苏暮雨猛地一拉缰绳，安抚着座下忽然有些惊惶的黑马，这匹黑马乃是他重金挑选的良驹，自然不会因为一声春雷而受到惊吓，待黑马稍微平定了些后，苏暮雨仰起头，看着面前忽然出现的三个人。

为首之人背着一柄巨剑，身形魁梧，脸上带着温和的笑意，而站在他身旁的，是两个体态妖娆婀娜的女子，一人穿着鬼魅妖异的紫衣，一人穿着飘舞起来如同火焰的红衣。魁梧汉子笑道："雨哥你真是人如其名，走到哪儿雨就下到哪儿。"

苏暮雨微微皱眉："苏昌离，苏紫衣，苏红息，是昌河派你们来的？"

被唤作苏昌离的魁梧汉子点头道："是大哥让我来的，他说拦住你，实在不行……"

苏红息捂嘴笑了一下："就让我们睡了你。"

苏暮雨瞳孔微微一眯，立刻翻身下马，只见一朵红色妖异的小花随着苏红息方才抬手的那一下冲着他急袭而来，苏暮雨落地，红花从他头顶掠过，红花之下的六朵花瓣突然炸裂开来，瞬间贯穿了那匹黑马的身子，苏暮雨急忙撑开伞，往后退去，挡住了那四溅开来的血液。

苏紫衣轻叹一声，声音柔媚："红息妹妹莫着急啊，难不成你还想就靠这一朵六叶飞花把暮雨哥哥给杀了？"

苏暮雨看着那倒在地上的黑马，面无表情地说道："你们想拖住我。"

苏昌离倒是并没有隐瞒的打算，直接点头道："大哥想大家长死，却不想你死，所以最好的方式就是拖住你。"

"你们是不是觉得我不会杀你们？"苏暮雨转过身，微微抬起手中的油纸伞，露出了自己的一双眸子。

苏昌离等三人心中都是一惊。

那双眸子中瞬间流露出来的杀气，让三个人的汗毛在瞬间都竖了起来，苏昌离背上的巨剑都不由自主地开始震鸣。苏紫衣那妖媚的表情凝固在了脸上，只剩下额前一滴豆粒大的汗珠，缓缓地跌落下来。

因为那个手执油纸伞的男人，突然已经站在了他们的身后。

若苏暮雨方才想要动手，那他们三人早已经死了。

"昌河觉得我不会杀你们，所以派你们来拦住我。他以为自己能猜透我的心。可是我曾经是苏家的执伞鬼，现在是蛛影杀手团的傀，我杀过很多人，我也有无法控制住我杀心的时候。"苏暮雨轻轻地转着伞柄。

苏昌离咽了口口水，努力在这强大的压迫之下抬起手，将手按在了剑柄之上。

"你要拔剑吗？"苏暮雨冷冷地问道。

苏昌离心头一惊，后背已经湿透，握剑的手也微微有些颤抖，他勉强笑了一下："只是觉得它太吵了！"苏昌离用力地按了一下剑柄，震鸣声在瞬间被压了下去。

"回去告诉昌河，大家长他不能杀。"苏暮雨朝前走去，"也杀不了。"

待苏暮雨走出百丈之远后，苏昌离才一屁股坐在了地上，他身旁的苏红息和苏紫衣也都已经香汗淋漓，苏昌离舔了舔嘴唇，苦笑道："大哥真是害人不浅啊，让我们来对付雨哥，我感觉雨哥不用动手，光杀气就能够吓死我。"

苏红息看着苏暮雨的背影，幽幽地说道："你们说，我现在对着他放出我所有的飞花，是否能够伤到他？"

苏紫衣冷笑了一下："你可以试试。"

苏红息往怀里一掏，随后脸色大变。

"如何？"苏紫衣问道。

苏红息手一挥，落了一地红色的花瓣，她苦笑道："方才苏暮雨从我们身边掠过的时候，就已经毁掉了我所有的六叶飞花。"

苏昌离看了一眼面前的那匹黑马的尸体，沉声道："这匹马死了，他很生气，若你不是苏红息，你可能已经死了。"

"为了一匹马？"苏红息皱眉。

苏昌离站起身："雨哥是一个很奇怪的人哪。你很难看透他的那双眸子的背后在想些什么。整个暗河，我想只有大哥是了解他的。"

"所以我们的任务已经完成了？"苏紫衣问道。

"完成了。说来可笑，我们在暗河里也算是顶尖的杀手了，结果大哥给我们的任务只是杀一匹马。"苏昌离揉了揉太阳穴，"剩下的就交给他们吧。"

"是你。"树林之中，苏暮雨停下了脚步，轻轻抬起油纸伞。

一个眼前缠着黑布的中年人端坐在那里，中年人的面前摆着一壶茶、一个棋盘和一柄剑，听到苏暮雨的声音，他似乎很高兴，点了点头："许久不见了。不对，应该说许久未曾听到你的声音了。"

苏暮雨握伞的手微微用力，声音有些愤怒："苏昌河那个家伙！"

"不必怪昌河，是我自己想来的。"中年人淡淡地说道，"我想此事之后，我们便没有相见之机了，便来此见一下你，顺道下一局棋。"

"我在赶路，我没有时间。"苏暮雨执伞向前，"老师。"

中年人笑了一下："你总是叫我老师，我只不过是炼炉中的一名教习，你的武功不是我教的，你的十八剑阵更和我没关系，我只不过和你下过几次棋罢了。"

"当年在炼炉之中，若没有老师，我和昌河可能早就已经死了。"苏暮雨微微垂首，神色恭敬。

"你知道，我的剑术很差。"中年人仰起头，虽然他并不能看到苏暮雨。

苏暮雨看着桌上的那柄剑，似乎猜到了什么。

"便下一局棋吧。"中年人伸出手，已经在棋盘上落下了一枚黑子。

苏暮雨收起了油纸伞，端坐在石桌之前，抬手便接着落下一枚白子："老师来此，是想劝我和昌河联手吗？"

中年人点了点头："你们一起联手破过很多次危局，你们是暗河这百年来最不可思议的搭档，这一次，我相信你们还是可以做到。"

"之前的每一次，我们的立场都是一致的，但是今日，他要杀的，是我曾对天发誓，要拼上性命守护的人。"苏暮雨沉声道。

中年人愣了一下，随即问道："大家长他，值得你这样做吗？"

苏暮雨犹豫了一下，说道："不值得。"

片刻之间，棋盘之上已经布满了棋子，两个人对弈的速度也渐渐慢了下来。

中年人轻叹道："你每次的回答都很出人意料，但从你嘴里说出来，又显得那么自然，似乎对于你来说，这是一件顺理成章的事情。"

"我在苏家待了将近二十年，是老爷子把我从河里捞出来的，昌河与我，更是从同一座炼炉中走出来的师兄弟，准确点说，我们都是家人。"苏暮雨淡淡地说道。

中年人摇了摇头："昌河那样的人，可不会把老爷子他们当作家人，也不会把我当作家人，他只是把你当作家人。"

"但如今我是傀，身为傀，便应该护住大家长的性命。"苏暮雨沉声道。

"只是如此？"中年人微微皱眉，"我总以为，会有一些别的原因。"

"老师你教过我，承诺是我们生命中最重要的东西，若没了承诺，那么收了钱的杀手转头便会因为更多的钱而回头去杀主顾，到最后秩序便乱了，杀手也就没有了存在的理由，暗河也没有了存在的必要。"苏暮雨回道。

中年人苦笑了一下："你很聪明，但有时候太过执拗了。"

"已经成了杀人的工具，若心中不存在点执拗，那么活着也像是死了。"苏暮雨落下最后一子，"老师，你败了。"

中年人长袖一挥，将面前的那些棋子打成了粉末，随后一手握住了身旁那柄短剑的剑柄："昌河知道我武艺不精，但与你勉强算是有几分情义，便派我来这里劝说你，知道你就算不愿意听我的，也至少愿意在此浪费一局棋局的时间。"

"既然有几分情义，那么老师，是否可以不要拔剑？"苏暮雨缓缓问道。

中年人沉吟了许久，才说道："你赢不了的，三家家主忍耐了这么久，这个机会他们不会放过，即便大家长能够被医好，他们也会不惜一切代价杀死他的。你们没有机会，这是必死之局。"

"这次于三家都是死局，不管是谁，进了这个局便不存在赢家。"苏暮雨站起身，"三家家主很快就会知道，他们犯了一个很大的错误。"

中年人还是拔了剑，只是他没有将剑指向苏暮雨，而是将剑横在了自己的脖子前，苦笑了一下："抱歉。"

苏暮雨握紧了拳头："这是苏昌河他让老师做的？"

中年人左手轻轻一甩，一炷香点在了石桌之上，他微微垂首："可否再等一炷香的时间？"

"当年我和昌河还在炼炉中学艺的时候，有一日被人设计掉入了山崖之下，是老师你将我们救了上来，这份情义我记了很多年，用一炷香来耗尽这情义，是否值得？"苏暮雨问道。

中年人摇头道："不值得。但又如你方才所说的一般，不得不做。"

苏暮雨点了点头重新坐了下来，将油纸伞插在了一旁，随后闭上了眼睛。

两个人就这么沉默地对坐着，直到那炷香燃尽。苏暮雨睁开了眼睛，中年人横在身前的短剑瞬间崩裂成了两半，他苦笑了一下，将剑柄丢掉，冲着苏暮雨说道："道阻且长。"

苏暮雨站起身，从地上拔起油纸伞，从中年人身旁走过："行则将至。"

苏暮雨继续朝前走去，前面的树林雾气弥漫，越往前走雾气便愈浓，只是树林中偶尔亮起零星几点灯笼的亮光，透露着几分诡异。

"童子点灯，阴魂索命。"苏暮雨站住了身，缓缓说道。

"咯咯咯。"有幼童的嬉笑声自苏暮雨的身后响起，那灯笼的亮光也在他的身后一闪而过。

"你的好兄弟苏昌河，也曾做过这点灯的童子。"有一阴柔的声音自远处传来，只见四个壮汉抬着一顶白色的坐辇从迷雾之中走了出来，一个披着长发的男子坐在坐辇之上，轻轻挥着手中的折扇。男子穿着一身白衣，面色苍白，枯瘦如柴，看起来颇有几分阴森之气。

苏暮雨将油纸伞再次插进土中，随即握住伞柄，往上一挥，抽出了一柄极为细长的剑。

"看来我没有资格见识执伞鬼的十八剑阵。"长发男子咧嘴笑了一下。

苏暮雨沉声道："暗河之中，你是为数不多，我非常想杀的人。"

长发男子伸指撩了撩自己的鬓发："是吗，那真是荣幸了。"

苏暮雨点足一掠，持剑刺向长发男子，长发男子手重重地拍了一下坐辇，那四名壮汉同时往后退去，白色坐辇消散于迷雾之中，苏暮雨长剑落空，正欲转身，却见一个小童出现在了他的身前，童子手轻轻一甩，那盏红色的灯笼便缠上了苏暮雨的长剑。

"当年本该是你去的，可苏昌河代替你做了这点灯的童子。最后任务成功了，可一行七人，只剩下了他一个人。"长发男子的声音从四面八方传来。

苏暮雨此刻最好的选择自然是长剑一挥，面前的童子瞬间便可以人头落地，但他却选择了持剑后退，那童子笑了笑，再次隐身于浓雾之中。

随后一柄飞剑自迷雾之中射出，苏暮雨持剑猛退，那飞剑从他鬓边堪堪擦过。迷雾阵中，阵主隐藏其中，靠着点灯的童子为其引出猎物的所在，点灯的童子作为诱饵很少有活下来的，而迷雾阵的阵主，那个如同阴鬼一样的家伙，在苏暮雨还未成为一个杀手之时便已经赫赫有名了。

"哈哈哈哈，我终于知道为何当年苏昌河要替你了。如果当年点灯的人是你，你早就已经死了。"长发男子朗声笑道。

苏暮雨闭上了眼睛，微微垂首，在努力感知长发男子此刻的方位。

"实在难以想象，苏家赫赫有名的执伞鬼，从尸体遍地的炼炉中爬出来的无名者，如今的蛛影首领傀，居然是一个心存善念的人。"长发男子冷笑道，"舍不得对一个孩子下手？"

苏暮雨猛地睁开了眼睛，向着左侧转身，手中长剑轻轻一甩。

"动手！"长发男子感觉到了一股极强的杀气，厉声喝道。

迷雾之中忽然冲出了十几个点灯的童子，纵身一跃，手中灯笼一挥，冲着苏暮雨打了下去。他们将苏暮雨全都围了起来，苏暮雨若想动手，必然要从他们之中杀出一条血路来！

苏暮雨止步，长剑猛地一扫，在自己身边画出了一个圆，那些童子手中的灯笼同时被一道剑气给斩断，所有的小童都飞了出去，随后苏暮雨再朝前挥出一剑，直接将面前的浓雾给劈散了。

长发男子坐在坐辇之上，狠狠地盯着苏暮雨，拔出了一柄长得离奇的剑。

苏暮雨纵身一跃，再落地时已经站在了坐辇之前，细剑一挥，和长发男子的长剑相碰。苏暮雨低声喝道："跑吧！"

长发男子长剑一甩，将苏暮雨打了出去，冷笑道："跑？你以为你杀得了我？"

苏暮雨在空中翻了个身，随后稳稳落地，他手中细剑轻旋，看也不看长发男子一眼便背过身去了。长发男子微微皱眉，正欲上前追去，可身下的坐辇在瞬间分崩离析，他点足一掠，退到了三丈之外，随即低头，发现一点红色出现在了胸口的位置，随即慢慢地蔓延开来。

"你是何时……"长发男子说话的语气微微有些颤抖。

苏暮雨缓缓走上前，将手中的细剑直接插回到了油纸伞之中，随后他拔起油纸伞，微微扬起头，一滴雨点打在了他的脸上，他再次低声喃喃说了一句："跑！"

这一次长发男子没有任何犹豫，立刻转身，朝前奋力奔去，只是片刻之间，便已经看不见身影了。苏暮雨狠狠地握着伞柄，才将心中的杀戾之气给强行按了下去。长发男子虽然离去了，那些个点灯的童子却还留在原地，浓雾随着男子的离去一点点地散去，童子们从地上艰难地站了起来，但一个个都受了重伤。他们彼此互视了几眼，眼神中都充满了恐惧，毫无疑问，他们都觉得苏暮雨会杀了他们。

苏暮雨撑开伞，遮挡着那忽然落下的春雨，伞面微微下俯，遮住了他的眼睛。方才与他对弈的中年男子突然出现在了他的面前，苏昌离带着苏红息和苏紫衣站在中年男子的身后。

"昌河的意思是，当新的暗河出现的时候，不应再有点灯的童子，也不会有引魂的阴鬼。"中年男子缓缓道，"所以他安排了这一场刺杀。"

苏暮雨转过身，犹豫了一下："昌河他想改变暗河？"

"跨过暗河，便能到达彼岸，彼岸之处，应当不再是长夜，而应有光明。"中年男子沉声道。

"彼岸，真的存在吗？"夜空之下，一个戴着兔子面具的女子抬起头，看着空中的月亮，幽幽地说道。

"姐姐在看什么？"身穿红衣的女子从屋中走了出来，看着面前的兔面人问道。

"在看月亮啊。"兔面人转过身，看着面前这个自称白鹤淮的医者，"神医刚行完针？大家长身体可好些了？"

白鹤淮拍了拍手："小意思，不就是天下第二奇毒嘛，我可是天下第一神医……的小师叔嘛，没问题的。"

兔面人点了点头："那便劳烦神医了。"

"姐姐你生得这么漂亮，每日戴着一张面具，真是可惜哦。"白鹤淮幽幽地说道。

兔面人笑了一下："神医倒是说笑了，我既然戴着面具，你怎能看出我的容貌是美是丑？"

"我会看骨相啊，我可是神医。"白鹤淮从怀里掏出一块桂花糕咬了一口，"别说一个大活人站在我面前了，就算只看到一只手，我也能想象出对方的容貌。所以你不用摘下面具,我就知道姐姐长得国色天香,你的那个同伴丑牛,我也不用看就知道,人如其名,丑得很嘞!"

空中的风在瞬间凝固了一下,随后白鹤淮头顶的瓦片突然碎了一块。

兔面人轻轻咳嗽了一声:"莫惊扰神医,你本来就不好看。"

白鹤淮却似浑然不觉,继续自顾自地说道:"我觉得姐姐你和苏暮雨挺配的,一个国色天香,一个清新俊朗,你们是一对吗?"

"哈哈哈哈,我们挺配的吗?"兔面人似是无法自抑地笑了起来。

白鹤淮挑了挑眉,又咬了一口桂花糕,听着周围一些地方也传来了极为轻微的笑声。

"滚,暂时别跟着我们。"兔面人手一挥,打碎了屋檐之上的三片瓦。

白鹤淮又掏出了一块桂花糕,递给兔面人,兔面人犹豫了一下,最后还是摘下了面具,接过了白鹤淮手里的桂花糕。如白鹤淮所言,面具之下的那张容颜确实担得起"国色天香"四个字,虽然白鹤淮自己也是一个美人,但是面具之下的那双眉眼,明显更多了几分让男人无法拒绝的媚态。

兔面人咬了一口桂花糕,笑道:"好吃。"

"只带了一盒呢,到了北方就没这么好吃的桂花糕了。"白鹤淮吃完了自己手里的这块,拍了拍手,"姐姐你还没回答我的问题呢。"

兔面人挥了挥手:"我和傀大人自然不是一对啦。暗河中人若是成了婚,那就得退下来做一些内堂事务,很少有在外执行任务的了。"

"那未成婚,只是单纯彼此喜欢呢?"白鹤淮又问道。

"傀大人会喜欢人吗?我感觉他谁也不喜欢,谁也不讨厌,很无趣,但又无趣得很有趣。"兔面人想了想,说道。

"为什么无趣,又显得有趣?"白鹤淮不解。

"长得难看而无趣就是无趣,长得好看而无趣就是另类的有趣。"兔面人点了点头,"是这样,没错了。"

白鹤淮愣了一下,随后笑道:"姐姐你说得好有道理。不过那位傀大人,是从一开始就这样的吗?"

"是的吧,至少在我见到他的时候,他就已经是这样了。他和那座炼炉中走出来的人不一样,不对,应该说,他和整个暗河都不一样。"兔面人回道。

白鹤淮微微皱眉："炼炉？傀大人，他以前是无名者？"

兔面人吃桂花糕的动作微微一顿，疑惑道："你好像对我们暗河，了解很多？"

白鹤淮挠了挠头："都是我师父给我讲的故事啦，对了，姐姐你叫什么名字？"

兔面人吃下了最后一口桂花糕："我叫慕雨墨。"

一个冗长而黑暗的梦境。

梦境之中没有光，没有人，只有声音。

绝望惨叫的声音，低声哀哭的声音，阴森可怖的笑声……各种各样的声音，汇集在了一起，让人置身其中，仿佛身处地狱一般。

"邪魔外道！"入梦之人高声怒喝道。

"我们是邪魔外道，难道你暗河是名门正派吗？"同时混杂着男人、女人、孩童、老者声线的声音从四面八方传来。

不过是一些魔障，用刀斩了便是，就如同之前的那一次又一次一样！

入梦之人微微低头，将手伸向腰间的长剑，随后愣住了。

长剑已断，只剩下了剑柄。

那些声音慢慢地幻化成了一具具骷髅，向他袭来……

"嗬啊！"满头大汗的老者惊喝一声，从梦中醒了过来，他直接半坐起来，一把按住了身旁的眠龙剑。

屋外的白鹤淮等人都听到了这一声惊喝，急忙转身冲进屋内，只见大家长上身赤裸地坐在床上，一身肌肉虬结，身上杀气凛然，抬起头看向他们的时候，眼神中更像是燃着火一般。

慕雨墨急忙扫视了一下屋内，却发现并无打斗的痕迹，天花板上看着也完好无损，她疑惑道："怎么了？"

"出去！"大家长低喝道。

白鹤淮拍了拍慕雨墨的肩膀："慕姐姐你先出去，想必是我用的药剂量出了些问题，我来替大家长诊治。"

慕雨墨看了一眼大家长，点了点头，立刻退了出去。

白鹤淮手轻轻一挥，三根银针跃在空中，她伸指一弹，银针却插在了大家长的胸前，大家长随之长吁了一口气，一身的气力总算是泄了下来，长刀落地，大家长靠在墙上，擦了擦额头上的汗。

白鹤淮走到大家长的身边，笑道："敢情是大家长做了个噩梦？"

大家长面色渐缓："鹤淮，你一生救过多少人？"

白鹤淮微微皱眉："这哪里记得住啊。"

"我一生杀过八百三十二人。每杀一个人，我都会在我心里记上一笔，这些人时常会出现在我的梦里。"大家长缓缓道，"很多人，我甚至不记得是谁了，但是心底有个声音会告诉我，这是我杀过的人。"

白鹤淮想了一下："这样的梦境，是否随着时间的推移越来越多？"

大家长脸上微微阴沉了一下："你是说，我老了？"

白鹤淮笑着摆了摆手："大家长多想了，对于我们医者来说，这只是一些正常的变化罢了。"

大家长从床边拿了根烟杆，点燃了其中的烟草："其实，我并不害怕这样的梦境，之前的任何一次，我都拿起了手边的刀，将那梦境斩得一干二净。既然我能杀他们一次，那么自然，我可以再杀他们一次！无论是现实中还是梦境里，不会有任何区别！"

这一刻，大家长身上突然展露出来的杀气仿佛让白鹤淮看到了曾经的那个杀神，但是很快大家长抽了口烟，身上的杀气再次泄了下来，他幽幽地说道："但是这一次，等我拔剑之时，我的剑，已经断了。"

许久的沉默之后，大家长才喃喃道："需要让暮雨快些回来。"

白鹤淮反应过来："大家长手中的剑，是指傀大人？"

大家长回过神来，才发现自己方才失败了，他又抽了口烟，说道："暮雨确实是我这些年来手里最好的一柄剑，若他能够在我身边，我的确更安心一些。"

"看起来确实是值得依靠的人。"白鹤淮点了点头，"对了。一直想问大家长一个问题，大家长你姓什么？"

大家长微微眯起眼睛："你知不知道，在暗河里问起这个问题，是禁忌？"

"为什么？"白鹤淮追问道。

"大家长执掌三家，要保证绝对的公平公正，但是大家长在成为大家长之前，必定是三家中人，有所偏颇是难免的。所以在历任的大家长接过眠龙剑之时，都会被强行抹去姓名，从此以后他便不再是三家中人，而只是作为大家长的存在。"大家长慢慢地抽着烟，屋内渐渐地烟雾弥漫起来，"不过我可以告诉你我姓什么。"

"我姓慕，在成为大家长之前，我叫慕明策。"

"慕明策……"白鹤淮低声道。

"很久没有提起这个名字了。"大家长笑了笑，"久远得就像是上辈子的事情。"

"原来是姓慕，我还以为大家长姓苏呢。"白鹤淮笑了笑。

大家长挑了挑眉："是因为我非常信任暮雨？"

"一开始是，不过我今天听雨墨姐姐说，傀大人他是无名者？"白鹤淮从药箱中拿出了一根香，点燃后插在了香炉之上。

大家长瞳孔微微缩紧："哦？鹤淮你还知道无名者的事情？也是你师父同你说起的？这可是暗河最隐秘的事情。"

"只是略微提过，若大家长不愿意提起这个话题，不说便是。"白鹤淮轻描淡写地说道。

"你且说说，你师父都与你说了些什么？"大家长问道。

"师父说，你们暗河分为三姓，慕、谢、苏，这三姓之人传承了百年，组成了这天下第一的杀手组织暗河。这百年来三家顺代传承，但是并不是每一个后人都拥有成为杀手的天赋，而在凶险的刺杀任务中，也不断有着成员折损，慢慢地，你们三家的传袭已经不足以支撑暗河的发展。所以，暗河开启了'无名者'计划。你们派出各家的高手，满天下搜寻根骨优异的孤儿。你们将这些孤儿收回暗河本部，放入名为炼炉的学堂中学习杀人的技艺，然后每六年进行一次考验。一组二十人，放入鬼哭渊，让他们在里面进行死斗，最后获胜出来的人即可进行'冠姓之礼'，得到'苏、谢、慕'三家之一赐予的姓与名。"白鹤淮说完之后，转过身看向大家长。

大家长也看着她，眼神无比平静，说出来的话却是十分吓人："你知不知道，光这一段话，就值得暗河将你追杀至天涯海角。"

屋内的气氛一瞬间有些奇怪。

白鹤淮转过身，轻轻扇风，将那根香的烟雾打散出去。

大家长伸手摸着身旁的眠龙剑，若有所思。

两个人似乎产生了某种默契，都不再说话，就这样沉默了片刻之后，白鹤淮才开口："大家长，我想到了一个方法，能彻底去掉你身体之中的毒，但是这个方法，有一些危险。"

大家长的脸微微抽搐了一下："哦？愿闻其详。"

院中，慕雨墨重新戴上了自己的兔子面具，继续抬起头看那空中的明月，只是一只白色的纸蝶忽然从空中慢悠悠地飘了下来，慕雨墨抬起手指头，蝴蝶落在了她的指尖，轻轻扑腾了一下后便突然燃烧了起来，慕雨墨猛地一挥手，大喝道："你们带大家长先走！"

屋内的白鹤淮听到声音后和大家长相视一眼，随后立刻将那根香掐灭，重新背起了身旁的药箱："难得有片刻的喘息啊，又得赶路逃命了。"

大家长穿起了衣服，拿起眠龙剑："等你治好我，便无人敢来了！"此刻只听"轰"的一声，房屋的后墙已经被打出了一个窟窿，那辆马车已经在外面等候着了。

"不愧是蛛影啊，每一次的行动都如此迅捷。"白鹤淮感慨了一声，便背起药箱走了出去。

很快，这处院落之中便只剩下了慕雨墨一个人，她轻轻抬手，近百只白色的纸蝶扑腾着翅膀从四处飞起，纸蝶之上散发着莹莹的光芒，美丽而诡异。

一个身形修长的男子落在了院墙之上。男子穿着一件很奇怪的衣服，似乎是用纯黑色的羽毛编制而成的羽衣。

"还以为来的是什么高手呢！看起来跟一只乌鸦一样。"慕雨墨嗤笑了一声。

男子垂首，看着慕雨墨，手指轻轻一弹，一枚细小到几乎看不清的针冲着慕雨墨打了过去，慕雨墨也没有看到那枚细针，只是感受到一股强烈的冲击袭来，她本能地往后一退，沉声道："龙须针。你是唐门的人。"话刚说完，只听一声宛如鸡蛋壳碎裂的清脆声响起，慕雨墨的那张兔子面具瞬间碎裂开来，那根龙须针终究还是划破了她的面具。

"唐门，唐怜月。"慕雨墨面具下的绝色并没有让男子的语气有半点波动。

慕雨墨吃了一惊："唐怜月！天启城玄武守护使！"

"我要找的人不是你，你们大家长在哪里？我要见他。"唐怜月缓缓说道。

慕雨墨强行压住了心中的惊慌，笑道："就算你是天启城的玄武守护使，可一这里不是天启城，二我们暗河也从来不听朝廷指挥，大家长岂是你想见你就能见的？"

唐怜月摇头道："我并不是以天启城的玄武守护使的身份而来的，我是以唐门弟子的身份而来，你们暗河大家长杀了我们唐门的二老爷，这笔账，我负责来清算。"

慕雨墨心中更是惊讶，暗河大家长亲自出手击杀唐二老爷，这件事情是绝对隐秘的，就算是蛛影团中，也只有几人知道详情，可远在天启城的唐怜月是怎么知道的？慕雨墨沉声道："这个消息，玄武使你又是从哪里得来的？若这是子虚乌有的事情，当如何？"

唐怜月回道："唐二老爷的胸口，有一道剑痕，那道剑痕极细极薄，却将胸膛之中的心脏整个都给搅碎了，这样的剑天底下只有一柄，是你们大家长的眠龙剑。"

慕雨墨越听越惊，却仍然保持着镇定："无稽之谈，谁与你说的？"

唐怜月缓缓道："便是你们暗河中的人。"

"随便一个人说自己是暗河的，和你说这些你便信了？"慕雨墨反问道。

"那个人的话，我觉得以暗河的身份说出来，还是有一些分量的，即便我很讨厌他。当然，有些事，自己见过便知道了。"唐怜月转身，"大家长不在这里，这里只剩下你一人了，你与我说这么多不过是想拖延时间。"

"想走？"慕雨墨手一挥，那些纸蝶冲着唐怜月飞速打了过去。

"荧惑纸蝶。"唐怜月身上的那件黑色羽衣微微飘起，数十道暗器从他袖中飞出，只见火光四起，那些纸蝶全都在离唐怜月三丈之外自燃起来，化为灰烬飘散于空中了。

这样的暗器手法……慕雨墨能被选为蛛影团中的一员，自然也是慕家这一辈的高手，她为慕家担任杀手的那些年，也不是没有和暗器高手交过手，但是像唐怜月这样的手法这样的速度，她却是从未见过。这便是能上百晓堂冠绝榜的高手的实力吗？慕雨墨往后退了一步，双手合十，怒喝一声："起！"

"小伎俩。"唐怜月走上前，一脚踩死了脚下的一只黑色的蜘蛛，那蜘蛛颜色与院墙融为一体，原本极难察觉，"你以荧惑纸蝶为饵，让这幽冥蛛悄悄接近我，以为我没有发现？"

"自以为聪明的傻子。"慕雨墨笑了一下。

唐怜月突然察觉到了一丝不对，猛地提步撤身，只听"轰"的一声，那幽冥蛛竟然直接爆炸，将小半片院墙炸得粉碎，唐怜月落到了三丈之外，沉声道："幽冥蛛原本都以吐丝奇毒攻击对手，你在幽冥蛛里放了什么？"

"你们唐门最怕什么，我就放了什么！"慕雨墨笑道，"自然是霹雳堂雷家的霹雳子！"

唐怜月低头，脚下密密麻麻地竟然已经爬满了数十只蜘蛛，他想起了许久以前听过的一些传闻："你是暗河慕家，蜘蛛女。"

"我不喜欢这个代号！"慕雨墨骂道。

随后一声声爆炸声响起，整片院墙都在那个瞬间被炸得粉碎，那件黑色的羽衣在火光之上闪烁了一下，随即便没了踪影。

慕雨墨轻吁了一口气："看来这天启的守护使，也不是那么难对付。"

"我们唐门并不怕雷家堡。"一个平静的声音忽然在慕雨墨身后响起，"所以，我也并不怕你的霹雳子。"

慕雨墨闻言吃了一惊，立刻想点足掠开，却有一柄细刃已经抵在了她的腰间。

"若你再动，我便只能杀了你。"唐怜月淡淡地说道。

慕雨墨忽然咯咯地笑了起来："听说玄武使你的这柄指尖刃之上还沾过一名王爷的血，怎么杀起人来还这么犹犹豫豫？"

"我不喜欢杀人，即便你是暗河。"唐怜月回道。

"哦？我还以为是因为看我貌美，你舍不得下手呢。"慕雨墨猛地一个转身，和唐怜月四目相对，她冲着唐怜月魅惑地一笑。

唐怜月有那么一瞬间走了神，指尖刃在五指之间转了一圈，却没有出手。

"傻瓜。"慕雨墨微微张嘴，冲着唐怜月吐出了一团烟雾。唐怜月立刻屏住呼吸，双指合拢放在面前，低喝一声，那团烟雾渐渐散开，但是唐怜月的身上却一瞬间便结满了冰霜，几十只纯白色的冰蛛落在他的肩膀上、腿上、头发上。

"早就听说暗河慕家精通各种奇术怪道，今日一见，果然如此。"这一次，唐怜月不敢再轻易行动了，那些冰蛛若此刻也像方才那些幽冥蛛一样爆炸，他就真的躲不掉了。

慕雨墨捂嘴一笑："九江琵琶亭内，唐门唐怜月，以三道暗器名扬天下。我对玄武使也是敬仰已久。"

"方才不该对你留情，中了你的媚术，我的指尖刃晚了一瞬。"唐怜月皱眉道。

慕雨墨一愣："媚术？什么媚术？"

唐怜月冷哼一声："你既然知道我在九江琵琶亭内，以三道暗器名扬天下，那么你知不知道，那三道暗器是哪三道？"

慕雨墨耸了耸肩："这个坊间倒是有传说，那三道暗器均是你自创的，但具体是什么，倒是未曾听过。"

"不必听过，你马上就要见到了。"唐怜月轻轻一抬袖。

"别乱动，再动，我的那些蜘蛛可就要将你吐成一个冰人了，再配上一些幽冥蛛，炸得你尸骨无存！"慕雨墨威胁道。

"那便试试。"唐怜月猛地一振双袖，只见那件黑色羽衣之上的羽毛全都飞了起来，将那些冰霜连同冰蛛全都震了出去。

慕雨墨见状大惊，向后急掠数步，从腰间拔出了长剑，随即打了个唿哨，近千只蜘蛛从院落中的各处陆陆续续地爬了出来。

"这便是当年三道暗器的第一道，千鸟惊鸣！"唐怜月手冲着慕雨墨猛地一挥，那些羽毛便全都冲着慕雨墨飞了过去，风声呼啸，恍若千鸟惊鸣。

慕雨墨挥剑急挡，那些蜘蛛也疯狂地向着那些羽毛扑去，一声声爆炸声响起，整个院落火光四射，半晌之后，唐怜月那随风扬起的羽衣终于落了下来，他看着烟幕渐渐散去，持剑抵地的慕雨墨重重地喘着粗气，身上有几处已经落了红，那些从四面八方涌出来的蜘蛛却徘徊在唐怜月三丈之外，不敢再向前。

"还有什么把戏？"唐怜月拈起了一枚龙须针，对准了前方的慕雨墨。

"你真的舍得杀我吗？"慕雨墨抬起头，泪水在眼眶中打转。

"同样的媚术，对我用第二次不会有用。"唐怜月沉声道，"告诉我你们此行的目的地，我留你一命。"

慕雨墨轻叹一声，收了剑，轻声道："你再不来，我就真的要死了。"

唐怜月忽然感觉背后一凉，立刻转身，手中龙须针毫不犹豫地打了出去，从来没有哪个人能如此悄无声息地接近他，即便是如今江湖第一城雪月城的那几个城主都做不到，那么来此之人，只可能是——

来人挥起了手中的物事，轻轻一甩，将那龙须针给打了出去，随后点足一掠，从唐怜月身边穿过，来到了慕雨墨的身边。

唐怜月手掌一翻，指尖刃已经握在了手里，他微微俯身，做好了迎战的准备："暗河的大家长杀手团首领，傀。"

苏暮雨背对着唐怜月，手握着伞柄，也随时准备出手。

慕雨墨看着苏暮雨，疑惑道："谁把你的面具给打掉了？"

"那么又是谁，把你的面具给打掉了？"苏暮雨反问道。

"当然是这个叫唐怜月的登徒子啊！"慕雨墨提醒苏暮雨对方的身份。

但两人都没有把慕雨墨的这句看似调笑实则暗藏提醒的话放在心上，因为当他们错身而过的那一刻，便已经知道了对方的实力，猜出了对方的身份。

"伤得如何？"苏暮雨看着慕雨墨身上的血迹。

"快死了。"慕雨墨委屈地说道。

"千蛛之阵！"苏暮雨忽然将油纸伞放回了背后，随后向前纵身一跃，张开了双手。慕雨墨似是早就猜到了一般，用长剑在地上撑了一下，然后跃了起来，落到了苏暮雨的怀里。苏暮雨就这么抱着慕雨墨向着院外飞去。

唐怜月微微皱眉，左手一挥，三枚透骨钉冲着苏暮雨的背后打了过去。

苏暮雨身子微微一斜，借着背后的那柄油纸伞挡住了三枚透骨钉。

"你三道暗器的其他两道，下次有机会再见啦！"慕雨墨大喊道。

唐怜月想要追上去，可那原本畏惧他不敢向前的蜘蛛忽然疯了一般扑了上来……

片刻之间，苏暮雨已经抱着慕雨墨行出了半里地，苏暮雨低头看了一眼慕雨墨："伤不要紧吗？你很久没受过这么重的伤了。"

"没有大碍。那个唐怜月留了手，不然我真的可能已经死了，天启四守护啊，那可是站在武道顶端的高手。"慕雨墨回道。

苏暮雨点了点头："还好遇到的是他，玄武使唐怜月，一直都很讨厌杀人这件事。"

慕雨墨忽然笑了："胡说，他对我留手明明是因为他对我一见钟情了。"

苏暮雨淡淡地笑了一下，语气有些无奈道："你对自己越来越有自信了。"

"真的，他方才说我对他用了媚术，才让他出手晚了！"慕雨墨挑了挑眉，"雨哥，你说我会用媚术吗？"

"慕家女弟子多擅长媚术，不过你确实没学过，这我知道。"苏暮雨回道。

慕雨墨舔了舔嘴唇，幽幽地说道："见色起意啊、见色起意啊。"

院落之中，唐怜月轻吁了一口气，长袖一甩，将面前的那些死蜘蛛给扫飞了出去，他仰头看了看天，天空中依旧挂着一轮明月，只是越看越是古怪，他皱了皱眉，随即走出了这处院落。等他再仰起头时，空中的月亮早就已经不见了，只有天边一抹鱼肚白渐渐亮起。此时，竟已是晨起之时。

"真是个诡计多端的女人。"唐怜月低声道。

此刻，苏暮雨抱着慕雨墨已经来到了附近的一处小镇，慕雨墨幽幽地说道："那个家伙现在应该已经发现自己被耍了吧？我一进那院子就开始布我的白驹之阵，入了阵中，对于时间的流逝就会产生错觉，他啊，还是太小看我们慕家人了。"

"我去找一匹马。"苏暮雨转头四顾。

"你难道一路上都是走来的？怎么不买一匹马？"慕雨墨问道。

苏暮雨轻叹道："昌河这一路上派了不少人拦我，他们把我的马给杀了。"

"昌河那家伙啊……"慕雨墨喃喃道。

"我们必须赶快赶到大家长的身边，昌河对我们的行踪了若指掌，甚至还传信给了唐怜月，这说明蛛影之中有他的卧底。"苏暮雨抱着慕雨墨落在了一处客栈之前。

那里停着一辆装饰颇为华美的马车，一个小厮正在那里给马擦身子，面对突然落在他面前的一男一女，他吓了一跳："你们干吗？"

苏暮雨袖子一挥，一锭金子落在了小厮面前："这辆马车，我买下来了。"

小厮一愣："这我可不敢卖给你，得让我家老爷做主。"

"没时间了。"苏暮雨一步就踏上了马车，将慕雨墨放了进去，随后拔出背上的油纸伞，指着那小厮，"和你的老爷说，你若不将马车给我，就会被我杀了。"

那小厮吓得腿一软，直接跪倒在了地上。他想张口呼救，却发不出一点声音。

"不过是一辆马车，小兄弟想要，拿去便是了。"客栈的二楼，一扇窗户打开，一个带着几分笑意的声音自屋内传出，"东来，把马车送给这位小兄弟。"

"多谢了。"苏暮雨拿起马鞭，轻轻一甩，便驾着马车离开了。

"雨哥，你抢了一辆了不得的马车啊。"慕雨墨坐在马车之中，看着其中华美无比的装饰感慨了一句，但随后她就看到了帷幕之上写着的两个字，"百里？"

"百里？"苏暮雨微微皱眉，"莫非刚刚二楼之中的人是镇西侯世子百里成风？"

"难怪他愿意把马车送给你，你也算是帮过他儿子的忙。"慕雨墨恍然大悟。

"在这里遇到镇西侯世子，可不是什么好兆头。"苏暮雨摇了摇头，"来不及想这些了，必须赶在苏昌河之前追上大家长。"

"雨哥，你和昌河同为苏家之人，我自小便见你们一起长大，感情是和其他的暗河弟子不一样的，这一次，你们一定要向彼此拔剑吗？"慕雨墨忽然问道。

"我们是同一日入的蛛影，那一日我们便起誓，将以自己的性命保护大家长。"苏暮雨沉声道。

"我自然记得，能加入蛛影，是暗河弟子莫大的荣耀。"慕雨墨低声道。

"昌河如今奉苏家家主之命，不得不来追杀大家长，那么只要大家长病一好，重新统率三家，苏家家主自然会收回命令，昌河便也可以安全地回去。我们两人，也可以不必向对方拔剑了。"苏暮雨缓缓说道。

慕雨墨愣了一下，随后苦笑道："雨哥，你的剑法强得可怕，但有时候你的想法也……"

"很天真是吗？"苏暮雨笑了笑，"可当年若不是我天真，我和苏昌河都走不出那里……"

十二年前。

暗河，哭老林。

苏昌河站在一处足足有三丈深的土坑之中，他仰着头，看着上方，没有哭没有闹，甚至也没有大声喊叫。他是一个偏强而骄傲的人，或许正是因为这样的骄傲，让这一代无名者中的其他人都对他产生了极大的敌意，十几个人合谋做出了这个陷阱，然后设计让他摔了进去。此刻的苏昌河只是个十岁的孩子，加上已经摔伤了，根本无法从里面爬出去。

就要这么死去了吗？在这个陌生的地方，自己一个人悄无声息地死去？

苏昌河握紧了拳头，想要拼尽全力试最后一次。就在此时，一根绳子从上面丢了下来，落在了他的面前。

"是谁？"苏昌河大声喊道。

"是我。"一个平静的声音回答了他。

苏昌河愣了一下，他记得这个声音，是这一代无名者中最不爱说话的那一个，总是一个人站在僻静的角落，很少与他人接触。但有一次训练之时，苏昌河被师长安排与他试剑，从没败过的苏昌河被他打倒在地，他对苏昌河伸出了手，随后缓缓说道："你的剑很强。"声音平静而澄澈，和苏昌河在这里听到的每一个声音都不一样，以至于苏昌河一下子就记住了。

"你来这里做什么？"苏昌河问他。

那人回道："午时我见你从剑场离开了，晚饭时却没见到你，我想你可能遇到了什么事，就出来寻你。"

"寻我？我在哪儿与你何干？"苏昌河依然带着几分敌意。

"确实与我无关，只是那日与你试剑，觉得与你有几分投缘。"那人回道，"上来吧，我不会害你。"

苏昌河想了想，还是抓住了那根绳子，片刻时间就爬出了那个土坑。

一身青衣的少年站在那里，神色平静，看苏昌河爬上来以后也只是淡淡地笑了一下，随后转身："我们回去吧。"

苏昌河跟了上去，不知道应该说什么，想了半天只憋出一句："你放心，我从来不欠人情，你这个恩，我以后一定会报的！"

少年摇了摇头："不必放在心上。"

"我还是不明白，你为什么要来救我。"苏昌河皱眉道。

少年突然止住脚步，转过身问道："你觉得，杀手，可以拥有朋友吗？"

苏昌河一时愣住了，不知该如何回答。

这一次，是苏暮雨和苏昌河真正意义上的相识，尽管此时，他们还都只是无名者，还没有成为"苏暮雨"以及"苏昌河"。

直到三年之后，冠姓之礼的到来。

被选中带入这炼炉的第一天，训练他们的师长就告诉他们一个道理：杀手，是不需要朋友的。苏昌河最终也是这么回答苏暮雨的。但毫无疑问，这件事情过后，两个人的关系还是变得亲近了许多。

两个人都是这批无名者中的异类，苏暮雨沉默寡言，对所有人都温和有礼却保持着距离，苏昌河张扬狂傲，像是浑身长满了刺的刺猬，不将任何人放在眼里。不过经历了那件事情之后，苏昌河便收敛了自己的脾气，不仅没有去报仇，平日生活中也不再对他人咄咄相逼，而一直孤单的苏暮雨，身旁也多了个一起吃饭习剑的人。

这一切，都被暗河的师长们看在眼里。毫无疑问，苏暮雨和苏昌河是这一批无名者中天赋最好的存在，尤其是在剑术方面，所以以修习剑术为主的苏家掌事们已经将他们提前纳入了自己的家族名单之中，甚至私下授意担任他们教习的苏家师长将他们带到了苏家的剑阁之中，任他们挑选珍贵的剑术秘籍。苏昌河挑选了《寸指剑》，这是暗河顶尖的匕首操剑术，极为凶险，无论是对对手还是对自己，但这也正符合苏昌河的性格。而苏暮雨则选择了一本残谱，名为《十八剑》，由苏家百年前的高手苏十八所创，已经失传多年。

但关注着他们的，不仅有苏家的人，这一批无名者的总教习慕家长老慕子蛰也将他们的一举一动看在眼里，他自然也看穿了苏家的意图。他比谁都清楚这两个人的天赋，所以他不想让这两人同时被苏家收入麾下，于是在三年之后的考验中，慕子蛰将苏昌河和苏暮雨划到了同一组之中。

"这才是鬼哭渊设置的意义，两个身怀善念的剑术高手，不如一个绝情绝爱的顶级杀手。"慕子蛰笑着对愤怒的苏家掌事们说道。

暗河三年一次的无名者考验，每二十个人会被分到一组，随后丢进鬼哭渊中，任由他们自相残杀，最后活着走出来的那一个，便会被暗河所接纳，成为新的"家人"。二十个人的名单，都是由那一批的总教习所决定的，往往总教习会进行合理的分配，不会将太强的两人分到一起。所以苏暮雨和苏昌河对此没有任何准备，但他们也来不及做任何的反抗，都被丢进了鬼哭渊之中。

"和我走在一起，不要走散。"苏暮雨在进入鬼哭渊的那一刻，就对苏昌河说道。

苏昌河却只是苦笑："看起来，我也没办法与你走散了。"

鬼哭渊中，那一组二十个人，剩下的十八个人在进入之后就进行了结盟，一同对付苏暮雨和苏昌河二人。

"谁都知道你们两个剑术高超，不如先合力把你们杀了，我们剩下的再斗，还有几分生机！"

最后的结果是，即便这十八个人同时动手，也不是苏暮雨和苏昌河的对手，他们两人的实力此刻已经在很多暗河正统弟子之上了。在杀完十八个人之后，两个人都看向了对方，而就在这时，苏昌河举起匕首——一把插进了自己的胸膛。

还好苏暮雨及时抓住了匕首柄，不然苏昌河的整个胸膛便被搅碎了。

"我说过，欠你的恩情，我会还的！"苏昌河倔强地说道。

苏暮雨只是摇头："我也说过，不需要你还。"

"暗河百年的规矩，二十个人，只有一个能从鬼哭渊中走出去！你若不承我的情，那么我们两个人都得死！"苏昌河怒道。

苏暮雨依旧摇头："一定会有办法的！我去和他们说！他们想要杀

手，我们两个是他们这些年遇到最合适的种子，他们不会愿意就这么失去我们！"

"你太天真了！"苏昌河想要夺回匕首，"把手放开！"

"只要足够强，便有资格天真！"苏暮雨一把将苏昌河手中的匕首甩了出去，随后扛起了已经失血过多站立不稳的苏昌河，"我带着你，一起走出去。"

"傻子。"苏昌河放弃了挣扎，只是苦笑。

苏暮雨便扛着苏昌河从鬼哭渊中走了出来，全场哗然。

观礼的苏家掌事们脸色阴沉，这是他们最不想要看到的结局，他们本来已经接受了，无论走出来的是苏暮雨还是苏昌河，他们都会欣然接纳。但走出来两个人，就是破坏祖宗的规矩，都要抹杀。

慕子蛰却笑了："很好，已经很久没有遇到人敢挑战暗河的权威了。"

"如你所见，我们两个走出来了。"苏暮雨平静地看向慕子蛰。

"杀死你背上的那个人，你便可以进行冠姓之礼，正式加入我们暗河。不然你和他，都会被抹杀。"慕子蛰幽幽地说道。

"我不会杀他，我们两个人，都要活下去。"苏暮雨摇头道。

慕子蛰愣了一下，似乎没有想到得到的是这个回答，他大笑道："很好很好。危急关头，不愿弃旁人而不顾，看来你们是朋友？只可惜，杀手是不需要朋友的。"慕子蛰从椅子上站了起来，手中寒气凛然，已经打算出手了。

苏家掌事们脸色愈发阴沉，他们同时看向了也在观礼的苏家家主，但苏家家主却只是沉默地看着，并没有发话。

"你错了，我们不是朋友！"苏暮雨忽然大喝一声。

他一向是个沉默寡言的人，与人说话也温和有礼，这还是场中众人第一次见到他这般大声地说话。

"杀手不应该有朋友！但是若都入了暗河，便是家人，既然是家人，又怎能弃之不顾！"苏暮雨看着慕子蛰，咬牙切齿地大喊道。

慕子蛰微微皱眉，一步一步走向前："你明白你在说些什么吗？"

苏昌河说话已经变得很艰难了："杀了我吧……别犯傻了。你不是他的对手。"

苏暮雨将苏昌河放了下来，拔出了腰间那柄满是血污的剑，指向慕子蛰："若你再向前一步，我便杀了你。"

慕子蛰不仅是慕家长老、这一代无名者的总教习，更是下一任慕家家主的继承人。而苏暮雨不过是刚从炼炉中走出来的无名者，以他之能，敢威胁慕子蛰？

苏家家主苏烬灰此时终于不再看天了，而是握住了身旁的长剑。

"家主，毕竟还只是两个无名者，为了他们和慕家起冲突，不值当。"旁边有苏家长老低声道。

"我现在动一动手指头，便能杀死你。"慕子蛰看着苏暮雨冷笑。

苏暮雨深吸了一口气，他自然知道自己和慕子蛰之间的差距，但是若孤注一掷，他仍旧有一成把握，至于杀死慕子蛰之后当如何，他却也是不知。

他只知道，只要想再多活一刻，就必须将面前的人杀死！

"住手！"苍老而浑厚的声音自远处传来，众人闻言皆惊，场中弟子除了各家家主之外，全都单膝跪地，抱拳高喝："大家长！"

拄着一根银色龙头棍的老人在几名魁梧杀手的护卫下冲着场上的慕子蛰以及苏暮雨缓缓走去。

"大家长！"慕子蛰收了手上的真气，垂首道。

大家长淡淡地应了一声，随后便转头看着那浑身血污的苏暮雨和躺在地上奄奄一息的苏昌河，沉声道："百年来，鬼哭渊中，向来只能走出来一个人。你这么做，是要挑战暗河的威严，也在挑战我的威严。"

苏暮雨看着大家长，他知道这个人在暗河中的地位，也只有他才能救他们了，苏暮雨咬牙道："但是我们两个人都要活下去。"

"你觉得你们两个人，值得暗河破这立了百年的规矩？"大家长问道。

"值得！"苏暮雨朗声道。

"哦？"大家长笑了笑。

"我们二人，在六年之内，将会成为暗河这百年来最优秀的杀手！"苏暮雨大声喊道，"整个暗河，都将会因为我们而改变！"

"白痴！"躺在地上的苏昌河笑骂道，"这下真得一起死了！"

慕子蛰冷笑着，在大家长面前大放厥词，就算是苏家家主愿意出面，

-046-

怕也是保不住他们了。

"三家之中，你想去哪一家？"大家长沉默了片刻后忽然问道。

慕子蛰闻言大惊，立刻向前一步："大家长，不可！不要听他信口胡言！"

"规矩的存在，是可以打破的。暗河这百年来，破过不少的规矩，但都建立在破坏者实力足够强大的基础上。我可以今日破了这规矩，并且亲自为你行冠姓之礼，但你要是做不到你所说的，六年之后，我亲自来取你的性命。"大家长手轻轻一挥，将慕子蛰打到一旁，"死在我的手上，可比死在别人手上，要痛苦百倍。"

"多谢大家长成全。我和他，都要入苏家。"苏暮雨缓缓道。

大家长转过头，看着高台之上的苏家家主，苏烬灰起身，张开双手："苏家，欢迎你们二人的加入！"

"可想过取什么名字？"大家长又问道。

苏暮雨仰起头，看着大家长："我想叫苏暮雨。"

"为何呢？"大家长和善地笑着。

"那日我全家被杀，我被父亲放进了一个木桶之中，顺着河水漂到了这里，那是个傍晚，下了一场不大不小的雨。"苏暮雨缓缓道。

"是个不错的名字。"大家长又向前走了一步，看着地上的苏昌河，垂首道，"那么你呢？你想叫什么？"

"苏昌河。"苏昌河咬牙切齿地说道。

"苏昌河。"大家长转过身，身旁的护卫们打起了黑伞，围在了他的身边，护送着他离开，"是个很有野心的名字啊。"

大家长就这么在护卫的簇拥下走出了很远很远，苏暮雨看着他，其他人也都看着他的背影，等着他说出最后一句话，只有他说出那句话，冠姓之礼才算结束。而直到大家长的身影都快消失不见的时候，众人才等来了那句话。

"好，那你们二人便一个叫苏暮雨，一个叫苏昌河，自今日开始，正式加入暗河苏家！"

"双日为昌，意为兴盛、明亮，昌河，意为让暗河走出阴暗，迎来光明。"马车之中，苏昌河从一场漫长的睡梦中醒了过来，回想着梦中的场景，幽幽地说道。

一旁的苏喆嚼着槟榔，斜靠在那里发呆，见苏昌河醒来，笑道："睡得恁个香，做了什么美梦？"

苏昌河擦了擦额头上的汗，捋了捋自己的小胡子："不是什么美梦，就是一些很久远的事情。那时候我和苏暮雨，还都是无名者。"

"确实很久远了，辣（那）个时候，我还教过你们剑法，你吵得很，暮雨辣（那）小子闷得很，不资（知）道为撒（啥）子你们会走到一起去。"苏喆说道。

"那个时候，算是大家长救了我们两个人的性命吧，现在我却为了执行家主的命令，费尽心机追杀大家长。"苏昌河自嘲似的笑了笑，"算是恩将仇报？"

"年轻人，你不讲武德。"苏喆举起了烟杆。

"那也没有办法，当初教习们教我们的时候，就希望我们成为绝情绝爱的杀人机器。"苏昌河耸了耸肩，"我现在这样做，也算是回报大家长的养育之恩了！"

"若说不要脸，苏家里（你）第一！"苏喆竖了个大拇指。

"喆叔，你有朋友吗？"苏昌河忽然问道。

"有的，都死了。"苏喆慢悠悠地吐了口烟圈。

"那你的家人呢？你是暗河本家弟子，按说这么大了，也该娶妻生子了。"苏昌河好奇道。

"有的，也都死了。"苏喆的脸在烟雾之下若隐若现，"以前有过一个女儿，粉雕玉琢的，很可爱的，像个瓷娃娃。"

"真是令人遗憾。"苏昌河没有再继续追问下去，他掀开了马车的帷幕，一股春风吹了进来，夹杂着几滴雨水，吹得苏昌河整个人都感觉到一阵舒畅。

"又下雨了啊。"苏喆微微眯了眯眼睛。

"你说苏暮雨坐在那木桶之中，顺着河水漂到暗河的那一天，是不是也下着这样一场暮雨？"苏昌河喃喃道。

九霄城。

"削尽不平事，与君上九霄。这便是当年诗剑仙一剑成名的九霄城？"白鹤淮掀开马车的幕帘，好奇地打量着这座城市。

即便距离诗剑仙纵横天下的时代已经过去几百年，但是这座城池依旧保持着对曾经那诗酒剑意的留恋，大街之上仍四处可见卖剑的小铺子，路上抱着花吆喝的姑娘们腰上都挂着一串精致的小木剑，上面写着一首首精妙绝伦的小诗。

"北离习剑，南诀挥刀，这个传统缘起开国时期的诗剑仙，当年江湖万千儿女，有九成都想做那诗剑仙，还有一成想嫁给那诗剑仙。"坐在马车内的大家长倒像是给孙女讲故事的长辈，语气温和。

"我也曾听过这故事。我还听师父说过，天下剑客，年轻时都想来一趟九霄城，都试图在几百年后仍能感受到那一剑劈开九霄的诗雨剑意。"白鹤淮仰头看了看天空，"究竟什么剑能一剑劈开九霄呢？"

"一剑劈开九霄，只是一个传说，按照史书上的记载，是诗剑仙最后一剑杀死剑魔的时候，一剑之威将整片天空中的云彩都劈散了，以至于剑魔身死，诗剑仙踏剑离城而去，九霄城下了整整十日的大雨。作为一座北城，下十日的大雨可谓是前所未有，所以传说是诗剑仙那一剑把天给打漏了，这就是所谓的一剑破九霄。"大家长解释道。

白鹤淮点了点头，随后看了一眼大家长身旁的眠龙剑："大家长你也是用剑的，你年轻时想过来九霄城看看吗？"

大家长一愣，随后摇头道："寻常人的剑是剑，而暗河之人的剑，只是凶器。更何况，我年轻时并不用剑，剑法是后来才学的。"

"哦，苏暮雨呢？"白鹤淮又问道，"他会对这个传说感兴趣吗？"

"他的剑，也是凶器。"大家长沉声道。

"莫乱看！"外面一声低喝响起，执鞭赶马之人用力一拉帷幕，遮住了外面的景象，白鹤淮撇了撇嘴，坐回到了原先的位置上："这个丑牛，就因为我说了一句他丑，便一直怀恨在心。"

"小神医，你之前说过你找到了能彻底治好我的方法，不知道现在能否告知于我呢？"大家长眼睛微微眯起。

"自然自然，我虽然能暂时压制住大家长你体内的雪落一枝梅，但是我只能强行以药物压制，也就是所谓的以毒攻毒。虽然可以一时免于毒发身亡，但长久下去，不是办法。"白鹤淮从怀里拿起一根银针，轻轻地扎进了大家长的手腕。

"雪落一枝梅，号称天下第二奇毒，是因为天底下只有唐二老爷一人知道解毒之法。"大家长神色平静。

"我可见过温家家主所创的镜花月，那是天下第一奇毒，毒到即便是温家家主自己也不能解。在镜花月面前，雪落一枝梅又算得了什么？"白鹤淮拔出了那根银针，马车之内，一股淡淡的梅香弥漫开来。

大家长眉头微微一锁，忽然想到了什么："你姓白……"

"我姓白，那是因为我师父姓白。"白鹤淮将那银针举起，上面挂着的血却不是红色的，而是乳白色的，"不过大家长猜错了，我也不姓温。我母亲姓温，是如今温家少主温壶酒的妹妹。"

"原来如此。"大家长点了点头，"想不到小神医是温家家主的外孙女。"

"怎么？顿时觉得事情有些复杂了，以后杀人灭口不方便了？"白鹤淮挑了挑眉。

"说笑了。"大家长举起身旁的茶杯，喝了口热茶。

"确实说笑了。我们说回这毒，温家擅长下毒，也擅长解毒，门下有一斩魁堂，其中皆是研究解毒的奇人。这帮人比下毒的那帮更加疯狂，遇到解不了的毒，便以身试毒，能解就解，解不了就死。"白鹤淮还在端详着那根银针，"斩魁堂中有一句话，你只有真正中了那毒，才能了解它，了解它，才能对付它。"

"以身试毒，先中毒，再解毒，倒有种不疯魔不成活的意思。"大家长放下了茶杯，"只是我不明白，小神医为了几张银票，愿意为我以身试毒？"

"自然不愿意，我又不傻。"白鹤淮耸了耸肩。

大家长哑然，随后笑道："小神医说这么一大堆话，不是为了调侃我的吧？"

"大家长你忘了，我只是半个温家人，却是一整个药王谷弟子啊。药王谷的移魂大法，你可曾听说过？"白鹤淮得意地一笑。

"移魂大法？"大家长身旁的眠龙剑忽然震鸣了一下，"辛百草都没有学会的移魂大法，你学会了？"

"那小子医术天赋比师父都强，但是心思太过简单，学不会那移魂大法。"白鹤淮的眼睛忽然泛起一道金光，转瞬即逝，"我自小便滑头，师父说我是天生练这法门的坏子，纵观整个药王谷，将这个法门传承下来的也只有我一人。"

"移魂大法，一旦对某个人用出这个法门，便能与他的五感共识，甚至彻底占据他的意识，他的过往、他此刻的想法，都会被对方彻底侵蚀。"大家长幽幽地说道，"当时我听到这武功，便曾感慨，这哪是医术，这分明是邪术。"

"确实，我们医者治病，治的往往是身子里的毛病，而移魂大法，却能治心里的病。"白鹤淮将那银针收起，"不过我这一次用移魂大法，却也是想解身子里的毒，大家长心里的那些事，我可以试着不去看。"

大家长沉吟许久，缓缓道："若用了移魂大法，那么我的性命……"

白鹤淮一笑，仰头和大家长对视："便全在我白鹤淮的掌控之中了。届时只要我愿意，随时都能杀死大家长！"

"好！哈哈哈哈哈！"大家长朗声长笑道，而白鹤淮始终神色不变，任由大家长笑得整个马车都颠簸了起来。最后大家长收了笑容，身上在那个瞬间杀气凛然。

"我想试试。"

紧随着大家长他们的马车，苏昌河和苏喆的马车也跟着进了九霄城。

"这里便是九霄城了，以前是天下有名的武城，现在不过是一座凡城，靠着百年前的传说吸引一些游人。以前经常听苏暮雨提起。"苏昌河掀开马车一侧的幕帘，看着窗外的景色，缓缓说道，"他们会在这里暂时停留，等着和苏暮雨会合。"

"则（这）里有蛛巢？"苏喆一愣。

"是的。谁也想不到，蛛影会将一处巢穴建在这么靠北的九霄城，或许是苏暮雨对剑的执着吧。"苏昌河幽幽地说道。

"里（你）的眼线不在谢家。"苏喆笑了笑。

"没错，我的眼线就在蛛影之中。"苏昌河毫不避讳地说道，"大家长这一路的行踪，在我看来，都在我的掌控之中。"

"里（你）能把人塞进蛛影？辣（那）些人都是苏暮雨亲自挑选，由大家长考验过的。"苏喆敲了敲手里的烟杆，"就连家主都么（没）得办法将自己的势力渗透进蛛影。"

"我很了解苏暮雨。"苏昌河伸了个懒腰，"找一处地方歇歇脚吧，喆叔，奔波了这么久，我们也该好好休息一下了。"

苏喆将烟杆收了起来："休息？若大家长他们进了蛛巢，辣（那）易守难攻的地方，我们再想下手，就不容易了。"

"不必我们动手，有谢家为我们开路，病死鬼谢繁花，还是有些用场的。"苏昌河笑道。

"里仄（你这）个人，果然坏得很。"苏喆笑骂道。

"驾！"官道之上，苏暮雨用力地甩着马鞭，想要以最快的速度赶往九霄城。

慕雨墨坐在马车中，看着苏暮雨的背影，轻叹道："雨哥，你一路都不曾歇息，不如先缓一下。"

苏暮雨没有回头："不能歇息，即便九霄城有蛛巢也不安全。蛛影之中，有内奸。"

慕雨墨忽然将手轻轻地放在了苏暮雨的后背上："雨哥，你难道就没有想过，我可能就是那个内奸呢？"

苏暮雨微微一皱眉，一把抓起了身旁的油纸伞，猛地转身，冲着慕雨墨打了过去。

慕雨墨笑了笑，没有闪躲，于是那柄油纸伞便直接从她身边穿过，迎面撞上了一只金色的飞轮。飞轮被打飞了出去，慕雨墨侧身一闪，站在了苏暮雨的身旁，笑道："唐门的人真是有钱，身上一堆破铜烂铁，也不知道被打飞了会不会回收。"

苏暮雨右手执伞，左手轻轻地一拉缰绳，将马车停了下来。

身着黑色羽衣的唐怜月落在了旁边的一棵大树之上，垂首看着他们。

"你倒是来得挺快，我们这般昼夜不停地赶路，还是被你追上了。"慕雨墨捂着嘴笑了笑，"就这么急不可耐地想要见我？"

"你该抛下她的，她受了伤，你们驾着马车走不快，我自然追得上。"唐怜月看向苏暮雨。

苏暮雨轻吁了一口气，微微俯身。

"执伞鬼苏暮雨，当年拦截魔教一战时，我曾见过你的剑。杀你不是一件容易的事情。"唐怜月手中寒光一现，已将指尖刃握在了手中，"你的剑术与李寒衣差不离，但你的杀人术，还在她之上。"

"我拦住他，你跑，到了九霄城，知会大家长找出奸细来。"苏暮雨低声道。

慕雨墨摇了摇头："不，我来拦住他，你去九霄城。"

"他是唐怜月，你已经败了一次。"苏暮雨提醒道，"他上一次留了手，这一次未免会留手。"

"雨哥，我方才与你说我是奸细。"慕雨墨笑了笑。

苏暮雨瞳孔微微缩紧："我只当是一句玩笑。"

"到今日为止，我还没有做出一件违背当年誓约的事情，但是我确实犹豫过，也怀疑过我们存在的意义。这些日子，我也曾想过是否要迈出那一步……"慕雨墨看向苏暮雨，轻叹道，"我不想做选择——在你和昌河之间。所以雨哥，你去将一切事情了结吧。我把选择权交给你！"

"是昌河他……"苏暮雨皱眉道。

"不必推辞了，都得留下！"唐怜月手指轻轻一弹，两张阎王帖同时冲着他们打了过去。

"走！相信我，这家伙舍不得杀我！"慕雨墨用力一推，将苏暮雨给打了出去，随后转身，双袖一挥，两条紫袖飞出，缠住了那两张阎王帖，随后往下一拉，砸得身前的马车四分五裂。

苏暮雨无奈，握紧了手中的油纸伞，沉声道："拦不住便逃。"

"放心吧，雨哥。我都说了，他不会杀我的。"慕雨墨冲着树上的唐怜月挑了挑眉，"你觉得呢？"

唐怜月看着已经转身离开的苏暮雨，低头对那慕雨墨说道："你真觉得我不会杀你？"

慕雨墨耸了耸肩："江湖中不缺多情郎，但是今日多情，明日无情，虽说前几日你看了我一眼乱了心神，但过了几日，或许就忘了，又或许在你心中，报仇为重，儿女情长随处可放。"

"谁看了你乱了心神呢？"唐怜月怒道。

"唉，虽说我慕雨墨天生国色，乃暗河第一美人，但是我们毕竟不过是初次相见，所谓的一见钟情，不过是见色起意，你对我，终究是没有太深的感情……"慕雨墨垂下了头，语气有些哀婉。

"见色起意？"唐怜月的脸微微抽搐了一下，"我有一把龙须针，你要不要见一见？"

"不必了吧。"慕雨墨张开了双手，脸微微一红，"男人居然说自己是针，真是令小女子我羞红了脸。"

"你一女子，怎满嘴荤话！"唐怜月愣了一下才反应过来，脸微微一红，左手中原本握着的那一把龙须针丢也不是不丢也不是，最终还是收了回去。

"来什么龙须针，要用就用大铁锤！"慕雨墨朗声道。

"闭嘴！"唐怜月握住指尖刃，便要冲出去，可刚要起身，却发现脚下已经缠满了白色的蜘蛛丝，两只墨绿色的蜘蛛与树干的颜色完全融为一体，再加上慕雨墨的言语扰乱，他居然没有发现。

"武功再强，也不过是个没长大的小男人。"慕雨墨得意地挑了挑眉。

"大家长，到了。"丑牛轻轻一拉缰绳，将马车停在了一处院落之前。

白鹤淮掀开幕帘，将头探了出去，面前的看起来只是无比寻常的院落，不过是刷了一层如血一般的红漆，她疑惑道："这便是所谓的巢穴？"

"你懂什么！"丑牛转头低斥道。

"蛛影在北离以及南诀都设有这样的巢穴，所谓蜘蛛归巢，每一处都像是为战斗所准备的堡垒。不要小看这院子，寻常人踏入这里，可以有一百种死法。"大家长摸了摸腰边的眠龙剑，"所以很多人，不想我们踏进去。"

"大家长小心！"丑牛猛地转身，大喝一声。

只见一魁梧的蒙面汉子手持一柄巨大的金环刀，从天而降，直接砍在了马车之上，但只听"砰"的一声，那大汉手中的金环刀崩了一个裂口，而马车却只是轻微地摇晃了一下。大家长冷哼一声："只有这点本事，就想杀我？"

那魁梧汉子落在了地上，连着退了好几步，与此同时，角落里突然冲出来几个戴着面具的青衣人，同时拔出了手中的兵器冲着魁梧汉子打了过去。此时一名紫靴人自魁梧汉子身后出来，拔出了身上的软剑，猛地一挥，救下了那汉子。

丑牛冷哼一声："是谢家的人。"

"丑牛，不必说出来。"大家长沉声道。

"大家长，既然谢家人敢出这个手，就不必再给他们留什么情面。"丑牛低声骂了一句。

那紫靴人和魁梧汉子两人立刻背靠背，一人执剑一人挥刀，阻挡着那些蛛影杀手的进攻。在他们的身后，一群白衣人忽然飞起，他们手中都拉着一条淡淡的丝线，那条丝线自长街尽头延伸而来，他们猛地往上一拉，竟直接将一名蛛影杀手给切成了两半！

"他们布下了天网阵！"丑牛拔出了腰间的长刀。

"天网阵？"白鹤淮微微一愣。

"别看！"丑牛直接将幕帘往下一拉，试图遮挡住白鹤淮的视线，但最后那个瞬间，白鹤淮还是看到了面前的那匹马被一根透明到几乎看不清的丝线给斩成了两截，鲜血喷涌而出，直接冲她洒了过来，还好丑牛及时地拉下了幕帘，替她挡住了那些鲜血。随后马车便重重地摔在了地上。

"丑牛！"白鹤淮惊呼一声，踉跄了一下差点摔倒。

"还没死。"马车之外的丑牛微微喘着粗气。

大家长摸着手中的眠龙剑，若有所思。

"大家长，你不是说这辆马车刀枪不入，机关无数吗？"白鹤淮急道，"为何不用？"

"来不及了，人已经进来了。"大家长笑了笑。

"人？"白鹤淮抬头看那幕帘，发现那幕帘之上的鲜血忽然变成了一朵朵妖异无比的红色之花，她猛地转头，才发现一个身穿白衣、极为瘦削的男子坐在她和大家长的中间，男子拿着一块白色的手绢，捂着嘴轻轻地咳嗽了几声，等他拿下手绢的时候，上面已经多了几块血斑。

"是繁花啊。"大家长淡淡地笑了笑。

"许久不见了，请大家长恕属下身子不便，便不与大家长行礼了。"谢繁花微微低头，随后又拿起了那块手帕，捂着嘴重重地咳嗽了起来。

"痨病鬼。"白鹤淮微微皱眉，"你这病得深入骨髓了，神仙都治不好了。"

"是啊，我是个注定快死的人。所以我才敢这么直截了当地来见大家长，不怕大家长治我的罪。"谢繁花咧嘴笑了一下。

"所以你来此，是要与我说些什么呢？"大家长笑着问道。

谢繁花轻叹道："大家长你坐这个位置已经很久了，如今你身受重伤，那么退下来颐养天年，将那些琐碎烦心的事情交给正值壮年的人来做，难道不好吗？"

"正值壮年，你是说谢霸那小子？"大家长幽幽地说道。

"我们谢家家主这些年为了暗河尽心尽力，自然是最好的人选。"谢繁花淡淡地说道。

"如果我拒绝呢？"大家长沉声道。

"若大家长拒绝，那么繁花便只能冒犯了。"谢繁花微微垂首。

白鹤淮双手拢在袖中，握住了两根银针，随时准备出手。

大家长却对谢繁花的挑衅并不介意，依旧淡淡地笑着，随后摸了摸身旁眠龙剑的剑柄："你们想要的无非是我这柄眠龙剑。"

谢繁花抬起头看了过去，剑柄之上雕刻的那条睡龙栩栩如生，他眼神中流露出了几分贪婪的神色："手握眠龙剑，才是暗河真正的主人！"

"既然你知道，那么你也应该看到，如今握住眠龙剑的人是谁。"大家长猛地扬起头，"既然我还握着眠龙剑，那么这个暗河，还是我说了算！"

那条睡龙的眼睛忽然睁开了，射出一道金光！

谢繁花猛地往旁边一闪，眠龙剑从他的脖子前一寸之地划过，他随即蹲下，双袖一振，两柄乌黑的短刀已经被他握在了手中，他上前一扫，反攻向大家长。但是下一个瞬间，他的身影却忽然消失了，再出现时，已经站在了大家长的身后。

白鹤淮使劲眨了眨眼睛，生怕自己眼花了。

"鬼刀！"大家长怒喝一声，手腕一翻，眠龙剑直接将那两柄黑刀给扫到了一边，随即便打向了谢繁花的胸口。

谢繁花大惊，这一剑之威怎可能是一个将死之人发出来的，他立刻猛退，从马车之中飞了出去，只是离去之前，弹出了一根香，插在了白鹤淮和大家长之间。

"去！"大家长手猛地一挥，眠龙剑飞出马车，只听"嘣"的一声，就像是琴弦断裂一般，马车之外的那些丝线全都被眠龙剑给劈得粉碎。蛛影杀手立刻从这天网之阵的围困中摆脱了出来，纷纷退守到马车之旁。

"引魂香？"白鹤淮手中银针立刻飞出，截断了那半截香，但是那香却很是奇怪，即便被斩断了半截，剩下的那一半却依旧在燃烧。

"归！"大家长重新握住了眠龙剑，他手一挥，将那炷香斩得粉碎。

谢繁花被那一剑打出了几十丈之外，他双刀抵地才止住了退势，随即起身想要说话，结果一口鲜血直接吐了出来，他苦笑了一下："不愧是大家长。"

"滚！"马车之中传来一声怒喝。

"我们走！"谢繁花一挥手，众人没有任何犹豫，纷纷退走。

丑牛急忙转头，想要掀起幕帘："大家长……"

"大家长无碍！"白鹤淮一把抓住了幕帘，"丑牛你找四个人把马车抬进院子！"

丑牛愣了一下，随后点头："好！"

白鹤淮轻吁了一口气，随后转头看向大家长。此刻眠龙剑已经回鞘，剑柄上的那条睡龙再次闭上了眼睛，大家长脸色煞白，嘴唇微微有些颤抖："谢繁花不可能拿到引魂香，是慕家的人给他的。"

白鹤淮一愣，他想起大家长与她说过，自己原本出身慕家，却没想到这一场围杀，竟然后面也藏着慕家的身影，她手中银针一挥，扎在了大家长的眉心之处："引魂香不是什么难解的毒，大家长不要妄用内力！"

大家长长吁了一口气，随后伸出一指，一道紫气从他指尖流出，一股怪异的香味在马车之中散开。

白鹤淮立刻从怀里掏出一瓶丹药，自己立刻吞下一颗，又甩出一颗丢进了大家长的嘴中，她惊叹道："大家长的内力竟强到如此地步，竟能强行将引魂香的毒素逼出来。"

"我出身慕家，对这引魂香本就熟悉，逼出它并不难，但是十二个时辰内，我无法再运功。这或许就是慕家的目的吧。"大家长的脸色微微和缓了些，斜靠在椅背之上。

马车之外，丑牛环顾四周，确认那些杀手已经离去之后，走到了那处院落的门前，重敲了三下，又轻敲了三下后，最后再狠狠地砸了一下，大门才徐徐打开，一个满脸皱纹驼着背的老人站在那里，看了一眼丑牛，沉声道："钥匙？"

眠龙剑自马车之中飞了出来，插在了那大门之上。

驼背老者微微一惊，往后退了一步："进。入门一刻，勿言。"

"好！"丑牛点了点头，随后一挥手，四名蛛影从四角同时抬起了那驾马车，朝着院内缓缓行去。

驼背老者纵身一跃，从大门之上拔下了那柄眠龙剑，随即恭恭敬敬地举了起来。

"阿罗，你在这里多少年了？"大家长的声音从马车之中传了出来。

驼背老者低头，语气中带着几分激动："已在这里三十年了。没想到此生竟还能等到大家长亲临，无憾了。"

"你本应在这里颐养天年，我来此，是给你添了麻烦。"大家长伸出一只手，接回了马车之外的剑，"抱歉了。"

"我们这样的人，有什么资格说颐养天年呢？"驼背老者往边上一退，让开了路。

"噤声！"丑牛低喝一声，所有人都不再说话，就连抬马车的四名蛛影都使出了神奇的功法，连他们的脚步声都在瞬间变得轻不可闻了。直到他们抬着马车穿过了一处巨大的院落，到了正府之前的时候，驼背老者才缓缓道："可以说话了。"

众人长吁了一口气，一个个背后已是冷汗淋漓，他们此时回过头，刚好看到一只麻雀振翅从院落中飞过，只是因为振动翅膀发出了一些声响，便见一支羽箭从角落里飞了出来，直接贯穿了那麻雀的身子。

"这便是无声之阵。"丑牛沉声道。

"是的。这便是无声之阵。"大家长从马车之上走了下来，白鹤淮背着药箱站在他的身旁，神色好奇地打量了一下这处院落。

"大家长！"众人垂首道。

那驼背老者走上前："大家长，我先带你回房间歇息。"

大家长点了点头，缓步向前走去，其余人除了白鹤淮也都留在了原地，没有跟上去。

"这位姑娘是……"驼背老者一边往前走着一边看了一眼白鹤淮。

"我叫白鹤淮。"白鹤淮回道，"你要是早五十年遇到我，我能治好你这驼背。"

"这位姑娘是药王谷的神医。"大家长笑了笑，"她此言倒不一定是大话。"

"还真不是大话，你这驼背不是天生的，是后天被人下了毒，骨头给毒软了，才变成这样。要是及时把毒解了，再配合一些正骨的功法，不至于此，可惜时间过去太久了。"白鹤淮摇头道。

驼背老者眼睛先是亮了一下，随后便又低下了头："多谢神医了，老朽已经习惯这般了。"

"也不是不能治，就是这个……价钱哪，需要高一些。"白鹤淮伸出三根手指搓了搓。

"有多高？"大家长问道。

"把这处宅子送给我吧。"白鹤淮笑嘻嘻地说道。

驼背老者眯了眯眼睛，语气变得阴冷："神医说笑了。"

"哈哈哈哈哈。"大家长忽然笑了起来，"神医还真是个贪心的人。"

"所以我才会离开药王谷啊。"白鹤淮不再提治疗驼背的事情，优哉游哉地吹起了口哨。

谈笑间，驼背老者把他们引到了最深处的一个房间："若有什么问题，神医你将门上的那只木鸟放出去，我会以最快的速度赶过来。"

"木鸟？"白鹤淮一抬头，就看见一只黄色的木鸟站在门上，上面挂着一根木绳。

"拉动那根木绳，我就会出现。"驼背老者往后退了一步，身影便消失了。

见驼背老者离去，大家长浑身的气力终于泄了下来，他将眠龙剑往地上重重地一插，快速走到床边，直接就倒了下去。

"真是个倔强的老头啊。"白鹤淮轻叹一声，走过去扶起他，把了把他的脉。

大家长艰难地说道："我还没有晕过去，神医不要急着嘲讽我。"

"我只是觉得，方才那位老先生，对大家长您是忠心的，为何在他面前还要强行保持着无事的样子呢？"白鹤淮摇头道。

"若你见过他杀人时的样子，你便明白了。"大家长冷笑道，"我的确信任他，但毕竟，我们已有三十年未见了。"

落九霄客栈。

苏喆躺在床上打了个哈欠，有些昏昏欲睡。此时一阵风忽然吹开了窗户，吹得那斜靠在桌子上的佛杖上的金环叮叮当当地响了起来。他撇了撇嘴，从床上爬了起来，走到窗边打算将那窗户关上，眼睛往下不经意地一瞥，一个戴着斗笠的人正从客栈之中走了出来。

"哦？"苏喆嘴角微微上扬，随即合上了窗户，重新走到床边躺了下来。

"你杀我来我杀你，一曲唱罢至死方休。"苏喆慢慢地哼着不知名的小调，不多时就闭上了眼睛，沉沉地睡了过去。

蛛巢之中，大家长赤裸着上身，上面扎满了银针，虽然乍一看有些惨烈，但大家长的脸色却比白日时要好了许多，他沉声道："你今日便要对我用移魂大法？"

"今日怕是不行了，大家长你方才经过一场大战，精神上极为虚弱，而移魂大法则极为耗损使用者和被使用者双方的精神力，若此时强行用移魂大法，怕是你我的小命都保不住了。"白鹤淮缓缓摇头。

大家长轻叹一声："罢了，那便再等一日。"

"今日大家长你便好好歇息，只要这蛛巢真有大家长你说的那般铜墙铁壁，那么我们自然一切无忧。"白鹤淮笑了笑，随后点上了一根安神香，

"大家长好好睡上一觉便是。"

"好！"大家长点了点头，闭上了眼睛，几乎在瞬间就发出了低低的鼾声。

"那鹤淮便出去歇息一下，晚上再来看你。"白鹤淮此刻也已经十分疲倦，打了个哈欠，和大家长行了一礼，便推门走了出去，走道之上空无一人，她环顾了四周一圈，这四周是绝对没有可以藏人的地方的，她有些困惑，之前不管走到哪里，大家长的周围都藏满了杀手，为什么进了这蛛巢反而只留下了他们二人在里面？难道说，大家长已经怀疑蛛影中出现了内奸，他已经不信任外面的那些人，所以只留了她一个人在身边？

"做大家长真累啊。"白鹤淮无奈地耸了耸肩，走出那过道，来到了回廊边，看着那空中的月亮，伸了个懒腰，"今天的月亮好美啊。"

"是啊，今天的月色很美。"一个带着几分笑意的声音在白鹤淮身边响起。

白鹤淮瞬间惊起一身冷汗，这些日子蛛影中的人她都接触过了，但是对这个声音却是极为陌生的，她下意识地便点足往后一退。

那人戴着斗笠，见白鹤淮退后，手中寒光一现，一柄匕首已经冲着白鹤淮飞了过去。

"该死！"白鹤淮立刻止步，手中挥出一根银针，直接打向那柄匕首，两者相撞，银针在瞬间就被打得粉碎，但匕首却也被改变了方向，从白鹤淮的鬓边堪堪擦过。白鹤淮得了喘息之机，急忙大喊道："来……"

话音未落，斗笠人就已经闪到了白鹤淮的面前，一掌冲着白鹤淮的胸口打去，白鹤淮轻吁了一口气，一个侧身，只留下一道虚影，便已经闪到了一丈之外，斗笠人一掌落了空，微微一愣，随后向前一跃，抓回了方才丢出去的匕首，他转身道："鬼踪步，这是暗河苏家的武功。"

"你看错了，我就是随便躲了一下。"白鹤淮擦了擦额头上的汗。

"有意思。"斗笠人将手中匕首轻轻转了一圈，"本以为一招就能杀死的小丫头，倒是给了我惊喜。"

"惊喜总会越来越多的。"白鹤淮冲着斗笠人甩出三根银针。

"这倒是无趣了。"斗笠人用了与方才白鹤淮如出一辙的身法，轻而易举地闪开了三根银针，三根银针全都钉在了门墙及木栏之上。

"把那斗笠摘了吧，你眼神不好！"白鹤淮手往后一拉，随后纵身向前一跃，从斗笠人身边穿过。

斗笠人这才看清那三根银针之上竟然还连着细不可见的丝线，此时想要闪躲，却已经来不及了，那白鹤淮从斗笠人身旁穿过以后，手猛地一拉，三根线已经立刻收紧，将斗笠人整个地缠了起来。白鹤淮落地，一个转身，再往后急退三步，再抬起头看向斗笠人，他的双手已经被束紧，整个人像是一根柱子绷在那里。

"苏家的三针引线，这可是很多天字杀手都没能掌握的技艺。"斗笠人语气依旧波澜不惊。

"别乱动，再动就杀了你！"白鹤淮沉声道。

"我已经动弹不得了，你现在只要再给我来一针，我就死定了。"斗笠人淡淡地说道。

"我才不会那么傻。"白鹤淮冷笑了一下，"谁知道你有什么诡计，来人……"

"噤！"斗笠人点足一掠，再次冲向白鹤淮，白鹤淮一急，再拉那丝线，却发现丝线已经寸寸崩裂。这怎么可能，这可是天蚕丝所织的丝线，坚韧无比，寻常刀剑都砍不断，他是怎么挣脱的？白鹤淮一低头，才看见一柄匕首旋转而上，原来这斗笠人在双手被束缚成那样的情况下，还能挥起匕首。斗笠人一把握住匕首："虽然我对你越来越好奇了，但还是一刀杀了比较好！"

那帮傻子，这里都闹成这样了，怎么还没有动静？白鹤淮心念一动，想起了房间里的那只木鸟，就算没有木鸟，把大家长喊起来拼命也比这样送死好。她立刻转身，疯一般冲回了走道，向着房间狂奔而去。

"这般杀人最是有趣。"斗笠人点足一掠，翻身在屋顶上踩了一脚，整个人翻身而下，冲着白鹤淮打了下去。

白鹤淮感觉到背后的寒意，用尽全力往前纵身一跃，连着翻了好几个跟斗，那地板则被斗笠人的一匕首给打出了一个大大的窟窿。

白鹤淮从地上爬了起来，此刻距离大家长的房间仍还有十步之远，但斗笠人已经落在了他的面前，他缓缓地举起了手中的匕首。

只听"啪"的一声，斗笠人的斗笠瞬间一分为二，向着两侧飞了出去，露出了那张年轻而桀骜的脸庞。

"是你。"白鹤淮惊道。

斗笠人眼睛微微往后一瞥，看到了那个执伞的身影，摸了摸自己的两撇小胡子："你来了啊。"

苏暮雨手中握伞，伞尖抵在苏昌河的后背上："是谁将你带进来的？"

苏昌河手中的匕首轻轻地旋转着："蛛影中的每一个人都是你亲自挑选的，他们都绝对忠诚于你，你不相信他们？"

"我更相信结果。"苏暮雨看了一眼地上的白鹤淮，微微皱了皱眉头。

白鹤淮勉强从地上爬了起来，往后缓缓退到了大家长的房门边。

"你不应该怀疑他们的，他们一直都忠诚于你，但你犯了一个错误。"苏昌河笑着说道。

"什么错误？"苏暮雨问道。

"他们忠诚于你，但不代表他们忠诚于大家长，若他们觉得你的选择出错了，他们是否会帮助你走上正确的路呢？"苏昌河一个转身，手中匕首划向苏暮雨。

苏暮雨往后一退，一缕额发被那匕首划落了，他猛地一挥油纸伞，大喝道："闪开！"

白鹤淮一愣，立刻猛地一扑，摔进了房间之中。大家长此刻仍在闭目养神，这般巨大的动静仍是没有惊醒他。随即她抬起头，看着那房门上的木鸟，立刻伸手要去拉那引线。

"今日就到这里了。"苏昌河纵身一跃，从苏暮雨头上飞了过去，他几步就跃出回廊之外，随后一跃而下，"苏暮雨，你身边真的有很多惊喜，比我想象中的还要多。"

苏暮雨轻吁了一口气，没有来得及去思考苏昌河话语中的意思，走到了房门边，看着白鹤淮正要拉那引线，他急忙将手中的油纸伞一挥，将白鹤淮的手打开了，白鹤淮怒道："做什么？别让他跑了！"

"就当是我的请求。不要拉它。"苏暮雨垂首道。

白鹤淮仰起头，看着苏暮雨那带着几分愁意与歉意的眉眼，终究还是收回了手，她看了一眼躺在那里的大家长，起身合上门走了出来："你和那个小胡子关系很好？"

"很好。"苏暮雨淡淡地说道。

"唉，你们暗河真是复杂。"白鹤淮耸了耸肩，"我刚刚差点被他杀了，真不想放走他啊。"

苏暮雨轻叹一声："抱歉了。"

"没事了，让他先跑一会儿便是，一会儿我再唤丑牛他们来。"白鹤淮挥手道。

"神医……"苏暮雨收起油纸伞，有些犹豫地说道，"有人潜入蛛巢一事，姑娘也不要和任何人提起，我自会处理。"

白鹤淮一愣，想了会儿才明白过来："你是想保住那个内奸？你是不是疯了？"

"姑娘，你只需尽心尽力治好大家长，剩下的事情是我们暗河自己的事情，还请不要过问。"苏暮雨沉声道。

白鹤淮冷笑道："那你能不能去和你们暗河的其他人说一下，这是你们自己的事，杀人的时候可不可以不要算上我。"

"我答应姑娘，从今天起，一直到大家长病愈，不会再有人可以伤害到你。"苏暮雨回道。

"这是你能说了算的？"白鹤淮挑眉道。

"除非我先死了。"苏暮雨缓缓说道。

"便信你一次。"白鹤淮看着苏暮雨那无比认真的神情，终究觉得自己拗不过这个奇怪的家伙，推门回到了房间。大家长依旧在沉睡中，白鹤淮也躺到了长椅之上，不知怎的，知道苏暮雨回来了，她原本一直提着的一颗心总算是放了下来。

看来这个家伙，还真的有一些特别的魅力，难怪那些人都这么信赖他。

只是……那个留着小胡子的家伙……

苏昌河走在空无一人的长街之上，开开心心地哼着不知名的曲儿，把玩着手中的那柄小匕首："药王谷神医，暗河杀人术，真是有趣、真是有趣啊！"

"什么有趣？"旁边的屋檐之上，忽然传来了一个暗哑的声音。

苏昌河止步，脊背在一瞬间挺得笔直，身上的黑袍瞬间扬起，他咬牙道："是你。"

"是我。"那人穿着一身银袍，在月光的映射下显得格外闪亮，"许久不见了，送葬师。"

"以你的身份，居然敢来九霄城？"苏昌河冷笑道。

"以我的身份，天下何处不能去？"银衣人反问道，"何处不敢去？"

"这话说得有些意思，那处巢穴你若愿意去，现在倒是个最好的时机。"苏昌河幽幽地说道。

"是不是好时机，你说了不算，我今日卜了一卦，卦象上说我不宜去。"银衣人笑着说道。

"你的事，我不想知道。你找我有事？"苏昌河有些不耐烦地问道。

"无事，正巧路过，看到了你。对了，我替你和你的那个好兄弟也卜了一卦。"银衣人站起身，"可想知道？"

"不想知道。"苏昌河大踏步地往前走去。

"俱是凶卦，九死一生。"银衣人朗声道。

苏昌河没有理会那人，走出了长街，随后擦了擦额头上的冷汗，苦笑了一下，低声道："遇到你这个怪物，可不就是凶卦吗？"他走回到了落九霄客栈的门口，整个客栈漆黑一片，一点烛火都没有了，似乎整个客栈的人都睡下了。苏昌河低头沉吟了许久，忽然转了身。

客栈的大门在此时忽然打了开来。

一阵风自客栈之内吹了出来，带着几分凉意。

"回来了，还不进来歇息？"客栈之内亮起了一点火光，正是苏喆点了一根火柴来烧他的烟草。

"喆叔，这么晚还没歇息呢？"苏昌河尴尬地笑了笑，转身走回了客栈之中。

"本来歇息了，但是被人给吵醒了。"苏喆慢悠悠地抽了口烟，"有些烦人啊，但是没有办法。"

"喆叔你的官话这个时候说得可真好。"苏昌河依旧皮笑肉不笑地说着。

"上去吧，他们在楼上等你。"苏喆看向苏昌河，轻轻摇了摇头，佛杖靠在一旁，上面的金环随着风吹叮叮当当地响了起来。

"喆叔，你这铃声太像催魂了，我还没上去，手就抖了。"苏昌河眯了眯眼睛。

"你手抖，可和我没关系。"苏喆放下烟杆在桌上轻轻地敲了敲，"快上去，别让他们下来。”

苏昌河踩着咯吱咯吱作响的木台阶缓步走到了二楼，二楼最大的那间房间开着门，黑灯瞎火的，看不清里面的场景。

“总是搞得这么阴森森的。”苏昌河耸了耸肩。他走进了那间屋子，两把剑在瞬间架住了他的脖子。

“苏昌河。”一个声音冷笑着唤了一声。

“喂喂喂，都是一家人，久别重逢就来这么大阵仗，不合适吧？”苏昌河喊道。

“把他带进来。”一个带着几分威严的声音自内堂响起。

于是那两柄剑便架着苏昌河的脖子，穿过一面屏风来到了内堂之中，内堂之中在此时终于点起了两盏油灯，只见一名身穿黑衣面容冷峻的中年男子坐在长椅之上，正用一柄小匕首剔着手中的指甲，他的身后站着十几个精壮的男子，一个个腰间佩剑、凶神恶煞。

“老爷子。”面前那剔着指甲的男子看起来不过四旬出头，苏昌河却唤其为老爷子，在暗河之中，当得起苏昌河这一声称呼的，唯有暗河苏家家主苏烬灰了。

苏烬灰放下了匕首，看着面前那动弹不得的苏昌河，笑道：“你还记得我这个老爷子？”

苏昌河笑得无比真诚：“我就算烧成灰，也得记得老爷子啊。”

“放开他吧，这可是我们苏家现在最好的剑，你们再这样用剑架着他，我怕他手里的匕首马上就要割破你们的脖子了。”苏烬灰挥了挥手。

“遵家主之命。”那两柄剑终于从苏昌河的脖子边挪走了，苏昌河得了空，伸了个懒腰，身上的骨头噼里啪啦响。

“坐我身边来。”苏烬灰拍了拍身边的位置，随后从怀里掏出了一根烟杆，就着那油灯将烟草点燃了。

苏昌河随手拿起桌上的一个果子，毫不客气地直接坐到了苏烬灰的身旁：“老爷子你怎么亲自来了？你来到这九霄城，真的没关系吗？”

“我来这里，还不是因为你？大家长不应该入九霄城，即便入了九霄城，也不应该到那里去，蜘蛛归巢，便很难有办法再找出他了。”苏烬灰抽了口烟，语气中带着几分埋怨。

"是昌河无能。"苏昌河摇头道，"本以为能拦住蛛影的，可还是出了点偏差。"

"你临行之前，我给了你手令，能调遣苏家所有的精锐杀手，但你好像并没有珍惜这个权力，就连苏喆，都是我替你派出来的。"苏烬灰幽幽地说道。

"属下不想让苏家和蛛影正面起冲突，坏了老爷子你的名声，也不希望白白折损苏家的精锐，请老爷子相信我，十日之内，必替你取到眠龙剑！"苏昌河沉声道。

"混账！"苏烬灰重重地拿起烟杆敲了一下面前的桌子。

只听"唰"的一声，苏烬灰身后的一名杀手已经拔出了腰间的长剑。

"老爷子有话好说啊……"苏昌河咬了一口果子，依旧一副嬉皮笑脸的样子。

"拔剑做什么！我说要杀人了吗！"苏烬灰怒喝道。

"说出来可能家主不信，是那剑自己出的鞘。"苏昌河转过身，抬手一挥，就将后面那人的长剑打回了鞘中。

"你啊！"苏烬灰看了一眼苏昌河，连连摇头，"你之前从来没有令我失望过，希望这一次，你不要让我失望！"

"我怎么会让老爷子你失望呢。"苏昌河笑道。

"晚上你去了哪里？我问了苏喆，他说他睡了，什么也不知道。"苏烬灰又问道。

"我去探了探蛛巢的路。"苏昌河回道。

"一个人？苏家在九霄城埋伏了那么多人，你为什么不用？你不相信他们？"苏烬灰又抽了口烟，才继续说道，"还是怕他们……看穿你？"

"老爷子这是哪里的话。"苏昌河笑道，"只是探路，又不需要杀人，还不到时候呢。"

苏烬灰没有再说话，举着烟杆慢慢地抽着烟，苏昌河也不再说话，吃完了一个果子，便又拿了一个果子，也不知道过去了多久，苏烬灰终于抽完了烟，倒出了烟灰，将烟杆收入怀中。他沉声道："我知道你在想什么。"

"老爷子您请说！"苏昌河挑了挑眉。

苏烬灰看着苏昌河的眼睛："你想保住苏暮雨的命。"

苏昌河嘴角微微抽搐了一下，随后笑道："当然。"

"我给过你承诺，只要拿到眠龙剑，那么苏暮雨可以不死，甚至我准他离开暗河。"苏烬灰站了起来，"但是我从一开始就知道，苏暮雨不会答应你的条件，他是什么样的人，我很清楚，但我相信你比我更清楚。"

苏昌河苦笑道："那老爷子还把这差事交给我？"

"虽然你不是个东西，但看看整个苏家，能做成这件事的唯有你。我再给你点时间，把事情做成，做得漂亮一点。不要辜负我对你的期望。"苏烬灰转身朝着屋外走去，那些精壮汉子立刻跟了上去。

"恭送老爷子。"苏昌河弯腰行礼。

一行人走出了客栈，一名苏家弟子走上前低声说道："老爷子，这样的任务，真要交给苏昌河？他可是无名者出身，并不是真正的苏家人。"

苏烬灰冷笑道："我选他，一是因为他的确是这一代苏家弟子中最强的剑，二是因为他不想让苏暮雨死，大家长中了雪落一枝梅，拖再久也改变不了结果，而唯有我们苏家赢，苏暮雨的命最后才有机会保住。"

"那若他真的成事了……"那人犹豫道。

"我知道你在想什么，你怕以后家主的位置就交给了一个无名者。"苏烬灰止步，看着那人。

那人垂首，背后冷汗淋漓。

"行冠姓之礼的那一天，无名者便已经是我们的家人了。但是暗河这个地方，真的有过一家人吗？"苏烬灰意味深长地说道。

客栈之中，苏昌河抖了抖浑身已经湿透的衣服，苦笑道："坐了一刻钟，洗了一个澡。"

苏喆躺在一旁打哈欠："大晚上的，不让楞（人）消停啊。"

"喆叔，你在家族中这么多年，我倒是一直没看清过你的立场。"苏昌河忽然说道。

苏喆打了个喷嚏："搜（收）钱办寺（事），要有个啥子立场？"

蛛巢。

苏暮雨背着伞走到了丑牛的身旁，丑牛一惊，下意识地就拔出了剑，等看清了是苏暮雨，才缓了口气："头儿，你什么时候进来的？神不知鬼不觉的。"

"这处蛛巢我来过几次，如何潜入这里我自然了解。"苏暮雨淡淡地说道。

丑牛点了点头："我倒是忘了。"

"这处蛛巢之中一共有机关三十六处，每一处都凶险至极，就算是绝世高手穿梭其中也很难生还。"苏暮雨仰头看着天上的月亮，"除非来的人对这处蛛巢的构造无比清楚，比如我。但即便是我，有一个地方也是不能过的。"

"哪里？"丑牛疑惑道。

"这里。"苏暮雨将手中的油纸伞往地上一插，"这处是整座蛛巢的阵心，躲开那三十六处机关的办法一共有四种，但每一种的结果都必须要经过这里，不管怎么样，这里是躲不开的。"

丑牛手中依然握着剑，下意识地往后退了一步。

"但是方才我经过这里的时候，并没有人。"苏暮雨依然看着天上的月亮，没有转身。

"我方才与人换班，所以离开了一下。"丑牛沉声道。

"这么拙劣的谎言，我觉得不必说了。"苏暮雨轻叹道，"你可是蛛影的丑牛。"

"我是苏家，苏山筠！"丑牛挥起剑，抵住了苏暮雨的后背。

"进了蛛影，便不再是苏家的人了，当年的誓言是我们一起立下的。"苏暮雨拔起地上的油纸伞，转身猛地一挥，丑牛的面具在瞬间被打得粉碎。

如白鹤淮所言，面具下的那张面庞并不英俊，甚至可以说是有些丑陋了，本来就并不俊秀的眉眼，再加上那一道横贯了大半张脸的刀疤，显得更加的凶戾可怖。丑牛苦笑了一下："头儿你比谁都清楚，大家长中的毒，无人可解，就算解了他也活不了几年。他应该让位，我们这般愚忠，最后只能给他陪葬！"

"愚忠吗？"苏暮雨挑了挑眉，"可所谓忠诚，不就是即便身处绝境，也绝不离弃吗？若大势所趋，大家长应死，那我们就顺应趋势，那么忠诚的存在又有何意义？"

"头儿，你……"丑牛咬牙道。

"你走吧。"苏暮雨转过身，收起了油纸伞，"找个地方躲起来，我会说派你出去执行任务了。等事情结束了，若苏家胜了，你便去寻苏家，若其他家赢了，你便改了姓名换了相貌永远也不要再出现！"

"头儿，你的剑法很强，但是你护不住所有人的。这一场仗一定会打起来，一定会有人死，不是苏家死，就是大家长死，不是你最好的兄弟死，就是你宣誓效忠的大家长死！"丑牛握着剑的手微微有些颤抖，"反了吧！现在我们一起去，直接杀了大家长，取走眠龙剑，一切就可以提前结束了！"

"若你再往下说——"苏暮雨加重了语气，"今日，你便不能走了。"

"你护不住所有人的……"丑牛最后低声喃喃，随后长叹一声，点足一掠，从院墙之上翻身离去。

"你不该让他走。"驼背老者不知何时出现在了他们的身后，沉声道。

苏暮雨转身，看着老者，躬身行了一礼。

"你是暗河的傀，论暗河中的地位，你比我高不知道多少，不必对我行礼。"驼背老者看着院墙，"叛离蛛影，是暗河中最大的罪。"

"要活着，才能治别人的罪，如今的情景，暗河的大家长被三家合力追杀，那些章程还有存在意义吗？"苏暮雨问道。

"我与你见过几次，也听说你不少传言，据说你在提魂殿中有一个称呼，叫'三不接'。"驼背老者看着苏暮雨，"屠戮满门的不接，不知缘由的不接，不想接的不接。我在暗河待了一辈子，你是我见过唯一能和提魂殿提条件的人。"

"因为我有一个朋友，他也有一个说法。"苏暮雨微微垂首，"苏暮雨不接的，他接。"

"是苏昌河吧，送葬师苏昌河。据说他的剑法不如你，但送葬师的名号却比执伞鬼更来得令人闻风丧胆。"驼背老者缓缓说道，"你有这样一个朋友，很不错。"

"我知道。"苏暮雨回道。

"但是暗河的人，并不需要朋友。"驼背老者冷笑道，"朋友，会让你握剑的手犹豫。而你，一个靠着一本残谱便复原了十八剑阵的剑道天才，却没想到是一个愚蠢至极的人。"

"愚蠢至极？"苏暮雨微微蹙眉。

"你想做一个好人。"驼背老者依旧冷笑着，"身为一个杀手，你居然想要做一个好人，这难道不是世间最好笑最愚蠢的事情吗？"

"苏昌河也这么说过我，但我并不是想做什么好人。我只是觉得，有些事情……"苏暮雨从驼背老者身边走过，"我想尽力。"

"那个苏暮雨，是一个活着很累的人啊。"白鹤淮坐在房间中，看着那闭目沉睡的大家长，感慨了一句。

"他确实活着很累。"大家长忽然回了她一句。

白鹤淮一惊，她方才分明探过大家长的鼻息，他是睡着了的，她疑惑道："大家长你醒着？"

大家长点了点头："暗河有一种特殊的屏息之法，能让人似睡非睡，似醒非醒，既能够察觉到周围的风吹草动，又能够安神歇息。"

"所以方才外面的事情，大家长你都听到了？"白鹤淮皱眉道。

"只能够听得只言片语罢了，不过大概的事情，我都能想得到。"大家长笑了笑，"暮雨是个值得信任的人，他所做的选择，便要他去做吧。"

"他是无名者，那么他在加入暗河之前，是什么身份？"白鹤淮忽然想到这个问题。

"暮雨从来不对人提起，小时候只说自己失忆了，但是我后来派人去查过，他出身无剑城，是无剑城城主卓雨洛的儿子。"

"剑惊天卓雨洛！"白鹤淮一惊，那可是赫赫有名的剑客豪侠。

"是的，无剑城被灭门的那一天，苏暮雨来到了暗河。"大家长缓缓道。

月落日升，晨起之时，一场春雨又悄然落下。

九霄城虽是北城，但遇上了这雨水节气，却也无法避免地多雨而潮湿，白鹤淮坐在勾栏旁，吃着那驼背老者早上送来的九霄城特有的红米糕，想到了昨日苏暮雨说的话，低头笑了笑："说什么必定保我无忧，我现在喊一声，你能出现吗？苏暮雨！"

"九霄城的红米糕，味道如何？"苏暮雨清冷的声音忽然从她左侧响起，她猛地转头，才发现苏暮雨撑着伞站在那里。

"吓……吓我一跳，你什么时候出现在那里的？"白鹤淮问道。

"我说过保你无忧，自然不会骗你。"苏暮雨淡淡地笑了笑。

白鹤淮难得见苏暮雨笑，愣了一下，随后转头道："这红米糕跟江南的桂花糕比，可是差远了，不过勉强也算是能入口吧。对了，苏暮雨，我想到了法子能治好大家长，但是……"

"但说无妨。"苏暮雨直接回道。

"得加钱！"白鹤淮伸出两根手指，轻轻地搓了搓。

苏暮雨无奈地摇了摇头："都说神医济世救人，怎么是个钻进钱眼里的？"

"只有赚了钱才能生活无忧，才能潜心研究医学，自己饭都吃不饱了，还指望吃药能吃出长生不老？"白鹤淮反驳道。

苏暮雨轻叹一声："药王辛百草，医术举世无双，却也不曾听说他是个贪财的。"

"这里是药王谷吗？"白鹤淮问道。

苏暮雨摇头："不是。"

"那我是辛百草吗？"白鹤淮又问道。

苏暮雨接着摇头："自然也不是。"

白鹤淮右手一摊："加钱！"

苏暮雨收了油纸伞，走到了白鹤淮的面前："不知神医想要加多少钱？"

"我要这处院落。"白鹤淮敲了敲身下的木栏，"事成之后，这处蛛巢，送给我！"

苏暮雨微微皱眉："你要这里做什么？"

"这里机关那么多，我觉着安全，我这藏了许久的身份暴露了，以后不得找个安全的地方开药府吗？不然天天被你们这群杀手追着杀。"白鹤淮咬了一口红米糕，"一句话，行不行？"

"九霄城是北城，红米糕也不好吃，怕你住着不习惯。若事成之后，我还活着的话，我把你在江南的白鹤药府改成一处蛛巢，神医你看如何？"苏暮雨缓缓说道。

白鹤淮眼睛一亮："还有这等好事，成交成交。"

苏暮雨点了点头："那便说好了。"

"对了，丑牛去哪里了？"白鹤淮惑道，"这一早上都没有见到他。"

"丑牛他外出执行任务了。"苏暮雨平静地说道，"你暂时不会再见到他了。"

"哦。"白鹤淮点了点头，没有继续问。

而此刻在九霄城中的一处偏僻无人的街道上，丑牛正被一柄刀压在地上。

刀身狭长却厚重，有一个类似于月牙一般的弧度，一条长龙盘踞在刀背之上。

那是一柄以上古三大邪刀为原型仿制的，龙牙刀。

"哟哟哟，这不是丑牛吗？堂堂地支十二生肖中的丑牛，怎么面具也毁了，还鬼鬼祟祟地在城里晃悠了大半日想要逃出去？"另一个穿着长袍的男子双手笼在袖中，慵懒地斜靠在一旁废弃的店铺门边，看着地上的丑牛，讥讽道。

"你们是谢家的人。"丑牛低喝道。

"是啊。但你应该没见过我们，我却见过你，在你成为地支十二生肖的那天，我去观礼了，你戴上了那面具，宣誓此生为大家长效忠。如今你面具毁了，还逃出了蛛巢，所以你是背叛了大家长？"身穿长袍的男子幽幽地说道。

"与你何干！"丑牛想要挣脱，可那柄龙牙刀却往下又压了一寸。

"别动。"执刀人沉声道。

"他让你别动，是劝你真的别动，我这个兄弟，看着虽然憨憨傻傻，可刀法却比谁都利落，你方才也见识过了。"长袍男子耸了耸肩，"把蛛巢中的机关图画出来，饶你不死。"

"你做梦。"丑牛伸掌在地上猛地一拍，整个人向上跃起，落在了一旁的屋檐之上。

"把他打下来。"长袍男子不耐烦地挥了挥袖子。

"好。"执刀人朝着上方猛地一劈，直接就将那半个屋檐都给打得粉碎，丑牛点足一掠，退到三步之外，准备转身离去，可一转身，那柄龙牙刀却不知何时已经在那里候着了，直接就将他再次打了下去。

在地支十二生肖中，丑牛因为性格稳重而常被苏暮雨安排统筹全局的任务，单纯论武功来说，他在其中算是较弱的一个，可既然当年能被选为蛛影的一员，必定曾经在各家之中是翘楚，被一柄龙牙刀逼到这般地步，丑牛是没有想到的。

"你是谁？我从未听说谢家出了一柄这么好的龙牙刀。"丑牛一边挥剑一边低声喝道。

"你确实不曾听说过，为了对付你们蛛影，各家都暗自培养了一批好手，每一个人都不会比你们的那个苏暮雨逊色。"长袍男子笑道。

"苏暮雨，我想和他比剑。"执刀人一刀就把丑牛手中的剑打飞了出去，"你的剑法比他，如何？"

"头儿的剑法自然比我强上百倍。"丑牛怒道。

"希望你没有骗人。"执刀人持刀从丑牛的身旁掠过，随后收刀入鞘。

长袍男子眉头一皱，急道："你怎么把他杀了？"

"他不会说的，我能看出来。"执刀人转过身。

丑牛看着鲜血从胸口涌了出来，他艰难地转过身，看着面前的执刀人，缓缓道："你叫什么名字？"

"不谢。"执刀人回道。

丑牛皱了皱眉，他并不明白这句"不谢"的意思，但他已经来不及发问了，他仰后倒了下去，重重地摔在了地上。

"我是说，我的名字，叫不谢。"执刀人继续说道，"谢家，谢不谢。"

长袍男子走到了丑牛的尸体身边，有些不耐烦地踹了一脚尸体，确认丑牛已经没气以后，他又踹了那谢不谢一脚："难得的机会，你就这么杀了？"

"他不会说的。"执刀人重复了一遍，就自顾自地转身走了。

"走？"一柄飞刀从谢不谢的额前掠过，钉在了他的面前，"好不容易守到一只落了单的蜘蛛，就这样被你杀了？"

谢不谢转身，仰起头，看到了一个女子正站在屋檐之上。女子穿着一身材质特别的银衣，戴着一双白丝手套，以白纱蒙面，只露出了一双眼睛，瞳孔却是浅灰色的，与常人有异。谢不谢微微皱眉："你是谁？"

"慕家慕雪薇，代号毒花，她的浑身上下都是毒，沾上一点就必死无疑，离她远一点。"长袍男子慢悠悠地走到了谢不谢的身边，仰起头，"慕家只派了你来？"

"有我还不够吗？"慕雪薇点足一掠，缓缓落地，随后冲着那二人轻轻一甩长袖，一阵雾气冲着他们袭来。

"避开。"长袍男子低喝道。

"不！"谢不谢猛地一挥手中龙牙刀，直接将那阵雾气给劈散。

慕雪薇冷笑一声："你的刀法还不错，只可惜……"

"可惜什么？"长袍男子撇了撇嘴，长袖一挥，两边破旧店铺的窗户忽然打开了，两把千机弩正对准着慕雪薇。

"他是谢家谢千机，这一代谢家之中机关术、阵法术第一的人，你从落地之时开始，他就在引你走到现在这个地方。"一个身穿道袍的男子从长街的另一头慢悠悠地走了过来，"大家此行都是同一个目的，何必要针锋相对呢。"

"就因为此行是同一个目的，所以才不得不针锋相对，毕竟再过两日，就要把彼此的性命托付给对方了。"慕雪薇沉声道。

"哈哈哈，你这丫头倒是有趣，说的话倒有些像是话本中的句子。"谢千机长袖一挥，两扇窗户同时关上了。

道袍男子走到了慕雪薇的身旁，笑道："这本身就是话本里的台词，出自《洛阳风云书》第九幕，绝杀一战。"

"慕青阳，你就是慕家那个会算卦的道士？"谢千机看着道袍男子，微微眯了眯眼睛。

"是啊，那就让我来算一卦此行的凶吉。"慕青阳从怀里拿出一枚铜币，正面印着一柄桃木剑，背面印着一朵桃花。

"这是什么币？"谢千机问道。

"铜币，据说是青城山的那位道剑仙赵玉真特制的，我托了人从青城山给我搞到了一枚，桃木剑为凶，桃花为吉。"慕青阳丢起了铜币，只见铜币在空中打了个圈，最后落到了慕青阳的手背上，他一掌扣上，问道，"你们觉得如何？"

"这就是算卦？"谢千机看得目瞪口呆，"我小时候算此次试炼能不能过，也是这般丢钱币的。你穿一身道袍，丢一丢青城山的钱币，就是算卦了？"

"哎呀，大道至简！"慕青阳松开手，瞥了一眼那钱币。

桃木剑。

"我果然是个假道士，不准不准。"慕青阳收起了钱币，伸了个懒腰，"对了，人是不是都到齐了？"

"他便是如此，不必惊讶。"慕雪薇摸了摸额头，似乎对这个同伴也很是无奈。

谢千机重新将双手笼回袖中，耸了耸肩："对你们慕家这个道士，早就有所耳闻。"

谢不谢在此时忽然一把按住了长刀，眼睛在长街之上游荡，他沉声道："有人。"

"哈哈哈哈，不愧是谢家年青一代最好的刀，四人之中，最先发现我的居然是你。"一个有几分阴森的声音忽然响起，长街之上店铺的门在瞬间打开又合上，一个白色的身影穿梭其中，声音也忽远忽近，时起时落。

谢不谢的目光紧跟着那身影移动着，慕雪薇和慕青阳相视一眼，都没有做出任何的反应，而谢千机则闭上了眼睛，选择用听来感知那白影所在的方位。

"装神弄鬼！"谢不谢猛地转身，冲着身后一刀挥去。

"不错！"那白衣人不知何时竟已到了谢不谢的身后，正巧挥出一掌，迎上了谢不谢的长刀，他手上戴着一双金丝手套，直接抓住了谢不谢的长刀，随后轻轻一翻转，谢不谢顺势随刀势一个翻转，直接一个旋刀式冲着白衣人打了过去。那白衣人冷笑一声，点足一掠，身形却忽然消失在了那里。谢不谢一刀落了空，随后转身，看到那白衣人已经落在了屋顶之上。

"不必打了，他是慕家的慕白。"谢千机伸手拦住了谢不谢。

"慕白，慕子蛰的儿子？"谢不谢一愣。

"大胆，谁允许你直呼我慕家家主之名！"慕雪薇斥道。

"没想到慕家派出的人居然是你，这很有诚意。"旁边一家店铺的门忽然打开了，一个瘦削的男子正坐在其中。

"可是谢家的诚意却是一般了，派出了你一个将死之人。"慕白笑道，"谢繁花。"

"因为快死了，所以不畏惧死亡。"谢繁花轻轻咳嗽了一声，起身从里面走了出来，"这样一来，我们便到齐了。谢家谢繁花，谢千机，谢不谢。"

慕白从屋顶之上一跃而下："慕家，慕白、慕青阳、慕雪薇。"

谢繁花拿出一块手帕擦了擦嘴角的鲜血："我们六人，三日之后，负责撕开蛛巢的那张网。"

落九霄客栈。

苏昌河打开了窗户，一阵春风夹杂着细微的雨粒吹了进来，他笑道："真是个舒服的时节啊。"

"辣（那）天在蛛巢之外，动手的系（是）谢家的刀，但是结天网之阵的系（是）慕家的人。"苏喆缓缓说道。

"是啊，谢家和慕家联手了，独留下我们苏家，孤立无援啊。"苏昌河淡淡地笑着，"但这场战役，注定只会有一个赢家，即便现在联手了，将来还是得死战一场。"

苏喆幽幽地问道："里（你）怎么看？"

"我？当然就是这么看着。"苏昌河笑道，"好好看一场戏。喆叔你就等着吧。"

"我等着，但是老爷子不肯等了啊。"苏喆沉声道。

"去他的老爷子吧。"苏昌河冷笑道，"要想拿到那柄眠龙剑，若连这点耐心都没有，那么就算坐上去，也只会死得更快！"

九霄城的雨下下停停，就这么又过去了两日光景。

苏暮雨站在屋檐之下，仰头看着那雨帘。

多日过去了，慕雨墨一直都没有回来，这并不是一个很好的信号，但好在，唐怜月也并没有追上来。这至少说明慕雨墨真的拖住了唐怜月，但以什么样的方式，却不能知晓了。

"希望无碍吧。"苏暮雨轻叹一声。

"你在担心雨墨姐姐？"白鹤淮突然出现在了苏暮雨的身后。

"是。"苏暮雨点头道。

"你喜欢她吗？"白鹤淮又问道。

"喜欢，但不是你想象中的那种喜欢，是那种家人的喜欢。"苏暮雨回道。

白鹤淮吐了吐舌头："好老套的话术啊，我又不会告诉她。"

"是真的，雨墨和我们一起长大的。或许昌河喜欢她吧。"苏暮雨垂首道，"我不知道。"

白鹤淮一愣，随后连连摇头："你们的关系真乱真乱，啧啧啧啧啧。"

"已经过去两日了，神医可做好准备了？"苏暮雨不愿再聊，直接换了个话题。

"自然，你让人准备一百支红烛和十八面铜镜放在房中，大家长的身子已经调理得差不多了。我休息一日，明日便用移魂大法！"白鹤淮自信地说道。

"那便仰仗神医了。"苏暮雨转身，将一支羽箭放了白鹤淮的手上，"这是雷门所制的冲天箭，关键时刻你拔下下面的机关，这支箭便会飞出来，击中对手后就会爆炸，关键时刻可保一命。"

"雷门的火器啊，一定很贵吧。"白鹤淮把玩着那支羽箭。

苏暮雨淡淡地笑了一下："以前和雷门并肩作战过，分别时他们送的礼物。"

"雷门不是名门正派吗？和你们暗河还会并肩作战？"白鹤淮疑惑道。

"暗河，并不是任何人的敌人。"苏暮雨回道。

九霄城外，寥落亭。

慕雨墨一身紫衫已经湿透了，勾勒出她曼妙的线条，这对寻常的男人是极大的诱惑，只可惜她面对的是唐怜月。唐怜月无奈道："你真是一个缠人的女人。"

"馋人？这是对我的夸奖吗？"慕雨墨看似已经精疲力尽，斜靠在亭中的石桌上。

唐怜月一愣，随后反应过来，怒道："够了。我不想杀你，但我的耐心也是有限的。"

"不想杀我吗……其实我，快死了呢。"慕雨墨忽然呕出一口鲜血，右手扶着胸膛，半跪在地。

唐怜月微微皱眉，这几日慕雨墨反反复复已经演绎了好几遍将死的情形，他很难再去相信面前的这个女人了，但这一次慕雨墨倒在了地上，很快就没有了声息。唐怜月双眼微微眯了眯，随后便转身离去了，只是走出了几十步之后，还是忍不住转过头。慕雨墨依旧躺在那里，一动不动。

不会真的死了吧？唐怜月默默地想着。

这个女人和他非亲非故，甚至还是他敌人的护卫，这一路上给他带来了不少麻烦，她死了对于他来说，是一件好事吧。只是，为什么心里，还是有一些不安呢？

唐怜月最终还是轻叹了一声，转身走了回去，他看着地上的慕雨墨，轻声道："我救你，只是因为我不喜欢杀人，更从来不杀女人。"他俯身，打算查看慕雨墨的伤势，可慕雨墨却忽然一个转身，一把搂住了唐怜月的脖子。

"你果然还是在骗我！"唐怜月一把握住了指尖刃。

可这一次慕雨墨搂住唐怜月的手却是无力的，只是那么轻飘飘地挂着，慕雨墨面色惨白，却依旧笑着："你果然还是关心我的啊。"

"你！"唐怜月无奈地叹了口气。

"这一次，是真的要死了，你的暗器太厉害了，我打不过你，剩下的就交给雨哥他们吧。"慕雨墨闭上了眼睛，直接昏睡了过去。

"你死不了。"唐怜月在慕雨墨背上轻轻一拍，将自己的内力传给了她，慕雨墨迷蒙间只觉得身上传来一股暖意，却依旧没有醒来，只是将唐怜月抱得更紧了些。唐怜月有些尴尬地转开了脸，却终究没有办法，将她抱了起来，走出了寥落亭，朝着九霄城的方向继续前行了。

落九霄客栈。

苏喆要了一壶茶，自己点了一杆烟，找了一个角落坐着，看着窗外的细雨，有几分惬意。苏昌河从楼上走了下来，看到苏喆的样子，笑道："喆叔的日子，倒过得有些安逸。"

"我现在只系里（是你）手里的一柄剑，里（你）让我去喇（哪）里我去喇（哪）里，其他时候，我就系（是）个大爷。"苏喆抽了口烟，看了一眼窗外的细雨，忽然说了句流利的官话，"希望这场雨停的时候，一切都可以结束。"

"是啊，这场雨倒是快些结束啊。"客栈掌柜的坐在柜台上，无精打采地打着哈欠，这场雨下得客栈也没了生意，整个大堂空空荡荡的，只有苏喆这一桌有人，而楼上客房的客人前些日子也都莫名其妙地退了房，再这样下去，这落九霄客栈可就要关门大吉。正当掌柜烦恼间，一身着黑衣的男子抱着一个紫衫女子走进了落九霄客栈。

正是唐怜月和慕雨墨。

苏喆一惊，手掌猛地一张，一张人皮面具直接盖上了苏昌河的脸。

唐怜月听到动静转过头，看到一个相貌平平的年轻男子正站在那里望着自己，另有一个抽着烟的中年男子，也笑着打量着自己怀里的慕雨墨："这位小兄弟，艳福不浅啊。"

唐怜月微微皱眉，没有理会他，转头对那掌柜说："掌柜，要一间上房。"

"一间？"掌柜笑了笑，"得嘞，最贵最好的上房！来福，领客人上楼！"

苏昌河摸了摸袖中的匕首，苏喆笑道："你的寸指剑，和他的指尖刃，到底谁的更强一些？"

苏昌河冷笑了一下："喆叔很想知道这个问题的答案？"

"你也很想知道吧。只是唐怜月是你引来的，想要对付大家长，至于慕家那个丫头……"苏喆抽了口烟，"天下间又有哪个男人见到，会不心动呢？"

蛛巢。

苏暮雨站在院落之中，他的身后站着十个人，除了丑牛和卯兔，子鼠、寅虎、辰龙、巳蛇、午马、未羊、申猴、酉鸡、戌狗、亥猪都毕恭毕敬地站在那里。

"丑牛离开的真正原因，我想你们都猜到了。"苏暮雨沉声道。

身后那十人无人回应，每个人都紧紧地握着手中的兵器。

"但是不必说出来，所有的一切，在此事终了之后，都会有答案的。"苏暮雨忽然压低了声音，"但是我知道，丑牛并不是唯一的。"

"头儿……"寅虎忍不住喊道。

"不必多言，不管如何。"苏暮雨转过身，将手中的伞插在了地上，"至少今日，请大家务必守护好这处蛛巢。"

"是！"众人齐喝道。

里屋之内，一百支红烛已经被点亮了，在十八面铜镜的反射之下，整个屋子灯火通明。白鹤淮深吸了一口气，坐在了大家长的面前："大家长，可做好准备了？"

此刻的大家长裸露着上半身，露着一身虬结的肌肉端坐在地上，眠龙剑放在一旁，他本一直在闭目养神，听到了白鹤淮的呼唤后才终于睁开了眼睛，他点头道："神医，请开始吧。"

"好。"白鹤淮手轻轻一拉，一条红色布带在地上展了开来，上面布满了银针，在烛光的照射下闪着森冷的光，她手一挥，三根银针打在了大家长的胸膛之上，大家长闷哼一声，直接呕出了一口白色的血。

"竟已到了这种程度吗……"白鹤淮微微皱眉，手再一挥，三根银针跃在空中，随后落下插在了大家长的头顶。大家长随后便开始浑身冒起了热气，布满红烛和铜镜的屋子一下子氤氲了起来。

蛛巢之外。

谢繁花两柄鬼刀落下，几乎没有半点声音，面前的红门已经直接被劈了开来。他纵身一跃进入其中，其余五人都跟了上来。

"无声阵，不要发出任何声音。"谢千机低声道。

谢千机话音刚落，院落里忽然响起了一阵铜铃声，他转头一看，只见四周的屋檐之上全都挂着细小的铜铃，此刻全都振动了起来，声音越来越密越来越响，与此同时，数百支羽箭同时冲着他们飞射过来，几乎没有给他们任何喘息的机会就将他们射成了筛子。

"头儿猜得果然没错，今夜定有人会来。"寅虎落地，走上前查看那六人的尸体，他用刀翻开了最前面的那具尸体，惊道，"傀儡！"他下意识地往后急掠，但那具尸体比他更快一步，伸出了手打向了他，寅虎手中长刀猛挥，直接将那手给斩成了三截。

这具尸体根本就不是活人，而是木头制成的。

五具尸体中，只见有一人站了起来，他身穿白衣，身形消瘦，面色也是极不正常的白。

"傀儡杀人术，你是慕白。"寅虎低喝道。

"谢家谢虎啸，你的敏锐不如从前了。"一个冷漠的声音自寅虎身后响起。

寅虎一惊，背后生起一阵冷汗，此人的速度竟然快到他毫无察觉，他急忙转身，下意识地挥了一刀，靠着自己作为杀手多年来训练出的直觉挡住了那一刀，但是仍被打出了十步之外，靠着前来助阵的辰龙伸手扶住才止住了去势。

"继承了龙牙刀的人啊。"辰龙感慨道，"阿虎，看来谢家出了一柄比我们更好的刀啊。"

"谢龙吟，谢虎啸。"慕白笑道，"同时让你对付这两柄刀，可还满意？不谢。"

"你是不谢。"寅虎更是惊讶，"你已经长得这么大了。"

"当年第一个教我的刀法的，是你。"谢不谢纵身向前，"我等这一战很久了。"

"那个小刀痴，成为一个真正的刀痴了。"辰龙拔出长刀，和寅虎同时向前，与那谢不谢缠斗在一起。谢不谢一柄龙牙刀独战两柄长刀，却丝毫不落下风。

真正的谢千机到此刻才落在屋檐之上，他手中挥出一柄飞刀，直接将那四周的铜铃全都斩落了："由我破阵，你们前行便可。"

"莫小看我们了。"八个面具人同时出现在了那里，如今府中尚在的地支十二辰，竟已全部现身。

"不错不错，先看看与你们一战如何。"一身道袍的慕青阳大刺刺地走了进来，手中铜币朝天上一抛，最后桃花面的硬币落在了他的手中，他笑道，"哈哈哈桃花面，大吉。"

"慕家的假道士。"子鼠纵身一跃冲出，手上一对双铜冲着慕青阳打了过去。

慕青阳神色不改，依然淡淡地笑着，只见一身银衣的慕雪薇从其身边掠过，直接一掌就握住了右铜，一股白色雾气随即顺着那铜袭向子鼠。

"小心，她是毒花！"身后有人提醒道。

子鼠急忙后撤，手中双铜狂舞，将那阵毒雾给打得烟消云散。

"苏暮雨在哪里？"慕雪薇问道。

"别一来就想着你的梦中情人啊。"慕青阳无奈地摇头，"咱们是来干正事的。"

"你想见苏暮雨，很简单，杀光这些人便能见到了。"慕白手一挥，身旁的四具傀儡全都立了起来。

此刻的苏暮雨正在大家长房间之外的回廊之上，听着前院传来的打斗声，缓缓地旋转着手中的伞柄。

"你觉得他们能打到这里来吗？"驼背老者出现在了苏暮雨的身旁。

"他们拿到了这处蛛巢的图纸，并且专门安排了破阵的高手，蛛巢的存在便失去意义了。"苏暮雨幽幽地说道。

"能拥有这处蛛巢图纸的人不多。"驼背老者笑了一下，显得有些狰狞，"老朽是其中的一个。"

"我相信前辈。"苏暮雨直接说道。

"哦？我还以为傀大人，早就把我放进了要杀的名单之中。"驼背老者缓缓说道。

"身处绝境，有时候我们无能为力，所能做的便只剩下相信了。比如我相信前院的他们，尽管他们之中早有人背叛了我；又比如我相信前辈，前辈是那种就算我都背叛了蛛影，你却依然还会守在大家长身边的人。"苏暮雨停下了转着伞柄的手。

"真是一段令人感动的话啊。"驼背老者缓步走向前院，"感动到值得我去送命呢。"

"都说蛛影十二生肖代表着暗河杀手的最高战力，可是如今时代不一样了，各家都培养出了足以战胜你们的人。"谢千机站在屋檐上，笑着看着下方的战斗。

谢不谢一柄龙牙刀独战二人，却是越战越凶，稳居上风。慕白操纵着四具傀儡，也是独战三人。而慕雪薇靠着一身奇毒，也拖住了两名蛛影。假道士慕青阳掏出了一柄桃木剑，笑着看着剩余的那三人："既然阵已经破了，那么谢兄不妨下来一战？"

"不过是破了一个无声阵罢了，这府中精巧机关甚多，我得时刻观察着，还是青阳兄自己来吧。"谢千机笑道。

"你们谢家只打两个，我们慕家要打八个？"慕青阳手持桃木剑走上前，"真是不地道啊。"

另一边，谢不谢手中龙牙刀猛地一挥，再回鞘时，辰龙和寅虎手中长刀均已落地，手腕之上则留下了一道血痕。

"你在做什么？快杀了他们！这不是比武，这是生死之局！"谢千机厉喝道。

"我不是来杀人的，我只是来找苏暮雨。"谢不谢没有理会他，"更何况，他们也是谢家之人，我们都相识。"

"在成为蛛影的那一天，他们便不是谢家的人了。"一个瘦削的身影忽然自谢不谢身后闪现而出，两柄细长的黑刃打向了辰龙和寅虎，那二人手中无刀，只能躲避，却已来不及了。

"成为蛛影，是每个暗河人的荣耀。"一个苍老的声音传来，忽然一根铁棍拦在了辰龙和寅虎的身前，将那两柄黑刀给打了回去。

"这样的棍法……"谢繁花收了长刀，抬起头看着面前突然出现的驼背老者，低声道，"果然是你啊，克叔。"

驼背老者冷笑道："曾经的他们，都是家族的骄傲，因为只有受到大家长的认可，才能够加入蛛影，更只有顶尖的蛛影，才能戴上面具，被封为地支十二生肖。可是如今，家族却不认他们，还希望将他们彻底抹杀。"

寅虎轻叹一声，这一声"叹息"显得格外悲凉，与此同时，场中的其他人心中也都升起了一股同样的悲凉，多年以前，他们都是家族中的骄傲，带着一身的荣光成为蛛影。可如今却成为了家族猎杀的对象，昔日的同族一心想要置他们于死地。

"那么他们也可以选择回到家族。"谢繁花笑了笑，看向辰龙和寅虎，"其实当年给过你们选择，你们没有会家主的意。家主他本身就不想你们二人离开，但是你们还是选择跟着苏暮雨走了。"

辰龙咬牙道："我们错了吗？"

"错了。或许曾经的蛛影是暗河的荣耀，但是从大家长将傀之位交给苏暮雨的那一刻起，一切都变了。"谢繁花沉声道。

"谢繁花。"寅虎忍着剧痛捡起了地上的长刀，"你这样的人永远也不会明白。"

"明白什么？"谢繁花问道。

"明白为什么苏暮雨值得我们去相信去跟随！"寅虎提刀想要冲上前，却被驼背老者长棍往后一挡，老者沉声道："不必着急送死。"

"克叔，你当年因为大家长差点丢了半条命。"谢繁花幽幽地说道，"而那件事后，你本该功成身退，却被大家长派来了这里，守了那么多年的空宅。"

"但我不是依然……活了下来嘛！"驼背老者纵身一跃，手中铁棍猛挥，很难想象他这样的年纪，还能将这样一根铁棍挥出这般威力。谢繁花两柄黑色鬼刀闪烁，却无法突破这根铁棍，被打得连连后退。

但是谢不谢却找到了一个他等了许久的契机，他趁着驼背老者猛攻向谢繁花之时，一个纵身直接穿过了辰龙和寅虎二人。

"别让他过去！"有人大喊道，但是辰龙和寅虎转身欲追却立刻又被一道刀光给打了回来。这个谢不谢的刀法，确实远在他们之上，或许真的能和苏暮雨一战。

"别让谢家的人抢先了，你不是也很想见苏暮雨吗？赶紧去见！"慕白手指急挥，将一手傀偶杀人术运到了极致，将慕雪薇从二人的夹击之下给救了出来，慕雪薇得空也纵身一跃，追上了谢不谢。

"没有谢千机帮忙破阵，这么贸然冲上前，真的可以吗？"慕雪薇问前面的谢不谢。

"破阵而已，所见皆斩，不是就可以了？"话音刚落，便见那谢不谢踩到了一处机关，十几柄钢枪从地上蹿了起来，谢不谢一个翻身跃至空中，随后挥刀落地，十几柄钢枪瞬间折首。

"不错。"慕雪薇淡淡地笑了一下，没想到这谢不谢身手竟如此之好，那么她想要过去便也简单了，跟着谢不谢朝前走便是了。

苏暮雨站起身，手轻轻地旋转着手中的伞柄："这雨，今日还能停吗？"

屋内，白鹤淮挥出了最后一根银针，点在了大家长的眉心之处。

大家长猛地睁开了眼睛，带着一股极强的戾气，虽然知道此刻的大家长已经失去了自我的意识，但白鹤淮仍是下意识地心中一惊，她重重地喘了口粗气，随后看向大家长，慢慢地吐出了四个字。

"移魂大法。"

白鹤淮的眼中闪过一点红光，随后她的身子便仰面倒了下去，而大家长则慢慢地闭上了眼睛。

然后白鹤淮便感觉整个人坠入黑暗之中，并如摔入万丈深渊般不断下坠，过程中不停地听到嘶喊声、杀伐声、惨叫声，直到她感觉自己摔落谷底，才看到了一丝颜色，她再低头一看，才发现是血。

黑暗褪去，白鹤淮转头一看，才发现自己身处一片血池之中。血池里泡满了尸体，那些尸体有的已经化为骷髅了，有的则还大睁着眼睛，带着满脸的不甘，而尸体有男有女，有古稀之年的老人，甚至还有襁褓之中的婴儿。

"这就是大家长的内心吗？说是地狱也不为过吧。"虽然知道自己身处幻境，但白鹤淮的手还是忍不住微微地颤抖着。

"苏暮雨。"穿过一路之上的各种阵法，来到回廊之前的谢不谢身上已经挂了不少彩，但眼神中却难得地流露出了几分兴奋。

"我没有见过你，看来谢家藏了一柄很好的刀。"苏暮雨看着谢不谢，淡淡地说道。

谢不谢缓步走上前："我时常问我的师父，我刀法如何，师父总和我说，我的刀法在暗河这一代已是第一，但是比起剑术第一的苏暮雨，还有很长的距离。"

"你的师父是谁？"苏暮雨问道。

"谢家，谢七刀。"谢不谢沉声道。

"七刀叔是一个很好的老师，你是他的弟子，难怪可以走到这里。"苏暮雨点头称赞道。

"我要的不是你言语上的称赞，你对我最好的称赞，就是和我一战。"谢不谢轻轻一挥手中的龙牙刀。

慕雪薇也在此时赶到了，看到苏暮雨，她那淡浅色的瞳孔也是一亮，语气却依然保持着平静："苏暮雨，你们已经没有机会了，就此放手吧。"

"雪薇你来了啊。"苏暮雨笑了笑。

谢不谢微微侧首："你们认识？"

"当年一起执行过任务。"慕雪薇回道。

"很多年前了。"苏暮雨幽幽地说道。

"不管如何，你不要打扰我们的对决，不管是帮他还是帮我，你若动手，我会杀了你。"谢不谢冷冷地说道。

"你在威胁我？"慕雪薇手套之上闪过一道荧光。

"便如你所愿吧。"苏暮雨点足一掠，已经来到了谢不谢的身边，手中油纸伞直接冲着谢不谢打了过去。

谢不谢手中龙牙刀猛地一抡，直接将那油纸伞打到一边，他低喝道："我要对战的是你的剑，而不是一柄破伞。"

"伞即是我的剑。"苏暮雨油纸伞飞旋，只见一道无形剑气裹挟着那雨水冲着谢不谢打了过去,谢不谢持刀一挡,被震出了十步之外。

"你知道我想看什么,我没有资格让你用出十八剑阵吗?"谢不谢沉声道。

"确实,还不够。"苏暮雨倒是回答得很诚实。

"好。"谢不谢重重地喘了口粗气,随后浑身肌肉慢慢地松弛下来,他往后退了一步,缓缓闭上了眼睛。

慕雪薇一愣:"兵息之术。"她听过谢家的这门不传秘学,只有刀法练至顶尖的人才有资格研习这门技艺,运用这门秘学的人,将在短时间内无视周围的一切干扰,眼里便只能看到自己的刀,以及自己的对手。以兵息之术配上精妙的刀法,在一对一的实战之中,可称无敌。

"斩。"谢不谢忽然睁开了眼睛,随后身形一闪,以根本无法以肉眼看清的速度来到了苏暮雨的面前,随后长刀自上而下,挥出了一个堪称完美的圆。

苏暮雨微微皱眉,挥伞格挡,却被一刀斩得双足陷地一尺。

"苏暮雨!"慕雪薇惊呼一声,完全忘记了如今的自己和苏暮雨分属于不同的阵营。

"回!"谢不谢长刀向前打去,又猛地收回,苏暮雨行动本已不便,面对这一刀闪避不及,被这一刀劈落了衣袖。

"起!"谢不谢长刀再自下而起,若这一刀得手,那么苏暮雨便必定是败了。慕雪薇已经按捺不住,两手之间一股黑烟缓缓腾起。

"十八剑阵,起!"苏暮雨忽然淡淡地说了一句,然后他手中的那柄油纸伞,就像花一样地绽放开来了,十八根伞骨之下的利刃迸射而出,谢不谢急忙收刀急退,数柄利刃冲着他打了过去,他疾速闪躲着,一手刀法挥至极致,连一旁的慕雪薇都根本看不清谢不谢的刀势,只觉得刀气凛冽,她就这么远远地站着,脸上也如刀割一般疼。

最后谢不谢打飞了最后一柄利刃,挥刀止步,长吁了一口气,他擦了擦额头上的汗:"这便是十八剑阵了?"他朝前看去,只见地上插满了闪着锋锐光芒的利刃,利刃之上都缠着一根极细的丝线,丝线的尽头收拢于苏暮雨的左手。一个人居然只靠自己的一只左手,同时操控十八柄利刃?谢不谢咽了口口水,人生第一次体会到了恐惧的滋味。

"你已经见到了十八剑阵。"苏暮雨淡淡地说道,"那么,你觉得自己可以跨过去吗？"

谢不谢忽然笑了："我觉得我跨不过去。可是只有跨不过去，才有跨过去的意义不是吗？只有赢了会败的局，才有赢的意义。"

"你是个刀痴。"苏暮雨缓缓说道。

"或许是吧，很多人都这么说。"谢不谢横刀在前，"那么傀大人呢，你是剑痴吗？"

"我不是。"苏暮雨摇头。

"若不是，怎可能学会这般神奇的剑法？我虽然不曾看过十八剑阵的残谱，但是能通过一本残谱，还原出这般匪夷所思的剑阵，我觉得若论'痴'字，你不在我之下。"谢不谢说道。

一旁的慕雪薇有些诧异，她和这个谢不谢也算是相识多日了，总共合起来没听过他说几句话，怎到了这生死关头，变得这般啰唆起来了。而且为什么他握刀的手，一直在轻轻地颤动着？

是因为害怕吗？

不，是因为兴奋啊。

苏暮雨手微微一拉手中的丝线："若再打下去，那便要见生死了。"

"师父常说，见得生死才能见天地，若真有机会，那便谢过傀大人了。"谢不谢忽然怒喝一声，抢起长刀冲着苏暮雨冲了过去。

苏暮雨左手也是一甩，十八柄利刃拔地而起，冲着谢不谢砸了下去，谢不谢身法鬼魅，疾速地闪避着那些利刃，同时长刀挥出了一朵朵的刀花，与那些利刃碰撞在一起，发出了极为清脆的声响，起起伏伏，倒像是气势凌厉的乐曲。

"师父常说，我还差一刀，便能超过他了。这是师父一直想悟出来的第八刀，今日，便是出那一刀的机会。"谢不谢纵身一跃而起。

苏暮雨微微皱眉，左手也快速地甩动着，十八柄利刃在谢不谢的下方组成了一片剑林……

"你喜欢刀？"

"喜欢。"

"为什么喜欢？"

"我觉得刀……很美。"

"很美？"

"是的。刀身的弧度很美，刀挥出去的那道线，也很美。"

"拿着，让我看看你挥刀的样子。"

七岁的时候，谢不谢遇到了谢家刀法第一的谢七刀。谢七刀虽然身居高位，但从来不参与家族中的事务，只一心醉于刀法，而谢不谢在六岁的时候就失去了自己的父母，两个人在谢家之中，都属于被遗忘的存在。

是刀让他们走到了一起。

"你从未碰过刀，又有什么资格说刀美不美。"谢七刀将手中的长刀递给了谢不谢。彼时，谢不谢的身高也就只比那长刀略高些许罢了，但他还是毫不畏惧地抬起了刀，然后轻轻一挥。

谢七刀的眼睛瞬间就亮了。

因为，这一刀，是真的很美。

在看着身下那片剑林的时候，谢不谢的脑海里迅速回想着他和师父谢七刀相遇这一天的情景，那是他第一次真正地握起刀。那一刀没有任何的招式，没有任何的思考，这是单纯的一刀。

但只因纯粹，所以美。

这一刻，谢不谢突然想明白了，他练了十年的刀，学会了谢七刀传授给他的那七式绝世刀法，却为何一直和师父一样悟不出那第八刀那是因为，根本就不存在那第八刀。回首望去，最好的一刀，依旧是那最纯粹的一刀。

"让我回忆起，我第一次握刀的那一天吧……"谢不谢闭上了眼睛，然后缓缓挥出一刀。

剑林在那个瞬间坍塌了。

十八柄利刃四散飞起。

就连远处的慕雪薇都被震得往后连退三步，她惊呼道："这一刀……"

"值得敬佩！"苏暮雨左手忽然一撒，那十八柄利刃飞至空中，再度倾洒而下，恍如一场剑雨，袭向了谢不谢。但此刻的谢不谢已经看不见这场剑雨了，挥出了那第八刀，后面的刀势便顺手而来，再也没有了半点桎梏，长刀飞速地挥舞着，那十八柄利刃也被一柄接着一柄地打了出去。

苏暮雨伸手握住了方才插在地上的伞柄，然后从其中拔出了一柄极为细长的铁剑，点足一跃，持剑冲向了谢不谢。

剑雨落尽，谢不谢回首，看到了那一丝寒光，他冷笑了一下。本就该如此，若十八剑阵只是如方才那般的话，也仍是有些不够尽兴。他挥刀起身，迎上了那一道寒光。长刀从苏暮雨的鬓边划过，擦落了一缕发丝。

而苏暮雨的长剑，则直接贯穿了谢不谢的肩膀，鲜血在瞬间迸射出来。

胜负已分。

谢不谢神色有些木然，方才刀法突破后的兴奋与喜悦一点点地凝固在了脸上，他缓缓地抬起头，看着苏暮雨，很认真地问道："为什么？"

苏暮雨拔出了长剑，退出三步之外："你的刀法并没有任何问题，光论刀剑上的对决，你今日并没有输给我。"

"可你还是赢了。师父说我若悟出第八刀，那么暗河的这一代，我便是最强，看来是他骗了我。"谢不谢面无表情地说道。

"因为你痴心于刀，醉心于刀，你战斗的一切都是为了刀。可是刀，是死物。你需要去寻找，真正值得你为之死战的物事和理由。"苏暮雨缓缓说道。

谢不谢想了想，还是摇头："我不明白。"

"我必须要胜过你，是因为我不能输，我若输了，我身后的那些人都会死，追随我的人也会死。"苏暮雨说了一半，最后仍是摇了摇头，"每个人寻求的意义并不相同，你的意义，需要你自己去寻找。"

"我不明白你说的，但我会为了赢你，而去尝试寻找你说的东西。"谢不谢忽然转过了身。

慕雪薇一愣："你这是要走？"

"我早就说过，我来这里，不是为了杀任何人。"谢不谢点足一掠，朝着来时的方向离去了，"苏暮雨，希望还有能与你一战的机会。"

这一天起，暗河中便失去了一个名字奇怪的谢家弟子，虽然只有很少的几个人知道，这个姓谢的弟子，如今的刀法已经超过了谢家的任何一个人，甚至已经超过了他的师父谢七刀。但是这个名字奇怪的刀客，在多年后还是扬名于江湖，甚至远下南诀，和刀仙有了传奇一战。

苏暮雨转过身，擦了擦自己左侧脸颊的血迹，方才谢不谢的那最后一刀，还是伤到了他。他看着慕雪薇，淡淡地笑了笑："雪薇，接下来是你要和我一战吗？"

"战你个头啊。你流血了。"慕雪薇从怀里拿出一个药瓶，丢到了苏暮雨的手上，"赶紧擦一擦。"

"你的药，我可不敢用。"苏暮雨无奈地看着手中的药瓶，"我身后现在有个小神医，可不敢用你这能毒死一头牛的药了。"

"小神医？"慕雪薇挑了挑眉。

此刻的小神医，正躺在里屋，陷于暗河大家长的梦境之中，眉头紧皱，神色痛苦。梦境中的她，行走于一个接着一个的修罗战场，看着那满地的尸体和迸射的鲜血，已然麻木了。

那个偶尔看起来还有些慈眉善目的老爷子，到底有过怎么样的过去啊？白鹤淮默默地想着，只是她一转头，就看到了老爷子站在她的身后。老爷子的胸膛之上，已经尽是鲜血，手中眠龙剑抵地，才勉强支撑着没有摔倒。老爷子苦笑道："今夜，怕是要死在这里了。"

死在这里？白鹤淮一愣，外面不是有苏暮雨吗？

"别嗦（说）什么死不死的，老爷子。凑（抽）完这根烟，劳资（老子）出去给你把他们都杀了？"一段不太流利的官话从身后传来。

白鹤淮恍然大悟，梦境中的大家长看不到她，是在和其他梦境中的人对话。看来在这一次的杀局之前，大家长多年前还遭遇过同样的事情，也曾经身处绝境。白鹤淮转过头，便看到了一个瘦瘦高高的男人坐在角落里，慢悠悠地抽着烟，他的身旁放着一根佛杖，佛杖之上挂着金环，叮叮当当地响着。

白鹤淮记得这张面孔，是走出药府的时候遇到的那个手握佛杖的男人。只是梦境中的他，还要更年轻一些，那张面庞原本也能算得上是俊秀的，但是因为太过消瘦，显得有几分憔悴。他放下了手中的烟杆。

"苏喆，我给你一个承诺吧。若是这次我们能够活着离开这里，你可以离开暗河，去见你的妻子和女儿。"大家长缓缓说道。

"不必了。我的存在，是她们此生最大的麻烦。经历过这场战斗，不管生死，替我捎个信，就说我死在这里了。"男人抽了口烟。

"妻子和女儿……"白鹤淮淡淡地说了一句，然后缓缓走向了那个男人，她俯身，想要拉起男人的衣领。

但是幻境在那个瞬间旋转了起来，白鹤淮被摔倒在地，滑到了屋子的角落。大家长拔出眠龙剑冲上前，那苏喆也一把握住了面前的佛杖。

随后画面变换，白鹤淮他们已经身处一片火场之中，大家长长剑之上沾满了鲜血，周围全是尸体，而苏喆，他的肩膀之上嵌着一柄长刀，鲜血慢慢地涌下来，将他的衣袍染得血红，他从怀里掏出了那根烟杆，但手一抖，烟杆却摔在了地上。

"真没用啊，这点小场面，手就抖了。"苏喆低头自嘲地笑了笑。

白鹤淮跨过那些尸体冲向苏喆，苏喆也在此时缓缓转过头，他看着前方，眼神微微有些迷离，随后才彻底涣散，只是在失去意识前他轻声唤了一句"阿鹤"，然后才仰头倒下。

这一句"阿鹤"说出口之时，正好是冲着白鹤淮的方向，但白鹤淮知道，此刻在大家长的意识世界之中，出现在这里的人都不可能看到白鹤淮。白鹤淮冲到了苏喆的身旁，俯身，终于在苏喆的脖子下方看到了一只小小的爪子印记。

温家奇毒，一生爪。就算是治好以后，身体之上也会永远地留下这一道爪子印，无论怎么做都无法褪去。

"这是我给他留下的印记，就算他逃到天涯海角，就算他这一生都不敢再来见我，也无法忘记我。"

这是白鹤淮的娘亲死之前说给白鹤淮的话。

"果然是他，他还活着！"白鹤淮笑道。

"你是谁？"身后的大家长忽然开口了。

白鹤淮一愣，幻境之中确实所有人都无法看到她，因为这些都是过去的场景，但只有极少的时候会出现一种例外，那就是移魂大法使用的对象的自我意识也在梦中觉醒了，那他就能够看到白鹤淮！

"你是谁？"大家长又问了一遍。

白鹤淮身子僵硬，缓缓地转过身，看着大家长，刻意压低了声音："这是梦境。"

"梦境？"大家长皱眉道。

"是的。我只是你梦境中的一个过客。"白鹤淮一步一步地往后退着，只要她及时离开这里，逃出大家长的视线，那么还不至于酿成太严重的后果。

但是事实并不如她所愿，大家长很快地站了起来，拔起了手中的剑："是谁派你来这里的！"他纵身一跃，一剑劈斩而下，白鹤淮迅速地闪开了。

"鬼踪步，你是苏家的人。苏家的人居然背叛了我！"大家长再次一剑刺了过来。

白鹤淮向后一仰，长剑从她的胸前划过，她脚步一滑，整个人摔倒在了地上。该死……要是在幻境中被杀了，那自己算不算死了。这师父没说过啊……白鹤淮脑海中闪过一连串的想法，可脚下却不听使唤，像是灌了铅一样无法挪动。

"不对，苏家早就已经背叛我了。"大家长手中举着剑，喃喃地说道，"为什么我还会这么惊讶呢……"

白鹤淮嘴角微微抽搐了一下，她知道这是大家长现在的记忆影响到了幻境之中的这个曾经的自己，记忆错乱也就代表着移魂大法出现了巨大的问题，最有可能导致的结果就是幻境之中的大家长挥剑自杀。

除非大家长的意志如磐石，若钢铁。

世间有几人能到达此等境界？

但是大家长的眼神却一点点地从迷茫变成了凶厉，他低头看着身下的白鹤淮，沉声道："你，究竟是谁？"

"我、我是白鹤淮，是治疗你的神医。"白鹤淮慌忙道，"我来这里，是寻找医治你的办法。"

"那你……为什么会苏家的武功？"大家长厉喝一声，手中长剑毫不犹豫地劈了下去。

"啊！"白鹤淮惨叫一声，瞬间意识从梦境中脱离了。她睁开了眼睛，看了看自己手心的汗，轻吁了一口气。至少自己还活着，看来幻境之中被杀，会被赶出来罢了。但是她忽然意识到了什么，然后立刻抬起头，却被一双苍老而有力的手一把握住。

"方才的问题，我再问你一遍。我问，你、是、谁！"大家长低喝道。

白鹤淮抓住了大家长的手腕，却根本无法将其拉开，她挣扎着说道："大家长，我并没有恶意！"

"我方才看到了，你会苏家的武功。而且你用这移魂大法，是想找寻我脑海中的秘密，根本不是你所说的找出解毒之法。"大家长加重了手上的力道。

"误会……"白鹤淮艰难地说道，"大家长，你放手，我把一切都告诉你。"

"不必了。你们想从我这里知道暗河的秘密，但是三家那些白痴并没有想过，有些秘密，知道得越多，死得也越快。"说完这句话后，大家长忽然剧烈地咳嗽起来，他松开了抓着白鹤淮的手，双手撑在地上，吐出了一口鲜血。

白鹤淮也倒在地上重重地喘着粗气，但她仍然试图和大家长解释："大家长，我……"

但是大家长吐出了那口鲜血之后，便伸手拔出了身边的眠龙剑。白鹤淮终于意识到，此刻的大家长，在遭到了连番的背叛之后，已经对身边的人很难再保持信任了，之前对自己的和颜悦色都是他强撑出来的！如今大家长心境崩塌，所有的行为都会朝向最极端的那一面而去。

"死吧！"大家长挥出一剑。

雨在此时忽然停了。

苏暮雨看着面前的慕雪薇，轻声说道："你回去吧，你的毒对我没有用。"

慕雪薇忽然淡淡地笑了一下："苏暮雨，你可不要太自恋了，你真以为我来这里找的是你？"

"你……"苏暮雨微微眯了眯眼睛，立刻挥剑，却已经晚了一步，慕雪薇飞速地从他的身边掠过，朝着大家长的房间奔去，她一边跑一边丢了一地的碎花。那些碎花看起来姹紫嫣红，甚是美丽，但苏暮雨知道，若是不小心踩到了其中的任何一朵，都会有送命的危险。最后慕雪薇转过身，挥袖撒出一片毒雾："想救人，先破了我的毒阵。"

房间之中，大家长几乎一剑就将整个木门都给斩碎了，白鹤淮则倒在角落里气喘吁吁，方才的最后一刻，她从怀里丢出了那三针引线，强行将自己拉了出去才躲过一劫。此时慕雪薇已经冲到了房间门口，看着屋内的场景，也是微微一愣。

"慕家慕雪薇。"大家长握着剑，努力让自己的语气显得比较平静。

慕雪薇看了一眼大家长，又看了一眼角落里的白鹤淮，幽幽地说道："真是没有想到啊，辛百草的小师叔，是这么一个貌美的小娘子。不过看来医术不精，大家长你要杀她啊？那我就代劳了！"慕雪薇点足一掠，冲着白鹤淮一掌打去。

白鹤淮一眼就看出了那掌间流动着的黑气中带着剧毒，哪敢硬接，又丢出了三根银针插在了屋顶，然后猛地一拉向上跃去。

"苏家的三针引线？你究竟是谁？"慕雪薇低喝道。

"不知道我是谁，你还下手那么狠？"白鹤淮轻吁了一口气，扭头一看，看到了门上的那只木鸟。不管了，先找人来稳住这局面，剩下的随后再说！白鹤淮心念一动，立刻伸手握住那引线然后往下猛地一拉。只见那只木鸟忽然像是活了过来，翅膀扑腾起来，直接就冲着屋外飞了出去。

"机关？"慕雪薇不明白其中奥妙，不敢再轻易动手，微微俯身向后撤了三步。

大家长依旧持剑而立，他也没有动，因为他确实无力再动。

"然后呢……"白鹤淮紧张地咽了口口水，等了半晌却没有任何事情发生，原本还有几分警惕的慕雪薇也察觉到那木鸟似乎只是起到了通风报信的作用，便再次在掌间凝聚起了毒气。就在这时，白鹤淮正下方的木板忽然打了开来，下面黑幽幽的，看不见底。

"有秘道？"慕雪薇长袖一挥，打向白鹤淮。

白鹤淮没有别的选择，松开了手中的丝线，摔入了那秘道之中，最后还嘟囔了一句："骗子苏暮雨，说好的只要他在，保我无忧的呢？"

她这句话才说到一半的时候，苏暮雨刚好破了那毒阵，赶到了门口。白鹤淮下意识地冲着苏暮雨伸出手，苏暮雨也伸手去拉，却已经来不及了，白鹤淮掉进了秘道，然后直接滑了下去，苏暮雨没有犹豫，也立刻跟了下去。

"苏暮雨，你下去做什么？"慕雪薇急忙凑上去喊道。

"啊啊啊——我才刚找到我爹啊，我不想死啊！"白鹤淮一路向下滑去，也不知下面有多深、有什么，终于还是露出了几分小女孩的怯意。

"神医莫慌。"苏暮雨淡淡地说了一句。

"嗯？"白鹤淮这才发现苏暮雨，惊道，"你怎么也来了？"

"我答应过神医，有我在，保你无忧。"苏暮雨点足向前一冲，直接跃到了白鹤淮的面前，秘道很窄，两个人脸贴脸几乎要碰到了，白鹤淮的脸顿时红了一片，却连扭一下头都做不到。不过苏暮雨却似乎对这些浑然不觉，他左手搂住了白鹤淮的腰，右手将手中的细剑往墙上一钉，慢慢减缓了两个人的落势。再过了片刻，两人终于落地，苏暮雨松开了手，转身看了一眼。

在他们面前的，是一道石门。

白鹤淮无奈地扬起头，看着上方："这么高，爬是肯定爬不出去了。"

而上方的房间之内，此时便只剩下了大家长和慕雪薇，慕雪薇看了一眼大家长，心中几个想法瞬间掠过，最后她微微俯身："见过大家长。"

一股毒气飘然而起，冲着大家长袭去。

大家长依旧持剑而立，看着那毒气没有半点反应。

慕雪薇心中一喜，果然大家长从方才开始就是在虚张声势，他根本无力一战了。

"退！"一声厉喝传来，随后便见一根铁棍落地，将那些毒气给震散了，随后那驼背老者落地，握住了铁棍，画了一圈，于是在他和大家长面前，便形成了一道无形罡气，将他们和慕雪薇的毒气隔离了开来。

"你居然跟上来了。"慕雪薇往后退了一步。

"莫急着退。"一身道袍落地，慕青阳伸手按住了慕雪薇，随后又立刻收回了手，连连道，"忘了忘了，这下要毒发身亡了。"

"外面败了？"慕雪薇丢出一粒药丸到慕青阳的手上。

"蛛影十二生肖，岂是那么好对付的，最多再有半炷香的时间吧。"慕青阳看了一眼周围，"谢家那小子呢？"

"跑了。"慕雪薇回道。

"跑了？"慕青阳嘴角微微抽搐了一下，"那苏暮雨呢？"

"掉进那个洞里了，和那药王谷的神医一起。"慕雪薇指了指那空了一块的地板。

"往那洞里撒一把毒，最毒的毒。"慕青阳沉声道。

"你疯了？苏暮雨在里面！"慕雪薇皱眉道。

"你送过他一粒无花丸，封在了他的剑柄中，别以为我不知道。"慕青阳收起了以往的嬉皮笑脸，严肃地说道，"下毒，再晚便没有机会了。苏暮雨可以不用死，那个神医必须死。"

"真是一帮疯子。"慕雪薇无奈地摇了摇头，从怀里掏出了一朵莹白的小花，随后轻轻一甩，那朵小花就从慕雪薇的手中飞走了，落入那秘道之中，缓缓飘落而下。

雨停了。

苏昌河在房间里点亮了一根蜡烛。今夜对于暗河来说，是一个不平凡的夜晚，但统领着苏家如今行动的苏昌河却始终留在这处安静的客栈之中，他喝了点酒，原本有些微醺，听着窗外的细雨声哼着不知名的小曲儿，有些怡然自得的滋味。可雨声渐微，最后彻底地停了，窗外的一切都归于平静，他身上的醉意也就散了。

"无趣啊。"苏昌河在烛光之下玩转着手中的酒杯。

"啪"的一声，窗户忽然被打开了，一枚金环飞了进来。苏昌河伸手一握，将那金环抓在手中，金环之上刻着一行小字，苏昌河伸手一摸，轻声念道："家主来令，即刻出击。"苏昌河笑了笑，手指微微用力，将那行字彻底抹平，随后左手拿起了那柄匕首，轻轻一转，在金环之上留下了两个字：不妥。

随后他再轻轻一甩，金环便飞了出去。

"老爷子那么冷静的一个人，在家主之位的面前，也还是沉不住气啊。"苏昌河幽幽地说道。

隔壁的房间，慕雨墨缓缓地睁开了眼睛，烛光闪烁，她看着那个模糊的身影，笑了笑："你果然还是放不下我。"

"我与你无冤无仇，没有理由杀你。"唐怜月坐在长凳之上，缓缓地喝着茶。

"别坐在那里啊，来，坐这里。"慕雨墨拍了拍身旁的位置。

唐怜月无言以对。

慕雨墨看了看窗外漆黑一片，估摸了一下时辰，又是妩媚地一笑："天色不早了，一起睡吧。"

唐怜月看着慕雨墨，此刻的她重伤刚醒，面色憔悴，连方才拍那几下都费力，但还是如往常一样乐此不疲地挑逗着自己，那股媚态再加上如今那带着几分病弱的语气，似乎更显诱人了。有什么办法呢？唐怜月只能继续喝水。

"不一起睡吗？明日醒了，你就要离开了吧。"慕雨墨略有些遗憾地说道，"其实啊，你别看我这样，我就是嘴上喜欢调戏人，我还没有和男人一起睡过呢。你和女人睡过吗？"

唐怜月很想说点什么，比如像之前一样怒斥几句，但他心中却觉得自己很虚伪，因为自己本心不是很想怒斥她的。

而是真的……有点想和她一起睡觉。

在慕雨墨睡着的时候，唐怜月看了她许久。他这一生，遇到过很多绝美的女子，不管是在唐门还是在江湖，抑或是在美女如云的天启城，想要嫁给他的人数不胜数，但他却一直都是孤身一人，以至于唐门之中甚至有传言，说唐怜月有断袖之癖。但他只是不习惯与人常待在一起，不论男女。但过去的这一天，他和慕雨墨独处一片屋檐下，一个在床上酣睡，一个在灯下守护，在某个时刻他忽然察觉到了一丝温暖。

两人相守是这样的感觉吗？

似乎也不错。

当然，主要还是慕雨墨长得……是真的很不错。

"我累了，说不了太多的话，你要想到床上来睡，就自己过来吧。我啊，也不求你了，搞得我很喜欢你一样。"慕雨墨的语气中多了几分嗔意，"过往那二十年，可只有别人追着我跑，哪有我追着别人跑的时候啊。"

"我……去外面一趟。"唐怜月忽然站了起来。

"怎么？"慕雨墨疑惑道。

"水喝多了。"唐怜月推门而出。

漆黑一片的走道之上，一个留着小胡子的年轻人靠在围栏之上，听到唐怜月出门的声音，他微微侧首，笑道："半入江风半入云？"

　　"白日见你时便觉得有几分熟悉，果然是你改了面貌。"唐怜月微微皱眉，"怎的方才不敢以正面目示我，现在又跑来见我？"

　　苏昌河摸了摸自己的小胡子："不想见时便躲，想见时自然便见了。"

　　"屋子里那人是你们暗河的人，既然你来了，那么人便交还给你了，我要杀的，只是大家长，暗河的其他人，与我无关，你们之间的争斗也与我无关。"唐怜月缓缓说道。

　　"屋子里的人是大家长的护卫，而我此行的目的是想让大家长死，你把她交还给我，我可就要杀了她。"苏昌河手中寒光一现，纵身一跃已经从唐怜月身边穿过，直接冲进了慕雨墨的房间之中。

　　"这么快？你是直接尿门口了吗？"慕雨墨睁开眼睛，却是看到了一张熟悉而欠揍的脸，"昌河？"

　　苏昌河举起手中的匕首，猛地一挥而下："是我！"

　　"你疯了？"慕雨墨惊道。

　　只听"叮"的一声，一柄近乎透明的小刃拦住了苏昌河。

　　"哦？看来你对我们这暗河第一美女，还有几分怜惜之意啊。"苏昌河收了匕首，往后退了一步。

　　唐怜月微微皱眉："你是故意在试探我？"

　　"到底是我的寸指剑更厉害，还是你的指尖刃更致命，我确实很想知道这个问题的答案。"苏昌河笑了笑，收起匕首，"不过今日，不是好时候。雨墨，你选择了站在苏暮雨那边？"

　　"我谁也不站，我就在这里睡着，你们都别来吵我。"慕雨墨的语气中带着几分撒娇的意味。

　　"在你心里，还是苏暮雨更重要些啊，不然你也不会一直帮着他拖住唐门的这个最危险的家伙。"苏昌河轻叹一声。

　　苏暮雨？唐怜月心中微微一动。

　　"你可别乱说。"慕雨墨笑道，"我是喜欢唐公子，才一直缠着唐公子的。"

　　"是吗？几年前你还说想要嫁给苏暮雨呢，女人啊，果然是善变的。"苏昌河走到窗边，"玄武使，若你真的怜惜我的这个妹妹，就在这里守她几日吧。九霄城的天要变了，大家长的头颅，我替你拿来。"

"我……"唐怜月想要拒绝，但苏昌河没有给他机会，他推开窗户一跃而下，站在了无人的空旷大街上。

雨停风凉，夜深无人。

一枚金环从天而落，冲着苏昌河的头顶袭来，苏昌河随手一挥将那金环打了回去。

"喆叔，干活了。"

秘道之内，白鹤淮仰起头看着空中缓缓飘落的那朵小花，喃喃道："怎么有朵花飘下来了？"

苏暮雨闻言转身，也是眉头一皱，立刻将白鹤淮往身后一拉，说道："小心！"

"小心什么？"白鹤淮疑惑道。

"有毒。"苏暮雨用力地握紧了剑柄，只见空中的那朵花在飘落的过程中，忽然化作粉尘，顶上的风轻轻一吹，粉尘便四散开来了。苏暮雨一愣，直接拔出了剑柄，从里面拿出了一粒药丸："服下这粒药丸。"

"我知道有毒，我只是想问小心什么！"白鹤淮推开苏暮雨走上前，"我是药王谷谷主的小师叔，温家家主的外孙女，我怕毒？"她伸出双手，随后轻轻一转，那花尘粉末便一点点地凝聚了起来，重新变成了一朵小花的模样。白鹤淮看了一眼，然后像是赌气一般，一口就将那朵小花给吃掉了。

苏暮雨看得目瞪口呆："神医还真是给人很多惊喜啊。"

白鹤淮无奈地耸了耸肩："那姑娘练的什么毒功，把自己练出了一身的毒？"

苏暮雨将那药丸收回了剑柄中："雪薇幼年时练过毒砂掌，神医慧眼，竟一眼看出来了。"

"温家练毒功的人不少，无非是毒不死别人，就把自己毒死。"白鹤淮缓缓吐出一股白雾，"你的这个小姐妹，原本练的毒砂掌也不是多么高深的武功，但不知中间出了什么问题练岔了，导致剧毒流遍全身。她本该活不下去的，却被什么神奇的法子给救了回来，但是人虽然救回来了，毒还在，以至于成了一个毒人，常人轻轻碰她一下，估计不出一炷香的时间，就要成一摊黑水了。"

"能救吗？"苏暮雨见白鹤淮说得分毫不差，心念一动，莫非慕雪薇还有机会变回正常人？

"她一见面就想着毒死我，我都跳秘道逃跑了，她还放一朵毒花来继续追杀我。"白鹤淮耸了耸肩，"现在你就和我提救她的事情，这不合适吧？"

苏暮雨愣了一下，点了点头："我这个朋友，虽然一身剧毒，但性格温和，总是避人而行，怕无意中害到别人。她方才对你出手，也是迫于家族的命令。"

"没有，她是真的想杀我。"白鹤淮笑着瞥了苏暮雨一眼，"至于是什么原因，我就不知道了。不过若是此事过后，我和她还都活着，且不再是敌人，我可以救她，条件很简单……"

苏暮雨立刻心领神会："钱，管够！"

"哈哈哈哈，不愧是暗河的傀，领悟能力很强。"白鹤淮轻叹一声，"但是啊，当务之急，是不是应该先从这里逃出去呢？"

"方才我看过了，这道石门，应该是可以推开的。"苏暮雨刺出一剑，将那石门缓缓打开，里面幽黑一片，只有墙上嵌着几颗夜明珠，发着微弱的光芒。

"这蛛巢邪门得很，里面不会有什么机关吧？"白鹤淮问道。

苏暮雨摇头："不会。木鸟振翅，绝处逢生。这是逃生之路，应该直通到安全的地方，一路之上不会再有什么机关。"

"你下来保护我了，你的大家长怎么办？"白鹤淮问道。

"方才我赶来的时候，收到了前院的信号，敌人已退，一切无忧。"苏暮雨平静地说道，他的语气似乎总有一股魔力，无论你此刻有多么的恐惧和不安，听到他那淡然且带着几分坚定的话语时，就会安定下来。

白鹤淮点了点头："那便好。"

苏暮雨从怀里掏出了一个火折子，轻轻一吹，前面的路显得更明亮了些，他领着白鹤淮朝前走去："大家长的毒，神医方才可治好了？"

白鹤淮心虚地笑了一下，还好她站在苏暮雨的背后，苏暮雨看不到她的神情，她假装平静地说道："暂时算是压制住了吧。方才我对大家长用移魂大法，对那雪落一枝梅的破解之法也想出了几分眉目。"

"多谢神医了，那我们快些出去。"苏暮雨加快了步伐。

"对了，傀大人。那天我从药府中出来的时候，遇到了一个拿着佛杖的杀手，好像是你们苏家人。"白鹤淮忽然说道。

苏暮雨点了点头："你说的是喆叔，他是苏家上一代的第一高手，也是上一任的傀，曾经有很多人都觉得他会成为新的大家长。"

"哦……那为什么后来没有呢？"白鹤淮又问道。

"有一次大家长他们遇到了一场奇袭，上一任的蛛影十二生肖几乎全军覆没，大家长也受了重伤，是喆叔最后杀光了敌人，将大家长救了出来。但喆叔在那场战斗中受了很重的伤，那个伤无法被彻底治愈，只能靠慕家的秘法吊着命，所以喆叔退隐了，只有遇到特别重要的任务，苏家才会派出喆叔来。"苏暮雨说道，"比如这一次。"

白鹤淮眼神微微黯淡了些："将大家长从生死关头救了出来，结果自己受了不可逆的重伤，多年以后再拖着半死不活的身子来杀大家长？你们暗河的处事逻辑，是不是略微有些……奇怪？"

苏暮雨也是笑了笑："你这么说来确实有些奇怪。但是没有办法，苏喆曾经是傀，便只对大家长负责，如今他退出傀之位，回到苏家。苏家要谋逆的话，喆叔并没有太多的选择。"

"你们这个大家长，很不得人心啊……"白鹤淮撇了撇嘴。

"大家长在这个位置上坐了太久，三家原本就已不满。我时常想，若是当年喆叔没有受伤就好了，那么他便直接继任大家长，就不会有这么多麻烦的事情。"苏暮雨说道。

白鹤淮淡淡地"哦"了一声，没有再继续这个话题，只是又走了一段路之后又假装不经意地问道："这个喆叔，是个什么样的人啊？"

苏暮雨停下了脚步，转过身，看向白鹤淮："认识神医这么久了，第一次见神医对一个人有这么大的好奇心。神医，和喆叔之间，是有什么渊源吗？"

"喆叔，是我的父亲。"白鹤淮笑道。

苏暮雨微微一愣，转过头继续朝前行去："神医说笑了，这不可能。"

"为何是说笑？"白鹤淮追问道。

苏暮雨见手中的火折子暗了些，又轻轻吹了一下："暗河中人，从不与外族通婚，之前也有人违反这规矩，与族外之人成婚生子，但最后其人连同一家妻儿老小，皆被抹杀了。喆叔是曾经的傀，如今亦在苏家地位不低，不可能在外有个女儿。"

白鹤淮撇了撇嘴："原来如此。我确实乱说的，我不过是好奇罢了。因为你们这样杀来杀去，其实不就是大家长不肯让位吗？你说喆叔是之前的继任候选，他退下之后，岂不是你了？大家长传位给你不就可以了？"

苏暮雨摇头道："我非本族之人，我是无名者出身，暗河传袭数百年，从未有过无名者成为大家长的情况。"

"暗河之中也有无名者不能继任大家长的规矩吗？"白鹤淮问道。

苏暮雨愣了一下："倒是没有这个规矩。"

"所以啊，那还有什么好顾虑的。你直接继任大家长之位不就好了。"白鹤淮挠了挠脸颊，"大家长也是奇怪，让你做了傀，又不把位子让给你。"

"若真把位子给了我，那这场内斗便不会是这般暗潮汹涌，而是更直接地拔剑相向了。所谓的无名者，即便经过冠姓之礼，名义上加入三家，可事实上仍不被视为真正的家人。当年是因为情况特殊，大家长才让我继任为傀，这些年我一直想把位置让出去，可大家长不允。"苏暮雨走着走着忽然停了下来。

"怎么了？"白鹤淮问道。

苏暮雨转身坐了下来，轻轻喘了口气："抱歉。还请神医稍等片刻。"随后他轻轻点了点肩膀上的三处穴道，开始盘腿运气。白鹤淮走上前，才发现苏暮雨的肩膀上竟然一直在流血。

"你受伤了？"白鹤淮皱眉道。

"谢家那个年轻的刀客，刀法比我想象中的还要强。"苏暮雨沉声道。

"我有时候真是搞不懂你，你身边跟着一个全天下医术不是第一也是第二的人，结果自己受了伤还撑了一路？和我说一句不行？"白鹤淮俯身，伸手摸了摸苏暮雨肩膀上的血，"还好，对方的刀上没有抹毒，这点小伤，太简单了，先别运功。"

"好。"苏暮雨点头。

"一个人不管有多强，有些事情也不是一个人可以扛下来的。"白鹤淮从怀里掏出了一个药瓶，将一些粉末倒在了苏暮雨的肩膀上，"深呼吸三下，然后开始运功。"

苏暮雨轻叹道："总得试试。"

"试什么试，死了就什么都没了。"白鹤淮白了一眼苏暮雨一眼，"你想死吗？"

"其实有很多时候，我会觉得死了并没有什么不好。"苏暮雨淡淡地说道。

"白痴。"白鹤淮低声骂了一句，"我们行医的，最讨厌你们这种不珍视自己生命的。"

苏暮雨挥手运功，真气在体内流转了一遍之后，肩膀上的血便止住了，他起身继续朝前走去："身在暗河，生命于我们来说，是非常虚无缥缈的东西。因为我们随时会夺去别人的性命，我们的性命也随时会被别人夺走。"

白鹤淮看着苏暮雨的背影，对这个看起来冷漠无比却又时常透露出某种暗河中人不应有的温柔的男子，她才有了几分亲近的感觉，现在又觉得他还是那么的陌生。

"算了算了，干完这差事，以后估计也不会遇见了。"白鹤淮跟了上去。

九霄城。

一处偏僻的院落之中。

身着黑衣的中年男子坐在长椅之上，头微微垂着，长椅一晃一晃的，男子已是悠悠然地睡了过去。直到一只乌鸦从头顶飞过。中年男子忽然睁开了眼睛，手轻轻一挥，一柄小刀从他手中飞出，直接将那只乌鸦给斩落了。

"晦气。"中年男子低声骂了一句。

"家主！"身旁负责护卫的一名黑衣杀手立刻俯身领罪，他身旁的正是如今苏家的家主苏烬灰，向来行事淡然宽厚，但一旦发怒便会有很严重的后果。

"怕什么，不过是一只乌鸦，我骂一句罢了。"苏烬灰拍了拍那人的肩膀，"苏家儿郎，不要如此胆小。"

那人急忙起身，不再言语。

此时，一个光头的壮硕男子从屋外走了进来："家主。"

苏烬灰眉毛微微一抬："如何了？"

"谢家和慕家联合起来闯了蛛巢，目前看来他们并没有抢到眠龙剑，但是蛛巢的防护确实已经被他们破了。"光头男子回道。

"谢霸和慕子蛰这两个老狐狸，居然会联手。"苏烬灰掏出了一串佛珠，慢悠悠地捏着上面的菩提子，"苏昌河呢，让他立刻动手的消息给到了吗？"

"他只回了两个字，不妥。"光头男子冷笑道。

"不妥。"苏烬灰眼睛中闪过一道凶光，"什么不妥？"

"老爷子，这句不妥，有两种解答。第一种，如今谢慕两家联手，正和大家长那边打着，我们苏家此刻去掺一脚，不妥。第二种，家主你已经把苏家这次的行动全权交给了他，这个时候你还对其发号施令，不妥。"苏烬灰的身旁，一个穿着灰衣的中年男子笑着说道。

"老爷子，苏昌河那小子就是不想和苏暮雨动手。"光头男子不满地说道，"要我说，你把领兵权交给我，我现在就带人杀进去，帮老爷子你把眠龙剑抢到手。"

中年男子笑着摇头："能对付苏暮雨的也只有苏昌河，而只有我苏家夺得眠龙剑，且同时拥有苏昌河和苏暮雨这二人，那么慕家和谢家才掀不起太大的风浪。"

"你的意思是……"苏烬灰皱眉道。

"家主，苏昌河动身了。"又有一人从屋外走了起来，"他和喆叔离开九霄客栈了。"

"天快亮了。"中年男子仰起头，摸了摸手中的蓝宝石戒指，"原本还说再等等，现在看来，已经不需要了。"

"蛛巢之中有一条秘道，那条秘道很长，一直通到城外的三里亭。喆叔，我们不如兵分两路，你去三里亭候着，我去蛛巢。"行至一半的时候，苏昌河忽然说道。

苏喆站住身，将手中的佛杖插在了地上，语气中颇有几分不满："苏家恁个多高手，怎老系（是）你我两个跑腿？"

"我以前是无名者嘛，喊那些主家的兄弟们出功出力，他们总不爱搭理我。我和喆叔当年出生入死过几次，信得过你嘛。"苏昌河笑道，似是在开玩笑，可又带着几分诚恳。

"小几（子），我知道里（你）在筹谋着什么可怕的东西，我不管里（你），也不拦里（你）。"苏喆转过身，"我只系（是）个么（没）得感情的杀手，只做任务，不讲别的！"

"喆叔，苏家之中我就看你最顺眼。加油啊，可别死了。"苏昌河拍了拍苏喆的肩膀。

"人的肩膀上有三把火，不能随便拍，拍灭了，可就真的死了。"苏喆打落了苏昌河的手，拿起佛杖，慢悠悠地朝着城外行去。

苏昌河轻吁了一口气，擦了擦额头上的冷汗，方才有一瞬间，他感觉到苏喆身上突然爆发出一股杀气，但很快就又被苏喆压下去了。若苏喆真的动手，苏昌河并没有必胜的把握，他当年被称为苏家第一高手，受伤之后便再也没用出过全力，以至于现在暗河之中谁也不知道苏喆还留有几分实力，但有传言，苏喆若愿意付出一定的代价，暗河之中依旧无人是他的对手。传言来自给苏喆疗伤的慕家医师，有几分真假就难以估摸了。

"不愧是当年的苏家第一高手啊。"苏昌河转身朝着蛛巢走去，未行几步路，便瞥到了远处的屋檐之上，有两个身影正在快速前行。苏昌河眼睛微微一眯，随后纵身一跃而起，手中寒光一现，只听"叮"的一声，发出了兵器相撞的清脆声响。

"苏昌河。"来人重重地咳嗽了一声，随后手中黑刀一挥，整个人往后撤了十几步。

"病死繁花。"苏昌河站住身，笑了笑，"真是冤家路窄啊。"

谢繁花皱眉道："你来此，是要拦我的路？"

"非也非也，我不过是想去蛛巢看一眼，在此遇到你纯粹是偶然啊。"苏昌河挑了挑眉。

谢繁花胸口气血翻涌，一口鲜血差点便要呕了出来，但仍被他强行咽了下去，他知道面前这个送葬师的行事作风，决不能在他面前露出半点怯意，他沉声道："既然如此，那便把路让开。"

"虽说不能刻意来找你的，但既然遇到了，总得有所表示。"苏昌河指尖轻轻地旋转着那柄匕首，"你也算是谢家这一代的翘楚了，杀了你，老爷子应当会高兴一些，不会老来找我的麻烦。"

"那你便来试试。"谢繁花知道与此人多说无益，手中双刀一闪，冲着苏昌河急掠而去。

苏昌河不急不慌，手中匕首轻甩，所谓一寸短一寸险，他每次对上那两柄黑刀，都似乎将自己立于极为危险的境地之中，但神色和动作看上去又是那么的轻松写意、驾轻就熟。他朗声笑道："看来蛛巢并不是那么好闯的啊，你的刀法未免太慢了。"

谢繁花一边挥刀一边重重地咳嗽着，但他并没有太多的精力去留心自己的伤势，鲜血咯在那两柄黑刀上，黑刀挥出，刀气裹挟着血气，凌厉而妖娆。

"你想要快的，那这够不够快！"谢繁花怒喝道。

苏昌河的脸上依旧挂着淡淡的笑容，只是手上的动作也跟着凌厉了起来，他一边笑一边继续挑衅道："还要更快些、更快些！"

"好！"谢繁花的两柄黑刀突然穿破了苏昌河那柄匕首的防御，直接袭向了苏昌河的胸膛，苏昌河微微扬起头，看着手中的匕首被挑飞到空中，他猛地身子仰后，避开了谢繁花的这一刀。随后一个翻身，跃到了谢繁花的面前，手一伸，握住了从天而落的匕首，然后挥下！

"喋！"谢繁花暴喝一声，急忙收刀，硬挡了这一下后急退了十余步。

胜负已分。

但是谢家还有一人仍未出手。

谢繁花看着站在不远处，始终一动不动的谢千机，低声喝道："干吗从刚才开始一直傻看着？一起上！"

谢千机点了点头："方才我一直在观察苏昌河那寸指剑的破绽，我已有了些眉目，还请繁花兄先上，为我开路。"

"好！"谢繁花纵身一跃，飞至空中，随后将手中两刀的刀柄从中一合，竟组成了一柄双刃长刀，随即他一落而下，冲着苏昌河打了过去。这是谢繁花最强的杀招，因为这一招放弃了所有的防守，只求进攻。

以至于他的身后，皆是破绽。

苏昌河却未出手，只是淡淡地笑了笑，笑容中带着几分鄙夷，以及同情。

谢繁花忽然心中一凉，然后一根从后方飞来的羽箭直接贯穿了他的头颅，他的最后那一刀终究是没有机会落下了。

谢千机收起了手中的机弩，缓缓走向前："他是谢霸最钟爱的徒弟之一，杀了他，便等于和谢家宣战了。"

"你把他的尸体带走，省得被谢家那帮家伙看出什么端倪。"苏昌河俯身，手中匕首一挥，将谢繁花的头颅给砍了下来，"就说是我杀的。宣战怕什么，谢霸要宣战的对象不是我，也不是我们，是苏家。不怕他不宣战，只怕他谢霸胆子太小！"

谢千机扛起了谢繁花的尸体："此言有几分道理。那我先回去和他们交差。不过谢不谢走了，据说是和苏暮雨大战了一场，然后便忽然离开了，没了他，接下来的很多事情都会有麻烦。"

"少了一柄不错的刀啊，这倒是一件麻烦事。"苏昌河点足一掠，来到谢千机手边，手中匕首直接插进了谢千机的肩膀中。

谢千机吃痛，低喝了一声，却没有还手。

苏昌河拔出匕首，笑了一下："戏还是要演足。"

谢千机往后退了几步，咬牙道："跨过暗河，便能到达彼岸。"

苏昌河笑了笑："彼岸之处，不再是长夜，而应有光明。"

谢千机不再言语，抱起谢繁花的尸体，然后便头也不回地离开了。苏昌河看着地上谢繁花的头颅，那颗头颅最后的表情充满了惊讶与不甘，他微微俯身，看着那双仍未闭上的眼睛："可惜了啊，谢家这一代中有意思的人不多，你勉强算一个。若你不是这副病死鬼的样子，其实真想和你真正地打上一架。"

"你杀了谢繁花，谢霸老爷子可不会放过你。"一个暗哑低沉的声音忽然在不远处响起，苏昌河一愣，猛地转身，手中匕首轻轻一旋，摆出了防御的架势。

一身银衣的男子坐在旁边的屋檐上，正是苏昌河那天回客栈的路上遇到的男人。

"这次之后，暗河之中谁又能放过谁呢？"苏昌河冷笑道，"或许以后所谓的三家，只能剩下一家了。"

银衣人摇头道："暗河传袭数百年，你以为这般自相残杀的事情只出现过一次吗？我看过藏书阁中的记载，几乎每过三代便有一次内乱，但暗河的组成却从未变过。暗河是一个组织，总有人会胜利，有人会妥协，而有人，会被牺牲。"

苏昌河手指之间把玩着那柄小匕首："言下之意，我会是那个被牺牲掉的人？"

"苏烬灰为什么把指挥的权力交给你？你纵然功夫不错，终究是一个无名者，是一个外人。"银衣人幽幽地说道。

"接下来是不是就该招募我了？慕家家主，慕子蛰！"苏昌河终于唤出了对方的名字，当年他和苏暮雨二人的性命，都差点断送在这个名叫慕子蛰的家伙手中。

慕子蛰扭过头，露出了一张苍白无血色的脸："你敢唤出我的名字。"

"剑已出鞘，为何还要藏着锋芒？你成了慕家有史以来最年轻的家主，难道不想成为暗河有史以来最年轻的大家长？"苏昌河刻意加重了语气。

"你很好。所以我说，当年就应该杀了你。你这样的人，留着对谁都是个祸害。"慕子蛰站起身，衣袖轻轻飞扬，"你错了，我不是来招募你的，我只想杀了你。从我第一次看见你，我便想杀了你。"

苏昌河舔了舔嘴唇："本以为给喆叔安排了苦差事，我就去蛛巢走个过场，没承想，我要对上的却是一个家主。失策啊失策，应该和喆叔换个路走。"

秘道之中，苏暮雨和白鹤淮走到了一间书库。看来这处秘道必要之时也做避难之用，书库之中存有一些干粮和清水，还放着一些布满了灰尘的书，书封上的字无一例外都被抹去了。苏暮雨一夜未曾合眼，且经历了一番恶斗，进入书库后喝了点水，便带着歉意地说道："若从出口回到蛛巢，路上难免会遇到三家之人，请神医容许我在这里歇息片刻。"

白鹤淮自然同意，点了点头："歇息吧。你到时候若没力气打架，我才麻烦了呢。"

"多谢神医。"苏暮雨盘腿坐了下来，闭上了眼睛，不出片刻，便传出了低低的鼾声。

"这睡着的速度也是够快的啊。"白鹤淮笑了笑，起身开始打量这书库，她从架子上拿出那些古书，一本本地翻看着，出乎她的意料，上面既不是什么武功秘籍，也不是什么暗河秘事，尽是一些杂言、演义，她随意翻了几页，却被一本书中的一篇小故事所吸引了。她想，莫不是这密室作为避难之用，害怕避难者在此无事可做，所以特地准备了一些话本，供他们消磨时间的？暗河，是一个这么人性化的组织吗？看着盘腿坐在那里睡觉，且一身是伤的苏暮雨，白鹤淮摇了摇头，怎么看都不像啊。

不过那篇故事倒是写得十分精彩，白鹤淮好不容易得了些许空闲，便坐在地上看了起来。故事讲的是北离开国时的故事，彼时开国皇帝萧毅还在领兵打仗，他手下有一批影子杀手，专门负责一些刺杀敌方主将之类的任务，其中有一位，可以在黑夜中彻底隐匿行踪，杀人时若鬼魅现身，杀人后又能如烟尘消散……

"真是玄乎啊。"白鹤淮津津有味地看完了这篇故事，关于北离皇帝萧毅的演义传说数不胜数，但从来没有一篇说起过这影子杀手的事，毕竟战场之中考验的是兵法谋略，要靠区区几个杀手改变战局，那可是天方夜谭。白鹤淮自然不信其中内容，只是觉得有趣，可看完一篇后意犹未尽正待看下一篇的时候，苏暮雨忽然睁开了眼睛。

"神医，我们动身吧。"苏暮雨的声音中少了几分倦意。

白鹤淮一愣："这……这才睡了多久，你们暗河中人都这么不要命的吗？"

苏暮雨站起身："我们暗河慕家曾经有一位前辈，叫慕朝阳，他专门创造了一套关于睡觉的武功，叫眠息法，我们一日只睡两个时辰，其余时间择机睡上那么一刻钟半刻钟，便能恢复精力。"

白鹤淮眨了眨眼睛："作为一个学医的，我想说，这不合医理。不管你们那个姓慕的前辈，将这个眠息法说得多么厉害，这都不合医理。"

"或许如此吧，但对于我们暗河中人来说，这套眠息法很是有效，毕竟我们总是在与时间进行赛跑。"苏暮雨轻吁了一口气，然后便朝前行去，"就是辛苦神医了。"

白鹤淮见苏暮雨已经朝前行去，她看了看手里的话本，犹豫了一下，最后还是吹了吹上面的灰尘，然后塞进了怀里。反正也就是本杂书，不值什么钱，拿了就拿了吧……

苏暮雨没有看到白鹤淮的动作，也根本没有注意到书架上的那些没了书封的书，恢复精力的他快步朝前走着，因为他每晚一刻钟，大家长毒发身亡的可能性便又多了一分。

苏暮雨领着白鹤淮终于走到了秘道的尽头，上方是一道石门，苏暮雨运起真气用力地打出一掌，将那石门推开，他低头对白鹤淮说道："我先出去，你且在里面等一下。"

"好。"白鹤淮点头道。

苏暮雨点足一掠，从秘道之中跳了出去，如今外面正好是晨起之时，微微有了一丝光亮，苏暮雨仰头一看，一座孤零零的亭子立在面前。苏暮雨认得这个亭子，是九霄城外的三里亭，没想到这处秘道竟如此之深，可以从蛛巢直通到城外。那亭子中原本空无一人，可苏暮雨又眨了一下眼睛，却发现有一个白色的身影站在亭子中央。

见鬼了？苏暮雨一愣，随后猛地转身，挥出一剑。只听见血肉撕裂的声音，苏暮雨的这一剑直接贯穿了对方的胸膛，可那人却没有发出半点声音，而是继续挥动着手中的剑，斩向苏暮雨的头颅。苏暮雨急忙撤剑往后急退，手中长剑猛挥，只听"叮叮叮"清脆的兵器声，转瞬之间两人已过了十余招。苏暮雨的剑招明显要精妙许多，交手十余招，他已伤了对方多次，自己却毫发无损，可对方却不管受了什么伤，都不会有半点反应。

"傀儡杀人术。"苏暮雨低声道。

亭子中的白衣人笑道："傀儡杀人术与你的十八剑阵同出一辙，不同的是你控制的是剑，而我控制的是人。"

"慕白。"苏暮雨冷冷地说了一句，"你怎会知道秘道的出口？"

"你忘了，每一处蛛巢之中的阵法，皆有慕家的身影在其后，纵然无法纵观全貌，却总是有些踪迹可以追寻的。"守在那里的人，正是慕家家主慕子蛰之子慕白，他幽幽地说道，"我等待与你的这一战，已经很久了。"

苏暮雨抬起一脚，将面前的傀儡踢开，随后转身拔剑一挥，迎上了另一具突然攻上来的傀儡，两名傀儡很快成合击之势，苏暮雨身子往后猛地一仰，躲开了极为凶险的一击。

"只可惜你的十八剑阵已经用了，如今只靠着手中一柄单剑，要想胜过我的傀儡杀人术，几乎没有可能。"慕白故作惋惜地轻叹道，"可惜啊可惜，不能与你尽兴一战。"

苏暮雨对于慕白的挑衅面无表情，手中长剑轻挥，虽一人对战两具傀儡却依旧不落下风。他少有地略带几分讽刺地回道："若不是我已用了十八剑阵，你又岂敢来和我一战？"

慕白微微眯了眯眼睛，随后朗声笑道："哈哈哈哈，倒是少有地见你这般说话，平日里遇见你，连几个有情绪波动的神情都难以见到。看来你是真的着急了，想用这样的话来激怒我？"

苏暮雨冷哼一声："同样是傀儡丝的用法，你继承了慕家最精妙的傀儡杀人术，我重现了苏家的十八剑阵，暗河之中关于你我究竟谁强谁弱的推测，已经存在了许多年，但认为我更强的居多，因为你只是继承，而我却是重现。你会的，慕子蛰也会，而我会的，就算是苏家老爷子也从未见过！"

"好大的口气！"慕白手一挥，又一具十分魁梧的傀儡从天而降，砸在了苏暮雨的面前，苏暮雨虽然及时后退，但胸膛之上，还是被划上了一道浅浅的剑痕。那三具傀儡皆是用剑，虽然剑法上的精妙和苏暮雨无法相比，但也已经能和一流的剑客旗鼓相当了，而当三具傀儡同时出手的时候，原本还皆是破绽的剑法忽然相辅相成，变得无懈可击了。

"三人成阵？"苏暮雨手中的细剑飞速地刺出，若雨水一般细微密集却又轻盈无比，但方才的优势却在第三具傀儡的出现后荡然无存了。

秘道之中，白鹤准听着上面的兵器碰撞声，有些忧心忡忡。苏暮雨虽然方才小小地休息了一会儿，但和那谢不谢对战时留下的刀伤却还没有完全恢复，如今又遇强敌，怕是难以招架。她琢磨了片刻之后，做了一个决定。

而上方，苏暮雨在对战了百招之后，身上已多了三处剑伤，但他已经摸清楚了这三具傀儡的剑法。他一边挥剑一边说道："你的傀儡术并没有办法让他们随心所欲地挥剑，三具傀儡都只会固定的剑法，一具用的是谢家斩怀剑，主攻，一具用的是苏家秋风落，主守，还有一具则用了慕家袖法化作的剑法白袖剑，主偷袭。三傀儡成剑阵，加上他们本身无法被杀死，几乎无懈可击。"

慕白微微皱眉："不愧是执伞鬼，竟然能在短短百招之内就能看出我傀儡杀人术的剑阵组成，那便更留你不得了。只是你能看出来又如何，等你想出破解之法时，你已经死了。"

"剑法是死的，而剑客是活的。傀儡用死剑，再精妙的剑法也能破之。"苏暮雨轻吁了一口气，"差不多便是此刻了。"只见他纵身一跃而出，闪到了那用秋风落的主守傀儡身后，那用白袖剑主偷袭的傀儡一剑刺到了苏暮雨身前的傀儡之上，苏暮雨微微一笑，转身对上了那用斩怀剑的傀儡。

瞬间三剑刺出。用斩怀剑的傀儡手中长剑被苏暮雨挑落，随后苏暮雨一剑挥出，直接就将那具傀儡的头颅给斩飞了。

随后苏暮雨再转身，对上了那秋风落的主守傀儡，苏暮雨手中长剑剑势一变，忽然之间变得无比霸道，比起剑法，甚至更倾向于刀法。同样也是三招，主守傀儡手中的长剑被打飞，苏暮雨再一剑，直接就将那头颅斩烂了。

慕白大惊失色，右手猛地一拉，将那最后一具傀儡拉回到了三里亭内，他沉声道："你如何这么快找到破解之法？"

苏暮雨收剑，喘了口粗气："我从一个以剑为名的地方而来，在那里，有专门的人研习天下剑法，也专破天下剑术，破快剑、破攻剑、破守剑。我父亲曾经说过，若非剑仙，在其面前，没有资格说'剑'这个字。"

慕白一愣："无剑城？你竟是出自无剑城！"

"我未用十八剑阵，你便败了。"苏暮雨没有再继续说起无剑城的事情，只是这么轻描淡写地说了句。

慕白一愣，随后冷笑了一下，手轻轻一挥，仅剩的那具傀儡向前几步，挥剑拦在了他的面前。随后只见陆续几道白影落下，看到他们的样子后，苏暮雨神色微微有些凝重，这些人无一例外都是在慕家之中有名有姓的顶尖杀手。正思索间，只觉得脑后有一阵凉风袭来，苏暮雨急忙侧首，一枚铜币从他头边飞过，朝着慕白他们的方向袭去。慕白手一挥，那傀儡纵身向前，一剑将铜币打飞了出去。

一身道袍的慕青阳落地，将那铜币握住，笑道："桃花面，是大吉啊。"

慕白沉声道："青阳，你来晚了。"

"抱歉抱歉，这场杀局不能让雪薇看到，我将她骗走可花了不少力气啊。"慕青阳收起硬币，转身看着苏暮雨，"傀大人，别来无恙乎？"

"是你。"苏暮雨手轻轻转了一下剑柄，在还未成为傀的时候，苏昌河就和他说起过这个慕家的假道士，说这道士看起来有些游手好闲，但实际上实力深不可测。

慕青阳微微挑了挑眉："是我？原来傀大人知道我啊，荣幸之至、

-113-

荣幸之至。"

苏暮雨目光扫过面前的这些人，除了慕白和慕青阳之外，还有七位慕家杀手，若苏暮雨并未受伤且十八剑阵在手的话，还有三成信心去拼个你死我亡，可如今手中只剩下一柄剑，对付一个慕青阳都显得有些吃力了……苏暮雨很快就做出了决定：将这些人引开，为秘道之中的白鹤淮拼出一条生路来。

"苏昌河辣（那）小子，不系（是）个东西。"一口并不标准的官话突然从他们身后响起。

苏暮雨一愣，随后笑道："喆叔来了啊。"

慕家众人也将目光投了过去，慕白原本带着几分得意的神色忽然变得有些难看。

苏家苏喆，一个谁都不愿意去惹的人。

"辣（那）小子去蛛巢走过场，让劳资（老子）来这里守人，人守到了，还多慕家九个鬼！"苏喆重重地将手中的佛杖插在了地上，随后从怀里掏出了一颗槟榔，丢进嘴里带着几分泄愤似的重重嚼着。

慕白冷冷地说道："喆叔此言何意？"

"让里（你）说话了吗？"苏喆拿起腰间的金色烟杆，随手一挥，将佛杖上的一枚金环打了出去。金环直接贯穿了那最后一具傀儡的胸膛，去势却仍未停，疾速地旋转着将那些看不见的傀儡丝给绞了个粉碎后才又飞回到了苏喆的手中。苏喆漫不经心地一挥，将那金环重新扣回了佛杖之上。

一套动作行云流水，带着些不屑，带着些傲慢。

"让我抽袋烟，想个事情。"苏喆点燃了烟杆中的烟草，开始慢悠悠地抽烟。

慕白脸色更是难看了，他握紧了拳头，却并没有出言反抗。苏喆早已不是傀了，出现在这里应当不是为了来救苏暮雨的，既然如此，那他们就没有起冲突的必要。慕青阳依旧玩弄着手中那枚据说传自青城山赵玉真的铜币，笑嘻嘻地看着面前的苏喆，也没有说话。

场中的气氛一时有些尴尬。

现在脸色最自然的……反而是那个总是脸色不太自然的苏暮雨……

"喆叔，你还是这么喜欢营造出'我很厉害'的气氛。"虽然知道苏喆并不是来救自己的，但是苏暮雨仍是歇了口气，朝着苏喆的方向走了几步。

"不需要营造，我就系（是）很厉害。"苏喆慢悠悠吞云吐雾着，若不是那一口官话确实有些蹩脚，看起来着实是个高人了。

秘道之中的白鹤淮听着他们的对话，已然猜到来人是谁了。她心情激动，下意识地便打算冲上去，但是苏暮雨朝前的那几步却刚好拦住了她。看来苏暮雨虽然并不相信白鹤淮是苏喆的女儿，但也害怕他们之间真有什么渊源，若白鹤淮忽然冲出来的话，慕家那些人可不会再等片刻了。

"喆叔要想什么事情呢？"苏暮雨缓缓问道。

苏喆对待苏暮雨的态度明显要和缓许多，不但不介意他打断了自己的话，还耐心地回答了他："在想，怎么能够不杀你，还能完成苏家老爷子的任务。"

"怕是有些难啊。"苏暮雨轻叹一声。

"确实有些难啊。但你我二人，也算是墨力（莫逆）之交了！"苏喆将手中的烟杆在佛杖上轻轻地磕了一下，磕出了些许烟灰。

"莫逆之交？"苏暮雨淡淡地一笑。

"辣（那）神医在哪里，我杀了她就走。再送你个彩头，这七个鬼，我也替你撒（杀）了。"苏喆看向苏暮雨。

"若苏暮雨愿意交出药王谷的神医，我们也可以就此离去。"慕白忽然开口说道。

"我和苏家兄弟说话，里（你）多什么嘴？"苏喆眉头一皱，手中烟杆一甩，又一枚金环飞了出去。

"来得好！"慕青阳一把握住了手中的铜币，飞身跃出，直接迎上了那枚金环。只听清脆的一声金属碰撞声，慕青阳的铜币直接撞上了那金环，慕青阳被震得连退三步，而那金环则飞回到了佛杖之上，并且带回了一阵劲风，震得佛杖之上的金环，全都叮叮当当地响了起来。

"哦豁，慕家七个鬼里，还有个能打的啊。"苏喆微微有些惊讶。

慕青阳握铜币的手微微地颤抖着："久违喆叔大名，不能打也得假装能打啊。"

苏喆抽完了最后一口烟，看了一眼苏暮雨："有些难办了啊。你怎么说？"

苏暮雨微微垂首："愿与喆叔共同退敌。"

"哦？"苏喆嘴角微微一撇，"我不信。"

"然后我的性命，喆叔便可拿去，神医之事，喆叔便不再多问。以我的人头，苏家老爷子那里，应该不会再为难喆叔了。"苏暮雨语气无比诚恳，像是很认真地在做这笔交易。

"里系（你是）个杀手，不系（是）个英雄。"苏喆有些无奈，"昌河说得对，你的脑子要是和剑法一样就好了。"

苏暮雨转身，看着慕家众人："不系（是）英雄，只系（是）杀手，但系（是）杀手，也有原则。"

苏喆嘴角微微抽搐了一下："臭小子，莫学劳资（老子）说话。"

"魔教东征一战之后，便不曾和喆叔一起并肩作战了。"苏暮雨伸剑指向慕青阳。

慕青阳把玩着手中的铜币，脸上的笑容有些僵硬了。

苏暮雨和苏喆联手，他们来的这些人，足够吗？

苏喆却没有再说话，伸手握住了身旁的佛杖，看着苏暮雨的背影，若有所思。

"少主……"慕家中有人按捺不住了，低声唤道。

"苏喆还没有说话，不要急着动手。"慕白低声道。

慕青阳收起了那枚铜币，手轻轻一挥，背上的桃木剑出鞘落在了他的手中，他再拿出一道黄符，轻轻一甩然后在剑身之上一抹，剑身之上顿时燃起了火焰，桃木剑也变成了一柄火剑。他笑道："都说我是个假道士，就给你们变点戏法来看看。"

苏暮雨看着慕青阳手中的桃木剑，微微皱了皱眉，这可不是什么变戏法，这可是正统的道门剑法"符道剑火"，是天启城钦天监中的不传秘法，看来这个慕青阳确实有几分门道。但他却不至于为这一柄桃木剑而担忧，他担忧的是，身后的苏喆一直没有回应他的话。

那便代表苏喆还没有作出决定。

"喆叔。"苏暮雨又低声唤了一句。

"这一声喆叔，分量太重了。"苏喆轻叹一声，"暮雨，你脚下踩着的是一道石门吧。"

苏暮雨心中一惊，握着剑柄的手加重了几分力气。

秘道之中的白鹤淮也是一惊。

慕青阳微微抬首，脸上露出了意味深长的笑容："哦？原来是这样。难怪方才自从苏喆出现以后，苏暮雨便一直没有从那里离开。"

"喆叔！"苏暮雨转身低喝道。

"抱歉了，我从未接到过要杀死你的命令。"苏喆握住佛杖轻轻一甩，上面的金环飞了出去，打向苏苏暮雨的脚下，"我要杀的，只有她。"

"喝啊！"苏暮雨持剑欲拦，可是那一连串的金环袭来，震得他长剑几乎脱手而出，其中还有一枚金环直冲他面门而去，逼得他不得不退出了三步。苏喆握住佛杖，猛地一抢，将上方的尘沙尽数扫去，露出了那石门原本的面目。

"原来是藏在这里。"苏喆冷哼一声。

"喆叔不可！"苏暮雨知道苏喆若下了决心，动起手来绝对不会有半点犹豫，立刻飞身向前。

慕白在此时低喝道："拦住他。"

"谨遵少主法旨呀！"慕青阳手中的桃花剑甩出了一道漂亮的火花，将苏暮雨打了回去，"傀大人，便先同我和你玩一下。"

"滚开！"苏暮雨厉喝一声，转瞬之间对着慕青阳刺出了十余剑，招招夺命凶险，似是下了狠心。

慕青阳快速地闪躲着，也是倒吸了口冷气，素闻暗河执伞鬼虽然剑法出众，但为人温和有礼，连出任务也都会给对方留全尸，怎么到了他这里，就每一招都这么不讲情面？

另一边，苏喆缓步走到了那石门之旁，低头看着那道石门，低头盘算着，是先打开这石门，还是直接飞十几枚金环下去，把里面的人直接砸死算了。略微一思索，苏喆便甩了甩手中的佛杖，做了决定——直接砸死算了。

"神医，出来！"苏暮雨大声提醒道。

白鹤淮自然不知道上方的老爹正盘算着用几枚金环砸死自己，听到苏暮雨这一声大喝，立刻反应过来，用力一掌推开那石门，从里面跳了出来，正对上了苏喆那带着几分惊讶的神色。

"小森（神）医，又见面了。"苏喆咧嘴笑了一下。

果然和母亲说的一样啊……看起来挺俊秀一男的，就是不能开口说

-117-

话，一是官话带着一口乡音，二是一口好好的牙齿，硬是被那烟配槟榔给祸害得蜡黄蜡黄的。白鹤淮皱眉骂了一句："狗东西！"

"哈？"苏喆脸抽搐了一下，他倒是能明白为什么神医要骂他，毕竟自己是为了杀她而来的，只是"狗东西"这个称呼，有些许耳熟，而那语气，也和那个人很是相像啊。

白鹤淮跃出了石门之外，看了一眼苏暮雨，又看了一眼苏喆："你是来杀我的？"

"奉老爷子之命，送小森（神）医归西。"苏喆懒洋洋地甩了一下佛杖，一枚金环冲着白鹤淮打了过去，不过苏喆这一式明显试探多于攻击，速度比起方才要慢了许多。

"快闪开！"苏暮雨一剑打退慕青阳，转身想要去救，却已经来不及了。

"果然是狗东西。"白鹤淮又骂一句，随后脚下步伐急变，一个侧身竟闪开了那枚金环。

"苏家鬼踪步！"慕白惊呼一声，"苏暮雨，你们竟然把苏家功夫传给一个外人。"

苏暮雨也是一愣，方才白鹤淮躲开那枚金环用的确实是正宗的苏家鬼踪步，但是这鬼踪步极难练成，就算是苏家中颇有天赋的弟子，也需要练个三四年才算得上是精通。而白鹤淮方才那一下，没个几年的功底，只靠在这几天内练成，是不可能做到的。

"你究竟是谁？"苏喆沉声道，神色变得从未有过地严肃。

"我是白鹤淮，药王谷的神医啊。"白鹤淮似笑非笑地回答。

"你的母亲，可是姓温？"苏喆又问道。

"是。"白鹤淮挑了挑眉，"又如何？"

苏喆没有再言语，只是仔细打量着白鹤淮的脸，沉默许久之后缓缓道："我一开始竟毫无察觉……"

"小心！"苏暮雨低喝一声。

白鹤淮一愣，猛地转身，只见七道白影突然出现在了她的面前。方才她和苏喆对话之时，完全忽视了亭中的慕家中人，以至于这七人的出现，她竟毫无察觉，她想再运起鬼踪步逃跑，可却寸步都动弹不得，她一低头，发现脚下缠着极难察觉的丝线。

"杀了她。"亭子中的慕白冷冷地说道。

七人同时对着白鹤淮飞出了一道白绫。

就在这时,苏喆手握佛杖拦在了白鹤淮的面前,他手猛地一挥,抢起佛杖直接就将那七道白绫搅得粉碎,同时也将那七人一同打飞了出去。

"给老子滚!"

慕白站了起来,怒喝道:"苏喆,你到底要做什么?"

苏喆没有理会他,转身看向白鹤淮:"你母亲是不是姓温?是不是叫温络锦!"

白鹤淮被苏喆的气势一下子震慑住了,犹豫了一下:"是。"

"那你是……"苏喆想了一下,随后苦笑道,"我都忘了,我并没有来得及给你取名字。"

"母亲给我取名鹤淮,"白鹤淮低声道,"白鹤南飞,淮水相望。"

"是个好名字,你母亲向来在取名这一块很有天赋。"苏喆笑道。

"比如狗东西?"白鹤淮笑道。

苏喆挠了挠头:"是啊,比如狗东西。"

"苏喆!"慕白直接甩出一柄匕首,冲着苏喆身后刺了过去。

"真是意料之外的重逢啊,若站在这里的是你母亲便好了。"苏喆转过身,一把握住了那柄匕首,随后手轻轻一甩,匕首碎裂成了七段,摔落在了地上。

白鹤淮撇了撇嘴:"女儿不行吗?"

"女儿也不错,但还是老婆更好些。"苏喆回答得倒是很诚恳。

"老婆再好,你还不是没回来过一次。"白鹤淮冷哼道。

"我不回来,是为了你们好。"苏喆幽幽地说道。

白鹤淮沉默了许久,低声骂了一句:"狗东西啊。"

"是啊,说来说去,本质还是个狗东西。"苏喆点了点头。

听到他们二人的对话,场中众人皆是一片迷茫,苏暮雨却是越听越惊,方才在秘道之中,白鹤淮曾提起过苏喆是他父亲一事,他还以为是一句戏言,可看此刻情形,这居然是真的!另一边的慕白也听明白了,又惊又怒:"苏喆,你居然和外族之人通婚。"

苏喆挑了挑眉:"是又怎样?"

慕白冷笑道:"违背族规,你和这个孽种,都该死。"

"废话！"苏喆怒道，"整个暗河都拔了刀赶着杀大家长了，还有个屁的族规。我在外面找个漂亮女人结婚，生个宝贝女儿，你就大声嚷着坏族规。你这提着刀要杀大家长，不配个凌迟处死都可惜。"

苏暮雨在一旁也是看得目瞪口呆，原来官话都说不利索的苏喆，骂起人来居然口才可以这么好。

白鹤淮拍手道："狗东西，骂得好。"

"乖，狗东西是你妈叫的，你还是得叫我爹。"苏喆温柔地说道。

"狗爹？"白鹤淮撇了撇嘴。

"行吧，狗爹也是爹。"苏喆朗声道，"苏暮雨，保护好我的乖女儿。"

苏暮雨点足一掠，退回到了苏喆和白鹤淮的身旁："喆叔，你这变脸的速度也太快了。"

"哎、哎。"苏喆拍了拍苏暮雨的肩膀，"都是自家兄弟，莫说见外的话。"

慕青阳收了剑，退到慕白的身旁："少主，现在当如何？"那七名被打翻在地的慕家杀手也都起身退回到了三里亭中，他们虽然被苏喆一击打退，却也没有受什么严重的伤。

"既然他们苏家要打，我们就和他们打，还真当我们怕了他们苏家不是。"慕白冷哼道。

慕青阳有些无奈地苦笑了一下："苏喆，那可是当年的苏家第一高手啊。"

"女儿，这些人要杀你，我替你好好教训他们。"苏喆笑道。

白鹤淮吐了吐舌头："呸，方才你不是也要杀我来着？"

苏喆握住佛杖，轻轻一旋，直接换了个话题："慕家的那个小道士，你方才有一句话说错了。"

慕青阳一愣："哦，什么话？"

苏喆将手中佛杖往地上重重地一顿，一股疾风随后袭出，直接将那三里亭砸了个粉碎："我现在，也依然是苏家最强的。"

三里亭中的慕家人立刻散开，身影如鬼魅一般，忽然消失在了那里。

白鹤淮一愣："这是什么邪术？"

"慕家的鬼虚阵法，小心了。"苏暮雨提醒道，此刻一阵浓雾忽然升起，将他们三人给围了起来。

"魑魅魍魉，在我降魔法杖面前放肆。"苏喆不屑地笑了一下，手中佛杖轻轻一甩，三枚金环飞出，只听见三声闷喝从浓雾之中传来。随后苏喆再将佛杖往地上重重地一插，只听一声惨叫又从地底下方传来。

"不堪一击！"苏喆随后一拳打在佛杖之上，那佛杖之上的金环全都散了出去，入了浓雾之中，只听叮叮当当的金属碰撞声从浓雾之中传来，苏喆则一副若无其事的样子，甚至还掏出了烟杆，又慢悠悠地抽了几口烟。最后他敲了下烟杆，那些金环便全都飞回了佛杖之上。

浓雾竟然就这么散去了。

"阵还没起，就被我破了。"苏喆略带着几分不屑地说道。

苏暮雨回头，看着地上的那几具尸体："喆叔啊，我们一起共抗魔教的时候，怎么没发现你有这么厉害。"

苏喆尴尬地咳嗽了一下："女儿面前，自然要卖点力嘛。对抗魔教什么的，又不给银子，差不多就得了。"

苏暮雨笑了笑，上前走了几步，数了数地上一共有七具尸体，并没有慕白和慕青阳。

"杀那两个小子需要点力气，划不来，还会逼急慕子蛰那个疯子。"苏喆对苏暮雨说道。

苏暮雨点了点头："那么，喆叔你接下来，有何打算呢？"

苏喆看向白鹤淮，白鹤淮仰头看天，漫不经心地吹起了口哨。

不远处，慕白一边捂着胸口，一边奋力地朝前狂奔着："这个苏喆，实力未免太过恐怖。"

"毕竟是曾经快要当上大家长的人啊。"慕青阳受的伤要明显轻得多，他不急不慢地跟在慕白的身边。

"回去我将此事禀报给父亲，这一次不仅要杀了大家长，就连苏家，也要连根拔起！"慕白恶狠狠地说道。

"不错不错，但让家主下定决心和苏家死战到底，但还缺了一个契机。"慕青阳缓缓说道。

"什么契机？"慕白疑惑道。

"你的死。"慕青阳的声音中忽然多了一分杀气。

慕白一惊，猛地转身，但却忽然感觉脚下一空，身子急坠而下。原来方才落脚时踩着的树枝被慕青阳一枚铜币给打断了，而慕青阳则脚踩在树干之上，一把握回了铜币，再纵身一跳，追了下去。

蛛巢附近。

漫天纸蝶飞舞。

苏昌河跃至空中，双手飞速地挥动着，五柄匕首在他指尖飞转，开出了一道接着一道美丽的剑花，将那些纸蝶一只接着一只地斩落。他朗声喝道："堂堂慕家家主，只会玩这些娘娘腔的东西吗？"

慕子蛰伸出一指，放在面前，低声道："蝶舞，九张机。"

那些纸蝶全都停住了动作，围在苏昌河的四周。苏昌河定睛一看，那些纸蝶之上，都缠着几乎透明的丝线，但丝线之上撒着荧粉，发出幽蓝色的光芒。

"糟了。"苏昌河低声骂了一句，但却已经来不及了。一道幽蓝色的火焰，沿着那些丝线很快就蔓延到了纸蝶的身上，随后纸蝶燃起，发出了"轰"的一声，在空中炸成了一朵朵美丽的花。

慕子蛰仰起头，冷笑道："暗河送葬师，不过如此。"

火光散去，苏昌河衣衫碎了大半，从空中直直地摔落下去，撞碎了一间房子的屋檐，躺在了一堆茅草中，看起来颇有几分狼狈。他撇嘴无奈地笑了一下："就说最讨厌和慕家的人打架了，他们哪是杀手，明明就是变戏法的。"

慕子蛰点足一跃，站在了那塌了一半的屋顶之上，低头看着下方的苏昌河，手轻轻一抬，一只纸蝶慢悠悠地飘了下去："近身对决，再厉害的人，也总有失手的时候。所以三丈之内，我不会让人近身。"

"废话真多。"原本看起来已经气竭的苏昌河忽然朝天丢出了一柄匕首，直接就穿过了那一只纸蝶，袭到了慕子蛰的目前，而慕子蛰长袖一甩，卷住了那柄匕首，但神色立刻一变，急忙松袖，已经来不及了。

苏昌河的匕首之上，同样连着一根丝线。

关于傀儡丝的应用，慕家在暗河之中绝对是第一，但是苏家却也有一个运用傀儡丝的高手，那就是苏暮雨，他靠此重现了苏家失传数代的十八剑阵，而苏昌河和苏暮雨是最好的朋友，所以苏昌河也学了一些傀儡丝的应用，并将它和自己的寸指剑结合到了一起。

方才攻向慕子蛰的匕首之上连着傀儡丝，而当慕子蛰伸袖卷住匕首的那个瞬间，苏昌河便借势而起，往回猛地一拉，将自己拽到了慕子蛰的面前。

"三丈之外，你称无敌，但如今已近三尺，那便是我的天地了。"苏昌河手中匕首急甩，从慕子蛰的喉间划过。慕子蛰以袖为剑，拦下了苏昌河的匕首，随后便冲着苏昌河的胸膛之上打去，苏昌河又拿出两柄匕首，三剑飞扬，直接将那白袖给斩得粉碎。慕子蛰微微皱眉，两只纸蝶落在他的脚下，他轻轻一踩，身子仰后飞去。

他想再将距离控制在三丈之外。

苏昌河身子没有了支撑，原本已经不可避免地向下坠去，但他却忽然朝前丢出了一柄匕首，砸在了前面屋子的墙上，又往后丢出了一柄匕首，钉在了后方屋子的墙上，两条匕首连着傀儡丝在空中架出了一道微不可见的线桥。苏昌河伸手抓住了线桥，随后一个翻身跃到了线桥之上，然后沿着那线桥朝着慕子蛰疾速奔去。

"堪称完美的杀手才能啊。"慕子蛰幽幽地说了句，言语中却有赞叹之意，他侧身避开了苏昌河的一刀，随后身子向下坠去，在那之前轻轻摸了一下那道线桥，一道火线立刻顺着线桥烧了起来。慕子蛰落地，轻轻一拂袖，往后退了十几步。

紧接着苏昌河落地，两人的距离再次回到了三丈之远。

唯一不同的是，慕子蛰只是碎了一条衣袖。

而苏昌河上半身的衣衫都被炸得粉碎了，裸露出来的半个身子血迹斑斑，看起来十分狼狈。

"你的天地，转瞬即逝啊。"慕子蛰冷笑道。

苏昌河看了看手中的匕首："我的天地，一瞬便是永恒。"

匕首之上带着一点血迹。

只有一点点，几乎看不见。

慕子蛰微微垂首，才发现胸膛之上的衣襟被斩出了一道缝隙，他伸手一摸，也摸到了几滴血，苏昌河的那一招到底还是伤到了他了，虽然这样的伤实在有些微不足道，除非，苏昌河在匕首之上抹了毒。

"我抹了毒。"苏昌河直截了当地说道。

慕子蛰笑了笑："对慕家的人用毒？就凭你？"

"我的这点毒，自然伤不到慕家家主。但是呢……"苏昌河看向慕子蛰的身后。

一个光头的男人，一个身穿儒雅长袍的中年男子。

一个肩扛巨剑，一个腰佩双刀。

慕子蛰微微眯了眯眼睛："除非苏烬灰来了，其他的人我并不放在眼里。"

苏昌河笑道："就当你说的是真的，但你要同时对付我们三人，便没有时间逼出体内的剧毒。现在这点毒对你来说不是什么，但再过一个时辰，怕是你也得找那位神医来救命了。"

慕子蛰知道苏昌河的话并不是在恐吓自己，他转过身，看了看面前的那两个人。

那光头男子摸了摸自己的光头，一脸的烦躁："我说慕老大，你就不能使点劲，在我们来之前把这个疯子给杀了？"

儒雅男子倒是态度谦和："恭送慕家家主。"

慕子蛰冷哼一声，纵身一跃，从二人身边掠过。

苏昌河笑道："怎么样，二位大哥可看到我方才的表现了，我这次可是真的差点死在这里了，回去记得在老爷子面前替我美言几句。"

光头男子吐了一口唾沫，骂道："早知道路上喝杯酒再来了，不然还能看到你给慕子蛰炸成肉泥的场景。"

儒雅男子笑道："老爷子要见你。"

"又要见我？不干活了？"苏昌河看了身后一眼，"蛛巢那里，现在可是最好的机会。"

"要你干吗你就干吗，你以为你是苏家的老大？"光头男子骂道。

苏昌河伸了个懒腰："行吧。记得在老爷子面前说说我的丰功伟绩，独战慕家家主，三尺之内，天地一瞬，差点取慕家家主首级！"

九霄城。

一处朱门大院之中。

几十个身形魁梧的刀客站在那里，他们所配的刀无一例外地没有鞘，刀身在日光的照射之下，发出凛冽的刀光。

刀客们的背后，一个两鬓斑白的长者正在喝茶。长者的身旁插着一柄金环大刀，面目凶戾，一道长长的刀疤直接贯穿了他的脸庞，但与之很不协调的是，他的面前摆着一张典雅的长桌和一套精致的茶具。

小火慢烧，茶香慢慢地飘散开来。

院中的那些刀客看着前方，神色没有半点变化，就仿佛一座座雕像一般。

最后大门缓缓被推开，谢千机抱着已经没有了头颅的谢繁花的尸体从外面走了进来。长者微微抬首，眉毛难以察觉地抖动了一下。

刀客们纷纷避散开来，让出了一条路。

谢千机抱着谢繁花一步一步地走上前，穿过那些刀客，来到了长者的面前。

长者慢悠悠地倒了一杯茶，推向前。

谢千机放下了尸体，单膝跪地："谢繁花在夺取眠龙剑的过程中，被苏家之人所杀。"

"你身体不好，不能喝酒，便只能饮茶，还说饮茶能够延年益寿。可我早就与你说过，做杀手的，刀口舐血，一日尽兴便是一日。"长者微微抬首，看着谢繁花的尸体，可是尸体之上没有头颅，连死后的对视都没有做到了。长者心中忽然升起一股怒气，拔出了身旁的金环大刀，一刀落下，将那张长桌连同上桌的茶具给斩得粉碎。

滚烫的茶水飞扬而起，洒在了谢千机的身上，谢千机咬了咬牙，没有说话，他知道这是家主对他的惩罚。其余一众刀客也全都单膝跪地，齐声喝道："家主节哀。"

长者看向地上的谢千机："谢七刀那徒弟呢？"

谢千机心中一凉，无奈道："谢不谢败于苏暮雨之手，之后便离开了，下落不明。"

"下落不明？"长者微微皱眉，"你的意思是，谢不谢叛逃了？"

谢千机垂首道："弟子不敢。"

"暗河从没有下落不明一说，私自离开，便是叛逃。"长者伸出一根手指，轻轻晃了一下，"派两个人去寻他，再传信给谢七刀，让他也来九霄城。"

谢千机抬起头："七刀叔，之前我去寻他，被他给赶了出来。"

"万事皆有代价，他想保住他的徒弟，便要付出他的代价。暗河不是什么江湖门派，闭关练刀，笑话。"长者冷笑道。

"那现在……"谢千机站了起来。

"谁允许你站起来了?"长者刀背朝前一挥,直接将谢千机打倒在地,"一直跪着,跪上三天。"

"家主。"人群之中,一名刀客走了出来,那个刀客比起身旁的那些大汉明显地要瘦弱不少。因为她是一个女子。

长者看了她一眼:"画卿。"

"这一次,就交给我吧。"女子微微扬起嘴角。

同样位于九霄城中的另一处大院之中。

一群白衣人聚集在那里。

他们个个身穿白衣,就连这处院落中的桌子、大门、木柱都被染成了白色,仿佛是要办一场丧事。

当然,他们一开始并没有这个打算。只是因为暗河慕家向来喜欢白色。慕家,自家主慕子蛰由上到下,出门大多只穿白衣,看起来不染尘埃,超然世外,平日里免不了被苏家和谢家的人耻笑,做着杀人收钱的勾当,还要附庸风雅。

但是,今日,这一身白,这一院子的白,都很应景。

因为确实死人了。

暗河之中,死人是很寻常的一件事情,但这次死的,是暗河慕家家主的儿子,慕白。

杀慕白的人,是同为暗河的苏家人。

尸体被放在一张木榻上,摆在院子的正中央。

身穿道袍的慕青阳站在木榻之旁,手中轻轻翻转着那枚铜币,他抬首看着面前的慕雪薇。

慕雪薇将双手拢在袖中,低头看着慕白的尸体。

尸体的胸膛塌陷下去,分明是被重物给重重地砸了一下,然后就这么活生生地给砸死了。

慕家中人医术高绝,比起那药王谷来也只是稍逊几分,但是再厉害的医术,也救不活一个死人。

众人围着那尸体,没有敢说话。因为他们都在等一个人。

慕家家主,慕子蛰。

白色大门并没有被打开，但是那白色的身影已经落在了他们的面前。

"家主！"众人齐齐下跪。

慕子蛰一眼就看到了正中央的那木榻和木榻之上的尸体，他神色并没有任何的波动，缓步走到了木榻之旁，他看了一眼那尸体："谁杀的？"

"苏家，苏喆。"慕青阳回道。

慕子蛰点了点头："若是他的金环，确实能造成这样的伤害。苏家竟然派出了这个怪物，他们是站在了大家长的那一边？"

慕青阳摇头："应当不是，他出现也是为了杀死药王谷的那个神医，但是在途中却突然动手，杀了我们的人。我和少主原本逃了出来，可少主还是中了苏喆的金环。我拼死之下，才夺回了少主的尸体。"

"暗河中人，朝生暮死，本是常态。即便是我的儿子也是一样。诸位不必如此。"慕子蛰转过头，没有再看那尸体。

众人无一例外地都在心中舒了一口气。

慕雪薇和慕青阳对视了一眼，知道此事并没有这么简单。

"把他放出来。"慕子蛰忽然说道。

众人一惊，慕雪薇慌忙之下便要开口，慕青阳立刻挥手止住了她，他转身道："此行回去，太过遥远。"

"并不遥远，他已经到了。"慕子蛰看向大门。

白色大门被缓缓推开，四名身穿白衣头戴斗笠的慕家人抬着一口黑棺从门外飘了进来，四人落地无声，恍若鬼魅，可当众人松手，那黑棺重重落地的时候，却发出了无比沉闷的一声巨响。

慕青阳脸色铁青，右拳缓缓握紧："家主……"

"既然苏家要这般鱼死网破，那么我慕家，便陪他们玩到底吧。"慕子蛰走到了黑棺之旁，重重地拍了一下。

城外三里亭，在慕家众人退去之后，苏暮雨看了苏喆一眼，又看了白鹤淮一眼，有些尴尬地说道："你们父女重逢，我是不是应该先避开一会儿？"

"不必不必。"白鹤淮挥手道，"你就站着，不然更尴尬。"

苏喆也是挠了挠头："身陷绝境，父女重逢，这种感人的情形，你喆叔我也不是很适应啊。"

"那便边走边聊吧。时间不多了，得快些回到蛛巢之中。"苏暮雨说道。

"好。"父女两人同时点了点头，于是苏暮雨朝前快速行去，他们二人便跟在他的身后。

白鹤淮看了苏喆一眼，淡淡地说道："母亲，她已经死了。"

苏喆倒是很淡然，点头道："我知道。"

"你知道？"白鹤淮一愣。

"她得了怪病，就连药王谷的神医都束手无策，我也去问过慕子蛰，我的佛杖都快把他脑袋都打歪了，他也和我说这病治不了。"苏喆苦笑道。

白鹤淮微微皱眉："你一直都知道？"

苏喆轻轻转了一下手中的佛杖："有个朋友告诉我了你母亲得病的事情，我便偷偷去了温家，也想办法帮她寻求名医。过程中还遇到了你的外公，差点被他给迁怒毒死。你母亲死后，我又偷偷去了几次温家，你不见了，我还以为你外公把你藏起来了，却没想到你居然去了药王谷学艺。那帮家伙和温家向来不睦，怎么会收你做徒弟？"

白鹤淮笑了一下："还不是我天赋异禀，搞得师父他老人家非要收我为徒不可。我那小师侄可不愿意了，毕竟这样他就比我舅舅温壶酒小了整整两辈。不对，你既然能那么轻而易举找到我们，为何从来不来见我母亲？"

苏喆叹了口气："我背后站着大家长，他说我要是再去见你们，就派出蛛影十二生肖，把我们一家三口都杀了。还有你的外公温临，他说要给我下一道毒叫血浓于水。中了这个毒，能把我的骨头都毒化了，你知道他的脾气，那可不是吓唬人的。"

白鹤淮皱眉道："这些话，你为什么不和母亲说？"

"和她说过啊，她说只要我们一家人在一起，死也是好的。你母亲是个痴情人。但我不想让她死，不想让你死，所以我远远地离开了你们。"苏喆无奈地说道，"不过在她走之前的那一晚，我还是见到她了。"

"什么？"白鹤淮一惊。

"那天你外公终于不再拦我，趁你们都睡着的时候，带着我来到了她的床前。我们聊了许久，她是在我怀里死去的。你当时还小，睡在旁边的小床上，一夜都没有醒来。"苏喆的语气中带着几分温柔。

白鹤淮疑惑道："但是外公和我说，你是个薄情寡义之人，欺骗了母亲的感情……"

苏喆怒骂道："这个糟老头子！"

"不过母亲说你不是这样的，所以我就想着找到你，亲口问问你。"白鹤淮想起了母亲说起苏喆时的样子，眼睛之中仿若有星光，充满了憧憬和怀念。

苏喆挠了挠头："还是阿锦有良心啊。当时年轻，觉得只要喜欢便大过一切，以我的能力，能够对抗暗河的规矩。可最后还是不行啊。我原本打得他们都快同意了，后来他们听说那姑娘是温家的千金，连大家长都不愿意帮我了……"

苏暮雨转过头，说道："喆叔你已经很厉害了。你和暗河族外之人成婚，却安然无恙，甚至还保下了妻女。"

"哈哈哈哈。谁让你偷听的！"苏喆手一挥，一枚金环冲着苏暮雨打了过去。

苏暮雨也没有躲，头上挨了金环一下，身子打了个滚，踩在一根树枝之上，再度朝前跃起："喆叔，为什么你认真说话的时候，官话就会变好？"

苏喆笑道："我年轻的时候被派到潇湘境内执行任务，一待就是五六年，学了那边的乡音，后来就改不掉了，要想说好官话就得认真琢磨，太累了。"

"那你现在和我们一起走……不是又违背家规了？"白鹤淮忽然反应了过来。

苏喆一愣，随后点头道："这么说倒是啊，我就这么和你们走了，苏家那些人可不得来找我麻烦啊。不过现在情形特殊，大家长这一伤，暗河的规矩支离破碎了，甚至我觉得暗河都快分崩离析了。大家都不讲规矩，那就各凭本事喽。"

白鹤淮皱眉道："师父一直和我说，暗河是一个非常严密的组织，为何现在看起来如此松散？"

"这就复杂了啊。暗河传袭数百年，本就已经十分羸弱了，再加上这几代以来人才凋零，创立了无名者制度，造成了本族和外族暗地里的冲突。原本大家长身强力壮，实力亦被称为暗河百年来最强，能够勉强维系着微妙的平衡，现在大家长一倒，那些原本看不见的问题就显现出来了。"

苏暮雨眉头微微一皱，手按在了剑柄之上："喆叔。"

"我听我女儿的。"苏喆笑道，"我女儿说怎么样就怎么样，我女儿说我们现在扭头就跑，不管这里的事情，我也没有意见。暮雨你不要这么紧张，我的底线是我不会杀你。"

"但是神医要走，我会拦。"苏暮雨幽幽地说道。

白鹤淮一笑，继续前行："去蛛巢。要走就是救好了大家长再走。有了这样的恩情，这次暗河总不能再拦着我们一家人团聚了吧。"

苏喆耸了耸肩："唉，都说暮雨是暗河百年来第一美男，看来所言不虚，女儿你是看上他了？看上暗河的男人，可不是什么好事情啊。"

白鹤淮无奈地摇了摇头："不是，我说狗爹，你怎么自己骂自己呢？"

苏暮雨松了口气："神医可是药王谷的传人，药王谷的准则，可不能半路抛下求医者不管。"

白鹤淮亦是摇头："非也非也。那是辛百草他们的准则，和我白鹤淮有什么关系？"

苏喆一愣："那是什么原因？"

白鹤淮伸出两根手指，轻轻搓了搓："给钱了！"

苏喆哭笑不得："你怎么和你母亲一样……"

苏家大院之中。

苏烬灰抽着烟，看着躺在面前，衣衫褴褛的苏昌河，意味深长地说道："昌河啊，你还真是要么不动手，一动手就要弄得暗河山雨飘摇啊。"

苏昌河躺在木榻之上，挥了挥缠满绷带的手："老爷子你可莫嘲笑我了，你看我被慕子蛰那家伙打得这么惨，哪有你说得那么厉害。"

"谢繁花死了。"苏烬灰吐了口烟，幽幽地问道，"你不会不知道吧？"

苏昌河不耐烦地挥了下手："嘻！是我杀的。谢繁花那家伙，本就是个半死不活的样子。谢家那些人也都在等着他死呢，他不死，年轻的那几个不好冒头。"

"是。若身体无恙，谢繁花必定是下一任谢家家主的人选，但他却是个病死鬼的身子。"苏烬灰点了点头，"杀了他，算你功劳一件。但是，慕白，你不该杀。"

苏昌河也是一惊："什么？慕白也死了？谁杀的。"

苏烬灰似笑非笑地说道："你不知道？苏喆不是你派去的吗？"

苏昌河以手抚额："完蛋完蛋，喆叔这家伙平日里不是最爱偷懒的嘛，怎么这一次这么出力？杀了慕白，那慕子蛰下次见面不得扒了我的皮！"

"众人皆知，慕家家主慕子蛰，是个疯子。"苏烬灰放下了烟杆，"杀了他的儿子，不是要扒了你的皮，是要扒了我们整个苏家的皮。过往几百年，暗河之中不是没有过内斗，但三家鼎立的格局从未变过，但这一次，怕是不一样了。"

苏昌河用手捂住了眼睛："老爷子，这不怪我啊。是喆叔自己干的，我让他去杀药王谷神医，没让他杀慕白啊。"

"罢了，事已至此。"苏烬灰轻叹一声，"剑出便不能回鞘，这一次便索性，让整个暗河——都姓苏。"

场中众人皆是一惊，苏昌河也愣住了。

唯有站在苏烬灰身旁的中年儒雅男子微微一笑，而那光头男子则恶狠狠地抹了一把自己的光头。

整个院中一片寂静。

还是苏昌河抱拳，才打破了这宁静："家主雄才伟略，苏昌河誓死追随！"

"你誓死追随，那么苏喆呢？"苏烬灰微微俯首，依旧是那副似笑非笑的神情。

但是苏昌河整个背后的汗毛都竖了起来，刚才那一瞬间，苏烬灰身上散发出了一股极为可怕的杀气，但是苏昌河依旧坚持地笑着："喆叔，又怎么了？"

"大家长怕慕子蛰报复，方才立刻派出了一拨人马前去支援苏喆。但是他们中有人提前回来禀报了情况，杀死慕白以后，苏喆没有和苏暮雨动手，而是选择和苏暮雨以及药王谷神医同行，他们此刻正在返回蛛巢的路上。"光头男子冷笑着说道。

苏昌河也是一愣，方才的这些事情，有的是他刻意安排的，有的则完全在他意料之外，在他计划里，谢繁花是必死无疑的，而苏喆那边，会因为和苏暮雨的旧日情谊而帮他击退慕白，但同时以苏暮雨目前的状态，也拦不住苏喆杀死药王谷神医。但现在慕白死了，苏喆和苏暮雨同路了，这是哪里出了问题……

"你先养几日伤，接下来苏家的活动，由苏穆秋负责。"苏烬灰缓缓说道。

儒雅男子微微一点头，看了苏昌河一眼："穆秋领命。"

蛛巢之中。

蛛影十二生肖只剩下了八个人，手握兵器，守在大家长的屋子门口。

屋子内，大家长躺在床上，已经失去了意识，驼背老者守在一旁，点了一炷香。

暗河守魂香，不管人受了什么样的伤，中了什么样的毒，只要还有一息尚存，便能够续命十二个时辰。十二个时辰之内，若大家长体内的剧毒能够被去除，便一切无忧，若不能，那便神仙也难救了。

蛛影众人全都面色凝重，没有了苏暮雨，如今大家长又倒下了，他们的内心难免开始动摇。蛛巢之外，是他们的家族，但曾经的家人却拿刀对着他们。蛛巢之内，是奄奄一息的大家长，只要他们愿意，可以随时杀死大家长，但即便如此，他们的家族也不会再接纳他们。

他们注定是作为弃子而存在了。

驼背老者将铁棍放在面前，拦在大家长和蛛影之间。

场间的气氛，微妙而紧张。

直到一个熟悉的身影落在了他们的面前。

"头儿！"辰龙惊呼一声。

苏暮雨看着他们，点了点头，最后沉声道："诸位辛苦了。"

辰龙惊喜地朝前走去，但走出一步，却发现又有两人落地，一人是那药王谷的神医白鹤淮，而另一个人……辰龙立刻按住了刀柄："苏喆！"

蛛影其余众人也都在瞬间拔出了兵器。

辰龙看向苏暮雨，神情有些难以置信："头儿，你，叛变了？"

苏暮雨微微皱眉，他看着辰龙微微有些颤抖的肩膀，缓步走上前，拍了拍他的肩膀，宽慰道："若我有朝一日真的叛变了，也会将你们护在身后。"

辰龙愣了一下，随后咬了咬牙，但眼泪还是流了下来："头儿，当年加入蛛影，是如此的荣耀，可为何我们现在却被自家人一路追杀，倒像是罪人一般！"

"错的并不是你，而是他们。"苏暮雨将辰龙拔出了一半的长剑收了回去，"喆叔此行是来帮助我们的，作为前一代的傀，他愿意站在我们这一边。"

苏喆笑了笑："系（是）啊。肃清暗河内乱，乃吾辈之责啊！"说完之后，他在心里低声骂了一句苏暮雨：乱给我扣帽子啊！

白鹤淮则悄悄地翻了一个白眼。

苏暮雨抬首，看向驼背老者，然后再看向他身后的大家长："而白神医，也已经找到了能够治好大家长的方法。"

白鹤淮也是一愣，随后也笑道："一切都会好起来的。"

空中的云雾渐渐散去，阳光照射下来。

好像真如白鹤淮所说的，一切都会好起来的。

驼背老者与苏暮雨对视了许久，才终于起身将面前的铁棍给拿了起来："那便请神医……最后一试。"

屋中，白鹤淮将一根银针扎在了大家长的额头，等待片刻之后才取了出来。

银针被染成了乳白色，同时发出一股甜甜的，却又有几分怪异的香味。

白鹤淮轻轻摇了摇头，其实在上一次用出移魂大法的时候，她除了想要探究父亲的过往外，也确实在大家长的梦境之中感知了一下雪落一枝梅的毒性。可以说她虽然隐瞒了自己一部分的目的，但并没有欺骗大家长。梦境之中，她有了很大的收获，但可惜路上耽搁了太久，此刻的毒素已经侵入骨髓，怕是神仙难救了。

要说方法，唯有……

"神医，大家长可还有救？"驼背老者看见白鹤淮的神色，淡淡地问了一句。

守在门口的苏喆微微侧首，伸手握住了佛杖。

"有救，但只能勉强续命罢了。"白鹤淮轻叹一声，"而且这个方法，我不能用。"

"为何不能用？"驼背老者继续问道。

白鹤淮转头看向他："用了，我会死。"

佛杖之上的金环清脆地响了起来，苏喆摇了摇头："那不行。"

驼背老者沉吟片刻，再问道："是只能你死，还是可以……换一个人死？"

屋外，苏暮雨独自坐在木亭之中，仰头看着那湛蓝的天空。

他有些累了。

平日里，在没有任务的时候，他便常常会选择一个人找一个深山无人的角落独处，什么也不做，只是看着天听听风，便能安然自得地过上一日。有时候那个爱絮叨的家伙会带上一壶酒来找他，但是那个家伙在那个时候也会很识趣地保持安静不说话，陪着苏暮雨一坐就是一日。

这是苏暮雨少有的能感受到快乐的时刻。

而这几日，他唯一一感受到快乐的时刻，是随着苏喆和白鹤淮来此的路上。

他能在那些看似平淡的话语中感受到父女久别重逢的喜悦、激动和幸福，他想，能在暗河中看到这样的情感，真的很难得。

但那种快乐很快就消失了，当苏暮雨回到蛛巢的时候，现实便呈现在了他的面前。几个时辰过去了，辰龙的话仍在他耳边回响。

"头儿，当年加入蛛影，是如此的荣耀，可为何我们现在却被自家人一路追杀，倒像是罪人一般！"

苏暮雨有他的原则，所以他坚持要站在家族的对立面，誓死保护大家长。但是蛛影十二生肖追随的是他，是他的选择造就了蛛影现在的处境。他可以不在乎和苏家人的对抗，甚至愿意和此生最好的朋友拔剑相向，但是追随他的蛛影十二生肖却同样地回不了头，他们被家族抛弃，成了暗河之中无处可依附的亡魂。

"傀大人。"一个温柔的女声自木亭之外响起，苏暮雨转头一看，看到了面覆蛇首面具的女子，他点了点头："是巳蛇啊。"

"打扰傀大人独处了。"巳蛇缓步走上前，将手中的物事放在了木亭中的围椅上，"傀大人的伞我昨夜重新做好了，傀大人一会儿可以试一下，若有不顺手的地方，随时唤我便好。"说完之后，巳蛇便转身打算离去。

苏暮雨急忙唤道："巳蛇，先别急着离开。"

巳蛇止步，微微侧首："傀大人，还有别的吩咐吗？"

"巳蛇你加入蛛影的时间，应当是蛛影之中最短的吧。"苏暮雨问道。

巳蛇点了点头："前任巳蛇一年前突然得了重病离世，傀大人在众多人中选中了我。"

"是啊，若当时没有选择你，你如今也不会卷入这场纷争之中，现在想来，是我拖累了你。"苏暮雨轻叹一声。

"傀大人。"巳蛇忽然转身，"我想问你一个问题。"

苏暮雨一愣："你问便是。"

巳蛇朝前走了一步："我们暗河，是坏人吗？"

苏暮雨微微皱眉，这个问题在暗河之中是一个心照不宣的禁忌，他犹豫了一下，还是没有回答。

"暗河，世人闻我们之名犹如见恶鬼一般，江湖上多少人和我们结有仇怨，多少人要杀我们后快。我们是坏人吗？我们当然是！"巳蛇的语气没有了方才的温柔，反而多了几分狠意，"收钱杀人，不问因果，我们的每一个人身上都背负着众多亡魂，这样的人，怎么能不称为坏人呢？"

苏暮雨轻轻摇了摇头，还是没有说话。

"但是谁，会生来就愿意做一个坏人呢？可我出生于暗河慕家，我自有记忆开始，便在学习如何杀人。傀大人你是无名者，你被暗河收养，你不去杀人，便要被暗河抹去。我们都是别无选择的人，我们也都是世间极恶之人。在我人生的前二十年，我每一刻都想要了结自己的性命，结束这罪恶的一生。但是傀大人，你是不一样的！"巳蛇激动地说道，"我以为加入蛛影，不过是这段噩梦的延续，但是傀大人，你是我在暗河见到的，第一个心存善念，心中仍留有阳光的人！你说加入蛛影，可以不再是杀戮的刀，而是守护的刀，那么我愿意，为守护而死。"

苏暮雨轻叹道："即便你守护的，是你这个极恶之道的掌控之人。"

"不，我守护的是傀大人。"巳蛇笑了一下，"我想辰龙他们也是一样。"

苏暮雨看着围椅上的油纸伞，轻声道："那我守护的又是什么呢？"

"没有谁生来就是坏人，而即便成了坏人，心中所喜欢的，也依然是善良的人。傀大人，若暗河之中是永无止境的黑夜，那你便是我遇到的，第一束阳光。"巳蛇缓缓说道，"傀大人，若大家长身死，请执眠龙剑，继任大家长之位！"

"请傀大人执眠龙剑，继任大家长之位。"其余众蛛影也都从角落之中走了出来，单膝跪地，拜在木亭之外。

苏暮雨心中有些触动，但神色依旧保持着那份淡然，他起身走上前扶起了跪在最前面的巳蛇："我答应你们，一定带你们回家。"

"荣耀且自由地回家！"

无妄山。

无名草庐。

一名裸露着上半身的中年男子正坐在那里磨刀。那是一柄很长很长的刀，但同时亦很厚重，看刀身，重量应当是寻常长刀的两倍有余，但中年男子磨完刀后随手一挥，却仿佛手握的只是一柄极为轻盈的薄刃。

"师父。"一名身穿布衣的少年走进了院子，恭恭敬敬地鞠了一躬。

"不是说无事莫来打扰我吗？"中年男子沉声道。

"这一次弟子前来，有三件事。"少年沉声道。

"三件事，竟同时凑到了一起？"中年男子疑惑道。

"方才，不谢回来了。"少年犹豫了一下，说道。

"哦？他回来了，任务完成了？怎么没来这里见我？"中年男子放下了长刀，看向布衣少年。

少年摇了摇头："他并没有说任务的事情，只是留下了这个。"少年从怀里掏出了一块石头。

中年男子微微眯了一下眼睛："丢过来。"

少年点了点头，伸手一挥，将手中的石子丢向了中年男子。中年男子仰起头，看见了石子上的那一抹刀痕，他猛地起身，拔起了身旁的长刀，朝天一挥，将那枚石子一刀斩成了两半。

"他和苏暮雨对战了？这便是他寻到的第八刀？"中年男子沉声道。

少年摇了摇头："不谢说，这还并不是真正的第八刀，他说给他几年的时间游历，得到答案后他再回来。"

中年男子眉头微皱："暗河之人，入江湖游历？他是不是疯了？他十日不回，提魂殿追杀他的手书就会毫不犹豫地发下去。"

"那便是第二件事了。"少年从怀里掏出了一封书信，走上前递给了中年男子，"家主来信了。"

"信上说了什么？他们那些废话我不想看，你直接说了便是。"听到此信来自谢家家主，中年男子语气中多了几分不耐烦。

"家主说，谢不谢罔顾任务，私离暗河，是死罪。但只要师父您愿意出山，去九霄城助谢家一臂之力，他们就会向提魂殿要一道手书，赦免谢不谢的死罪。"少年缓缓说道。

"哼，谢霸那家伙，倒是打得一手好算盘。走了一个小的，还想搭上一个老的。"中年男子冷笑一声。

少年愣了一下："那……师父是不去？"

中年男子挥了挥手："不是还有第三件事吗？说下去。"

"第三件事，是有一个人送来了一件物事。"少年又从怀里掏出了一个信封，信封中间微微有些凸起，"那人留下后就立刻离开了。"

中年男子看见那信封，眼睛忽然一亮，他一抬手，那信封便落入到了他的手中，他手再轻轻一甩，信封便化为碎片随风而飘走了，仅留下了信封中的物事，落在了中年男子的掌心之上。

布衣少年也很是好奇，忍不住走上前几步，看那物事究竟是什么。

是一枚镶嵌着蓝色宝石的指环。

宝石在日光之下，闪着妖异而夺目的光芒。

暗河之中，财富无数，这样的蓝宝石指环或许在世间算得上是值钱的玩意儿，但是在谢七刀这样的人面前，这样一枚指环确实没有太大的吸引力。

但是谢七刀的神色却很凝重，他小心翼翼地将指环拿了起来，然后对准了日光，看到了宝石之中，镌刻着的两个字。

"彼岸。"中年男子缓缓念道。

九霄城，苏家大院。

苏昌河躺在屋顶上，嘴上叼着一根马尾草，优哉游哉地晒着太阳。

"唉，早知道早点受伤了，不用打打杀杀，晒晒太阳睡睡觉的感觉真不错啊。"苏昌河笑嘻嘻地说道。

"你得了闲，却害了我。"苏穆秋不知何时出现在了苏昌河的身后。

"穆秋叔性格稳重，又是宗门本家出身，武功一流，威望很高，比我合适当主帅！接下来的事情便仰仗你了。"苏昌河打了个哈欠，"等我伤好了，便为秋叔出生入死。"

苏穆秋打开一柄折扇，慢悠悠地挥着："放心吧，一定等得到你伤好。因为我如今的策略，便是——等。"

"我当时的策略也是等，怎么就被老爷子带队来威胁呢？"苏昌河不满地说道。

"因为当时谢家、慕家都陆续动了手，唯有你一直在那里光看不动。但是现在不同，谢家慕家都受了重创，且都对我们苏家有了巨大的敌意，我们若贸然动手，很有可能会遭到他们的联手对付。"苏穆秋幽幽地说道。

苏昌河微微扬眉："不必担心，老爷子说了，以后整个暗河，都姓苏。"

"这一场围困大家长和蛛影的战斗之中，慕家死了一个少主，谢家死了一个谢繁花，走了一个谢不谢，而我们苏家看似并没有任何伤亡，乍一看，最大的赢家是我们。但是仔细想想，现在局势最不利的却是我们。"苏穆秋仰头看着天上的云，"就好像有一只手，在无形之中操控着这一切，而他的目的，是让暗河在这场混乱之中，没有一个赢家！"

"哦？"苏昌河眼中闪过一道杀气，"是谁有这样的能耐？雪月城？无双城？还是天启城的那个举世无双的王爷？"

"暗河，真有这么重要吗？值得那位王爷出手？你也未免太看得起我们了。"苏穆秋笑道。

"除了他们，谁还有这样的能力呢？"苏昌河反问道，"雪月城中的那几位当家的，和我还算有点交情，要不我去问问他们？"

"与你说话，很有意思。你的话语中有九十九句假话，唯有一句真话，但那一句真话，却可能改变很多。"苏穆秋走上前，"若有人能看破这场迷雾，我倒希望是你。"

"我、我只是一个无名者，秋叔这么看得起我？"苏昌河半眯着眼睛，似笑非笑地说道。

苏穆秋笑了笑："君子之泽，三世而衰，五世而斩。暗河传承至今，若没有你们无名者，早就该衰亡了。我不是那帮短见之人。好好休息吧，等你拔剑之时，让我看看你的剑光。"

数日之后，大家长终于苏醒了过来，他起身后的第一件事情，便是看了看自己的手掌，然后轻轻握拳。

　　久违的力量。

　　自从那日中了雪落一枝梅后，大家长便很久没有体会到这么强大的力量了，他握拳后微微运转了一下真气，亦是无比顺畅。

　　"毒已经解了？"大家长站起身，扫视了一圈屋内，看到了躺在地上昏昏睡去的白鹤淮，他微微皱起了皱眉头，在他最后的记忆里，这个药王谷的神医试图假借移魂大法探究自己的过往，后来通过秘道逃跑了，怎么如今又出现在这里？难道最后医好自己的，仍然是她？他几步走到了白鹤淮的面前，轻轻抬起手掌。

　　木门在瞬间被推开，一枚金环从屋外飞了过来，袭向大家长。

　　大家长手一挥，直接就将那金环一把握住，他看了一眼金环，沉声道："阿喆。"

　　"许久不见了啊，大家长。"苏喆盘腿坐在屋外，笑嘻嘻地看向大家长。

　　大家长将那金环一把甩了出去："你怎么会在这里？苏烬灰那小子派你来杀我的？"

　　苏喆拿起佛杖，接回了那枚金环："多年之前，我也曾为大家长拼死一搏，如今再度相见，大家长居然以为我是来杀你的？"

　　"难道不是？"大家长微微挑眉。

　　"原本是吧。"苏喆耸了耸肩，"但是我女儿说收了钱，要把你医好，我听她的。"

　　"你女儿？"大家长一惊，低头看了一眼沉睡中的白鹤淮，又看了一眼苏喆，恍然大悟，"药王谷，温家，难怪……"

　　苏喆笑道："所以还得多谢大家长了，若不是这一遭，我还无法和我女儿重逢呢。"

　　谈话间，白鹤淮迷迷糊糊地醒了过来，她伸手揉了揉眼睛，看了看站在那里的白发老者，低呼了一声："大家长！"

　　大家长皮笑肉不笑地看着白鹤淮："神医。"

　　白鹤淮站起身，拍了拍大家长的肩膀，点头道："不错不错，这毒已经去得差不多了。但切忌这几日不能过分动用真气啊，不然就功亏一篑了。"

大家长垂首道："原来神医用移魂大法探究我的记忆，是为了寻找自己的父亲啊。"

"也是为了治好你的毒。"白鹤淮不满地说道，"我可没有骗你啊。你看你现在也算是变回正常人了，咱们的钱是不是也该……"白鹤淮伸出两根手指，使劲搓了搓。

大家长笑道："答应给神医的，自然都会给。但是我很好奇，神医究竟是如何做到的。"

"雪落一枝梅，为何能成为天下奇毒？那便是因为这毒侵入人体之后，会顺着奇经八脉贯穿全身，最后使人如万蚁噬身，痛不欲生。我以移魂之法与大家长同感同知，也体会了一把万蚁噬身之痛，但是人体五十二单穴、三百双穴及五十个经外奇穴之中，有一处穴道却得以幸存，那就是至阳穴。"白鹤淮说得兴起，拔出了两根银针在空中轻轻一挥，"于是，我就用了一百零九根银针，将那雪落一枝梅的毒全都逼至了至阳穴。"

大家长一愣："然后你再刺了一针，将那毒给放了出来？"

白鹤淮摇头："我也曾这样想过，但是若一针刺破至阳穴，那么结果只可能是真气大泄，毒发身亡。下一步是需要一个内功精湛之人，以手掌覆至阳穴，将那毒给吸出来。所以这病实际上说是治不好的，唯一的办法是以命换命！"

大家长听到最后，眉头微皱："以命换命？"

"所以问题就来了。"白鹤淮转身，饶有兴趣地看着大家长，"大家长觉得，这蛛巢之中，有谁会愿意为大家长以命换命呢？"

"鹤淮，不得无礼。"苏喆坐在地上，幽幽地说道。

白鹤淮依旧看着大家长，希望从他这里得到一个答案。

大家长沉吟片刻，缓缓道："阿克……"

"是啊，就是那个阿克。我还记得第一日我们进这蛛巢的时候，大家长明明已经站都站不稳了，却还要在他面前保持着正常的模样，还和我说要是见过他杀人的样子，便不会对他放松警惕。"白鹤淮语气中带着微微的嘲讽，"可就是这个无法让你放松警惕的阿克，为你献出了自己的性命。"

"他人在哪里？"大家长问道。

白鹤淮摊了摊手："他走啦。他说……

"欠你的这一次全都还清了，你欠他的，下辈子再说吧。人生的最后一段时间，他希望自己不是慕克文，也不属于暗河。"

院外。

苏暮雨背着油纸伞站在那里，对着面前的驼背老者微微鞠躬："克叔。不等大家长醒来了吗？"

慕克文摇头道："醒来也不必相见了。我与他的恩怨，就此一笔勾销了。这处蛛巢，你自行处理了吧。"

"大家长若已无碍，那么这处蛛巢，便是药王谷的了。"苏暮雨回道。

"也好。那个小神医是个不错的姑娘。"慕克文笑了一下，尽管他笑起来的样子，很丑。

苏暮雨摇了摇头："克叔也有喜欢调侃人的时候。"

"临死之前，才能够真正看透自己，也能够获得真正的解脱。"慕克文拍了拍自己的胸膛，"如今我不是暗河之人，也不是慕家慕克文，更不是这处蛛巢的主人，没有了这些负担，我忽然觉得活在世间，多了几分滋味。又不是那么想死了。"

苏暮雨抬头看向后方，看到木门打开，过了一阵大家长从其中走了出来。

"他出来了？"慕克文问道。

"嗯。大家长正看向这边。"苏暮雨回道。

"不必再相见了。"慕克文背着那根铁棍，纵身一跃而起，头也不回地离开了。

白鹤淮问苏喆："阿爹，他们之间，又有什么故事？"

苏喆嚼着槟榔，语焉不详："他们曾经都是慕家的人，应该是好兄弟吧。后来一个人成了至高无上的大家长，一个成了驼背丑陋的看门人，大概就是这样的故事吧。"

苏暮雨一愣，疑惑道："大家长不是苏家之人吗？怎么喆叔说成慕家了？"

白鹤淮也是一愣，之前大家长与他说过自己姓慕，苏喆也说是慕，怎么苏暮雨却说是苏呢？这大家长之名，难道连暗河自己人都分不清吗？

苏喆耸了耸肩，幽幽地说道："那就是另外一个故事了。"

"暮雨，进来，我有话与你说。"大家长沉声道。

苏喆起身拿起佛杖，领着白鹤淮慢悠悠地往外走着："接下来的事情是不是与我们无关了？大家长写封信给提魂殿，我要走了，让他们不要派人追杀我。"

"任何人，都不能离开暗河。"大家长回道，"不管有任何理由，有过任何功劳，都不行。"

"哦？"苏喆止步，微微往后一瞥，"那就是说，这事儿还没完？"

苏暮雨向前一步，拦在了苏喆和大家长之间："容我先和大家长先聊一聊，再做决定。"

"哈哈哈哈哈。里（你）说得对。"说了那么多天正统的官话，苏喆许是有些累了，重新变成了那副漫不经心的样子，"里（你）先聊，聊不好，我替里（你）搜丝（收尸）。"

"那暮雨就先希望喆叔不要替我搜丝（收尸）了。"苏暮雨走进了屋子中。

大家长看了一眼苏喆的佛杖，手一挥，将木门合上。

苏喆立刻凑到了白鹤淮的耳边，悄悄说道："女儿，要不咱们跑路吧？"

"跑路？"白鹤淮眉毛一挑，"现在这座蛛巢是我的府邸，老爹你搞清楚，这地盘现在归咱们！我们不如把他们给赶出去吧。就算留下，也得交租啊！"

苏喆愣了一下，随后拍手道："妙啊！"

白鹤淮笑道："可不是嘛。"

屋子之中，大家长盘腿坐了下来，将眠龙剑横放在自己的面前："他们想杀我，无非是想要这柄眠龙剑。"

"提魂殿只认眠龙剑，持眠龙剑者才可执掌暗河。"苏暮雨点头道。

"是。提魂殿地位立于三家之上，掌暗河赏善罚恶和分配三家杀手任务，同时也掌控着暗河所有的财富。而他们的准则向来也是最粗暴无理的，没有眠龙剑，即便三家拥护，也不能担任暗河之主。"大家长低头看着眠龙剑，"他们都想要这柄剑，你呢？"

苏暮雨摇头："大家长早就知道，暮雨并没有这个想法，我对大家长之位没有兴趣。"

"是啊。你怎么会想要这柄剑呢？你最大的愿望就是和暗河彻底没有关系，然后离开这里，永远都不要回来。"大家长笑道，"所以你觉得我伤好了，三家家主会就此罢手吗？"

"剑出无法回鞘，这一次三家精锐现身，刺杀大家长您这事已是板上钉钉，不可能就此抹去了。所以此事必定需要一个结果，而结果便是重新选定一个大家长。毕竟究其根源，三家家主对大家长您的不满，是觉得您在这个位置上坐了太久。"

大家长冷笑了一下："整个暗河，也就你敢这么和我说话。"

苏暮雨轻叹道："这个位置，大家长坐了三十多年，我看过以往的记录，一般二十年左右便会退位让贤。而以前，傀被默认为下一任的大家长，所以传承之中不会出现太多的变故。但是上一任的傀，也就是喆叔，受了不可逆的重伤，无法担任大家长之位。而如今的傀，我，是一个无名者。三家不会同意一个无名者成为大家长。时间久了，三家家主心中生变，不难理解。"

大家长一把将面前的眠龙剑拔了出来，一道剑光在苏暮雨面前闪过："冠姓之礼的最后一句话是什么？"

"从此之后，你我皆是血亲，三姓同宗，生生世世都为家人。"苏暮雨没有半点思索，直接说了出来。

大家长看着眠龙剑："虽是血誓，终究抵不过世代传袭的偏见。如果今日，我就将这眠龙剑传给你呢？只要提魂殿三官认可，谁也阻拦不了你登上大家长之位。"

"不可。"苏暮雨摇头道，"我希望大家长可以在此选定某一位三家家主继承眠龙剑，眼前危机，便可解决。"

"哦？三家家主，你认为谁可担当此位？"大家长冷笑道。

"谢家家主谢霸，刀法绝世、性格豪放，颇有大将之风，但过于冲动鲁莽，不是领袖之才。慕家家主慕子蛰，武功深不可测，心思亦是深不可测，统率暗河不在话下，但是他性子过于阴沉了些。苏家家主苏烬灰，是这几代苏家家主中最得人心之人，性格沉稳、赏罚有度，是暮雨觉得最适合继承眠龙剑之人。"苏暮雨回道。

"苏烬灰。"大家长伸手在剑刃上轻轻抹过，"你推荐苏烬灰，不会担心我觉得你心仍在苏家，所以来替苏家当他们说客，骗取大家长之位吗？"

苏暮雨摇头道："三家家主的性子，大家长比我更明白。"

"好！"大家长伸手一挥眠龙剑，只见那眠龙剑在空中画出一道完美的弧度后落在了苏暮雨的面前，"带上眠龙剑，去找苏烬灰，就说大家长之位，传给他了。只要提魂殿三官认可，以后暗河三家，皆由他统领。"

苏暮雨站起身，拔起了眠龙剑："此事之后，我护送大家长北行。"

"去家园。"大家长笑道。

千里之外。

暗河流淌的尽头。

提魂殿。

漆黑一片的大殿之中，一星烛火忽然被点起。

三个身材高大的男子坐在纯金长椅之上，无一例外地一头白发，但面目俊朗若少年。三人似是孪生兄弟，面容极为相似，但神色却各有不同，一个眉眼间皆是喜色，一个眉眼间隐隐含怒，一个眉眼间尽是悲悯。

"谁去？"最左侧那人问道。

"自然除了你外，都可去。此行可解厄，可赦罪，唯独赐不了福。"中间那人回道。

"那我去吧。"最右侧那人开口了。

"那便你去。"最左侧那人笑道。

"少杀点人。"中间那人沉声道。

第四幕

清　明

无花无酒清明雨，

见刀见剑断魂路。

又一场春雨落下，九霄城中雾气氤氲。街道的一边，是孩童为父亲撑着伞遮雨，父亲蹲在地上默默地烧着纸钱，而另一边，又是人满为患的酒楼，饮酒嬉戏声时不时地传出来。悲伤与快乐的情绪，同时散在这清明的雾气之中，随雨水落在这座北城。

毕竟，祭奠先人只是一个习惯，真正的哀思早已随着时光被冲淡了。

在这样霜寒渐走的春日，喝上一杯温酒，才是正道。

苏暮雨打开了油纸伞，慢悠悠地走在路上，他的眉宇间，总带着一丝忧思，这忧思很淡，淡到几乎没有情绪的起伏，但却又像是嵌入了骨子里一般，绵柔悠长，怎么散都散不去，倒是和这清明时景很是相配。有金色的纸钱从空中飘落，掉在了苏暮雨的纸伞之上，他握着伞柄轻轻一旋，将那纸钱给甩了出去。

酒楼之中，白鹤淮刚饮下了一杯酒，身子一下子便暖了起来，她笑道："小二，这酒味道不错，叫什么名字？"

小二将毛巾甩到了肩膀上，笑道："这是屠苏。"

"屠苏。"白鹤淮转了转酒杯，目光微微一转，看着下方执伞而过的苏暮雨，幽幽地说道，"老爹，这名字，对他来说不太吉利啊。"

苏喆耸了耸肩："对我也不太吉利啊。"

对面的屋檐之上，出现了四个斗笠人，除了为首的那人外，其余三人腰间配刀，刀上无鞘。

"谢家人。"苏喆耸了耸肩。

白鹤淮放下了酒杯："老爹是怎么想的？"

苏喆笑道："苏暮雨说他会和苏烬灰提出他的条件，其中之一就是放我离开暗河，我不相信大家长，也不相信苏烬灰，但我相信苏暮雨。"

"小心了。"白鹤淮轻叹一声。

"放心吧，不过是护送苏暮雨一段路程罢了。"苏喆站起身，手中的佛杖叮叮当当地响了起来，像是这清明时节索命的幽铃。

对面屋檐之上的谢家刀客听到了那金环的铃声，微微扬起头，看到了对面的苏喆。

"是苏家的苏喆。"为首的刀客缓缓道，她的声音清脆悦耳，却又带着几分霸气。

"是这个女娃娃啊。"苏喆将一颗槟榔放进了嘴里，看着那斗笠下若隐若现的脸庞，缓缓道，"谢家谢画卿。"

"这玩意儿吃多了，往喉咙里倒热水都不会有感觉，最后整个嘴巴都会烂掉。"白鹤淮劝说道。

"去去寒，打完这场架就不吃了。"苏喆纵身一跃，举起了手中的佛杖朝着对面的四名刀客重重地砸了下去。

"拦！"谢画卿怒喝一声。

立刻有两柄刀客向前跃出，抢起了手中的长刀，与苏喆手中的佛杖重重相撞在一起。

"扣！"谢画卿再喝一声。

那两柄刀客将手中长刀猛地一个翻转，三人落地，苏喆的佛杖被两人的刀扣在了屋檐之上。

"绝！"谢画卿看向苏喆，眼神中流露出几丝决绝的杀气。

"差不多得嘞。"苏喆冷笑了一下，手猛地一旋随后松手，那根佛杖继续旋转了数圈，将那两柄长刀给震了出去，他随即再紧紧握住，冲着谢画卿一耍。三枚金环冲着她飞了过去。

寒光一现。

谢画卿的刀已出，却又在瞬间回鞘。

三枚金环被打飞，袭向了下方的苏暮雨。

苏暮雨头也没有回，油纸伞轻旋，雨水倾洒而下，直接就将那三枚金环给打落在地。

谢画卿微微低头，运起了百目神通，看到了苏暮雨腰间的那柄长剑，长剑之上有一龙首，双目紧闭，似在长眠。

"眠龙剑！"谢画卿惊呼道。

"便是眠龙剑。"苏喆手持佛杖来到了谢画卿的面前，一点都不怜香惜玉地砸了下去，谢画卿侧身闪过，半个屋檐都被苏喆给砸烂了。寒光再现，苏喆往后一退，胸前的衣襟被划出了一道口子，随即翻身落在长街之上，震起了一地雨水。

"拦住他。"谢画卿沉声道。

其他三名刀客立刻应声出击，三柄长刀划破雨帘，同时攻向了苏喆。

苏喆一个翻身，在地上重重地一敲，数十枚金环同时跃起，直接逼得那三柄长刀转攻为守。三名刀客也是高手，瞬间斩出了一阵刀网，只听叮叮当当的清脆声传来，那几十枚金环尽数被挡了回去。苏喆却不在意，转头一看，谢画卿已经追到了苏暮雨的身后。

"大家长把眠龙剑传给你了？"谢画卿低声道。

"眠龙剑如今在我手，却不是要给谢家。"苏暮雨淡淡地回道。

"拿来！"谢画卿伸手便要去拿那眠龙剑。

苏暮雨一个侧身躲开，他转过身，油纸伞微微抬起，他看向面前的谢画卿，轻声道："回去告诉谢老爷子，现在收手，既往不咎。"

谢画卿冷笑了一下，手中长刀挥出。这一次她的长刀终于完整地显现在了众人的面前，是一柄狭长的，隐隐带着些红色的唐刀。她练的是拔刀术，讲究刀出刀回，便得因果。但是她知道在苏暮雨面前，想要一刀便出胜负是不可能的，所以她换了一套刀法。

刀法名雁回。

春惊朔雁回，僵燕一声雷！

苏暮雨点足一掠，往后退了三步，谢画卿的长刀在苏暮雨的喉间快速划过，随后她刀势再变，又在瞬间挥出了三刀。而苏暮雨依旧手执油纸伞，只是靠着苏家的鬼踪步躲闪着谢画卿的长刀。

"不敢与我一战吗？你的剑呢？"谢画卿低喝道。

苏暮雨再次将油纸伞轻轻一抬，随后左手轻旋，掌间凝结了一束雨水，随后双指一弹，冲着谢画卿袭去。谢画卿一愣，闪避不得，斗笠被这一束雨水直接给打成了两半飞了出去，秀美而不失英气的脸庞终于是露了出来，眼神中犹然带着几分惊讶。

随手揽过雨水，便可成剑？

苏暮雨转过身，继续朝前行去。

谢画卿很快反应了过来，再次提前欲上，却有一根佛杖架在了她的肩膀上。

"小丫头，先打赢了我再说。"苏喆笑道。

谢画卿回刀一斩，却被苏喆借着佛杖上的金环紧紧扣住，随后他朝天一甩，就把谢画卿甩到了酒楼的屋檐之上。

"往前走，不必回头。"苏喆沉声道。

苏暮雨微微点了点头，继续朝着前方行去。

"有我拦路，鬼神莫行。"苏喆将佛杖往地上重重地一顿。

苏家大院的大堂中，苏烬灰给自己温了一壶酒，面前放了一碟酱牛肉，正在自斟自饮。众剑士立在他的身后，虎视眈眈地看着院子。

院子中央，光头剑客持剑立于雨间，恶狠狠地看着大门。

有一身穿襄衣的男子从院外赶来，跃至院墙之上，低声道："苏暮雨已过清河街，还有半炷香的时间，便要到这里了。"

光头剑客摸了一下自己的光头："好家伙，一个人来的？"

"本与苏喆一起，苏喆路上替他拦住了谢家刀客。"来人回道。

"看来是发现了我们的住处，特地来找我们的。"大堂中，苏穆秋盘腿坐在苏烬灰身旁，面带笑意，"一个人来，他想和我们谈判？"

"他会想和我们谈判吗？"苏烬灰则扭过头，问那内堂中的人。

内堂之中，苏昌河身上缠着绷带，躺在竹榻之上："苏暮雨能谈什么判？平时让他多说几句话都难，还指望着他口若悬河？"

"有时候谈判不需要用嘴，尤其是苏家人谈判。"苏烬灰喝了一杯温酒，缓缓道，"用剑就好了。"

"把这壶酒喝完，他也该到了。"苏穆秋幽幽地说道。

苏昌河眉头微微皱紧，苏暮雨的到来不在他的意料之中啊，他轻轻摸了摸腰间的匕首，发生了什么呢？

院中的光头剑客仰起头，看着空中的雨帘，握剑的手微微有些颤抖："等这一天等了许久了啊。"

"阿泽，手不要抖。"苏穆秋缓缓道。

光头剑客低下头，冷笑道："我不是害怕，我只是兴奋。"

大门在此时被缓缓推开。

苏暮雨手执油纸伞，从门外走了进来，他将伞檐压得很低，遮住了小半张脸庞。

苏烬灰微微抬首，他身后的那一众剑士，无一例外地都将手放在了剑柄之上。

苏暮雨轻轻转了转伞柄，将落在伞面上的那些雨水给甩了下来。

苏昌河从竹榻上坐了起来，手中匕首轻轻转了一下，嘴角微微一撇："苏泽，对苏暮雨？"

名为苏泽的光头剑客从腰间拔出了长剑，对准苏暮雨："等你许久了，苏暮雨。"

苏暮雨继续朝前走着："我来找老爷子。"

"止步！"苏泽低喝一声。

苏暮雨应声止步，将伞微微抬起，目光直接穿过苏泽，看向了堂中的苏烬灰："老爷子。"

"许久不见了啊，傀大人。"苏烬灰饮下了最后一杯酒，"我与你没什么好谈的，阿泽，杀了他。"

"得令！"苏泽大笑一声，对着苏暮雨便刺出一剑。苏暮雨往后急退，左手一甩，结成一道雨剑刺向苏泽。苏泽一剑挥出，直接将那道雨剑斩得粉碎。

"雕虫小技！还是用出你的十八剑阵吧。"苏泽纵身一跃而起，长剑携着那雨水打了下来，苏暮雨伸伞一挡，脚下的石砖在瞬间被震得粉碎。

院中的雨，似乎下得更大了些。

"你想看我的剑？"苏暮雨淡淡地问道。

"是。看看究竟谁才是苏家这一代最强的剑客！"苏泽大喊道。

苏昌河不满地伸了个懒腰："为何苏家最强的剑客，是在他们之间？难道我不配拥有姓名吗？"

苏穆秋笑着对内堂中的苏昌河说道："你用的是匕首，在阿泽心里，你并不是个剑客。"

"寸指剑，也是剑啊。"苏昌河转着手中的匕首，"下个注，谁能赢？"

苏穆秋摇头道："阿泽还是太年轻了，应当是暮雨赢。"

"那我加个注，苏暮雨不必用出十八剑阵，便能赢。"苏昌河笑道。

苏暮雨伞猛地向上一扬，直接就将苏泽给抬了起来："我听说你练的是灭魄剑法，一剑杀人不够，还要把人打得魂飞魄散。但是你的剑上虽有戾气，但无霸气。霸气不是凶，不是狠。"

"那是什么？"苏泽在空中一个翻转，又是一剑劈下，这一剑将整个雨帘都给劈开了。

"是睥睨。"苏暮雨一个侧身，纵身一跃已经到了苏泽的身后，"是你内力真的强大，才能够不把别人放在眼里。"说话之后，苏暮雨一指点在了苏泽的脊骨之上。

只听"砰"的一声，苏泽直接被那一道指剑给打进了堂内，摔在了苏烬灰的面前。

苏烬灰依旧神色淡然，连眉毛都没有挑一下，而是又给自己倒了一杯酒。

苏穆秋叹道："看来你猜得还不够大胆，苏暮雨不仅没有用十八剑阵，甚至连剑都没用。"话音刚落，一道寒光闪过，苏穆秋扬起头，只见苏暮雨左手执油纸伞，右手拿着一柄剑，挽出一道剑花，将那柄剑插在了苏泽的脑袋旁。随后苏暮雨看向苏烬灰，又唤了一声："家主。"

但是苏烬灰却没有看他，只是看着地上的剑。剑首之上盘踞着一条长龙，龙首双目方才短暂地亮了一瞬，便又陷入了沉寂。

苏穆秋也看着那柄剑，低呼一声："眠龙剑。"

"大家长身上的毒已经好了，他让我带眠龙剑来此，交给苏家家主。"苏暮雨缓缓道。

满堂之中，一众苏家杀手此刻无人敢多说一句，就连被打倒在地的苏泽都不敢再发出半点声音。

苏穆秋右侧脸颊微微抽搐了一下。

苏暮雨见众人不言，继续说道："眠龙剑传给苏家家主，自此以后，大家长退位，暗河大家长之位，便由苏家家主担任。请老爷子……接剑！"

苏穆秋微微俯身，如苏昌河所言，苏暮雨是个非常不善于谈判的人，这么重要的事情，也不过是三言两语就说完了。当然他来此也不是为了谈判，而是传位。传位这件事的诱惑，实在很难以拒绝，但难以拒绝，不代表要立刻接受。

拔出那柄剑，便是暗河大家长了。

但是拔出那柄剑，九霄城中所有苏家以外的人，都会把剑对着他。

苏烬灰深吸了一口气，最后拿出了怀中的烟杆，点上了火，又慢悠悠地抽了一口。

苏暮雨依旧手执油纸伞，面容平静，就这么等着。

许久之后，苏烬灰才看向苏暮雨，问道："有什么条件？"

"我和大家长以及喆叔，将离开暗河，回到家园，需要老爷子你让提魂殿发一道手书。"苏暮雨缓缓道。

"家园？"苏烬灰眼睛微微眯紧，"你真的相信，那个地方是存在的？"

"只要愿意，大家长便可拔剑。"苏暮雨没有回答苏烬灰的问题，只是轻轻挥手，指了指面前的眠龙剑，"拔出剑，继任大家长之位！"

苏烬灰放下了烟杆，站了起来。

苏穆秋看了苏烬灰一眼，沉声道："家主，现在不是执掌眠龙剑好的时机。"

"是啊，大家长这是在考验我啊，毕竟握住剑不够，还得握着剑活着走出九霄城才行。"苏烬灰眼神中闪过一丝狠意，"但是哪有最好的时机呢？这种机会都是转瞬即逝的啊，所以只要握住了，就是最好的时机。"苏烬灰点足一跃，站到了苏暮雨的面前。

内堂之中，苏昌河笑了一下，慢慢地解下了手腕上的绷带。

"眠龙剑，我取了！"苏烬灰伸出右手，便要握剑。

苏暮雨很识趣地往后退了一步。

而就在这时，只听院外有人高喝一声"且慢"。众人转头，便见一口黑色的棺材从院外飞了进来，在空中打了个旋后重重地落在了地上。随后两名慕家白衣男子落地，两人手执长剑，双剑合璧，一剑就把绑着棺材的铁链给斩断了。

"这是！"向来淡定的苏穆秋惊呼一声。

黑棺的盖子被一脚踢开，一个身穿红衣官服的男子大骂一声，从里面走了出来。那执长剑的慕家二人相视一眼，立刻收剑退回到了院墙之上。苏暮雨定睛朝着那红衣男子看去，只见那男子身穿红袍头戴官帽，胸前绣着一只振翅而飞的仙鹤，再加上腰围玉带足蹬朝靴，除了长相上颇为俊秀不是虬髯怒目外，简直和年画上的阎罗王一模一样。

"憋死老子了！慕子蛰呢？给老子出来！"红衣人怒喝道。

"什么人，来我苏家地盘放肆！"苏泽拔剑冲了出去，方才苏暮雨没有用剑就胜了他，已经让他憋了一肚子的气，此刻慕家的人又冲过来捣乱，彻底将他惹怒了。他一剑撕开雨帘，直接斩向红衣人的头颅。

"好大一颗光头啊！"红衣人感慨了一声，"真像是一颗卤蛋！"他抬起手，一掌就握住了苏泽的长刀，随后轻轻一推，就把那长剑的剑首给打了出去，直接袭向大厅之中的苏烬灰。苏穆秋向前一步，拦在了苏烬灰的身前，一剑将那断剑给打落："慕家疯了，把这个家伙给放出来了？"

苏暮雨微微皱眉，低声问道："此人是谁？"

"慕家慕词陵，当年从大家长那里偷了阎魔掌的秘籍，自己偷偷练，结果把自己弄得人不人鬼不鬼，这件事情在慕家闹得很大。不过当时我们还未进行冠姓之礼，所以不知道。而在我们加入苏家之前，他就被慕家关起来了。"苏昌河从内堂走了出来，走到苏暮雨的身边，幽幽地说道。

"阎魔掌？"苏暮雨一愣，这是只有暗河大家长才能够练的独门武功，但是这门武功邪异至极，大多数时候只是作为一个传承的仪式，像本代大家长就从未练过这门武功。

"看他手掌，掌边有红气缠绕，说明这阎魔掌至少有了八层的功力，这个人的实力，或许还在三家家主之上。"苏昌河伸手按住了苏暮雨的肩膀，低声道，"别当傻子，人不是冲你来的，这时候冒什么头？"

苏暮雨扭头看了一眼苏昌河："你受伤了？"

苏昌河笑了笑："我和慕家家主慕子蛰打了一场，不相上下！"

两人低声交谈着，而堂中苏家众人也无暇顾及他们，苏家众人全都虎视眈眈地看着院中的慕词陵，那苏泽更是看着手中的断剑，直接愣了。

他自诩苏家这一代，在剑术方面，他和苏暮雨是在伯仲之间，可今日与人对战两次，均是一招落败。

"卤蛋，你想死吗？"慕词陵看着苏泽，头顶上的帽翅微微颤动了一下。

苏泽紧张地咽了口口水，不知该如何作答。

"家主说了，若你此次能杀死苏家苏烬灰，便可得自由。除了暗河，天下间何处你都可去。"站在院墙之上的一名慕家弟子说道。

"慕子蛰是什么东西，也敢命令我？"慕词陵抬手一挥，再猛地一拉，竟隔空十丈之外将院墙之上的那慕家弟子给直接拉了下来，随后又一掌拍下，直接就将那人的胸膛拍了个粉碎。鲜血迸射，溅了旁边的苏泽一脸。

院中所有人，都经历过无数次的死战，什么样的杀招没有见过，可像慕词陵对自家人这般粗暴却直接的杀人场面，却都是第一次见。大多数的他们，都在想同一个问题：

若方才那一招拉的是他们，他们能不能躲过。

"慕词陵，你不怕锥心蛊吗？"另一个慕家弟子双腿微微有些发颤，但还是壮了胆问道。

"又来这一套。"慕词陵伸出一根手指掏了掏耳朵，"我赢了，就帮我解蛊？说好了？"

"家主亲口所言！"那慕家弟子回道。

"慕子蛰这人虽然不是个东西，但我还是相信他一次，杀谁来着？"慕词陵从怀里掏出了一本红色的簿子。

"苏家家主，苏烬灰。"那慕家弟子朗声道。

"小点声小点声。"慕词陵俯身，伸出一指在地上抹了点鲜血，"刚刚那小子叫什么名字？"

"慕天麟。"那慕家弟子回道。

"听着就像是个出来就要去死的名字啊。"慕词陵在簿子上写下了这三个字，随后看向苏泽，"你叫什么名字？"

苏泽此刻已经彻底呆滞了，听到问题便下意识地回道："苏泽。"

"山水之泽？"慕词陵问道。

苏泽点头，但头一点下，便再也没有抬起了，而是直接从身子上飞了出去。

慕词陵看都没看那飞出去的头颅一眼，继续在簿子上写字："也是个出来就得死的名字。"写完这两个名字后，他抬头看着屋内。

"苏烬灰就不一样了，这名字听起来就很难杀！"

"生见词陵，死见阎王。十年前我便劝慕子蜇杀了你，他不愿意，说将来或许会用到你，却没有想到，他说的用到竟是这个目的。"苏烬灰冷笑道，"但凭你一人想杀我，未免有些可笑。"

　　慕词陵嘴角微微上扬，眼神中流露出几分狂妄的神色："能不能杀，试过不就知道了？"话音刚落，他便纵身跃出，冲着堂内袭来。

　　苏烬灰的衣袍随风扬起，他将手按在了剑柄之上。

　　"区区一个慕家叛逆，也值得我苏氏家主出手？"苏穆秋低喝一声，从苏烬灰身旁掠过，一剑挥向慕词陵。

　　苏穆秋用的是一柄青铜古剑，一招一式之间颇有几分古雅之气，与苏泽的霸道剑法截然不同，可就是这看起来有些古朴的剑招，又把慕词陵逼退到了院中。

　　"秋叔。"苏暮雨微微皱眉，印象里这位总是随侍在苏烬灰身旁的中年儒生一般的秋叔总是承担一个幕僚的角色，倒是很难得见到他真正地拔剑。

　　"你的剑法不错，比那颗卤蛋强很多。"慕词陵手掌轻挥，就这么用一双肉掌接着苏穆秋的长剑，"但是也仅是不错而已。"

　　苏穆秋心中轻叹一声，阎魔掌果然是精妙而邪异的武功，那一双肉掌每一次碰到他的长剑，他便能感受到体内的剑气被吸走一分，再对上几招，自己的下场肯定就和苏泽无异了。

　　苏暮雨见状，转头看了一眼苏昌河。

　　苏昌河轻轻摇了摇头。

　　院中，苏穆秋的长剑终于被慕词陵一掌打飞，随后慕词陵一脚将苏穆秋踩在了地上，从怀中又拿出了那本红色的簿子："你叫什么名字？"

　　身后的慕家弟子说道："他是苏家苏穆秋。"

　　"原来如此。"慕词陵抬起脚，忽然向后猛退了十步，随后将红色簿子再次收入怀中，"哈哈哈哈哈，苏烬灰，你终于肯与我一战了？当年你们三个老家伙合力才给我种下了锥心蛊，如今只你一人，你害怕吗？"

　　苏烬灰持剑站在苏穆秋的身旁，他的长剑很特别，居然是蛇形的。

　　苏昌河嘴角微微上扬："不错不错，倒是很多年没有见到过家主他亲自出手了。"

　　苏暮雨低声道："你究竟在想些什么？此刻只要我们二人出手，这场战斗便可以结束了。"

苏昌河也压低了声音骂道:"你个木驴脑袋,全天下找不出比你更笨的人了!你以为大家长那么心甘情愿退位?他不过是祸水东引,想要三家自相残杀罢了。"

苏暮雨点头:"我知道。但只要我们帮助老爷子继位,苏家在这场争斗中稳固局面,这个死局便可破了。"

苏昌河伸手拍了一下苏暮雨的脑袋:"那这对你有什么好处?值得你去拼死拼活?"

苏暮雨皱眉道:"我的条件,老爷子他会同意的。"

"白痴。提魂殿三官根本不会同意他的要求,他们甚至不会认可老爷子的大家长之位。"苏昌河轻叹一声,有些恨铁不成钢的意味。

苏暮雨疑惑道:"为什么?"

"算了,说了你也不懂。"苏昌河摇头道,"总之,好好看戏,不要乱来。"

"我不明白,你替老爷子办事,追了我一路,如今眠龙剑就在眼前,你却打算看戏?我在路上遇到了老师,老师说你想改变暗河,莫非……"苏暮雨心中一动,想起了在竹林中,老师对他说过的那些话。

"嘘……"苏昌河伸出一指放在唇边,"好好看看老爷子的游蛇剑法吧,或许还能得到几分启示呢。而且看老爷子这架势,是要赢了啊。"

苏暮雨转头看去,只见苏烬灰手中那柄蛇剑舞出一道剑花,完美地避开了慕词陵的双掌,在慕词陵的肩膀上轻轻一点,随后瞬间撤剑退出三步。

一点红心逐渐在慕词陵的肩膀上蔓延开来。

"再厉害的武功,也会有他的破绽。当年我们三人合力制住你之后,我便想过如何单独破你的阎魔掌。"苏烬灰收了剑,背对着慕词陵,冷冷地说道。

"哈哈哈。当年你看到的,只是我想让你看到的。你以为只要避开我的阎魔掌,就能不被我吸走内力了?"慕词陵双手抬起,"这一场雨下得不够大,不如来一场剑雨!"随着慕词陵的手抬起,堂间不断有长剑出鞘声传来,那些苏家弟子的剑不受自己控制地离鞘而出,被慕词陵吸引到了他的头顶。

除了少有的几个苏家剑客用尽全力控制住了剑柄外，唯有苏昌河懒洋洋地把玩着手中的匕首以及苏暮雨伸手轻轻地按住了地上的眠龙剑，似乎丝毫没有受到慕词陵的影响。

慕词陵注意到了他们二人，笑道："还有高手啊！"

苏烬灰微微皱眉，纵身一跃，手中蛇剑冲着慕词陵的眉心刺去。

"剑雨！"慕词陵张开双手，那空中的几十柄长剑在瞬间落下。苏烬灰急忙收剑，然后狂舞，以身边三尺之地布下了一道剑气之网，只听金属碰撞声不断传来，慕词陵以阎魔掌真气操纵的长剑却都被苏烬灰给打了出去，他低声骂了一句："老家伙的剑法还真是老道，难怪慕子蛰要把这差事教给我。"

"这一招，和你的十八剑阵倒是有异曲同工之处，只是他不需要用傀儡丝，比你还要厉害。"苏昌河说道。

苏暮雨轻轻旋转着伞柄，瞳孔微微缩紧。

"见过了我的掌法，可见到阎罗王用刀？"慕词陵手冲着那竖立着棺材一伸，只见一柄长柄陌刀从棺材之中飞落到了他的手中，他双手握紧刀柄，微微俯身，将陌刀转了一圈。

院子之中插满了断剑，苏穆秋收了自己的剑退到了一旁，沉声道："家主……"

苏烬灰笑了笑，将手中蛇剑朝天微微举起。

雨忽然停了。

或者说，落下的不是雨了。

而是冰雹。

如今是清明时节，大地回暖，怎还会有冰雹？

"来了来了，老爷子的霜寒剑气。"苏昌河一副看戏的表情，"这下可精彩了！"

苏烬灰朝着慕词陵挥出了一道剑气，那剑气带着极致寒意，直接就将那一地雨水给凝结成了寒冰。慕词陵一边后退，一边挥舞着手中的陌刀阻挡着那霜寒剑气，最后到退无可退之时一把将手中的陌刀插在了地上。

只听咔嚓的碎裂声传来，一地寒冰瞬间碎裂。慕词陵仰起头，那柄蛇剑已经来到了他的眉前，他挥刀一挡，点足掠起，越过了苏烬灰的头顶。

那漫天雨水在离地三丈之外便化作冰雹，一粒一粒地砸在慕词陵的身上。

慕词陵摸了摸自己的眉毛，上面已然染上了一道寒霜，他笑道："倒是有几分意思。"

苏昌河拍了拍苏暮雨的肩膀："怎么样？下个注不，你赌谁赢？"

苏暮雨那慢慢凝结出的一身剑意又在苏昌河的这一拍之下给卸去了，他有些恼怒，却也无可奈何。像苏暮雨这样的人，暗河中有人惧他，有人敬他，但都与他保持着一定的距离，唯有这不要脸的苏昌河，总是让他哭笑不得。苏暮雨看着那慢慢被冰霜覆盖的屋檐："家主打算用全力了，慕词陵就算练了阎魔掌，但毕竟根基不深，时间一久必败无疑。"

"你错了。你若是看过阎魔掌的那本秘籍，就不会这么天真了。"苏昌河摸了摸自己的小胡子，"疯子一样的武功，哪分什么根基深不深。"

"你看过？"苏暮雨一愣。

"没有没有，我猜的！"苏昌河急忙举双手否认，但嘴角上那抹戏谑的笑意却让这句澄清难辨真假。

"在西行游记话本之中，那孙猴子用棍画了一个圈。"慕词陵轻轻转了一下手中的陌刀，也画了一个圈，"从此任凭圈外鬼神纷扰，圈内便是一方安稳的小天地。"画完圈后，慕词陵将陌刀竖起，一股红色真气自他身上散出，到那个画出的圈上为止，将他整个人都包裹了起来。

那些冰雹落下来遇到了那个圈，也都重新化作雨水滑落到了地上。

"唯一不同的是，那孙猴子的圈困住了人，而我的圈，随人而行，我在哪里，哪里便是我的天地。"慕词陵冲着苏烬灰狂奔而去，一路之上，寒冰全都化为雨水，最终陌刀斩落，将苏烬灰的寒霜剑气打得粉碎。

苏昌河手中匕首轻轻转了一下："这场好戏，唯独缺了谢家的那一方，感觉略微有些乏味啊。"

九霄城，清平大街，剑歌酒楼。

白鹤淮看着下方的场景，总算是舒了口气，她转回头伸手握向面前的酒杯，却被人一把拿走，白鹤淮仰起头，看到一个身材魁梧的中年人拿过酒杯，坐在了自己的面前。白鹤淮整个身子一下子紧绷了起来，袖中的三根银针立刻握在了手上。

"别乱动，不然你的三根针还没来得及出手，你的手就被我砍断了。"

中年人将那杯中酒一饮而尽，随后沉声说道。

白鹤淮知道中年人此言非虚，她这些天里遇到过不少的杀手，但尚未动手便给人如此压迫感的，只有暗河大家长和面前这个人才能做到。他坐下的那一刻，白鹤淮便感觉像是有一柄刀悬在了自己的头顶，随时都会落下。

酒楼之下，苏喆原本收起了佛杖，看着面前的挥刀女子，叹道："我女儿和里（你）差不多大，里（你）我亦系（是）同门，我不舍得杀里（你），里（你）走吧。"

"苏家苏喆，是个废话这么多的人吗？"谢画卿喘着粗气，身上的伤口不断地流着血，却依旧持刀不退。

"里（你）真的要一心求死？"苏喆皱眉道。

谢画卿伸手抹去了唐刀之上的血迹："死境才得心机。"

"愚蠢！"苏喆低声骂了一句，正准备挥起手中的佛杖，却突然察觉到了酒楼上的气息，他猛地扬起头，便看到那个中年人也在低头看着他。

"苏喆。"中年人笑道。

"谢七刀。"苏喆沉声道。

中年人冲白鹤淮摊了摊手："我与苏喆谈些话，你作为晚辈，给我倒上一杯酒。"

白鹤淮耸了耸肩，有些不满地拿起酒壶，小拇指指尖轻轻在酒杯上点了一下。

"不要下毒。不然我会杀了你。"中年人微微瞥了一眼白鹤淮。

白鹤淮尴尬地笑了一下："那怎么可能呢！"说完之后，便老老实实地倒了一杯酒递给了中年人。

"谢家其他人止步于此，我过去，苏喆你留下，这个姑娘我不杀。"中年人说话简洁明了，直接就将他的条件和目的说了出来。

苏喆看了一眼面前的谢画卿，挑了挑眉："看看里（你）们的七刀叔，做事和刀法一样凌厉。"

"和你打架太浪费时间，赢了也划不来。"中年人将酒杯放在了桌上，后半句话却是对白鹤淮说的，"再倒一杯，我只再喝这一杯。"

"这一杯，我给你倒。"苏喆纵身一跃，从清平大街直接跳到了酒楼之上，他拿起了手中的酒壶，恭恭敬敬地给谢七刀倒了一杯酒，"没想到七刀兄这般闲云野鹤之人，也会来蹚这浑水，这九霄城，进了可就难出了啊。"

"人在江湖，身不由己。"谢七刀一饮而尽。

"那人在暗河呢？"苏喆笑问道。

"人在暗河，永世不得超生。"谢七刀纵身一跃，跳到了那谢家众人之前，他看了一眼谢画卿，"做得不错。作为一个女娃娃来说的话。"

"只作为谢家刀客来说呢？"谢画卿倔强地问道。

"还是太年轻了些。"谢七刀不再理会他们，独自朝着前面走去。

白鹤淮擦了擦额头上的冷汗："此人便是谢家刀法第一的谢七刀？吓死个人啊。"

苏喆点头："便是他了，如今的家主之位，可以说是他让给谢霸的。"

白鹤淮想了一下："方才他说的是，谢家其他人止步于此，他过去，苏喆留下，然后饶我一命？"

苏喆不明白白鹤淮的意思，皱眉道："没错，他是这么说的。"

白鹤淮站了起来："你们的这个约定里，并没有规定，我不能走。"

"阎魔掌功夫，一境一层楼，登上八层，可见天地。"慕词陵手中陌刀一格，将苏烬灰的长剑牢牢地按在了地上，"而登上九层，便是天地。"

苏昌河不耐烦地"啧"了一声："这家伙话怎么这么多？"

"你有资格说别人？"苏暮雨冷哼道。

"我要入第九层了。"慕词陵轻声说了一句，随后手中陌刀在那个瞬间变得火红，就像是烈焰灼烧一般，他将陌刀抬手一挑，直接就将苏烬灰的蛇剑给斩成了两截，剩下半截剑身飞扬而出，冲着堂内飞了过来。

"我打赌赢了！"苏昌河将手中的匕首挥出，与那剑相撞，将断剑打到了墙上。

苏暮雨一步跃出，手猛地一旋剑柄，于是那柄油纸伞就像一朵花儿一般绽放开来，十七柄利刃飞射而出，直接覆盖了整个院子。

慕词陵仰起头，目光先是惊讶随后便是狂喜："十八剑阵！"

苏烬灰得了喘息之机，撤剑回退。

"起转轮舞之阵！"苏穆秋怒喝一声。

堂中苏氏弟子立刻冲入院中，将苏烬灰团团围了起来，但因为他们中大部分人手中长剑方才都被慕词陵给吸走了，所以不得不拔出了藏于小腿之上的护身短刃来组成这剑阵。

苏烬灰看着手中断剑，轻叹一声。

这一断，断的不仅仅是他的剑，亦是断了他拔出眠龙剑的那条路！

不过慕词陵此刻的注意力却全然不在他的身上，他狂笑着挥舞着手中陌刀，迎战着苏暮雨的十八剑阵："我方才便知道你很强，却没想到，你竟有这般强！十八剑阵，很好很好！我曾经说过，生平一大恨，便是恨自己没有生于百年之前，不能与苏家高手苏十八一战，没想到我被封进棺材几年，苏家便有了能重现十八剑阵之人！"

"苏昌河说得没错，你的话真的很多。"苏暮雨左手轻旋，十八柄利刃将阎魔掌入了第九层的慕词陵牢牢困住。

苏昌河低声骂了一句："一个没留神没看住，还是让这小子冲出去了！"

"哈哈哈哈哈。我困于那黑棺中多年，自有那说不完的话，打不完的架！"慕词陵朗声笑道，"不过十八剑阵，原来只是自己躲在背后，靠着傀儡丝操纵利刃的武功吗？既然是剑阵，那你的剑呢？"

"便让你看看！"苏暮雨左手猛地一挥，数柄利刃齐下逼得慕词陵往后退了一步，随后点足一掠，已经来到了慕词陵的面前，右手细剑迎上了慕词陵的陌刀，那剑极细极软，挥剑而下直接缠住了慕词陵那陌刀的刀身。

"哦？细雨剑？"慕词陵眉毛一挑。

苏暮雨将剑往后一拉，直接就将慕词陵的陌刀甩了出去，随后一剑刺向慕词陵的胸膛。慕词陵冷笑一声，一掌推出，直接挡住了苏暮雨的长剑。苏暮雨一愣，随即便感觉自己的剑气正一点点地被慕词陵的那一双肉掌给吸走。

原来这便是阎魔掌的可怕之处！

苏昌河手中匕首轻轻一旋，一步掠出，大喝一声："苏家苏昌河，虽有伤在身，但拼死亦要护住我苏家家主周全！"

苏暮雨向来沉稳寡言，但此刻忍不住怒骂了一声："我呸！"

"救你来了，还呸。"苏昌河一个纵身已经冲到了慕词陵的面前，手中匕首冲着慕词陵的小腹直接刺了过去。

慕词陵先是撤掌，随后再一挥，将苏暮雨的剑气原封不动地打回给了他，逼得苏暮雨踉踉跄跄退出了十几步。苏昌河则趁势狂舞手中匕首，招招逼向慕词陵的要害。慕词陵的一双手掌根本抓不住那两柄细小的匕首，只得连连避退。

场中众人皆是看得眼花缭乱，同时在心里下了个结论——苏昌河的伤，是装的。

因为一个负伤之人，根本无法将两柄匕首要得这般出神入化。苏昌河的脚步疾走，将一手寸指剑要得凌厉至极，甚至可以说看起来很是赏心悦目！就连苏暮雨在一旁也惊叹道："你的寸指剑，比以前更强了。"

"强不强，得看对手是谁。现在只要弱一分，我便死了。"苏昌河无奈地说道。

"好！"慕词陵冲着远处的陌刀一抬手，那陌刀便立刻离地飞过来，直接打向苏昌河的后背。苏昌河也不恋战，一个侧身，手中匕首与陌刀一撞，便借势往后退了三步。但刚刚止步，慕词陵就一掌打了过来。

苏昌河便也一掌回了过去。

两掌相撞，苏昌河往后退了十步，慕词陵则左手接住陌刀，右手保持着方才的姿势，神色间却有惊讶之意："你……"

苏昌河退势止不住，最后索性一屁股在台阶之上坐了下来："伤口裂开了！打不动了！"

苏暮雨见状，十八剑阵立刻再起，这次不再有任何的保留，直接冲着慕词陵疯一般打了过去，如果说慕词陵方才下了一场剑雨的话，那苏暮雨的就是一场暴雨了，没有停歇，像是永无止境！

慕词陵双手握住陌刀，将其飞旋起来，那原本围绕着他的红色真气一点点地变化，逐渐变成了紫色。

"没完没了了！"苏昌河又站了起来。

那站在院墙之上一直观战的慕家弟子见状却是大惊："慕词陵！不要好战！带走眠龙剑，从长计……"

他的话没有说完，因为他的头颅已经被人一刀给砍了下来。

一个中年男子站在了他的身旁，将他的尸体一脚踢了下去。

"七刀叔。"苏暮雨一愣。

苏昌河却是怪异地笑了一下："谢家的人，终于也来了。"

谢七刀看着下方的场景，不屑地笑了一下："当年三家最强的苏家，被一个慕词陵打得满地找牙。"

慕词陵将手中陌刀插在了地上，周身的真气从紫色又一点点地变回了红色，他看了一眼谢七刀，又看了一眼屋中的眠龙剑。

"休想！"苏暮雨伸手欲拦，却还是晚了一步，那眠龙剑震动了几下后从地上掠起来，直接飞到了慕词陵的手中。

"眠龙剑我拿到了，大家长能不能算我的？"慕词陵幽幽地问道。

谢七刀将手中大刀扛在了肩膀上："能从这里带走，才能算你的。"

慕词陵抬手一挥，地上一柄断刃猛地掠起，冲着谢七刀的面门袭了过去。

"雕虫小技。"谢七刀冷哼一声，一把将那柄断刃给斩得粉碎。而此时慕词陵已经纵身跃到了谢七刀的身旁，手中陌刀轻轻一旋，谢七刀见状猛退，可那慕词陵这一次却只是虚晃一招，见谢七刀一退，他便翻身逃走了。谢七刀愣了一下，立刻紧跟着追了下去，却见四条白绫冲着他打了过来，是慕家接应的人已经赶到了。

院中，苏暮雨也起身欲追，却听一旁的苏昌河先大喝一声："慕家贼人，哪里跑！"随后苏昌河起身向前，一把抓住了苏暮雨的肩膀。

"做什么？"苏暮雨说道。

"糟糕，方才我中了一式阎魔掌，一点功力都使不出了。"苏昌河沉声道。

苏暮雨眉头紧皱，你一点功力都使不出了，那压住我不让我走的这千钧之力是怎么使出来的？

"阎魔掌便是这样的武功，能吸食对方的功力，并可以在瞬间反噬对方，你以肉掌单接他的阎魔掌，没死便是荣幸了。但你接下来的日子也不会好过，那道真气会在你的体内乱窜，你压不下去便是筋脉寸断而亡。"苏烬灰从转轮舞之阵中走了出来。

苏暮雨看向他，只觉得时间只过去了半个时辰，但苏烬灰却像是老了几十岁一样，无论是步伐还是语气，都透露出一股疲态。

剑锋易折。苏烬灰方才已经无限接近大家长之位了，这样的机会可能一生只有一次，但他在握剑的前一刻被人阻止，而且还败给了一个后辈。那么苏烬灰的人，就像他的那柄蛇剑一样，折了。

-162-

"你好像已经没有选择了。"苏昌河幽幽地说了一句，看着苏暮雨，意味深长地说道。

苏暮雨紧皱着眉头："老爷子。"

"暮雨，回去转告大家长，眠龙剑我没能握住，辜负了他。"苏烬灰转身朝着里屋行去。

苏穆秋看着苏烬灰的背影，轻叹一声，随后朗声道："所有苏家子弟，收剑。"

苏昌河摸了摸自己的小胡子，问那苏穆秋："号称三家最强的苏家，到这里便放弃了？"

苏穆秋没有直接回答这个问题，而是缓缓说道："慕家出了一个活阎罗，但我们苏家亦有一个执伞鬼，一个送葬师，只可惜执伞的已拥有了新的身份，而送葬的，还在想，到底是要为谁送葬。"

苏昌河松开了按住苏暮雨的手，挠了一下头："当然是为自己送葬了啊。"

苏家众人全都回到了里屋，他们全都一言不发，面色死寂。最后只留下了苏昌河和苏暮雨两人留在院中。

"你的任务没有完成，接下来打算如何？"苏昌河问道。

苏暮雨摇头："老爷子放弃了大家长之位，之后的事宜我需要重新和大家长商量，不过当务之急，我需将眠龙剑给夺回来。"

"只凭你一人？"苏昌河问道。

"你愿意帮我？"苏暮雨反问道。

苏昌河立刻右手捂住胸口："我的伤好重。"

"至少暂时不必和你兵戎相见了。"苏暮雨淡淡地说了一句，随后纵身一跃，也追了出去。

"唉。"苏昌河看着苏暮雨离去的背影，轻叹了一声，"真是个天真的家伙啊。"

苏穆秋看着院中的苏昌河："接下来你当如何呢？"

苏昌河转身，微微一笑："秋叔好像很期待我的选择啊。"

九霄城中，身穿红色阎王服的慕词陵一手拿着长长的陌刀，一手拿着眠龙剑，正在屋檐之上疾速前行着。他看着手中的眠龙剑剑柄之上的那条睡龙，幽幽地说道："一柄剑罢了，值得这么多人去抢？"

"眠龙剑，可不是一柄普通的剑啊。"一个带着几分笑意的声音忽然在慕词陵的耳边响起。

"谁！"慕词陵猛地转头，可大街之上，只有那绵绵不停的细雨，没有半个人影。

"你不知我是谁，我却知道你，慕家慕词陵，因为偷练了阎魔掌，最后被下了锥心蛊关进了不灭棺。"那声音却再次响起，这一次慕词陵辨认出了，声音是下方传来的，可他一低头，却还是没有半个人影。他心一横，向前一跃，落在了大街之上："是谁在装神弄鬼！"

"你穿了一身阎王服，戴着一顶阎罗帽，还说我装神弄鬼？"那人发出一连串的笑声，显得格外阴森可怖，"太可笑了。"

慕词陵微微皱眉，然后垂首看着地上积聚的雨水，水面映照着他的模样：一个身穿官服的年轻男子。只是那面目忽然一点点地变得模糊了，模糊得甚至有点不像他。慕词陵一惊，挥起手中陌刀就刺了下去。

但那水坑里的身影却在瞬间立了起来，那人从慕词陵身边掠过，手轻轻一旋，眠龙剑已握在了他的手中。

慕词陵转过身，看着面前这个身穿紫色官服、一头白发的年轻男子，沉声道："装神弄鬼，倒似是慕家作风，你是慕子蛰派来的？"

"慕子蛰什么身份，也配使唤我？"年轻男子把玩着手中的眠龙剑，笑道，"太看不起我了吧。"

"既然不是，就把眠龙剑还给我。"慕词陵手中陌刀一挥，掀起了一地的雨水，砸向了年轻的男子。

"水，由我所控。"年轻男子轻轻抬掌，那雨水全在近他三尺之外的地方就停住了，随后慢慢凝结成了一支羽箭的模样，男子手指轻轻一弹，那支羽箭就冲着慕词陵直射而去。慕词陵陌刀一挥，被那羽箭逼得连退三步之后硬生生地将那支羽箭给打飞了出去。羽箭飞到了旁边一处酒楼之上，直接就把整个屋顶都给砸塌了。

"这么厉害！"慕词陵脸微微抽搐了一下，"我抢柄破剑就这么难吗？"

"抢剑从来不是难事，难的是握住这柄剑。"年轻男子轻轻一甩，将眠龙剑甩到了空中。

只见一个魁梧的身影从天而降，一把抓住了眠龙剑。

"谢七刀！"慕词陵大喝一声。

年轻男子微微一笑，往后一仰，身子砸进了水坑之中，却就像是融化了一般，没有发出半点声响，就这么消失不见了。

"堂堂暗河，被一柄剑所左右？"谢七刀将手中的眠龙剑挥出了一朵剑花，"可笑。"他想收剑退走，却发现长剑被一根丝线牵引住了。

是傀儡丝！谢七刀提刀欲斩，却见那傀儡丝猛地往后一收，直接将眠龙剑给收走了。一个穿着白色长袍的秀美女子握住了长剑，眉毛一挑："眠龙剑是我的了。"

谢七刀看着女子，眉头微微皱紧："姑娘，你知道你方才的出手意味着什么吗？"

"意味着你可以杀我了？"女子自然就是药王谷的神医白鹤淮，她武功虽然不高，但傀儡丝的运用却已经在很多暗河弟子之上了。

"怕是他没有机会了，因为我会先杀了你！"慕词陵手持陌刀冲了上去。

谢七刀没有动，因为他知道面前这个女子和苏喆是一伙的，若是杀了她惹怒了苏喆是一笔划不来的买卖，而这件事要是交给慕词陵做，无疑是最合适的。以白鹤淮的武功，慕词陵想要杀她，不过是抬手一刀的事情。

可惜了。谢七刀轻轻摇了摇头。

白鹤淮心中也是害怕，腿都在微微打战，唯有拿着眠龙剑的那只手十分稳健，她轻轻一旋，一地雨水掀起，只是那雨水很快就凝结成了寒冰，将白鹤淮整个人都保护了起来。

"苏烬灰的霜寒剑气？"慕词陵下意识地放慢了脚步。

但很快那些寒冰就融化了，化作了一团白雾。然后在片刻之间，白鹤淮周身三丈之内，全都被白雾所覆盖，那些雾气很奇怪，并不散开，只是牢牢地将白鹤淮护在中间。慕词陵轻轻吸了一下，随后点足一掠，退出十丈之外。

"这是温家的三丈不留地，世上最难解的毒阵之一。这女娃娃有几分手段啊，会我们暗河苏家的武功，还能下温家的毒。"谢七刀沉声道，"这毒常人只要吸上一口，活不过半个时辰。"

"那就等，我还不信她不出来了。"慕词陵收起陌刀，走进了旁边的一家酒楼。酒楼中的人早就吓得呆若木鸡了，看到慕词陵进来，各个抱头鼠窜，跑到柜台附近躲了起来。慕词陵倒也不在乎，找了张菜看最丰盛的桌子坐了下来，撕了个鸡腿，又倒了一杯酒，津津有味地吃了起来。被锁在黑棺之中那么长时间，他每日只能喝些清水，吃点馒头，如今好不容易沾了荤腥，很快就将那鸡腿啃得一干二净。

谢七刀自然没有这般闲情逸致，他围着那团白雾缓缓地转着圈，试图找寻到可以突破的缺口。但是这温家的三丈不留地却比他想象中的更加严密，没有一点破绽，只是那雾气以肉眼可见的速度一点点地在消散。

"姑娘，你的这三丈不留地维持不了多久，把剑丢出来，我保你不死。"谢七刀沉声道。

"谁说我维持不了多久，你以为我只能用这一次三丈不留地吗？用完一次，我还有一次，今天这一天，我都能让你无法近我三丈！"白鹤淮朗声道，但她心中却隐隐有些害怕，这三丈不留地那是温家在紧急情况下才会使用出的龟缩保命之法，一人身上最多只藏有一贴毒粉，这一波白雾散去，她便没有后招。

苏暮雨快来啊，苏暮雨快来啊。白鹤淮在心里反复默念着。

慕词陵的酒已经喝了三杯，谢七刀转了三圈后持刀止步，白雾渐渐散去。

破绽已现！

"该死的苏暮雨，总是来得这么晚！撑不住了！"白鹤淮将手中的眠龙剑朝天一丢，"剑给你们，方才说的要作数啊！别杀我别杀我！"

谢七刀微微俯身，持刀纵身一跃。

慕词陵恋恋不舍地放下了鸡屁股，擦了擦嘴巴："吃饱喝足又得干活了！"

一只洁白无瑕的手在空中握住了眠龙剑，随后轻轻一旋，与谢七刀的长刀一撞，连人带剑退回到了白鹤淮的身边。

"来得晚了些，却也总算是赶上了。"苏暮雨轻声道。

"苏暮雨，既然大家长和苏烬灰都已经放弃了眠龙剑，那么长剑归于谢家还是归于慕家，都与你无关了，何必如此。"谢七刀沉声道。

"既然眠龙剑还未有主，那么大家长便仍是大家长，长剑归于谁，仍由大家长说了算。"苏暮雨垂首道，"还请七刀叔明白此中道理。"

"可惜我……从不讲道理。"慕词陵不知何时已经出现在了苏暮雨和白鹤淮的身后，手中陌刀高高扬起后一刀挥下。

"危险！"苏暮雨揽住白鹤淮的腰，脚下步伐急变，闪到了一边。但慕词陵的陌刀却趁势一挑，逼得苏暮雨不得不弃了眠龙剑，他陌刀一甩，将眠龙剑勾到了自己的面前，"这一次到我手中，你们可就别想拿走了。让路给我——"

"让开！"

慕词陵怒喝一声，将手中陌刀抡起后朝地猛地一挥。

苏暮雨带着白鹤淮远远地避开了，只见那一刀掀起了一地雨水，谢七刀挥刀一挡，直接被打飞了出去，撞进了旁边的酒楼之中。

"和我打！"慕词陵看了苏暮雨一眼，"来啊！"他的陌刀轻轻垂下，周身再次被那火灼般的红色真气给包围了。

白鹤淮瞪大了眼睛："这合理吗？"

"这不合理。"苏暮雨看着慕词陵手中的眠龙剑。

"如果你不敢打我，那我就走了。"慕词陵收了陌刀，拿起眠龙剑疾速朝前奔去。

白鹤淮过了半天才回过神来："等等！眠龙剑你就这么让他给拿走了，我拼了命才守住了那么片刻。"

"暂时不需要追他了。"苏暮雨摇头道。

"该死的家伙。"谢七刀从废墟之中走了出来，他看起来有些狼狈，但并未受伤，不得不承认，谢家之人的体魄是三家之中最强的。

苏暮雨上前一步，拦在了白鹤淮的面前："七刀叔，我原本以为你不会参与此事。"

"去问你那该死的兄弟吧！"谢七刀转身，冲着慕词陵离开的方向追了上去。

慕家大院。

慕子蛰摸着手中的玉扳指，沉默了许久之后猛地扬起了头。

只见一柄长长的陌刀先行飞到，直接插在了慕子蛰的面前，慕家众人立刻向前，围在了慕子蛰的身旁。慕子蛰微微一笑："不必惊惶。"

那红色的身影随即赶到，在空中一个翻身落到了众人面前，将手中的眠龙剑插在了地上。

"你要的东西，我拿来了。"慕词陵依旧握着眠龙剑的剑柄没有松开，抬头看向慕子蛰。

"这是花镜水。"慕子蛰将一个白色的瓷瓶丢给了慕词陵，"喝下以后，运气三日，你体内的锥心蛊就去了。"

慕词陵看了一眼手中的瓷瓶，眼睛一亮，随即松开了握住眠龙剑的手："那从此以后我和慕家就没有关系了。"

"提魂殿会下手书，追杀你到天涯海角。这是必然的。"慕子蛰沉声道。

"来杀来杀，能杀得了我，便尽管来试。"慕词陵拔起了地上的陌刀，"那么慕家主，不对，应该叫大家长。词陵便告辞了！"说完之后，慕词陵便纵身一跃离开了。

慕子蛰站起身来，走到了那眠龙剑的前面，手轻轻地按住了剑柄。

全场屏息，等待着那一刻的到来。

慕子蛰深吸了一口气，随后一把拔出了眠龙剑，高高举起："去告诉苏家和谢家的人，眠龙剑已被慕家所得，即刻返回宗门！"

"是！"慕家弟子齐喝道，随即几个站在最外侧的弟子便立刻推门冲了出去，但片刻之后，他们的身子便摔了回来，只是已经被人横刀斩成了两截。

"谁都别想从这里走出去。"谢七刀横刀而立，大喝一声。

慕子蛰微微眯起眼睛："谢七刀，你居然也来了。"

"你们似乎都觉得我不该来，觉得我只是一个除了练刀什么都不会的武夫，但我就是来了。"谢七刀沉声道。

"如今眠龙剑在我手中，我已是暗河的大家长。"慕子蛰将眠龙剑对准了谢七刀。

"笑话。握住眠龙剑还不够，你要有命活着将剑带回宗门，拿到提魂殿三官的面前，等他们承认了你的身份，你才是暗河的大家长。"谢七刀仰起头，"但你走不出九霄城，甚至你走不出这座院子。"

"就凭你？"慕子蛰冷笑道。

谢七刀忽然放下了刀，转过头："你来了。"

一个与谢七刀一般魁梧的身影出现在了他的身旁，相对谢七刀来说，此人身上的凶戾之气尤甚几分，正是谢家家主谢霸。

谢霸拍了拍谢七刀的肩膀："你能来，我很高兴。我的位置本来就该是你的，等我今日取走眠龙剑，你便是谢家家主！"

慕子蛰看着谢霸以及跟随着他出现的那一众刀客，冷笑了一声："谢霸，你是打算和我们慕家同归于尽了？"

"谢家，有长刀五十六柄，求一柄剑。"谢霸伸手一挥，"就是不知慕家家主愿不愿意给。"

九霄城的另一边，苏暮雨正与白鹤淮一同赶回蛛巢，而当他们行至半路之时，苏暮雨忽然停了下来。

"怎么了？"白鹤淮问他。

苏暮雨皱眉道："迷路了。"

"迷路了？"白鹤淮疑惑道，"九霄城这么点大的地方，也会迷路？"

"不是，雨好像变大了。"苏暮雨抬起头。

白鹤淮更困惑了："苏暮雨你在说什么？"

"面若平湖而心有惊雷，这是大家长对你的评价，我觉得没有问题。"一个身穿官服的白发男子忽然出现在了他们的面前。

白鹤淮被吓了一跳："见鬼了。"

苏暮雨握住了细雨剑，拦在了白鹤淮的面前："这个人，不一般。"

白发男子咧嘴笑了一下："无论是洞察力还是剑法，都值得称赞，难怪大家长如此看重你。但你似乎对权力并没有太大的欲望。"

苏暮雨努力平稳着自己的呼吸："你究竟是谁？"

"说你是苏家这百年来的第一天才也不为过，所以苏家愿意处处为你破规矩，你和苏家提出了三不接的规矩——屠戮满门的不接，不知缘由的不接，不想接的不接，苏家同意了，但是提魂殿可从来没有同意过。"白发男子缓缓说道。

苏暮雨恍然大悟："你是提魂殿的人。"

"我是水官。"白发男子伸手接着那雨水，"这还是我们的第一次……真正的相见。"

苏暮雨的脚步微微有些摇晃，视线也一点点地模糊起来，他使劲甩了一下脑袋，低声道："这雨水中有毒！"

"我已经察觉到了。"白鹤淮将一掌扣在了苏暮雨的背后，一阵白雾自她手掌之上散出，苏暮雨的意识也渐渐地清醒过来，他低声道："多谢。"

"哦？"水官好奇地看了一眼白鹤淮，"没想到你这里还有一位解毒高手。"

苏暮雨看向水官："水官缘何到此？"

水官轻叹一声，语气却带着几分调笑之意："暗河三家自相残杀，都快要亡了，我们三官怎还能端坐在提魂殿中呢？"

苏暮雨握紧了细雨剑："提魂殿三官对这里的事情看来已有所了解了，那么敢问你们站在哪一边？"

"大家长老了，该退了。"水官幽幽地说道。

苏暮雨一愣，回道："大家长选择了了苏家家主苏烬灰。"

"苏烬灰败给了慕词陵，他的剑锋折了，也该退了。"水官摇头道。

苏暮雨眼神中闪过一道杀气："所以三官选择了慕家和谢家中的一人？"

"谢霸脑子不好，慕子蛰脑子太好，都不好。"水官继续摇头。

"但是慕家已经拿到了眠龙剑，手持眠龙剑者，得三官认可，便可继大家长之位。"苏暮雨试探着问道。

"可惜啊，眠龙剑在我手中，怕是慕子蛰要失望喽。"水官手轻轻一挥，一柄长剑出现在了他的手中。

白鹤淮惊呼一声："眠龙剑不是被慕词陵抢走了吗？"

苏暮雨神色淡然，只是轻轻点头："果然，我赶到的时候，眠龙剑就已经被调包了。"

"你想要这柄剑吗？"水官语气平淡，就像在说一件稀松平常的事情，"我可以把它给你。"

苏暮雨伸出左手："那便给我。"

"用你拿剑的手接它。这次和上一次不同，你一旦接过这柄剑，便要一直握住它了。"水官幽幽地说道。

苏暮雨摇头："苏烬灰既然没有接剑，那么这柄剑，我将还给大家长。接下来的事情，由他定夺。"

"如大家长所言，你是个很有准则的人。但抛开准则来看，你是不是打心眼里，厌恶着做杀手的这件事情呢。"水官笑着问道。

苏暮雨没有回答这个问题，只是微微俯身："看来水官大人，是不想把眠龙剑还给我了。"

"你可以来抢。"水官将眠龙剑横在面前，"只要你做得到。"

"好。"苏暮雨纵身跃出，手中细雨剑一剑刺出，从水官身边掠过。这一剑之快，白鹤淮都没有看清，甚至都没有感觉到苏暮雨离开了自己的身旁。

"瞬杀剑法？"水官点了点头，"不错。看来你后来回到过无剑城，找回了当年失踪的那些剑谱。不知道你父亲的那套剑法，你是否也学会了？"

苏暮雨看着手中的细雨剑，上面没有血迹，只有雨水。

"只可惜啊，世上有一样东西是无论多快的剑都无法斩断的，那就是水。"水官微微抬起手，那空中落下的雨水都缓缓地凝固到了他的手中，他轻轻挥出一指，那束雨水便冲着白鹤淮打了过去。

"住手！"苏暮雨低喝一声，立刻挥剑拦在了白鹤淮之前，但那雨水飞出一半之距时便化为水雾消散了。等苏暮雨再转头之时，水官的身影也已经消失了。

蛛巢之中。

大家长坐在院中的竹亭里，看着那雨帘，幽幽地说道："来的居然是你。"

"天官赐福，地官赦罪，水官解厄。如今暗河混乱如此，自然是由我来消灾除厄。"水官不知何时已经坐在了竹亭之上。

大家长沉声道："杀唐二老爷的任务，是谁给的？"

水官把玩着手中的眠龙剑："自然是你知道的那位。"

大家长轻叹一声："如今的一切，都在他的意料之中？"

水官将手中的眠龙剑往下一甩，直接穿过了竹亭，插在了大家长的面前："他又不是圣人，怎能算得了这么多，现在发生的一切，也已经超出了他的预料。但他也很期待，这件事后，暗河会变成一个怎么样的新的暗河。"

大家长点头道："不管怎么样的暗河……"

水官一笑："都不该再有你。"

大家长上前握住眠龙剑："我可以去家园。"

"哈哈哈哈，家园。传说中暗河唯一的净土，在那里可以真正地放下屠刀，过一个平凡人的日子。可是你是大家长啊，你应该知道，家园是从来不曾存在的！那是一个谎言。"水官神色怪异，像是听见了一件特别可笑的事情。

"我做了三十年的大家长，比历来的几位时间都要长，所以我也做了很多，他们没有做到的事情。"大家长拔出了地上的眠龙剑，剑首之处的龙睛再度睁开。

水官长袖一甩，身形瞬间消失，融化在了雨水之中。

"你要忤逆三官？你要和我打？"水官的身影消失了，声音却犹在。

大家长朗声笑道："我做了三十年的大家长，唯一没做过的事情，便是认输。你们想用我的死，血洗出一个新的暗河，可我觉得，只有你们死，暗河才能有新的未来。"

"暗河从来不是你的暗河，也不是我们提魂殿三官的暗河，它只是一柄握在别人手里的刀罢了。我们没有决定它的资格，只有握刀的人才有。"水官猛地落地，手掌在地上重重地一打，一条水柱便冲着大家长打了过去。

大家长手中眠龙剑一挥，斩向那根水柱。但是如水官所言，水是那无法斩断的物事，那根水柱直接穿过了眠龙剑，冲着大家长的面门袭去。大家长冷笑一声，伸出一指，在那水柱之上轻轻一点，然后一整条水柱便凝结成了一块长冰，大家长横剑一斩，就将其斩成冰屑。

"倒是忘了，你虽本姓慕，但在成为大家长之前一直居于苏家。"水官神色微微一变，"没想到苏烬灰的霜寒剑气，你也会。"

"不是会。而是比他更强，强得多！"大家长双手握住眠龙剑，往地上一插，"比如这一招，他便不会！"

瞬间整个院落都被霜寒覆盖，那些雨水变成大粒大粒的冰雹砸了下来，比起苏烬灰在苏家院落里对慕词陵使出的那一式来比，速度要快得多，那霜寒之气也要猛烈得多。更可怕的是，那些霜风、冰雹全都同时砸向了站在那里的水官。

"天地极寒，风刀霜剑！"水官双手张开，一股无形之气打出，将那些霜风冰雹挡在了三尺之外。

"即便我满头白发，即便你们觉得我已不堪此位，但我依然还是暗河之中，最强的那一个。"大家长怒喝一声。

水官看着那霜风冰雹一点点地逼近自己，眉头微微皱起，冷笑道："没想到雪落一枝梅的毒真的可以被治好，方才就该杀了那丫头的。以后留着，是个祸害。"他身子猛地一旋，勉强将那些霜风冰雹打退了一刻，随即纵身一跃，便打算逃走。

"给我留下！"大家长拔起手中长剑，朝天一挥，一道霜气立刻就将整座院墙都给凝结了。水官的脚踝之处也染上了一道霜气，但他的身影还是化为雨水，消失在了院墙之外。大家长放下长剑，重重地喘了口气。

苏暮雨和白鹤淮在此时赶到，二人看着满院成冰的景象，都是一惊，苏暮雨伸手摸了摸地上的冰霜，低声道："这比苏家老爷子的霜寒之气还要霸道几分。"

大家长看向他们："方才你们遇到提魂殿水官了？"

苏暮雨点头："是，但他似乎并不是来帮我们的。"

大家长冷笑一声："他不是来帮任何人的。"

苏家大院。

苏昌河仍然躺在那竹榻之上发着呆，他说自己被慕词陵的阎魔掌伤了，需要好好休息，所以成了除苏穆秋以外唯一能待在内堂中的人。而其余的苏家弟子则全都守候在大堂之中，无人敢回自己的房间歇息。

因为这一天还没有结束。

谁也不知道这一天还会发生什么。

天色渐暗，出门打探的苏家弟子走了三人，最终赶回来了两人，他们衣衫之上血迹斑斑，显然是经过了非常惨烈的打斗。

"外面情况怎么样了？"苏穆秋问道。

出门打探的苏家弟子喝了一大口水，随后喘息着回道："谢慕两家已经彻底撕破脸皮了，眠龙剑应该是被慕家夺了，然后谢家派人把慕家围了起来，不让他们走出院子。现在两方对峙，慕家不出，谢家不进，已经好几个时辰了。但估计不会持续太久，今夜一定会有一场恶战。"

"苏睿怎么没有和你们一起回来？"苏穆秋问道。

"我们的行踪被谢家发现了,他们下手没有留情,苏睿他被杀了……"那苏家弟子叹息道。

　　苏穆秋伸指轻轻地敲着身旁的木桌:"他们只围困慕家,却没有动手,但是却杀了我苏家弟子?"

　　"谢霸说了,苏家气数已尽,不足为惧,更何况谢繁花之仇他们已经记下了。"苏家弟子回道。

　　"明白了,你退下吧。"苏穆秋略有些疲倦地挥了挥手,随后走回了内堂。

　　苏昌河正优哉游哉地把玩着手里的匕首,似乎对这些事情并不在意:"在谢霸老儿眼里,我们苏家气数已尽啊。"

　　"你心里也会觉得,苏家是'我们'吗?"苏穆秋问道。

　　"哎,秋叔是怪我不肯尽心尽力啊。"苏昌河从竹榻上坐了下来,转身朝着里屋走去。苏烬灰白日里战败之后便将自己一个人关在了里面,不让任何人进去打扰,如今算起来,已过去了三四个时辰。

　　"家主不让任何人进去。"苏穆秋沉声道。

　　"你打不过我的,秋叔。"苏昌河伸了个懒腰,指尖匕首轻旋,从苏穆秋的身旁走过。

　　苏穆秋微微垂首,一滴汗珠从他额间滑落。

　　"秋叔你是个聪明人。"苏昌河推开了那间屋子的门,走进去后又将房门轻轻合上了。

　　房间内漆黑一片,苏烬灰背对着苏昌河坐在那里,他并没有转头,但已经猜到了苏昌河的到来:"你来了。"

　　苏昌河一笑:"老爷子知道我会进来?"

　　苏烬灰的声音有些疲倦:"你很像我年轻的时候。"

　　苏昌河撇了撇嘴:"老爷子年轻的时候,就这么不是个东西了吗?"

　　苏烬灰一愣,随后轻轻摇头:"你似乎很不喜欢表现出自己真实的样子,因为你藏着很多的事,你怕被别人看穿。以前的你,被我压着不敢冒头。但今日,我锐气已失,你是不是觉得你的机会已经到了?"

　　苏昌河靠在门上,匕首在指尖快速旋转着:"老爷子,你很喜欢算人心啊,那你算一算,我进来是打算做什么?"

　　"你想要苏家家主的位置?"苏烬灰缓缓说道,"只是你是一个无名者，苏暮雨身为无名者没有继任大家长的资格，你也一样没有继任苏家家主的资格。”

“被小瞧了啊。”苏昌河懒洋洋地说道，“在老爷子你的眼里，我还只是个争权夺利的小人啊。”

“你很强，所以这一次的任务我一开始交给你来负责，若你能杀了苏暮雨，那待我继任大家长之位，我会将苏家之位给你，但很可惜，你没有做到。一个还留有感情的无名者，无法担起苏家家主之位。”苏烬灰瞳孔微微缩紧。

“区区苏家家主之位，我苏昌河看不上。我要做的是一件暗河几百年来从未有人做过的事，我要实现的，是你们无人敢想的宏愿。我要改变暗河！你知道我为何给自己取名昌河吗？双日为昌，所以昌，是指兴盛、明亮！”苏昌河忽然站直了身子，身上的怠懒之气荡然无存，取而代之的，是一股几乎能令人窒息的绝强杀气。

“你的寸指剑很强，但要胜过我，并不容易，即便我的剑断了，但我依然还是苏烬灰！”苏烬灰将手轻轻地在面前的长桌上一按，一股霜寒之气瞬间在屋中蔓延开来，苏昌河身后的大门也很快被凝固住了。

“无爪之虎，无睛之龙，不在话下！”苏昌河纵身向前，手中匕首朝着苏烬灰的背后刺去，苏烬灰手掌朝前轻轻一推，借势往后一退，避开了苏昌河的这一剑，随后他微微俯身，拔出了藏于右腿之上的短刃，朝前一挥。

只听“当”的一声，两人同时往后退了一步。

“短剑之术，我也会一些。”苏烬灰冷笑道。

“前方已无路，还不愿止步？”苏昌河双手一合，再一打开，已有四柄匕首同时冲着苏烬灰打了过去。

苏烬灰手中短刀急挥，低喝道：“身为杀手，没有胜败，只有生死，只要未死，便还有路！”

内堂之中，苏穆秋听到了里屋中的兵器碰撞声，正犹豫要不要进去阻止之时，大堂之中竟然也传来了兵器碰撞声以及哀号惨叫声，他一愣，急忙拔剑冲了出去。

但一柄剑，已经点在了他的眉心。

持剑之人苏穆秋自然是认得的，是今日少有的几个能控制住手中长剑未被慕词陵夺走之人，但很明显，他这一剑拦住苏穆秋的功力比他平日里展现出来的剑法，还是要强得多。

"苏栾丹，你们……"苏穆秋往堂中一瞥，一半以上的苏家弟子已被杀死，而剩下的那一些，无一例外都是年轻一辈的好手，他们拂袖擦去剑上的血迹，冷笑着看向苏穆秋。

里屋之中，短刃的碎片四散一地，苏烬灰捂着胸口缓缓倒地，他沉声道："你居然……"

苏昌河手中的红色真气慢慢消散下去，他笑道："我居然，也会阎魔掌？"

"虽然如今的你，我不用阎魔掌也能够打赢，但我还是想让你死得更瞑目一些。"苏昌河微微俯身，看着倒在地上的苏烬灰。

苏烬灰感觉意识已经渐渐模糊，他咬牙道："当年把你从外面捡回来的是我，没有我，你早就死了！"

"你错了，你们只是把我从一个地狱带到了另一个地狱，而从地狱之中爬出来，是靠的我们自己！"苏昌河将手轻轻地按在了苏烬灰的头顶，"再见了，苏家家主。"

里屋的门被缓缓推开。

苏昌河依旧漫不经心地把玩着手里的匕首，似乎在屋内什么也没有发生："秋叔，你是不是在想，如果走出来的是老爷子就好了。"

苏穆秋轻叹一声："你执行了那么多次天字级任务，每一次出手之时都是有了必胜的把握，想必你等这一刻也已经等了许久了。"

"秋叔很了解我啊，真是令人感动。"苏昌河从怀中拿出了一枚蓝宝石戒指，然后戴在了左手的食指之上，那颗璀璨夺目的蓝宝石之下，刻着两个字——彼岸。

在场中的所有存活着的苏家杀手，也都从怀里拿出了一枚一模一样的戒指，戴到了左手食指之上。

"跨过暗河，便能到达彼岸，而在彼岸之处，不应当只是长夜，还应有光明。"苏昌河伸手抚摸着戒指上的蓝宝石，"秋叔，我花了整整六年时间，集结起了这个组织，它叫作彼岸。"

苏穆秋瞳孔微微眯起："彼岸……你想改变暗河？"

苏昌河看向苏穆秋："秋叔是本家人，自小便被当作杀手来培养的吧？可是有什么人会愿意作为一个杀人的工具而出生呢？为什么世人沐浴阳光，而我们三家人，却只能居于黑暗。你难道不想去改变这些吗？"

苏穆秋苦笑道："幼年时被强迫学习杀人技法之时，自是想过这些问题。但是这些年，双手已经沾满了鲜血，又如何去改变这些？"

"是啊。"苏昌河摸了摸自己的小胡子，"所以我虽然觉得秋叔你是同道中人，却没有将这枚戒指送于你。因为你虽有觉悟，却早已丧失了勇气。但我们不一样，我们还很年轻，按照话本中的说法，我们还是少年。既是少年，便当不惧，不悔，不服。"

苏穆秋听完这番话后沉默了许久，他轻声道："虽然我无法与你同行，但既然知道了你的目的，我愿意帮你一把。我有句话要与你说，这个秘密，只有老爷子和三家家主知道。"

"哦？"苏昌河微微一挑眉。

"小心有诈。"苏栾丹的长剑始终指在苏穆秋的身前没有放下。

"无妨，我信秋叔。"苏昌河走上前，伸指将苏栾丹的长剑按下。

苏穆秋凑在苏昌河的耳边，轻声说了一句话。苏昌河神色微微一变，随即笑道："原来是这样。我还想着，三家都撕破脸皮了，为何还守着那可笑的规矩，原来如此。"

"本以为你的目的是要继任苏家家主之位，却没想到，你要做的是大家长之位。"苏穆秋退出三步，"暗河有史以来，还未曾有过这么年轻的大家长。"

苏昌河笑道："既然是新的暗河，本就该配上新的历史。"

苏穆秋看着苏昌河背后的那间屋子，没有再继续这个话题："你杀了老爷子吗？"

"秋叔你是个不错的人，在这个污秽不堪的暗河中，你是上一代中少有的值得被尊敬的人，我们要离开这里了，新的暗河不再有苏烬灰，你也随之离去吧。"苏昌河没有直接回答苏穆秋的问题，领着众人朝外面走去，"再见了，秋叔。"

苏穆秋愣了片刻，随即立刻冲进了里屋之中。

"为什么不杀了他？"苏栾丹低声问道。

"其实我一直在犹豫，但他方才说的那句话救下了他。"苏昌河摸着自己的小胡子，眼神中散发出一丝兴奋。

"那我们接下来去哪里？是去慕家那里择机出手？"苏栾丹接着问道。

"苏暮雨去了哪里？"苏昌河问道。

苏栾丹眉头微微皱紧："他回了蛛巢。"

苏昌河嘴角微微上扬："那我们就去蛛巢。"

苏栾丹眉头皱得愈发紧了："但是眠龙剑被慕词陵夺走了，如今在慕家手里，我们去蛛巢又有何用？当初加入彼岸之时，我们便在为今天做准备，你身为我们的首领，不应当徇私，在这个时候，还想去保住你兄弟的命，不妥！"

"你说什么？"苏昌河停下了脚步，转头看向他。

苏栾丹看着苏昌河的眼神，心中微微有些发寒，他下意识地便握住了腰间的长剑。

"大战在即，不要起冲突。"旁边立刻有人上来劝阻，却终究是晚了一步，苏昌河一个纵身向前，直接就将苏栾丹的长剑打飞出去，然后他一把抓住了苏栾丹的喉咙，将他推到了墙上。

"你若杀了我，又何谈新的暗河？"苏栾丹挣扎着说道。

"你给我听清楚了。"苏昌河嘴角扬起，带着几分凶戾的笑意，"以苏暮雨的性格，除非他死了，不然他一定会将眠龙剑给取走的。既然他选择不追眠龙剑，回到蛛巢，那就说明慕词陵带回去的眠龙剑是假的！只有谢霸那样的傻子才会去拼个你死我活，你若也这么蠢，便去给他陪葬吧！"

"既是如此，说清楚便是，昌河君！松手！"旁边那名剑客使劲想要拉开苏昌河的手，却无法将其移动分毫。

"另外，你有句话也说对了。"苏昌河微微扬起头，"苏暮雨，他的命，我还真就保下了。"说完这句话后，苏昌河才松开手，苏栾丹瘫倒在地，大口大口地喘着粗气。苏昌河在众人的注视下，缓缓地朝前走去，走出了十几步之后，他停了下来，似是自言自语，但其余彼岸众人却也都听到了。

"任何人都可以死，唯独苏暮雨不行。"

"不行就是不行。"

"除非我先死了！"

今夜无光，月黑风高。

确实是个适合杀人的日子。

慕子蛰坐在椅子上，右手拄着眠龙剑，左手摆弄着一根银针。

谢霸也叫人搬来了一张椅子，摆在了院门口，就正对着慕子蛰这么坐着。他要了一壶酒，时而喝几口，时而骂几句，就这么从白天坐到了黑夜。

慕子蛰身后是四十白衣，谢霸的身后也有长刀数十柄。

两拨人剑拔弩张，随后都准备出手。但既然两位家主坐着不发一言，他们也就只能这么等着。

"你我相识多年，虽不同路，却也有这么多年情谊，最后落得个兵戎相见的下场，倒也不必。"谢霸缓缓说道。

"慕白死了。"慕子蛰只回了四个字。

谢霸摊手道："我知道，但又不是我们谢家人杀的，我最喜欢的弟子也死了。这样吧，我当大家长，封你做个二家长，然后我们一起把苏家灭了如何？"

"大家长这个位置，我要定了。"慕子蛰沉声道。

"奶奶的，坐了一晚上，腿都坐酸了，你还是个木鱼脑袋。"谢霸无奈地骂道，"暗河三家，冲锋陷阵向来是谢苏两家来做，你慕家有什么资格坐这个位置？"

慕子蛰眉毛微微一挑，手中银针轻轻一捻，冲着谢霸弹射而去。

谢霸猛地起身，一脚将身下的椅子踩了个粉碎，随后长刀一挥，直接将那银针打飞："既然说不通，那就打了吧！兄弟们，冲进去，把这帮姓慕的都给宰了。"那谢家众刀客，等着就是谢霸的这句话，纷纷拔出了腰间的长刀，毫不犹豫地冲了进去。

"起阵，孤虚！"慕子蛰也站立起来，双袖一挥。

一阵浓雾忽然在院中散了开来，慕子蛰连同身后的那四十白衣在瞬间消失不见，谢霸心中暗道一声"不好"，可再一转身，院子的大门已经被合上了，并且大门很快被浓雾覆盖，难以寻觅了。

"该死，原来这家伙耗了这么久，是在起孤虚之阵。"谢霸骂道。

谢七刀微微俯身，手紧紧地握住刀柄："当年魔教布下百里孤虚大阵，困死了众多武林高手。当时亦有慕家子弟被困阵中，没想到短短数年之后，他们居然重现了孤虚之阵。"

-179-

"孤虚之阵，所见非见，大家小心。"谢霸话音刚落，便听一声惨叫传来，一名谢家弟子已经被不知何处袭来的断刀给刺穿了胸膛。

谢七刀将手中长刀插在了地上，低喝一声："破！"他一声怒喝之后，身旁一名正准备动手的慕家弟子的身影显现了出来，谢霸转身，一刀就将那人的头颅给砍了下来。

"当年雪月城三城主司空长风，一枪便破去了百里孤虚大阵，想来是有无上神威。我一刀挥下，也只能见面前三尺清净。"谢七刀轻叹一声。

谢霸朗声道："大家围聚起来，以背相抵，莫轻易动手。"

"家主，下面……下面有手！"有人惊呼一声。

谢霸低头一看，只见地上伸出了无数双阴森可怖的鬼爪，他将长刀一挥，怒喝一声："清净无双！"

谢千机见状立刻举起手中长刀，高声道："谢家众弟子，起驱邪刀舞。"他是谢家之中最擅长机关阵法之人，只是瞬间就想出了应对之法。

原本陷入慌乱之中的谢家人闻言之后立刻镇定了下来，手中长刀纷纷狂舞起来，起的正是谢家秘传刀法驱邪刀舞。这套刀舞在谢家众多刀法之中算不上是顶尖的，但是却是谢家每年族内祭奠之时用来驱邪祭祖的刀法。此刻他们众人长刀齐挥，那浓雾竟一点点地散去了。

慕子蛰的身影出现在了屋檐之上，手持眠龙剑，垂首冷冷地看着他们。

"慕子蛰！"谢霸纵身一跃，挥刀冲了上去。

慕子蛰手中伸出一根傀儡丝，缠住了谢霸的长刀，往后一拉，直接将谢霸甩到了另一边的屋檐之上。

谢霸将长刀插进了瓦片之中，一路滑出了十丈之远，他一笑："你手中不是拿着眠龙剑，倒让我看看你的剑术啊，用傀儡丝算是什么本事。"

慕子蛰正欲回话，突然感觉到背后一阵凉意，猛地转身下意识地将手中眠龙剑举起，只听"当"的一声，慕子蛰连人带剑撞破屋顶都被打进了屋内。谢七刀将手中长刀扛在了肩膀上，可还未来得及说话，便发现几只白色的纸蝶不知何时飞荡在他的身边。

"蝶舞，九张机。"慕子蛰低声喝道。

"该死。"谢七刀低声骂了一句，长刀一甩，便要将那些纸蝶斩落，却仍是晚了一步，那些纸蝶瞬间燃烧爆炸起来，直接就将谢七刀从屋檐之上给炸了下来。

"七刀！"谢霸惊呼一声，也提前冲了上去，可等他落地之时，他才发现整个屋子之中，都堆满了纸蝶。

"这是个陷阱。"谢七刀叹道。

"蝶舞，杀生不留尘。"慕子蛰指尖上闪过一道鬼火，朝着谢霸二人的方向轻轻一弹。

谢霸和谢七刀相视一眼，两人同时点足后掠，后背相抵后，两人齐挥长刀。

慕子蛰瞳孔微微缩紧："谢家的双生双死刀。"

"当年执行任务，向来是我二人一起。我们的对手，从来没有谁能够活下来，你也不会例外。"谢霸一边狂舞长刀，一边大喝道。

爆炸声不断响起，但两人组成的那道刀光却始终比那纸蝶爆燃的火光还要明亮。慕子蛰轻轻甩了甩手中的眠龙剑，缓缓往后退去。

许久之后，爆炸声终于停歇了，围绕着二人的烟雾也一点点地散去，谢霸和谢七刀二人衣衫破碎，身上肌肉虬结，随着他们的呼吸剧烈地起伏着。谢七刀伸手抹去了刀上的尘灰："慕家主，你一人对战我们二人，没有胜算。"

"谁说我只有一人？"慕子蛰左手轻甩，五具傀儡从天而降。

谢霸冷哼一声："和慕家人打架从来都不爽快，不是阵法就是秘术，真要刀剑相向了，又派出一堆假人，没意思。"

慕子蛰拨动着手里的傀儡丝，五具傀儡一人挥剑，一人举刀，一人拿枪，一人使判官笔，一人使银钩，将谢霸和谢七刀二人给围了起来。

"绝杀五阵。"谢七刀仔细打量着这五个人，"这些人是……"

"苏家苏绝行、苏奎守，谢家谢洛泽、谢飞、谢恺，当年的绝杀五行，直属大家长本人，是凌驾于蛛影十二生肖之上的存在。"谢霸皱眉道，"在天火一役后，这五人应当都已经死了。"

谢七刀看着慕子蛰："都说你是疯子，看来传言不假，你不仅把他们的尸首给找回来了，而且做成了傀儡！"

"人虽死了，但是肌肉仍有记忆，若只操纵普通的傀儡，那么这绝杀五阵便只得其形，得不到真正的杀意。"慕子蛰沉声道。

谢霸吸了吸鼻子："这五个人死了也有些年头了吧，按说早就应该成白骨了。你用了什么恶心的法子？"

"等你死后，也可以成为我的傀儡。"慕子蛰将眠龙剑插在了地上，双手举起操纵起傀儡丝，五具傀儡同时挥起手中的兵器，冲着谢霸和谢七刀砍了下去。

"生门起。"谢霸长刀一挥。

"死门闭！"谢七刀紧跟着也是一挥。

两股绝强的刀气散出，将那五具傀儡的攻势全都挡在了外面。

"傀儡杀人术有何畏惧，再强的傀儡，也只是靠着一双手操纵罢了。"谢霸纵身跃起，谢七刀立刻心领神会，将长刀往前一横，谢霸足尖在谢七刀的长刀之上轻轻一踩，随后跃至空中，一个翻身便冲着慕子蛰刺去。两个人默契之强，不愧是当年暗河之中最可怕的双刀组合。

慕子蛰微微皱眉，十指疾速地颤动着，那五具傀儡立刻回身去拦谢霸，但谢七刀却猛地一挥长刀，以一人之力将五具傀儡给打了回去。慕子蛰没有料到自己的绝杀五阵居然连一刻都困不住他们，眼看着谢霸已经一刀斩下，不得不立刻撤了手中的傀儡丝，拔出了地上的眠龙剑，朝天一挥。

几声清脆的金属碰撞声传来。

慕子蛰和谢霸片刻之间已过了五招。

另一边，没有了慕子蛰的傀儡丝控制，五具傀儡瞬间失去了支撑，瘫倒在了地上。谢七刀收刀，望着不远处的二人。

谢霸自认为胜券在握，招招都是夺命的杀招："这便是你慕家的剑法，怎么只会像个胆小鬼一样地躲闪，你的杀气呢？"

慕子蛰一言不发地挥舞着手中的眠龙剑，如谢霸所言边打边退，他确实不擅长剑法，最擅长的蝶舞秘术和傀儡杀人术也都被谢霸谢七刀二人所破了，此刻唯一的机会就是趁着谢七刀还没有赶来支援，在瞬间击杀谢霸！慕子蛰心念一动，故意露了个破绽，左肩被谢霸一刀刺中，随后便摔倒在地。

谢霸得手后大喜，一刀斩落，但就当长刀落在慕子蛰眉心之时，他忽然停住了，神色在瞬间变得极为怪异，他微微垂首看着下方。

一只木手自慕子蛰腰间伸出，手握短刃，抵在谢霸的胸膛上。

"这就是慕家的千机手？"谢霸冷笑道，"旁门左道。"

慕子蛰微微眯起眼睛："你想试试，是你的刀快，还是我的旁门左道快？"

"或许我们一样快，但可惜，我还有一柄刀。"谢霸眼神往后一瞥，看见谢七刀已经缓步走了过来，他笑了笑，胜负已分。

但是谢霸的笑容很快就凝固在了脸上。

因为一柄长刀直接贯穿了他的胸膛。

握刀的人是谢七刀，他挥刀的时候没有半点犹豫。

"我从来都不是你的刀。"

"为什么？"谢霸瞪大了眼睛，呕出一口鲜血。

谢七刀拔出了刀，往后退了三步："你之前说过，谢家那个位置本该就是我的。"

谢霸转过身，手里提着刀想要举起来，却终究是没有力气了，长剑摔落在地，他自己也倒在了地上："我说过，我若是做了大家长，谢家家主的位置会交给你来坐。"

"我从来不在乎那个位置。当年我就打算将它让给你的。"谢七刀俯身，缓缓道，"可是你不相信我，你娶了师妹，强迫师父把家主的位置让给你。"

"你是记恨我……娶了婉儿。"谢霸艰难地说道。

"婉儿想嫁给谁便嫁给谁，只要她开心就好。但让我难过的是，她那些年很不开心，而且死得很蹊跷。"谢七刀目光冷冷地看着谢霸，"这些年，你对我仍是兄弟相称，但你不知道，我每天练习挥刀时，假想的对象都是你。"

"你！"谢霸怒喝一声。

"死吧！"谢七刀长刀一挥，直接将谢霸的头颅斩飞出去。

一旁的慕子蛰趁此间隙收回眠龙剑，退到了那五具傀儡之旁，他冷笑道："我若是谢霸，当年就不会留下你的性命。"

谢七刀拂袖抹去了刀上的血迹："他是个愚蠢的人，他以为他做了那么多的事，到如今把谢家家主之位让给我便可以一笔勾销。以他的才干想做大家长，无异于痴人说梦。"

"不过你能隐忍多年，倒是个可怕的对手。"慕子蛰回道。

谢七刀转身："我不和你打，门口的那些谢家弟子，我要带走。"

"大家长之位，你不感兴趣？"慕子蛰看了一眼手中的眠龙剑。

"我怕冷，那个位置，太高。"谢七刀推门走回了院中。

慕家弟子仍和谢家弟子厮杀在一起，地上已经躺着不少的尸首。谢七刀举起手中长刀，猛地向下一劈，硬生生在两拨人中间砍出了一道沟壑。众人纷纷停手，转头看向他。

谢七刀朗声道："谢霸已死，以后谢家由我谢七刀统率。有异议者，出阵，与我一战。"

谢家众人面面相觑，谢七刀之强他们自然清楚，此刻无人敢回应他。

"若无异议，便随我离开此处。大家长之争，自此之后，与谢家无关。"谢七刀走了出去，大门之处仍然被一片浓雾覆盖着，谢七刀微微侧首，看向屋内的慕子蛰。

慕子蛰轻轻一抬手："撤阵。"

比起行事霸蛮无常的谢霸来说，阴狠寡言的谢七刀明显是个更可怕的敌人，但是慕子蛰还是选择了放他离开。一是自己的底牌已经在方才全都展露过了，二是谢七刀那传说中的七刀索命还没有出手，自己单独对他对战没有必胜的把握。就算最后赢了，两败俱伤，很可能会有暂时退出的苏家机会。

"家主，谢家这算是认了我们夺得眠龙剑的事实了吗？"慕青阳收起手中的桃木剑，擦了擦嘴角的鲜血。

"至少谢家，已经退出这场战斗了。"慕子蛰看着手中的眠龙剑。

"那么，接下来……"慕青阳又习惯性地拿出了那枚铜币把玩了起来。

"去蛛巢，找到大家长。"慕子蛰朝前走去，"要想真正地继承眠龙剑，要么他认可我，要么……"

慕青阳将铜币丢起又一把握住："要么他死。"

蛛巢大院门口。

苏昌河带领彼岸众人先行赶到了，苏昌河走上前叩响了大门。

苏暮雨正守在大家长的身旁，听到敲门声后，握着细雨剑缓步走到大门附近："是谁？"

苏昌河笑道："是我啊，苏昌河。苏暮雨你的好兄弟！"

苏暮雨一愣，他身后的蛛影众人也都是一愣，他们都做好了一战的准备，以为来到这里的不是慕家就是谢家，却从未想过会是苏昌河。苏暮雨无奈道："你不是受伤了吗？"

苏昌河笑着摆手："哎呀，装的装的。"

苏暮雨无可奈何地苦笑了一下："那你来这里做什么，莫不是老爷子又给了什么任务？"

"苏烬灰？他死了，现在苏家我当家。"苏昌河回道。

苏暮雨皱眉道："老爷子死了，谁杀的？"

苏昌河朗声道："当然是我杀的啊！"

苏暮雨看了一眼大家长，大家长坐在院子中缓缓地抽着烟，似乎对这件令人惊骇的事情毫无反应。

"这么隔着门说话挺累的，让我进去。"苏昌河又重重地拍了一下大门。

蛛影众人纷纷拔出了手中的兵器。

苏暮雨挥了挥手，示意他们退后，随后向前将大门缓缓打开。

苏昌河原本正旋转着手中的匕首，看到大门打开后，收起匕首一转头，摸了摸自己漂亮的小胡子。

他身后的彼岸众人，全都虎视眈眈地看着苏暮雨。

苏暮雨注意到了他们手里的蓝宝石戒指，眼睛微微一眯。苏昌河却趁机一个纵身从屋外蹿了进来，苏暮雨见势不对，立刻将大门重新合上。苏昌河却满不在乎地走向大家长："哎呀，亲爱的大家长，我总算见到你了。"

"止步！"寅虎等人挥刀上前。

但苏昌河摇摇晃晃的几个闪身，就从他们身旁掠过，直接来到了大家长的面前。站在大家长身旁的白鹤准将三根银针握在了手里，整个身子如同拉开的弓弦一般瞬间绷紧了。

大家长还在慢悠悠地抽着烟，直到苏昌河站在了他的面前，才懒洋洋地抬了抬眼："臭小子，见到你准没好事。"

"大家长，这次要不是我，你们怕是都走不到这处蛛巢啊。"苏昌河笑了笑。

"烬灰死了？"大家长问道。

"至少对于暗河来说，他死了。"苏昌河坐到了大家长的身旁，"大

-185-

家长，给我也抽一口呗。"

大家长放下了烟杆，在地上磕了磕，递到了苏昌河的手里。

苏昌河接过烟杆，猛地抽了一口后缓缓吐出一个烟圈，他看着那烟圈慢慢地飘到屋顶旁然后一点点地消散，像个孩子般地笑了出来："哈哈哈哈苏暮雨你看，我吐烟圈的本事还是这么强。"

苏暮雨握着手里的细雨剑，此刻他不仅不知道苏昌河心中所想，甚至也不知道大家长是如何想的，他沉声道："昌河，你到底打算做什么？"

苏昌河转头看着大家长："大家长，你可不可以死啊？"

白鹤淮一惊，手里的三根银针差点就要忍不住甩出去了。但是大家长依旧神色淡然，接回烟杆又抽了口烟："如果我说不可以呢？"

苏昌河摸了摸手里的戒指："大家长你看我的这枚戒指，里面写着两个字，叫'彼岸'。这些年来，我在暗河之中将这一辈最优秀的年轻人都招募到了一起，我希望可以凭借我们的力量，到达暗河的彼岸。那里应有光明，而不是长夜。"

大家长点了点头："不错的想法。"

"但是你我都知道，只有你死了，这长夜才算到了尽头。"苏昌河幽幽地说道。

"昌河，不得妄言！"苏暮雨低喝道。

苏昌河站起身，看了苏暮雨一眼："我的好兄弟啊，我知道你也想改变这一切，但是你知道改变这一切的代价是要许多人的鲜血。你不想沾上那些鲜血，所以只能勉强用着你的那柄剑，维系着脆弱而可笑的平衡。现在路我已经替你铺好了，我们一起走向彼岸。"苏昌河从怀里掏出了一枚蓝宝石戒指，丢向了苏暮雨。

苏暮雨接了过来，低头看着戒指之上那"彼岸"二字。

蛛影众人全都屏住了呼吸，等待着苏暮雨给出一个答案，不管苏暮雨选择哪条路，他们都会跟随。而大家长一口一口地抽着烟，看起来似乎对此并不在意，可站在一旁的白鹤淮，明显感觉到他的呼吸变得急促了。

堂堂暗河的大家长，在生死关头，也会敬畏死亡吗？白鹤淮收起了银针。她忽然觉得，这场争斗早就已经与她无关了。

苏暮雨将戒指收了起来，却终究没有戴上："或许，还有第二条路。"

"愚蠢！"苏昌河神色少有地变得严肃而愤怒，"没有那么多事可以妥协！大家长必须死，新的规则的建立，必须建立在曾经规则的倒塌之上！"

"我是傀。"苏暮雨缓缓回道，"我曾经宣誓，永远守护大家长的安危，至死方休。"

苏昌河朗声大笑起来："我怎么会认你这样的人做朋友！我们是截然不同的人啊！真是可笑，太可笑了！"

九年前。

提魂殿。

"这个任务，我不能接。"苏暮雨看着手上那份红色的卷轴，将它原封不动地放在了地上，缓缓说道。他的面前，是三张高高的椅子，上面坐着的便是提魂殿三官。

坐在左侧的水官开口了，声音中带着几分瘆人的笑意："哦？我已经很多年没有遇到人，敢直接拒绝提魂殿派下的任务了。"

天官沉声道："说出你的理由来。"

苏暮雨摇头："没有理由。不想接。"

地官怒喝道："岂由得你来决定！"

水官朗声笑了起来："洛南太守张太成，传闻中是个爱民如子的好官，南方水灾，各州府全都贪污赈灾粮，唯有他开仓赈灾，还拿出了自己多年来的积蓄。不仅如此，他还上报天启城，逼迫天启城派来了督察官，才让众多百姓活了下来。这是个好人，所以你不想杀。"

地官怒喝一声："放肆！提魂殿手书一到，便是皇帝，你也要杀！什么好人坏人，你是杀手，不是圣人！"

苏暮雨还是摇头："我不接。"说完之后，他便转身从提魂殿中走了出去。

三官见他头也不回地走出提魂殿，地官早已按捺不住心中怒气了："传信给苏烬灰，将其视为叛徒，直接杀了！"

水官依旧笑着："此人叫苏暮雨，是这一代无名者中最强的一个，不，或者说在历代无名者中都是最强的。就因为他，大家长还改了规矩，能让大家长改规矩的人……"

天官沉声道："那也不能让提魂殿改规矩。"

地官怒道："杀了杀了，苏烬灰不肯杀，我去杀！"

水官挥手道："莫急莫急，不是另有一位朋友来了？"

苏昌河从提魂殿外缓缓地走了进来，他的手中把玩着那一柄匕首，这是他自从练习寸指剑来便保持着的习惯，用习惯来代替练习，长此以往，那柄匕首也就成了他身体的一部分。走到三官面前，苏昌河将匕首收了起来，摸了摸自己的小胡子，脸上带着几分玩味的笑意："参见三官。"

水官点头道："苏昌河，代号送葬师，苏家最新的崛起之秀，不逊色于苏暮雨。"

"不逊色于苏暮雨，就是还比不上苏暮雨。"苏昌河笑着说道。

天官沉声道："你来此何事？"

"苏暮雨是我的好兄弟，他想给提魂殿一个他接任务的规矩。"苏昌河幽幽地说道。

地官座下的木椅微微颤动起来，幽暗的提魂殿内似乎有什么奇怪的东西在隐隐作动，他站起身："看来，提魂殿才需要立一立规矩了。"

"莫急。"水官伸手拦住了他，"且听听是什么规矩。"

苏昌河双手抱在胸前，声音很是嚣张："我兄弟说了，他有三不接。屠戮满门的不接，不知缘由的不接，不想接的不接！"

这次就连水官都有些哑然了："他苏暮雨难道真的觉得，我们暗河缺他一个杀手吗？"

苏昌河伸出一根大拇指，然后指了指自己："我苏昌河来此，也想立一个规矩。"

天官冷笑道："你们两个初出茅庐的小子，不要以为这一年来杀出了点名堂，就觉得暗河都是属于你们的了。和我们立规矩，大家长都没有这个资格！"

水官似乎是脾气最好的那一个，在这一刻也仍旧没有动怒："我倒是想听一下，你要立的是什么规矩？"

苏昌河朗声道："我的规矩就是，所有苏暮雨不想接的，我都接！这就是我的规矩！"

三官相视一眼，提魂殿中一下子安静了下来。

苏昌河见三官许久没有回应，挑了挑眉："不可吗？"

水官笑道："据说你是苏暮雨从鬼哭渊中硬生生救下来的，你这是在报答他？"

地官依旧怒气冲冲："这不合规矩！"

天官还是保持着沉默。

"对于提魂殿来说并没有任何的损失，我的武功也不比苏暮雨差，他能做到的任务，我都能。"苏昌河眯了眯眼睛。

"好。"天官点头。

"你确定？"地官转头道。

水官一笑："我倒是觉得可以接受，把他们二人当成一人，只要任务完成即可。"

苏昌河伸出一只手："那么就说好了？"

天官又沉默了片刻，随后缓缓道："若你做不到，那么等待你们二人的，将是暗河最严酷的刑罚。"

"不必听他们的。"水官从高椅之上一跃而下，拍了一下苏昌河的手，"我相信你。"

"那便多谢了。"苏昌河转身离开。

地官还是按捺不住心中的怒气："规矩一旦坏了便无法控制。那个苏暮雨，就是因为大家长为他坏了规矩，所以他觉得，我们也可以为了他而破坏规矩。你这样做，以后若一个个都来提自己的'三不接'，那当如何？"

水官走回高椅，拍了拍地官的肩膀："相信我。暗河之中，苏暮雨是一个特别的存在，没有人会和他一样的。"

天官沉声道："我之所以同意他的请求，是因为那位传信给我了，让我特地留意一下苏暮雨和苏昌河这两个人。"

地官一愣："两个武功不错的年轻人罢了，值得那位去关注他们？"

天官脸色铁青，摇头道："我也无法理解，但信上说，他很期待，苏暮雨和苏昌河能够带来一个新的暗河。"

水官嘴角露出一丝诡异的微笑："一个属于无名者的时代？"

苏昌河走出了提魂殿，苏暮雨背着伞站在那里等他："你进去做什么？"

苏昌河用手捶了一下苏暮雨的胳膊："自然是帮你谈判，你嘴太笨了，提魂殿又不是大家长，他们只认规矩，不认你的剑。"

苏暮雨微微皱眉："那他们同意了？"

苏昌河伸了个懒腰："那是自然，我的口才向来很好。"

苏暮雨追问道："你答应了他们什么条件？"

苏昌河耸了耸肩，朝前走去："没什么条件。就是和他们分析了一下利弊，提魂殿也会算账，杀了你他们又没有什么好处。"

"多谢了。"苏暮雨跟了上去。

九年之后。

九霄城的这处院落中，苏暮雨拔出了细雨剑对着苏昌河，而苏昌河袖中藏着那柄匕首，始终没有拔出来。

"你自以为是守护，可在我看来，你只是以守护之名，在逃避。"苏昌河轻叹一声，微微俯身，手轻轻一扬，匕首已握在了他的手中。

白鹤淮低头看向大家长："不阻止他们吗？"

大家长垂首微微一笑："他们之间的一战，是注定无法避免的。"

"昌河，带着你的人退出去，我同大家长商量。"苏暮雨沉声道。

"不退。"苏昌河点足一掠，冲到了苏暮雨的面前，手中的匕首轻轻一旋，攻向苏暮雨的咽喉。

苏暮雨侧身一躲，手中细雨剑挽出一朵剑花，刺向苏昌河的心脏，却被苏昌河轻而易举地格开了。苏昌河冷笑道："当年我说一起练寸指剑，这样身上藏上十几柄匕首也没问题。你偏要练十八剑阵，拿着一柄伞装腔作势，可十八剑阵用一次就得收一次，今日你对那慕词陵已经用了一次，如今光靠一柄细雨剑，你能赢我？"

苏暮雨不语，只是往后退了三步，左手在地上轻轻一扣，有八根傀儡丝自他手中散出，绑住了蛛影众人腰间的兵器，随后他左手一挥，那些兵器夺鞘而出，同时攻向苏昌河。苏昌河往后连翻了几个跟斗，手中匕首急挥，只听叮叮当当的清脆兵器碰撞声响起，苏昌河边挡边骂道："我们暗河的人，怎么一个个都跟玩杂耍的似的？"

十八剑阵，如今只有八剑，但威势便没有半点减弱。苏暮雨左手手指轻捻，而牵引着的傀儡丝则迅疾地操纵着那八柄兵刃。

"这操纵长剑的技艺，就像是弹琴一般。"白鹤淮幽幽地说道。

大家长抽了口烟，点头道："十八剑阵的创始者名为苏十八，他年轻时曾爱上过一个女子。那女子擅操琴，甚至可以说是国手也不为过。但女子是他的任务击杀对象，最后苏十八杀死了她，却也为了纪念她，模拟着她弹琴时的技法，创出了这十八剑阵。"

"杀了心爱的人，然后为了纪念心爱的人，创出了一套杀人剑法？"白鹤淮撇了撇嘴，"可真是变态的故事啊。"

大家长吐出一个烟圈："不疯魔不成活，也只有最疯魔的人，才能创造出这般奇异的剑法。"

白鹤淮摇头道："那可未必，我听说这武功自苏十八后就失传了，还是到了苏暮雨这里才重现的，可苏暮雨看着并不像是什么疯魔之人。"

大家长意味深长地笑了下："哦？那你觉得苏暮雨是什么样的人？"

白鹤淮沉吟片刻，回道："老实人？"

纵然在如此的环境之下，周围的蛛影众人也全都不约而同地扑哧一声笑了出来，连大家长都有些忍俊不禁："白神医，你可真是个妙人啊。"

苏昌河也笑骂道："白神医，你是不是喜欢上我的这位好兄弟了？"

"呸。"白鹤淮脸微微一红，"你这人怎么一边打架，一边还偷听别人说话。"

"昌河。"苏暮雨指尖一挑，一柄长剑划破了苏昌河的左臂。

"呵。"苏昌河微微俯身，"是不是又要劝我了？你真以为我打不过你？"苏昌河双手一挥，十几柄匕首冲着苏暮雨打了过去。苏暮雨先是左手挥动剑阵格挡，后来将手一扬忽然变守势为攻势，八柄长剑若剑雨落下，将那十几柄匕首绞得粉碎，但却仍有一柄穿破了剑网，打向了他的眉心。

"这十八剑阵，是我陪你练成的。"苏昌河身形闪烁，也穿过了那剑网，一把握住了最后一柄匕首，"我比谁都知道你的破绽！"

"长剑倾洒而下，宛若暮雨。暮雨之时，就是你的破绽。"

苏昌河接过匕首后猛地一挥，随后立刻在苏暮雨的喉颈之处止住，因为苏暮雨的长剑也已经架在了苏昌河的脖子上。

"又是平手？"苏昌河撇了撇嘴，收回了剑。

苏暮雨也收回了剑，往后退了一步。

"你就是这样，明知道此刻自己退也不是，进也不是，可还是什么也不做，什么也不说，你现在心里想的是不是，大家长不能死，苏昌河也不能死，除非你先死？"苏昌河冷笑着问道。

白鹤淮在一旁听得都想拍手叫好，这苏昌河说得精准无误，此刻的苏暮雨心里一定是这么想的！

苏暮雨只是默默地摇了摇头。

"每个人做事都有自己的底线，但你的底线，比我的上线还高，真是令人懊恼！我真的是……懊恼了很多年！"苏昌河说完之后，怒喝一声，将手中匕首冲着苏暮雨甩去。

苏暮雨持剑将那柄匕首打落在地，而苏昌河则忽然从袖中拔出了一柄极细极软的金色长剑。

说剑有些牵强，因为它细得就像是一根针。

"金丝剑。"大家长低喝一声。

苏昌河的金丝线和苏暮雨的细雨剑相撞，金丝剑像是一条缎条一样直接缠住了细雨剑，而苏暮雨将剑向上一抬，苏昌河整个身子都飞旋而起。随后苏昌河一松手，金丝剑从细雨剑之上挣开，他再重新握住剑柄，从空中落下。

随即一道金光闪过，苏昌河的金丝剑贯穿了苏暮雨的肩膀，而苏暮雨的细雨剑则脱手而出，在苏昌河的左脸颊之上留下了一道剑痕。随后苏昌河忽然弃剑用掌，一掌挥到了苏暮雨的面前。

大家长立刻站起身来，低喝道："阎魔掌！"

苏暮雨闭上了眼睛，似乎已经放弃。

"你身为一个杀手却想做一个好人，这很可笑！但是没关系，你不想杀的人我替你杀，你不想承担的罪孽我替你来承担，甚至你想离开我也可以为你铺路，唯独你死，我不能为你送葬。即便他们叫我——送葬师。"苏昌河收回了手掌，向后退了三步，随后看向大家长，厉声道，"大家长！"

大家长也是厉声喝道："好！"

蛛巢之外。

一个身着黑色羽衣的人落地，看着面前的彼岸众人，一柄薄如蝉翼的短刃在指尖飞快地转动着，看起来和苏昌河的寸指剑倒有几分相像。

"指尖刃？你是唐门的人……"苏栾丹略一思索，便反应了过来，"唐怜月。"

唐怜月点了点头："你们可是要拦路？"

苏栾丹笑了一下，侧身一闪，其他彼岸众人也随他一同让开了路，他缓缓道："路我们已经让开了，至于能不能进这扇门，那得看玄武使自己的本事了。"

"我为唐门事而来，非玄武使。"唐怜月走上前，轻轻地叩响了大门。

蛛巢之内，苏昌河和大家长之间的一战原本一触即发，却被这突如其来的敲门声打断了，他有些懊恼："不是说了，没有我的命令，谁也不能进来？"

然后门就被一把推开了。

一身黑色羽衣的唐怜月走了进来，身后的大门再度合上，他淡淡地说道："我敲门只是因为所到之处非我宅邸，但我是否进来，并不需要任何人的命令。"

苏昌河掌间的红色真气一点点地散去，他笑道："哦？竟是怜月兄。是我的雨墨妹妹不够好吗？你还到这里来？"

唐怜月并不理他，只是看向大家长："暗河大家长，我们终于见面了。"

大家长神色平静："天启城玄武使，久仰大名。"

唐怜月微微皱眉："为何所有人见到我，都要称呼我为天启城玄武使呢？我来此杀你，是为了报二叔的仇，与天启城的事无关。"

大家长冷笑了一下，摇了摇头："你还是太过年轻了。唐二老爷早已不插手江湖之事，甚至连唐门都不愿意待，一个人搬到那孤冷的地方独居，为何会有人要我暗河大家长亲自出手杀他？"

唐怜月瞳孔微微缩紧："谁找的你们？"

大家长依然冷笑着："杀手不提主顾名，这是规矩。我只能说，唐二老爷是现在唐门中最支持你的人，唐门召你回蜀中，你不愿，家中长老唯有他一人站在你这边。"

唐怜月轻叹一声："我明白了。但我依然要杀了你，为他报仇。"

大家长手轻轻一抬："恭请玄武使……来取我性命。"

"有意思有意思。"苏昌河纵身一跃来到了苏暮雨的身边，手轻轻点在苏暮雨的腰间，"总有事情你是护不住的，不如随我一同看戏。"

白鹤淮冷哼一声："倒是省了你的力。"

苏昌河摸了摸小胡子，看着白鹤淮："神医好像从头到尾都很淡然，是不是知道些什么我不知道的事情啊？"

白鹤淮笑道："是啊，我刚给你下了毒，你不知道吧？"

苏昌河捂住胸口，"哎哟"一声："难怪难怪，方才我一看到神医，心就扑通扑通地跳得越来越快了呢。"

白鹤淮"呸"了一声："你这个小胡子，好不要脸！"

苏暮雨看着大家长，心中默默地念叨：大家长，你究竟在想些什么？

唐怜月随手甩出一颗石子，那石子在飞向大家长的过程中，忽地燃烧起来，变成了一团火焰。大家长抬起眠龙剑，一下子就将那石子斩得粉碎，那火石散作了无数的火星落在了他的周围："区区飞火石，便想杀我？"

唐怜月依旧站在原地，左手一挥，三张阎王帖飞出，右手一抬，又是数十枚龙须针。大家长猛地侧身，闪过了那三张阎王帖，长剑又一挥，将那数十枚龙须针扫落一地："即便是唐二老爷，对阵我之时，也不得不用出万树飞花，你觉得你这般能杀我？"

唐怜月终于动身了，他趁着大家长散落龙须针之时，一跃跳至空中："你想要看万树飞花，便让你看万树飞花！"他双袖一挥，无数的银针铺天盖地地撒了下来。

"小心！"白鹤淮下意识地想退。

苏昌河和苏暮雨却依旧站在原地未动，苏昌河笑道："唐怜月是个死板到有趣的人，他说只杀大家长一人，就是只杀大家长一人，放心吧，伤不到我们。"

"你二叔能以花为花，你却仍以银针做花，无法化天地万物为暗器，不如你二叔啊。"大家长浑身肌肉暴涨，剑气在一瞬间变得无比刚猛，剑气成罡护住了他，将那些银针全都搅得粉碎。

但那银针落了地，恰好落在了方才那火星四散之处。

而那银针，似乎比寻常的银针要粗那么一倍。

地上的火光忽然变得耀眼了起来。

只是一瞬间的事情，整个院落忽然亮如白昼。

犹然跃在空中的唐怜月低声念了一个字："砰！"

然后大家长所在之地，三丈之内，整个都被炸了起来。

整块地都被炸了起来。

尘土飞扬，苏昌河甚至不得不挥起阎魔掌，才将那些飞沙走石给打了回去："看错你了，唐怜月！"

苏暮雨低喝道："这银针之中藏着雷门的火药！"

"唐门和雷门不是素来不和吗？唐门的暗器之中怎么还会藏有雷门火药？"白鹤淮疑惑道。

"天启四守护之首是李心月，她的丈夫是雷门这一代的翘楚，雷梦杀！"苏暮雨回道。

苏昌河一边咳嗽一边挥打着烟尘："这么大的烟尘，说明大家长肯定没被炸死。"

唐怜月落地："这就是我的第二道暗器，天雷无妄。可惜今夜无云，不然引雷而下，你必死无疑。"

大家长站在烟尘之中，他的周围早已经一片狼藉，而他所在之地依旧安然无恙，即便是他身上的衣衫都完好如初。眠龙剑之上的睡龙再次睁开了眼睛，大家长提剑，微微侧首。

唐怜月手拿着一个铁盒，指着他的后背。

"暴雨梨花针。"大家长淡淡地说道，"不知是你的针快还是我的剑快。"

唐怜月紧紧地握着铁盒，他也在想着这个问题，直到他看到大家长握剑的手腕之上慢慢地出现一个极细极小的伤口。

这天雷无妄，终究还是伤到他了。

而伤口之处，流出的血液是白色的。

唐怜月收起了暴雨梨花针，沉声道："看来雪落一枝梅的毒并没有解，不需要我动手，你也马上就要死了。"

大家长淡淡地笑着，不置可否。

苏暮雨转头看向白鹤淮，白鹤淮脸色苍白，只是轻叹了一声。

苏昌河意味深长地笑道："想过今夜有趣，没想到今夜竟如此有趣。"

唐怜月往后退了三步："那便告辞了，黄泉路上，还请大家长好走！"说完之后，他便纵身一跃而起，翻过院墙离去了。

大家长转过身，看着沉默的众人，缓缓道："神医，暮雨，昌河，随我进来吧。"他手提眠龙剑，缓步走进屋内。白鹤淮立刻快步追进屋内："大家长，我们需立刻闭气行针。"

大家长摇头道："不必了，我能够感觉到我的大限已至，即便是神仙也无法逆转生死了。"

苏暮雨和苏昌河也走了进来，苏昌河伸手将门合上，苏暮雨看向白鹤淮："神医，敢问这究竟是怎么回事？"

白鹤淮挥出三根银针，刺了大家长的后颈之上："大家长在中毒之后又遭遇了几次重伤，我虽然找到医治之法却为时已晚，只能勉强让大家长在这几日内变得与常人无异。但是方才又……"

"神医不必自责，我本就罪孽深重，即便在地府前面见阎罗，他也会觉得我是个无药可救之人吧。"大家长笑道。

"暗河之中，谁又不是这样呢？"苏昌河缓缓道，最后看了一眼苏暮雨，"哦，苏暮雨可能不是吧。毕竟这些年他杀的不是贪官污吏，就是邪教魔头，若从除恶功业来看，他死后能投个好胎呢。"

苏暮雨没有理会他，只是问大家长："大家长，那如今的局面……"

大家长摇了摇头，示意苏暮雨不必再说，他又看向苏昌河："你想要改变暗河？"

苏昌河嘴角微微上扬："我想要改变的很多，这只是个开始。"

大家长将眠龙剑横在面前："我可以把这柄剑给你，虽然我更想把它给暮雨。在我年轻时，也曾有过和你一样的想法，你并不知道要做这件事情比你想象中还要难很多，你要打败的不是苏烬灰和我，而是比我们还要强大可怕数倍的对手。"

苏昌河神色也是微微一变："你说提魂殿三官？"

大家长冷哼了一下："提魂殿，不过是他们设在暗河之中的傀儡罢了。几百年了，世人皆知暗河是全天下最可怕的杀手组织，可暗河的真相，就连暗河中的杀手自己都不知道。"

"所以暗河的真相，究竟是什么？"苏昌河问道。

"暗河的真相，三言两语又怎能说清，那些秘密就藏在我下方的秘道之中，待我死去，你们尽可去看。其实不看也没关系，当你真正握住眠龙剑的时候，他们自然会找到你。"大家长将眠龙剑放在了面前，松开了手，"所以你们二人，谁要握住这柄剑呢？"

白鹤淮忍不住开口道："苏暮雨，你来拿！别给这个坏东西！"

苏昌河看了一眼苏暮雨，随后笑道："这世上，只有你要拿这柄剑，我会让给你。其实我觉得你比我更能获得众人的支持，毕竟蛛影十二生肖肯为你卖命，而彼岸众人却也会对我拔剑。"

苏暮雨沉默了许久，最后还是摇了摇头。

"但我也知道你不会，你厌恶暗河，你厌恶杀人，你无时无刻不想离开这个地方，你希望的是一走了之，从此以后和暗河没有半点关系。"苏昌河笑着摇头道。

"你真的想要改变暗河吗？"苏暮雨沉声问道。

苏昌河点头道："我说过，我要改变的很多，这只是个开始。"

"那便握住这柄剑吧。"苏暮雨闭上了眼睛，"成为第一个以无名者身份继任大家长的人。"

"那大家长，这柄剑我拿了！"苏昌河伸手，一把握住了眠龙剑的剑柄，剑柄之上的龙睛在那个瞬间睁开了，闪烁出金色的光芒。

"眠龙剑亦认可你。"大家长挥了挥手，说道，"那便走出去吧，和所有人宣布这个消息。"

苏昌河转身走向门外，只是在走到门口之处却驻足了，他微微侧首："今日以后，暗河便没有执伞鬼了，我会铲平提魂殿，没有人会下达追杀你的手书。你说你喜欢钱塘，我在钱塘有一处大宅，是这些年偷偷攒钱买的，你去钱塘城的手月钱庄里找掌柜的，他会把地契给你。院子底下埋着一万两白银，你若是没钱了，就挖出些来用用。以后每年秋日，钱塘城桂花满城时，我会来找你饮酒。当然如果你以后不想被任何人——包括我——知道行踪的话，也可以不要那宅子，以一万两的价格把那大宅卖给手月钱庄掌柜。但是每年秋日钱塘城桂花开时，我还是希望能与你重逢一日。

"你本就不该属于这个地方，如今离开也是必然，而我自小便是从尸堆中爬出来的，生命在我这里是不值一提的物事，离开这里，我反而无处可去。

"但你其实很笨的，你不喜欢杀人但却只精通些杀人的东西，别的什么都不懂。你当了那么多年的傀身上还是穷得叮当响，我做个普通的杀手花了几年就贪了两万两白银。你这样的人去到世间，是会被骗的吧。

"暗河中很多女杀手都爱你爱得要死，世人啊，都是贪恋美色的，但你应该不会喜欢她们吧。毕竟雨墨喜欢你你都拒绝，我当时可恨得牙痒痒啊，毕竟我可是很喜欢雨墨的啊。但现在她有了真正喜欢的人了。暗河的人，若能找到暗河之外的良人，也算得到真正的解脱吧。这个白神医很不错，腿很长，胸也很大，就是长得没有雨墨妩媚，不过这样倒是也更加配你。

"再见了，苏暮雨。"

苏昌河伸手要推门，但一只白皙细长的手提前他一步打开了大门，苏昌河一转头，看见苏暮雨平静地站在他的身旁。苏暮雨对苏昌河缓缓说道：

"出去以后你继大家长之位，我统率苏家。

"我不走。我们一起，带来一个新的暗河。"

苏昌河先是一愣，随后便是展颜一笑。他在别人的印象里，是一个嘴角总是带着笑意的人，只是眼神中却从来不会有欣喜，而只是带着戏谑，但这一刻，他的眼睛很亮，是真正的喜悦。

"好！"苏昌河用力地点了一下头，随后手持眠龙剑踏步走了出去。

蛛影众人见状，相视一眼，最后看向紧跟着苏昌河走出来的苏暮雨，苏暮雨冲着他们微微点地。蛛影众人不再犹豫，放下了兵器，纷纷跪拜在地。苏昌河继续朝着外面行去，而苏暮雨则转过头，看向了犹坐在屋内的大家长。

大家长冲着苏暮雨轻轻一抬手，示意他继续朝前而行。

苏暮雨点了点头，转过身跟上了苏昌河。

白鹤淮问那大家长："大家长，若现在行针，那么还有机会能够拖上几日……在这几日内，我再想想办法，或许还有转机。"

"不必了，神医先出去吧。"大家长闭上了眼睛，"留我一人在这里独自待着便是。"

白鹤淮犹豫了一下，最后还是走了出去，并且将门给大家长合上了。

一个阴沉却带着笑意的声音在大家长的身后响起："你做了一个很可怕的决定。"

大家长依旧闭着眼睛："或许这样的变革，才能带来新的暗河，成为这个天下不一样的影子。"

"那我便看着吧，只是大家长，不管结局如何，你都看不到了。"来人将手放在了大家长的头顶。

"我如今已不是大家长了。"大家长闭上了眼睛，"我姓过慕，也姓过苏，却从来没有走出过这片河。"

"影子就是影子，走不到光明的地方的。"来人冷笑道。

苏昌河举着眠龙剑推开了大门，走到了彼岸众人面前。

"苏家苏昌河，得先任大家长认可，赐眠龙剑，即日之起，继大家长之位！"苏暮雨朗声道。

彼岸众人毫不犹豫地跪拜在地："拜见大家长！"

"蛛影杀手团苏暮雨卸傀之位，任苏家家主。"苏昌河接着说道。

彼岸众人俱是一愣，相视几眼后全都看向了最前面的苏栾丹，苏栾丹却把头垂得更低了，率先说道："拜见家主！"

"拜见家主！"其余众人都舒了口气，紧跟着他喊道。

"跳梁小丑，眠龙剑在我之手，手中拿着一柄冒牌货还敢在这里大言不惭？"慕子蛰率领慕家众人在此时赶到，他们一身白袍随夜风飞扬，看起来颇有几分瘆人。

苏昌河摸了摸自己的小胡子："终于来了啊，今日的最后一场好戏。"

慕子蛰看着苏昌河手中那柄与自己手中一模一样的长剑，微微皱眉："苏昌河，你一个无名者，有什么资格继任大家长之位？"

"住嘴！"苏昌河厉喝一声，"冠姓之礼上说过，自此之后，你我皆是血亲，至死不分。可为什么还会有无名者和宗门血亲一说？"

慕子蛰冷笑道："所谓无名者，不过是暗河杀人的工具罢了。"

"你的身后没有无名者吗？他们也只是你的工具吗？"苏昌河问道。

慕子蛰眯了眯眼睛，他意识到自己太过心急，以至于陷入了对方的圈套之中。

慕青阳丢起手中的铜币，然后再一把握住："我便是一个无名者，我可不觉得我是任何人的工具。命书上说了，我命由我不由天！"说完之后，慕青阳忽然拔出了身上的桃木剑，冲着慕子蛰刺去。

慕子蛰没有准备，察觉到那一剑袭来之后，匆忙一躲，衣袖仍被那桃木剑一剑斩得粉碎，他踉跄地倒退三步："慕青阳！你这个叛徒！"

慕青阳笑道："既然在你心中，无名者非家人，那我们自然不算是同路人，又何来背叛一说？"

"杀了他！"慕子蛰下命令道。

其余慕家众人正欲动手，却见一阵毒雾冲着他们袭来，逼得他们纷纷后退。慕雪薇将双手按在地上，那毒雾皆是由她身上散发出去的，她沉声道："莫乱动。"

慕子蛰气极反笑："好啊你啊，慕雪薇！你可是真真正正的慕家人，你竟然也……"

慕雪薇摇了摇头："没有什么真真正正，我们都是被这世间抛弃的人，唯有相互信任，才能朝前而行！"

"便这样了吧。"苏昌河冲到了慕子蛰的面前，手中眠龙剑冲着慕子蛰挥了过去。慕子蛰也立刻挥剑迎了上去，剑术非他所长，但他此刻却想着用自己的"眠龙剑"来对抗苏昌河的眠龙剑，因为只要他赢下这一局，那么场上一边倒的局势就能够被瞬间逆转。

但是事与愿违，两人才对剑了不到十招，苏昌河一个横斩就直接将慕子蛰手中的"眠龙剑"给一剑斩去了剑首。

"看来，水官大人的这柄假剑，是路边随便买来的啊。"苏昌河收剑，一脚踩在慕子蛰的胸膛之上，将他踢了出去。

慕子蛰恼火地将手中的断剑丢弃，随后双手张开，准备运起傀儡杀人术。

"够了，快些结束吧。"苏暮雨一剑将那飞向自己的剑首给打飞了，随后纵身向前去助苏昌河一臂之力。

月光之下，屋檐之上，不知何时已经坐着一个瘦削的中年男子，他一边抽着烟一边用不标准的官话说道："我们三人联朽（手），还系（是）当年对抗魔教啊。"

"喆叔。"苏暮雨抬头唤道。

"魔教在我们面前都不堪一击，又何况一个慕家。"苏昌河朗声笑道。

白鹤淮站在院中，原本看着外面的战局，此刻猛地转过头，只见身后的那处宅子，忽然燃起了熊熊大火。

"大家长……"白鹤淮低声说道。

这一日，暗河之中，旧的星辰已经陨落，而新的星辰正在升起。

新的变革已经完成，在鲜血的浸染之下。

这便是暗河的血之夜。

而在九霄城寂静无人的大街之上，有一身着紫衣的美貌女子正在狂奔，一边狂奔一边大喊——

"唐怜月！唐怜月！唐怜月！"

第五幕

谷　雨

谷雨是旺汛，一刻值千金。

钱塘城。

阴雨绵绵。

举着油纸伞的俊秀男子在路上缓步地走着，他的右手怀抱着一个油纸包，他似乎对那个纸包十分在意，一路之上躲避着那些匆匆行过的路人，不让一滴雨水溅在上面，有马车忽然从他身边疾速奔过，掀起一地带着泥泞的雨水，但男子只是轻轻一挥袖，就将那泥水给打了下去。

大街旁红色楼阁的窗户被打开，挥着艳红色手帕的女子看着下方路过的男子，声音柔媚入骨："官人，风大雨冷，怎么不上来坐坐啊？"

男子微微抬起油纸伞，朝着上方望去，摇头笑了笑："不必了，得快些回家，不然又得挨骂了。"

女子看到男子的面容，先是一愣，再听到那礼貌中又带着几分疏离的声音，没来由地脸微微一红，心跳也加快了几分。

是比自己还秀美的男子啊。

方才自己那一句呼唤，倒不像是勾引了，而像是自己占了别人的便宜。

"牡丹姐姐，怎么脸红了？"一名身着红衣的女子从旁边探出了脑袋来，好奇地打量着窗下的男子，"是什么样的少年郎，引得我们的牡

-202-

丹姐姐都说不出话来了？"

但男子已经重新放下了雨伞，他的步伐很慢，但不知为何，身形却移动得极快，片刻之间，已行至长街的尽头。

红衣女子幽幽地说道："是个不解风情的家伙啊。"

被唤作牡丹姐姐的女子摸了摸自己的滚烫的脸颊："可他就那么站着，便是风情啊。"

"我回来了。"男子在一处巨大的宅子前停下了脚步，伸手推开了大门。

大门打开，一股药香混杂着春日雨水的芬芳扑面而来，男子微微眯了眯眼睛，吸了口气。

但他的陶醉没能持续一瞬，他右手怀抱着的油纸包就被人一把夺去了。

"总算回来了，东西没打湿吧？"身穿白色医服的女子着急地问道。

俊秀男子点头道："放心吧，这些药材我都小心呵护着。"

但那些药材连同着油纸包又被直接丢回给了男子，女子根本不在意这些，她拿出了油纸包里热乎乎的桂花糕，一边嚼着一边笑道："不错不错，这一次还是热乎的，太好吃了，好吃！"

俊秀男子无奈地笑了笑，从女子身边走过，打算走回堂内，可抬头一看，却是一愣："今日怎么人更多了？"

"春日谷雨，风吹心动，易发病？"白衣女子一边吃着桂花糕，一边漫不经心地说道。

"什么病？"男子问道。

"发春！"白衣女子咽下了最后一口桂花糕，不耐烦地说道。

这两人，便是曾经的苏家执伞鬼苏暮雨，和药王谷传人白鹤淮了。那一夜之后，苏暮雨便和白鹤淮一起来到了这座钱塘城，住进了苏昌河给他们早就准备好的大宅中。白鹤淮在这里开了一家药庄，一来此处就治好了钱塘城大户李员外的怪病，顿时声名鹊起，求医者络绎不绝。而苏暮雨则作为白鹤淮的副手，一直帮她做些买药熬药的杂事。他们二人站在一起，寻常人自然纷纷称赞乃一对璧人。但白鹤淮和苏暮雨很快否认了这一说法，他们不过是好友，一起来钱塘城谋生活罢了。

听到他们这句话的有一个是李员外家的小女儿，名叫李传花。

她很快就把这句话传遍了整个钱塘城。

于是，这处药庄就被钱塘城里一大半待嫁闺中的女子们给占领了。

"什么病啊？"白鹤淮无奈地坐回了堂间的长椅之上，随手搭上了身旁那名女子的脉搏。女子面色红润，目光灼灼，看起来无比健康，只是那脉搏跳动的速度确实比寻常人要快了不少。

哦……那是因为她一直在看苏暮雨。

"什么病啊？"白鹤淮加重了声音。

女子回过神来，尴尬地笑了笑："这不是不知道什么病，才来求诊的嘛……"

"十两银子，我让那家伙亲手给你熬药如何？"白鹤淮冲那女子眨了眨眼，低声道。

女子一愣："那……是什么药呢？"

"一两板蓝根，苏暮雨，给这位姑娘熬一下。"白鹤淮提笔就龙飞凤舞地写下了一张药方，然后递给女子，"十两银子。"

"一两板蓝根，十两银子？"女子咋舌道。

"你去春望楼，找个兔儿相公聊聊天也得三十两银子吧，比得上我家这位半分容貌吗？"白鹤淮收回药方，"不要，我就给别人啦。"

"要的要的。"女子夺回了药方，兴高采烈地冲到角落里，"兔儿……不对，苏公子，帮我熬药。"

苏暮雨淡淡地冲她一笑，点了点头："稍等片刻。"

白鹤淮打了个哈欠："下一位。"

"我出一百两，我要让他和我睡觉！"一个身材魁梧的女子坐了下来，直接将一张银票拍在了桌上。

"没有这个服务！"白鹤淮愤怒地一拍桌子，"最多让他喂你喝药，两百两！"

"中！"女子豪爽地答应了。

"这不是钱塘城吗？怎么还有中州来的……"白鹤淮用手捂面，"老天爷啊。"

直到日落西山，药庄之中来求医的人才尽数散去，白鹤淮累得直接瘫倒在了长椅上，而忙了一天的苏暮雨则依旧不知疲倦地挑拣着剩下的药材。

"太累了，你不休息一会儿？"白鹤淮问苏暮雨。

苏暮雨笑着摇头："还好，不过是熬些药罢了，比起以前的那些事，要轻松多了。"

"我发现你很享受啊，怎么样，左拥右抱的感觉不错吧？"白鹤淮调笑道，"想不到啊，我们在钱塘城赚钱靠的不是我的医术，是你的美色。啧啧啧。"

"是挺享受的。"苏暮雨点头。

白鹤淮"咦"了一声："没想到你是这种人啊。"

"我很享受，这种平静，又平凡的日子。"苏暮雨笑着擦了擦额头上的汗，"好像一日总在做这些事，总在说那些话，但却真真实实地感受到活着。"

白鹤淮一愣，撇开了头："你说是就是吧。"

说话间，一只白鸽落在了屋檐之上。

苏暮雨放下了药材："饿了吧，我去做饭。"

白鹤淮浑身一个激灵，从长椅之上直接滑了下来："不……不必了……我……不饿！"

"忙了一日怎会不饿。今日我问了隔壁宅子的王姐，我昨日那菜少了一味调味，改善一下就好。"苏暮雨直接走向了后厨。

"啊！"白鹤淮发出一声哀号。

"苏暮雨，为什么你剑法那么好？"

"因为我……"

"但是面却可以做得这么难吃！"白鹤淮愤怒地将面碗往前一推，"不吃了。"

"我明日出门帮你买桂花糕补偿神医。"苏暮雨有些愧疚地说道，随即伸手将白鹤淮面前那只吃了一口的面碗收起，"然后我再问一下王姐……"

"苏暮雨。"白鹤淮语气忽然变得极为沉重，眼神中也闪烁着真挚的光芒，"答应我一件事好不好？"

苏暮雨难得见白鹤淮如此严肃，犹豫片刻后便点了点头："好，你说。"

"答应我。"白鹤淮一把握住了苏暮雨的手，声音温柔至极，"放过王姐，也放过我。"

苏暮雨脸微微一红，收回了自己的手，继续开始收拾桌子："多试几次，总能成功的。练剑也是如此。"

"为何当年无名者百人，只有你和苏昌河这寥寥几人能够活下来？大家难道没有试很多次吗？凡事都是讲天赋的，当老天爷给了你握住杀人剑的天赋时，就夺走了你杀鸡刀的才能。"白鹤淮无奈地说道。

当听到"杀人剑"的时候，苏暮雨的眼神微微闪烁了一下，白鹤淮也意识到了自己的失言，气氛顿时变得有些尴尬。

"那个，我不是这意思……"白鹤淮挠了挠自己脸颊。

就在白鹤淮手足无措的时候，一只母鸡扑腾着翅膀忽然飞到了院中，白鹤淮吓了一跳，站起身来："怎么会有一只鸡？"

"是陈家大娘送的，说听说我在和王姐学厨艺，送给我练手的。"苏暮雨点足一掠而出，一把就将那只母鸡牢牢地拎在了手里。

"既然天命所归。"白鹤淮眼睛一亮，"那便由我来露一手吧。"

半个时辰之后，一股浓郁的肉香夹杂着药香在院中弥漫开来，白鹤淮舔了舔嘴唇，望着眼前的一锅鸡，笑道："我跟我师父学的，药膳鸡汤，如何？"

苏暮雨舔了舔嘴唇："闻起来好香。"

"吃起来更香！"白鹤淮迫不及待地拿起了手中的碗开始盛肉。

不到一刻钟的工夫，桌子上便只剩下了一个空荡荡的砂锅和一堆鸡骨头，白鹤淮心满意足地拍了拍自己的肚子，然后拿出了一根银针开始剔牙。苏暮雨坐在她的身旁，也是吃得满嘴是油，他疑惑道："没想到白神医这么会做饭，这段时间是我献丑了。"

白鹤淮挥了挥手："不会做饭不会做饭，我就会这一道菜，是小时候师父教给我的。因为我只会这一道菜，所以一做就会想起师父，因为每次想起他都会很难过，后来也就懒得做了。没想到这么多年了，手艺还是如此精湛。"

苏暮雨一愣，随后轻叹道："抱歉，神医，是我让你……"

"哎，你这人真没意思。"白鹤淮拍了一下苏暮雨的肩膀，"我都这么大了，难道还看不开这点小事？生老病死，人之常情，就算是神医也没有办法的。"

苏暮雨点头："神医说得是。那明日吃什么？"

白鹤淮脸一沉："苏暮雨，你知道你的形象在我心里，现在下降得很快吗？"

苏暮雨摇头："这真的是我脑海里的第一想法，这几日每次吃完这一顿的时候，便得想着下一顿吃什么。现在说来其实是一件愁人的事情，但这种愁人的事情，又带着点幸福在里面。"

"幸福？"白鹤淮以手扶额，"哪里幸福？反正我一点都不幸福。"

"我每日最喜欢去逛的便是市集，只觉得市集之上，车水马龙、云雾缭绕，人人都说话很大声，在那里，我能感受到久违的一种……"苏暮雨低头看着自己的手掌，"活着的感觉。"

"哦……"白鹤淮淡淡地应了一声，"你看起来总是闷不吭声的，还挺多愁善感的……"

一只信鸽在此时落在了桌子上。

这当然不是又送上门来的一顿夜宵。

苏暮雨起身拔出了信鸽腿上的信管："但这只总是来看我们的信鸽却一直提醒我，如今的生活都是假的，只有信上写的才是真的。"

白鹤淮叹了口气："信上写了什么？"

"昌河已经和七刀叔达成了共识，七刀叔继任谢家家主之位，带领如今的谢家效忠于昌河。提魂殿在他们回去之前就被一把火烧掉了，什么都没有留下，三官则下落不明。慕家由慕青阳暂代家主之位，慕子蛰还没有被找到。"苏暮雨将那字条轻轻一甩，字条便变成了纸屑随风飘散了。

白鹤淮微微皱眉："苏昌河没催你回去？"

苏暮雨摇头："昌河最后一句说了，时机未到，等时机到了，不必我回去，他来寻我。"

白鹤淮走过去拍了拍苏暮雨的肩膀："那便不去管那些，还是想想明天吃什么吧。早上你帮我去西市买些药材，单子我晚间已经写好了，另外……"

"锦悦记的桂花糕。"苏暮雨笑道，"我记着的。"

"吃十块桂花糕，我就愿意尝一口你做的面。"白鹤淮伸出一根手指，"这个交易怎么样？别说我不支持你哈！"

"明日我打算早些去。听说明日是锦悦记一月一次的花见日，有花见饼卖，这是他家的金字招牌，但一月只售一次。"苏暮雨端起面碗走向后厨，"是李家小姐同我说的。"

"花见饼！明日便是花见日了？我早就想吃了！"白鹤淮眼睛一亮，"苏暮雨，只要你买来花见饼，明日不管你做什么，我都吃完！全部吃完！"

"此话当真？"苏暮雨转身道。

白鹤淮举起一只手："我药王谷的金字招牌立于天地之间，岂会食言？"

"好！"苏暮雨点头道，"我睡上两个时辰，便去锦悦记门口等着，一定让神医吃上刚出炉的花见饼。"

第二日，清晨。

白鹤淮："不愧是大名鼎鼎的花见饼，太好吃了！太好吃了！苏暮雨你也吃一块。"

第二日，晚饭之时。

白鹤淮："呕呕呕呕呕呕呕呕！苏暮雨我要杀了你！"

钱塘城，十里琅玡。

一处隐藏在浓雾之中的书院，两个人正坐在窗边对饮。

"据说钱塘中最近来了两个有趣的朋友。"其中留着一缕青须，年纪颇长的那位先生落下一子后喝了口茶。

年轻些的那位书生笑道："钱塘城每日来来去去那么多人，其中很多人都很有趣，而他们中的大多数人，都算不上是朋友。"

"那个女医者，一来就治好了李员外的病。李员外的病，当初你我都去看过，四个字——无药可救。这样优秀的医者却是个如此年轻貌美的女子，难道不有趣？"年长先生问道。

年轻书生落下一子："看来先生已经偷偷跑去见过了，知道是个年轻貌美的女子？"

"哎，不曾不曾。"年长先生摆手道，"是山棠前几日与我说的。"

"那山棠可曾告诉你，这位女神医的身边跟着一个总是背着油纸伞的男人，那个男人，很像是一个传说中的人。而那个人要是入了钱塘城，可绝不会是我们的朋友。"年轻书生沉声道。

年长先生叹了口气："你下山去看一看吧。可我总觉得，若是传说中的那个人带着某种目来，以他的能力，并不会让我们发现。"

"这……"年轻书生尴尬地笑了笑，"先生不去吗？"

"你先去，要是人家其实并无恶意呢？"年长先生笑道。

年轻书生的脸颊微微抽搐了一下："要是人家有恶意，我怕是回不来了。"

"你们在说的这个传说中的人是谁？"一个背着书箱，腰挂长剑的白衣书生出现了窗外，虽是和他们说话，眼睛却望着桌上的棋盘，他微微一皱眉，"白子输了，这局不必下了。"

年长先生朗声笑道："既然谢贤侄说我赢了，那我便是真的赢了，不必下了，不必下了！"

年轻书生懊恼地一挥手，随后看向窗外那书生："谢师兄今日是要走了？"

白衣书生点头道："学宫中的书，我已经看得差不多了，也到了该离开的时候了。既然看了学宫中的书，那么也该为学宫做些事情，山下那人是谁，我可以代为去寻。"

"谢师兄可曾听说过一个出自暗河的杀手，他随身带着一柄油纸伞，代号为执伞鬼，喜欢在雨夜杀人？"年轻书生问道。

白衣书生一愣："苏暮雨？"

年轻书生点头道："正是！看谢师兄这神色，莫非认识他？"

白衣书生点头："算是有过一些交情。"

年长先生咂舌道："交情？谢贤侄不愧是看遍天下书，走遍天下路啊，在暗河之中竟然都有朋友。"

"暗河中的人都很令人讨厌，尤其是那个小胡子，不过苏暮雨是个例外。"白衣书生转身笑道，"他们在山下何处？"

"城南洛槐街口，有一处大宅，上写'鹤淮药庄'四个字，苏暮雨便在那里。"年长先生缓缓道，"只需问问他是否来此处是为了杀人，如果是为了杀人，那么这事学宫便不得不插手了。"

"钱塘城有学宫坐镇，自北离开国以后便无人敢在这里闹事，放心吧。"白衣书生背着书箱离开了院子，朝着山下行去。

鹤淮药庄。

苏暮雨坐在一条板凳上捣药，远处白鹤淮正在无精打采地看诊，排队的姑娘们排了一长路，全都在偷偷瞄着苏暮雨窃窃私语。

"虽然我爱钱，但这钱挣得也太不要脸了。"白鹤淮低声喃喃自语了一句，随后抬起手，"你怀孕了。"

"哦，我怀孕了啊。"看病的女子淡淡地应了一句，随后才反应过来，"什么？我……我还没有成亲呢！"

"骗你的。你最近肝火太旺，去苏公子那里拿点菊花茶回去泡泡吧。"白鹤淮打了个哈欠。

院门在此时又被推开，苏暮雨捣药的手停了下来，随后手下意识地握向腰间。

白鹤淮眼睛一抬，不耐烦地说道："外面牌子上写了，一日接诊三十人，今日的名额已经满了，要想看苏暮……想看病，请明日早些来！哎，怎么是个男的？苏公子你魅力可以啊！"

白衣书生看了一圈，目光最后落在了捣药的苏暮雨身上，淡淡一笑："许久不见了。"

苏暮雨收回了手，站起身来微微垂首："谢先生。"

"这位白衣公子看起来也很是俊秀呢。"排队的人群中有人低声笑着讨论道。

白鹤淮愣了一下，随后摆手道："今日不看了今日不看了，诸位拿好今日发的木牌，明日按照顺序再来排队！"

"怎么今日就不看了？"有人不满地说道。

"这个人是来求诊的，他得了很严重的传染病，若你们再不走，得了病可就不好了！"白鹤淮朗声道。

"哎呀，怎么不早说！"那些方才还在夸这位书生俊俏儒雅的"病人们"立刻拿起手帕捂住鼻子，绕开白衣书生冲了出去。

见众人都离开了，苏暮雨对白鹤淮说道："这位先生乃是山前书院的现任院监，谢宣。"

白鹤淮一惊："儒剑仙？"

"这位姑娘是……"苏暮雨又继续介绍白鹤淮，但是白鹤淮却已经一步冲出，直接冲到了谢宣的面前，神色极为激动："您就是那个从来没有练过剑，但是第一次拔剑就拔出了剑仙之姿的儒剑仙谢宣！久仰久仰！我，药王谷神医白鹤淮，辛百草的小师叔！"

"辛先生的小师叔？"谢宣神色也是一惊。

"对对对。童叟无欺！"白鹤淮挥手发誓。

谢宣急忙行礼："我与司空长风平辈，司空长风乃是辛先生的半个徒弟。那这位神医足足比我高了两个辈分啊。失敬失敬，见过白神医！"

苏暮雨笑着拉开了白鹤淮："没想到能在钱塘城中遇到谢先生，不知道谢先生来此是为了特地来找我的吗？"

谢宣点头道："托一个前辈的请愿，想知道你来钱塘城的目的。"

苏暮雨淡淡地说道："不是为了杀人。"

谢宣转身："那便无事了。"

"不急，难得见面。"苏暮雨笑了笑，"不如留下来吃顿饭。"

谢宣微微皱眉："倒是难得见你笑一次……"

白鹤淮一把拉住谢宣的手："快跑！"

"采撷无阙日，烹饪有秘方。做菜如练剑，一窍未开，窍窍不通，做出来的东西自然不可闻不可视不可食……"谢宣一边颠着铁锅，一边伸手擦了擦额头上的汗。

苏暮雨恭恭敬敬地站在一旁，帮着谢宣递一些食材，而白鹤淮则望着旁边的那灶台，上面已经摆满了一排刚出炉的炒菜，味道香得她直咽口水。

"儒剑仙，居然是一位厨神！"白鹤淮连连赞叹。

"不是厨神，只是看过的食谱多，去过的地方多，吃过的美食多，所以会做的也就多了。"谢宣一边笑着炒菜，一边解释道，"所谓食道，讲究很深。"

"愿闻其详！"白鹤淮回道。

"边吃边说。"谢宣盛出了最后一盘辣椒炒肉，一旁的苏暮雨闻着那香味，背过身去打了好几个喷嚏。

小院之中，苏暮雨架起了一张小木桌，谢宣从他的书箱中拿出了一壶酒，打开那酒塞，一股桃花香便四溢开来。

苏暮雨一愣："谢先生的书箱中居然还有酒？"

谢宣笑道："若书箱里只有书，那么这千山万水，我一路行来，就略显乏味了啊。"

"这酒是？"苏暮雨问道。

"是青城山的一位朋友送给我的，说是他的掌教师弟所酿，那位掌教师弟的剑法如今已被江湖传得神乎其技了，虽然剑法我还没真正见过，但是这桃花酒确实酿得不错。"谢宣闻了一下酒香，闭上了眼睛。

"吃饭喽吃饭喽。"白鹤淮将饭菜端了出来，见桌上那酒，也是眼睛一亮，"谢先生还带了酒，客气了客气了！"

谢宣一笑："姑娘也能喝酒？"

白鹤淮嘴角微微上扬："海量。"

"方才谢先生说，食道上讲究很深，苏某想听听谢先生传道解惑。"苏暮雨给他们二人各倒了一杯，语气恭敬。

谢宣喝下一杯桃花酒，心情似是大好，开始侃侃而谈："我曾参加过一场声势浩大的宴席，宴席的最开始，先上了一道'绣花高饤八果垒'，分别为香圆、真柑、石榴、橙子、鹅梨、乳梨、榠楂、花木瓜这八种水果。"

苏暮雨边听边点头："倒是有好几个名字颇为陌生，想必是世人很难见到的奇珍异果，味道自然是绝好的。"

"你错了。"谢宣挥手道，"这绣花高饤八果垒放在一起，颜色绚丽、斑斓夺目，但并不给人食用，参宴者只是看。等看够了以后，才会上十盒'缕金香药'：脑子花儿、甘草花儿、朱砂圆子、木香丁香、水龙脑、史君子、缩砂花儿、官桂花儿、白术人参、橄榄花儿。"

白鹤淮对药材颇为了解，这些名字她并不陌生，她吃下一口肉后问道："这些东西也能做菜？"

"自然不能。这十盒'缕金香药'，只是为了让空气芬芳罢了。"谢宣又喝了一杯桃花酒，"然后便是十二品'雕花蜜煎'，用以开胃，接着才是正席，先是下酒十五盏，每盏两道菜，寓意成双成对。吃完这十五盏，大约也就饱了，但酒宴还尚未结束，所以还有插食八品、劝酒果子十道、厨劝酒十味。这一场宴席，要持续整整四个时辰。是我见过的食道之精华。"

"什么精华？"白鹤淮问道。

"食道，在于色、香、味、形、意、养，而这场宴席不仅在菜品上运用了这六个字，整场宴席的布置从头至尾亦是这六个字的展现。而苏公子方才的那一碗面，于'色'字便已一败涂地……"谢宣看了一眼苏暮雨。

白鹤淮咯咯咯地笑了起来："谢先生说了如此之多，只是为了给这最后一句话做铺垫吧。"

"哈哈哈哈哈。"谢宣看着苏暮雨，疑惑道，"苏公子，你的脸为何这么红？没想到大名鼎鼎暗河的傀，居然会因为做菜难吃而脸红。"

"嘘。"白鹤淮甚至做噤声状，"谢先生认错了，这院中只有苏公子，没有傀。"

苏暮雨依旧不说话，只是脸上的红晕慢慢地消下去了，他最后轻轻吐出一口浊气，点头道："受教了。"

谢宣一愣，看了一眼桌上的菜，最后恍然大悟："原来如此原来如此，苏公子不能吃辣！"

"你不能吃辣？"白鹤淮一愣。

苏暮雨伸手叩了叩额头，最后还是点了点头。

"哈哈哈，我谢宣此生还是第一次见到有人用真气强行压制住嘴巴中的辣味，苏公子，下次遇到这样的事，直接说便是。"谢宣倒了杯酒，"来来来，喝杯酒，放松一下。"

苏暮雨饮下桃花酒："那谢先生，可愿意教我做菜？"

"书中有颜如玉有黄金屋，自然也当有八珍玉。"谢宣从书箱中拿出一本书，递给了苏暮雨，"这本食谱借给你看，看上十年，北离厨神就是你！"

"多谢了！若只能看上十日呢？"苏暮雨问道。

谢宣皱眉想了一下："那做碗牛肉面还是没问题的。"

酒过三巡，桌上的饭菜已经被一扫而空，白鹤淮趴在木桌上睡了过去。朗月当空，谢宣饮下了最后一口酒，笑道："没想到上一次我们相见还是在边境共御魔教，如今却在这钱塘城的小院里喝起了酒。"

苏暮雨抬着看着空中朗月："谢先生也觉得，这一切很不真实？"

谢宣放下酒杯："有一句话，我不知当问不当问。"

"我仍在暗河。"苏暮雨未等谢宣问出问题便提前回答了，"只是这些日子，暗河发生了很大的变化。"

谢宣微微皱眉："哦？那能在此见你，说明还是不错的变化。"

"暗河有了新的大家长。"苏暮雨缓缓道。

谢宣一愣："是谁？难道是你？"

"是昌河。"苏暮雨回道。

谢宣以手扶额:"原来是个不好的变化啊!"

苏暮雨笑道:"谢先生似乎并不喜欢昌河。"

"我读过很多的书,走过很多的路,自然也见过很多的恶人,你的那位好兄弟,或许不是世间最恶之人,但绝对是世间最讨人嫌的人!"谢宣咬牙说道,"脸皮之厚,世所罕见,千古绝唱!"

"千古绝唱也能如此用?"苏暮雨笑问道。

"等他死了就能这么用了。"谢宣冷哼一声。

"堂堂儒剑仙,竟在背后咒人死啊。"一个带着几分笑意的声音忽然自屋外响起。

谢宣没有任何犹豫,手猛地一挥,放在书箱旁的那柄万卷书便落在了他的手中,他笑道:"多年未见,如今见你这讨人厌的小胡子,还得唤一声大家长了。"

苏昌河推门而入,他双手拢在袖中,腰间挂着一柄眠龙剑,脸上覆着半张银甲面具:"儒剑仙客气了,叫我小昌河也行,亲切!"

"哼。"谢宣冷笑了一下,"看来这钱塘城,我还得再待上一阵。"

"哦?苏暮雨在这儿你便放心,我一来你就觉得有坏事要发生了?"苏昌河无奈地叹了口气,"看来我在江湖上的风评,真的有点太差了啊!"

"你的代号就是你在江湖上的风评,送葬师,难道听着是什么吉利的字眼吗?"谢宣反问道。

"唉,那我和苏暮雨今夜便走。"苏昌河伸了个懒腰,"如何?"

苏暮雨一愣:"今夜便走?"

苏昌河摇头轻叹:"看来我的苏家家主爱上了钱塘城啊,或者是舍不得我们的白神医?语气之中尽是不舍之情啊!"

"如此便好。"谢宣收了剑,也同时卸下了一身剑气,"不然同时要与你们二人一战,还真不好收场。"

"哈哈哈哈钱塘城中还有一处传承百年的学宫,据说其中有好几位隐世高人,我才刚当上大家长,不会这么想不开。"苏昌河看了一眼那木桌,眼睛一亮,"有酒?"他手一挥,那酒壶就落在了他的手中,可他再仔细一看,不禁失望透顶,酒壶里早已空空,他抓起酒壶仰头使劲甩了甩,才喝下了残留的瓶底的几滴酒水。

"还给我。"谢宣手一抬，又把那酒壶给抢了回去。

苏昌河意犹未尽："这酒满是桃花香，谁酿的？我也去买上一坛。"

"青城山掌教赵玉真所酿，你想要，也得看他愿不愿意给。"谢宣背起书箱，已是打算离开。

苏昌河笑道："原来是鼎鼎大名的道剑仙啊，以后若有机会，去见一见他。"

"那便告辞了，明日若一切顺利，我也当离开钱塘城了。"谢宣离去之前看了苏暮雨一眼，笑道，"我总觉得你与他是完全两条路上的人，却总是同行，我想不明白，后来想起了书中的一段话，便又明白了几分。"

苏暮雨淡淡地问道："什么话？"

谢宣拉了拉书箱，从苏昌河身边走过："隔窗闻漫雪，咫尺若天涯。"

苏昌河笑道："是说我们两个虽然相隔很近，但实际上相距很远？"

"不，是你们之间的咫尺与天涯，仅在一念之间。"谢宣走出大门，"珍重吧。"

见谢宣离开了药庄，苏昌河轻吁了一口气，嘴角倒依然挂着若有若无的笑意："看来身为一个暗河，隐居也不是一件容易的事啊。你才在钱塘城待了几日，就引来一个剑仙？"

苏暮雨回道："我本就无意隐瞒自己的身份，有些事情，说清楚了就好。你呢，怎会突然来此？我前日才刚接到你的飞鸽传书，难道暗河之中的事情，已经都解决了？"

"提魂殿三官下落不明，剩下的那些余孽不足为惧，交给慕青阳他们处理便是。"苏昌河走到凳子旁坐了下来，"我来此，是要你陪我去一个地方。"

"什么地方？"苏暮雨问道。

苏昌河没有直接回答这个问题，而是拿起了腰间的眠龙剑，他伸指轻轻一拂，剑上的龙睛缓缓睁开："你知道当初为何几位家主完全无视了暗河中的规矩，却依然坚持要抢到这眠龙剑，才敢称登大家长之位吗？"

苏暮雨微微皱眉："难道眠龙剑上有蹊跷？"

苏昌河点了点头，一指点在龙睛之上，随后往前轻轻一抬，整个剑柄都被苏昌河这一下给拔了出来，剑柄之中闪过一道金光，苏昌河一把握住，随后左手一挥，将那剑柄扣了回去。

"剑柄之中还藏着东西。"苏暮雨沉声道。

苏昌河摊开了手,他的手心之处放着一柄纯金所造的钥匙,看起来华美至极,而钥匙之上刻着四个字——黄泉当铺。

"黄泉当铺。"苏暮雨一字一顿地念道。

"世上最神秘的钱庄,和世上最神秘的杀手组织,他们之间藏着什么秘密呢?"苏昌河将钥匙收回剑柄之中,"是否藏着的,就是大家长所说的暗河的秘密?"

"走吧。"苏暮雨垂首道。

"你在钱塘城的日子,就要在今夜结束了啊。"苏昌河似笑非笑地说道。

"本就是幻梦一场,总该结束的。"苏暮雨看着趴在桌子上睡着的白鹤淮,对苏昌河说道,"我先将白神医带回房间去睡,春日夜凉,这么睡下去怕是要惹上风寒了。"苏暮雨走到了白鹤淮的身边,正要抱起白鹤淮,只见白鹤淮猛地起身,冲着苏暮雨做了个鬼脸:"哇呜!吓死你!"

苏暮雨往后退了一步,无奈地笑了笑:"白神医原来一直在装睡。"

白鹤淮耸了耸肩:"一开始是睡着的,就是有什么臭烘烘的东西跑进来了,一下子就把我给熏醒了。"

苏昌河转过头,开始一边吹口哨一边看天。

"白神医,我得离开了。"苏暮雨轻声道。

"去吧去吧,你本就还有事未了,这一日早晚要来的。不过这里可不是一场幻梦,而是你此行的终点,待你功成而归,鹤淮药府还在这里等你,钱塘城所有漂亮的女子,也都还在这里等你!"白鹤淮拍了拍苏暮雨的肩膀以示鼓励。

"多谢神医。"苏暮雨转过头,看向苏昌河。

苏昌河手一抬,一个纵身就从院子中翻了出去,苏暮雨不再回头,也缓步走了出去。白鹤淮坐在长椅上,看着苏暮雨离去的背影,沉默了许久,直到苏暮雨身影快消失不见的时候,才低声说了句:"早日回来,做碗好吃的牛肉面给我吃。"

苏暮雨却是听到了,低头一笑:"好。"

"鬼差开路,相见黄泉。"

苏暮雨和苏昌河站在一条河边,河水混杂着泥沙奔涌而下,真如同那传说中的黄泉一般。黄泉的对岸,是一处巨大的山庄,山庄之前插着一面旗帜,旗帜之上写着四个字——黄泉客栈。

"已见黄泉,鬼差何在?"苏昌河朗声道。

苏暮雨微微侧首,随后猛地转过身。

只见四个身材高大的人影出现在了他们面前,他们穿着黄色的长衣,身上披着紫色的披风,戴着斗笠,手里都举着一柄斑驳的油纸伞,浑身上下散发出一股森冷的气息。

"身高三尺,油纸伞避阳。黄泉的鬼差,身上果然是一股阴气啊。"苏昌河笑着摸了摸自己的小胡子,"比我们暗河看起来还瘆人啊。"

"主人派我等在此等候许久了,暗河大家长。"为首的鬼差声音喑哑,低沉到几乎听不清。

苏昌河笑道:"素闻黄泉的主人神通广大,居然早就猜到了我要来此。"

"那便还请大家长和苏暮雨家主,上船。"为首的鬼差领着其余三人从苏昌河二人身边走过,一艘摇摇晃晃的小船停靠在岸边,一个穿着一身红衣、美艳至极的女子手持船桨站在船头,正笑着看向苏昌河和苏暮雨。

苏暮雨一愣:"她又是何时出现在这里的?"

"这样难道不是很好吗,至少在这世间,还有比我们暗河更不可理喻的东西存在。"苏昌河笑着走向前。

四名鬼差撑伞走在船头,轻轻旋转着手中斑驳的油纸伞,那汹涌的河水竟神奇地平静了下来。女子摇起船桨,那小船缓缓地朝着对岸行去。

"公子便是这一任苏家家主苏暮雨了吧,公子长得真是俊秀啊。"红衣女子眼睛死死地盯着苏暮雨。

苏暮雨被看得有些不适,淡淡地点了点头:"姑娘也是美人,过赞了。"

"我也是美人吗?"红衣女子手一挥,扯下了一张面皮,露出了面皮之下的血肉,"这样的话,还算是吗?"

苏暮雨一愣,没有说话。

红衣女子再手一挥,重新变回了那绝美的容颜:"不与公子开玩笑了。"

"姑娘会变脸？"苏昌河笑道。

红衣女子也跟着笑，声音忽然换了男声："你确定我就一定是姑娘？"

苏昌河和苏暮雨相视一眼，最后苏昌河撇了撇嘴："还真给我弄糊涂了，你叫什么名字？"

"小女子名叫红婴。"红衣女子的声音又在这个瞬间变得千娇百媚，只叫人听了一句便整个身子都酥软了。

"见了鬼了。"苏昌河低头骂了一句。

没过多长时间，那小船便行到了彼岸，四名鬼差走到岸边，继续举着伞朝着那黄泉当铺行去。苏暮雨和苏昌河也跟了上去。

"公子，要平安地出来哦。"那个柔媚入骨的声音又在他们身后响起。

苏暮雨和苏昌河转过头，只见是一个白发苍苍的老妪坐在船头，还是穿着那一身红衣，只是年岁上，在瞬间苍老了五十岁。

"见鬼了。"这次连苏暮雨都低声骂人了。

"也是有趣。"苏昌河继续跟上那四名鬼差，"慕家那些人也会易容术，但和这红婴比起来，相去甚远啊。"

四名鬼差走到了那黄泉客栈之前，为首那鬼差轻轻地叩响了木门。随后一阵浓雾忽然升起，苏昌河和苏暮雨立刻背靠背站到一起，苏暮雨取下了背上的油纸伞，苏昌河也将寸指剑握在了手中。片刻之后，浓雾又渐渐散去。

黄泉当铺的大门已经打开，而那四名鬼差已经不知去向，一个厚重的声音自门内传来："暗河的主顾，还请进来吧。"

苏昌河将双手拢在袖中，两柄匕首随时准备出手，他踏进了黄泉当铺的大门，只见一个穿着一身金钱服的矮胖男子正坐在柜台之上拨算盘，一边拨一边皱着眉头，算盘子噼里啪啦地作响，听起来似是有些烦躁。

"你便是黄泉当铺的主人？"苏昌河问道。

"等等！"矮胖男子大喝一声，随后眉头紧锁，低头看着那算盘，似是陷入了沉思之中，许久之后他将手中的算盘用力地往地上一摔，算盘在瞬间分崩离析，算盘子散落一地，他怒气冲冲地说道，"算不清楚，不算了，把他们都杀了。"

方才引路那鬼差出现在了门口："掌柜的所言可是当真？"

"杀了杀了。"矮胖男子不耐烦地挥手，"一了百了，死不认账！"

"遵命。"鬼差立刻退了下去。

矮胖男子这时候才看向苏昌河和苏暮雨："二位就是如今暗河的掌权者了，大家长苏昌河，和苏家家主苏暮雨？有趣有趣，我知道你们，如今的暗河，竟是由两个无名者掌管。你们是怎么做到的？"

苏昌河笑了笑，正欲开口，却被苏暮雨拦住了："这与我们此行来此，并没有关系。"

"哈哈哈哈，在我的黄泉之中，还敢如此说话，不愧为曾经的傀啊。所谓傀，人中之鬼，与我们是同路人。"矮胖男子看向苏暮雨。

"阁下便是黄泉的主人？"苏暮雨问道。

矮胖男子摆了摆手："哎哎哎，这话可不能乱说啊。我不过是一个算账的，当不起黄泉主人这四个字。你们要来看东西就来看东西，可别害我啊。"

苏暮雨摇头："不敢。掌柜的言重了。"

"那便不废话了，掌柜的你就直接带我们去看一看……暗河的宝藏吧。"苏昌河从怀里拿出了那枚纯金所造的钥匙，放在了柜台上。

矮胖男子一把收过钥匙，脸色一变："那间院子，可很久都没有人进去过了啊。随我来吧。"矮胖男子推开了身后的暗门，领着二人走了进去，穿过那道暗门之后，他们便进入到了一处巨大的山庄之内。苏昌河在钱塘城买下的那处宅子已经算是很大了，而这处山庄，似是由上百个那么大的宅子组成的。矮胖男子领着他们走到了最深处的那处宅子前停下了脚步："便是这里了。"

"一把钥匙就能阻挡别人进去？"苏昌河抬头一看，"这样的院墙，不是轻轻一翻就进去了？"

"当这把钥匙打开院门的时候，院子中的那些奇门阵法都会同时撤去。如果你直接翻身而入，相信我，即便你是暗河大家长，你也没有办法活着出来。"矮胖男子狡黠地一笑，"你们暗河的那个蛛巢……"

苏暮雨眉头微微一皱："你知道蛛巢？"

矮胖男子伸出一根手指，轻轻一挥："不值一提。"随后他将钥匙插进了铜锁之中，轻轻一旋，只听咔嗒一声，铜锁被打开，院子之中也传来了咔嗒咔嗒的声响，持续了整整半刻钟的时间，才恢复了平静。矮胖男子将钥匙丢回给了苏昌河："收好这把钥匙，接下来你就会知道，这钥匙有多么的珍贵。"

苏昌河笑了笑："好。"

矮胖男子手一挥，大门随即被打开，他踏入其中，只见院落之中密密麻麻地排满了小房子，并没有一处空地。苏暮雨疑惑道："这便是暗河的宝库？"

"首先，来点粗俗的。"矮胖男子长袖再一挥，面前的三间屋子被打开，一道金光散出，只见里面摆满了一层叠一层的金砖，即便这黄泉当铺之中日光昏暗，随着这三间房门的打开，也在瞬间变得格外明亮。

苏昌河看愣了："这……这得接多少杀人的单子，才能存这么多钱。"

苏暮雨走上前，伸手拿下了一块金砖："这三间屋子的金砖很多？"

苏昌河无奈地叹了口气："你能不能了解一下人间疾苦，我那一屋子的白银连同那间宅子加起来，也不如这一排的金砖值钱，可这一间屋子就摆了近百层的金砖。"

"原来如此。"苏暮雨放下了金砖，"暗河将所有的财富都藏于此处了。"

"若以为仅仅只是财富，那么苏家家主太小看暗河的先辈们了。"矮胖男子手再一挥，那三间屋子的房门合上，旁边又有三间屋子的门被打开。

苏暮雨一把取下了背上的油纸伞，苏昌河也将匕首握在了手中。

"莫急莫急，屋中无人。"矮胖男子笑道。

"无人而有剑气，这剑，来自剑心冢？"苏暮雨沉声道。

矮胖男子从怀里拿出一柄纸扇，看着三间屋子中摆满的兵器铠甲，得意地说道："剑心冢、名剑山庄以及已经覆灭的无剑城，里面的名剑大多出自这三个地方。另有铠甲、长刀、弓弩，也都是山北鲁家这样的名门所制，你看那霸王甲，世间以为只有沐家藏有一具，其实你们暗河有一套一模一样的。"

苏暮雨走到那一屋子的名剑面前，取下了一柄焦黑色的长剑，眼神中流露出了几分悲伤，但转瞬即逝："这三间屋子，比方才那三屋子的金砖还要值钱。"

"若以金钱的价值评判，自然比不上三屋子的金砖。但是这里的兵器，多是有钱也买不到的。"矮胖男子得意道，"其中的任何一样，都值得江湖人抢破脑袋。"

苏昌河摸了摸自己的小胡子:"我说掌柜的,你语气这么得意做什么,这不都是我们的东西吗?"

矮胖男子讪讪一笑:"习惯了习惯了。那我们再看看后面的。接下来的,可要小心了!"这一次矮胖男子亲自走到了屋子门前,伸手将其打开,里面放着一个个的木桶,看不清里面的物事,但是木桶之上,都贴上了红纸。红纸上用黑笔写着硕大的字——

"如雷贯耳""如火如雷""惊天动地""霹雳乾坤""布鼓雷门""晴天霹雳"……

苏暮雨瞳孔微微缩紧:"我曾与雷门雷千亭一起参与了对叶鼎之的围杀之阵,这些名字我都曾听他说起过,都是雷门中最厉害的火药。暗河中,居然还藏有雷门的这些物事?"

"除了麒麟火牙之外,雷门之中天字级的火药,这间屋子里全都装满了。"矮胖男子又小心翼翼地将门合上,"所以打开这道门格外小心,他的四面墙连同这大门都是以六合精铁所铸,不然的话,里面的火药同时引爆,整个黄泉当铺都会被夷为平地。接下来这道门,也得小心,因为一不小心,我们三个就交代在这里了。"矮胖男子又将隔壁屋子的门打开,屋子之中一条沉睡的三角怪蛇睁开了眼睛。

苏昌河往后退了一步:"眠蛇。"

"这一条是眠蛇王,同时用了温家和唐门以及百毒门等一众毒门世家的剧毒来饲养,如今这条蛇浑身上下都是无药可解的剧毒,只需一滴它的血,就算是有三十年功力的天境高手,也能轻而易举地放倒。"矮胖男子往后退了一步,匆匆忙忙地又将门合上,"旁边那两个药柜之中,也藏满了各种奇毒。"

"若我没有猜错,剩下的一道门中,藏有各类暗器。"苏暮雨忽然说道。

矮胖男子一愣:"你很聪明,没错。接下来的这间屋子里藏满了各类暗器,除了唐门的暴雨梨花针、佛怒唐莲、孔雀翎这类的秘传暗器没有外,其余的也是应有尽有。还有接下来的那几间屋子,分别藏有奇门阵法之术、各重要城池的官家堪舆图等等,只要是你能想到的,暗河的先祖们都已经收纳其中了。"

"所以这便是暗河的宝藏。"苏暮雨沉声道。

矮胖男子挥着纸扇："你看起来好像并不是很高兴。这是暗河传承百年才堆积起来的财富，只有拥有这些，才能将整个暗河运转起来。所以为什么说，得到眠龙剑才能继任大家长之位，你以为只是一柄剑的象征？"

"如果只有那三间屋子的金砖，或许我能这样认为。但是今日看到这些，我只有一个想法。"苏暮雨轻叹一声，"若将这些带回暗河，暗河随时便是一支军队。"

苏昌河点头："一支全天下最强的军队。所向披靡，神挡杀神。"

矮胖男子一笑："佛挡杀佛。"

钱塘城，谷雨绵绵。

没有了苏暮雨的鹤淮药庄显得有几分寂寥了，一整个上午也没有一人前来问诊，白鹤淮独自一人躺在堂间的一张长椅上，一边听着那雨声一边翻看着手里的话本。话本正是她从大家长密室中拿出来的那一本，她那日只看了些许便被其中的故事吸引了，后来来到钱塘城后因为每日都得"看诊"也没有时间看，如今得了闲，便又翻了出来。

一边听雨一边观书，长椅旁的木架子上还放着一碟桂花糕，倒真有几分惬意了。

就在白鹤淮看得入神的时候，她突然瞥到院子中出现了一个撑伞的身影，她一愣："苏暮雨？"可等她定睛一看，却发现来人背着一个书箱，虽然和苏暮雨一般神出鬼没，但身上的气质比起苏暮雨的清冷，要儒雅温和许多。

"儒剑仙？"白鹤淮疑惑道。

"叫我谢宣便好。冒昧打扰，没有事先知会神医，还请见谅。"谢宣微微颔首。

白鹤淮从长椅上坐了起来："那我便叫你谢先生吧。以谢先生的行事作风，没有敲门就进了院子，想必是有特殊的原因？"

"嗯。但是我已得到了答案。"谢宣点头道。

白鹤淮笑了笑："想必谢先生是来看苏暮雨他们是不是真的走了吧？放心吧。钱塘城中没什么值得他们留恋的，说走便走了，他们还有更重要的事情去做。"

"那看来是我小人之心了。不是我信不过苏暮雨，他的人是极好的，只是苏昌河那家伙……"谢宣挠了挠头，"一见到他就会觉得有坏事情要发生。"

白鹤淮使劲点头："谢先生所言正是啊，你的预感没有错，只是这坏事不是要在钱塘城里做罢了。"

"看来姑娘对苏昌河这个人也有很多怨言了。"谢宣微微一笑，准备告辞离开，却忽然瞥到了白鹤淮手中的那本书，"哦？姑娘原本正在看书，那还真是谢宣打扰了，再说一声抱歉。"

白鹤淮一愣，挥了挥手中的那本旧书，摇头道："不是什么正经书。"

"嗯？不是什么正经书？"谢宣的笑容变得有些意味深长了。

白鹤淮脸微微一红，吐了吐舌头："这是一本话本，虽然看着故事好看，但没什么大道理，对于你们读书人来说，算是下品吧。"

"神医此言差矣。"谢宣摇头正色道，"我最爱看的也是这样的话本，道理藏在故事中，每个故事都有它的道理，每个人也能得出不同的道理，所谓的道理从来都是自己悟出来的，不应当是书上直接说给你听的。"

白鹤淮眼睛一亮："不愧是儒剑仙，见识就是比寻常的读书人要高上许多。"

"读书，不该是一个功利的事情。"谢宣走上前，从白鹤淮手上接过了那本古书，"书带给人的变化，应当是阅遍万卷书，某一刻突然回头，才发现自己居然已经居于一座高山之上。"

白鹤淮看谢宣十分自然地拿走了那本书，疑惑道："谢先生对这本书也感兴趣？"

"这本书好看吗？"谢宣问她。

白鹤淮点头："好看的，很精彩，是以北离开国的故事为基础写的话本。"

"那我便看看。"谢宣手一伸，将角落里的一张小板凳给吸了过来，他坐了下来，翻开书便聚精会神地看了起来。

白鹤淮拿起一块桂花糕递给了谢宣："谢先生莫着急，这几日药庄里都很清静，吃块桂花糕，慢慢看。"

"多谢。"谢宣接过桂花糕咬了一口，但眼睛却没有从书上离开。

白鹤淮张了张口还欲说话，可看到谢宣那专注的神色还是忍住了，她也拿了块桂花糕，重新躺回到了长椅上。无书可看的她哼了一会儿小曲，慢慢感觉到一阵困意袭来，闭上眼睛没多久就睡了过去。

等她再醒来的时候，已经日近黄昏，雨也停了，白鹤淮吸了吸鼻子，闻到一股饭菜香，立刻从长椅上跳了起来，只见谢宣正在桌上摆碗筷，那本古书被他工工整整地放在了桌上。

"谢先生。"白鹤淮唤了一声。

"醒了。一起来吃饭吧。今日只有我们二人，所以做的菜就简单了些。"谢宣笑道。

白鹤淮走上前，有些不好意思地说道："麻烦谢先生了。多谢多谢！"

谢宣微微一笑，摇头道："是我谢谢你才对，这一下午能看到这样一本好书，很值得。"

白鹤淮一愣："先生也喜欢这话本？"

"你错了。这不是话本。"谢宣依旧淡淡地笑着，只是语气多了几分凝重，"这是一本史书。"

"史书？北离开国史上，哪有这段历史？如果真有这么一个组织存在，那么为什么我从来不曾听人提起过？"白鹤淮疑惑道。

"史书，从来都是有两本的，一本是给世人看的，而另一本，记录的才是所有的真实。"谢宣回道。

白鹤淮微微皱眉："那么北离开国的时候真的存在过这么一个专门做刺杀的队伍？后来他们去哪里了呢？难不成是在后面的那几本书里写着？唉，可惜蛛巢被烧了，那些书也找不到了。等等……这本书为什么会藏在暗河之中？难道说，暗河……"

"坐下吃饭吧。有些事情，光靠猜测，是得不到真正的答案的。"谢宣阻止了白鹤淮继续说下去，"你说是不是，苏喆前辈？"

"哈哈哈哈。"一个笑声响起，院门被推开，手持佛杖的苏喆走了进来，"许久未见了，儒剑仙。"

"短短几日时间，就在钱塘城中同时见到了暗河最强的三位杀手，若不是苏暮雨给了我承诺，不然还真是令人不安啊。"谢宣垂首道。

"爹爹。"白鹤淮唤了一声。

"嗯？爹爹？"谢宣有些吃惊。

"系（是）啊，这系（是）我的女儿。"苏喆抽了口烟，"漂亮吧。"

谢宣回道："自然。"

"女儿，你们方才提到的那本书。"苏喆走进了屋内，"给我看看。"

白鹤淮撇了撇嘴："先吃饭！"

黄泉当铺。

所有屋子中的物事苏暮雨和苏昌河都已经看完了，苏昌河将手中的钥匙重新放回了眠龙剑的剑柄之中："难怪一柄剑，就能搅动这么大的风雨。"

"可这里是当铺，不是钱庄。"苏暮雨沉声道。

"聪明。"矮胖男子拍手道，"很多人见到这一屋子的财宝，怕是早就心中荡开了花，哪还会在意这些细节，苏家家主不简单啊。"

"既是当铺，那么必要付出一些代价才能够拥有这些，我们的代价是什么？"苏暮雨问道。

矮胖男子笑道："没有任何的代价，至少对于黄泉当铺来说，今日不需要。"

苏暮雨手握住伞柄："我不信。"

"不必不信，这些东西的代价，其实你们早就付出了。你们这些年杀的人，做的事，便是你们能够拥有这些的代价。"矮胖男子仰头道，"所有杀人的委托，都是从我们这里，给出去的！"

"小心！"苏暮雨猛地打开油纸伞，只听"叮"的一声，一柄飞箭打在了伞面之上被弹了出去，他松开手，朝前看去。

矮胖男子将双手笼在袖中，懒洋洋地看着苏暮雨，撇了撇嘴："黄泉当铺之中，我们从来不会动手。"

苏昌河走上前："不必躲躲藏藏了，三官大人。"

"当年见提魂殿中见到你们二人，我便说应该将你们都杀了。"穿着一身暗黑色官服的男子落在了矮胖男子的身旁。

"地官。"苏暮雨沉声道。

"可我也说过，正因为他们危险，所以才有将他们留下的意义。"另一个身穿紫色官服，一头白发的男子缓步从屋外走了进来，正是苏暮雨曾在九霄城中见过的水官。

"而从最后的结果来看，或许当初杀死他们才是最好的选择。"穿着白色官服的最后走了进来，他眉宇间带着几分藏而不露的威严，自然便是三官之首——天官。

"等你们许久了，今日见到了暗河的宝藏，又见到了你们，可谓没有白来一趟。"苏昌河点足掠出，双手轻轻一挥，两柄匕首握在手中，冲着最前方的地官刺下。

地官往后一退，手在腰间轻轻一甩，一根判官笔便已握在了手中，他朝前一挥，打向苏昌河。却见苏昌河手中匕首虚晃一招，和地官的判官笔相撞之后飞速撒手，然后双掌推出，冲着地官的胸膛打了过去。

"阎魔掌。"天官低喝一声，"退！"

地官没有犹豫，立刻点足后撤，但那掌气仍有几分击中了他，逼得他踉跄退后了几步。

"这样的功力不是一朝一夕便可以练出来的，你早就开始偷学了。"天官沉声道。

苏昌河微微俯身："这个问题的答案，你们可以去下面问问大家长。"

天官眉头紧皱，微微侧首，发现苏暮雨已经拦在了院门口，堵住了他们离开的路。水官笑道："放心，我们来此，不是来打架的。"

矮胖男子轻轻咳嗽了一下："黄泉当铺，自然也不是给你们打架的地方。"

"王掌柜，有些话你怕是还没有和他们二人说完吧。"水官笑着看向矮胖男子。

矮胖男子挥了挥扇子："不是正说到一半的时候你们来了嘛。大家长，我还未说完的是，你们手里的钥匙只能打开这座院子罢了，但是要拿走这里的东西，还需要另外一件物事。"

"什么物事？"苏昌河问道。

"是这个。"天官从怀中拿出了一块金色的腰牌，腰牌之上写着"黄泉"二字。

矮胖男子点头："正是这个，钥匙可以打开这间院子，而这块腰牌可以取走院子中的东西。二者缺一不可。"

"哦？难怪提魂殿三官，始终能够凌驾于三家之上。"苏昌河冷笑一声。

"我知道你在想什么，你想在黄泉当铺还没来得及反应的时候，就将我们杀了，然后夺走这块腰牌，抑或是把我们和王掌柜都杀了，你太小看我们，也太小看黄泉当铺了。"天官冷哼一声，直接将手中的腰牌丢了出去。

苏昌河伸手接过，意味深长地一笑："哦？三官这是认可了我和苏暮雨来执掌暗河？"

"你觉得如何？"水官挑了挑眉。

"你们忽略了一件事。"苏暮雨忽然开口了。

水官和天官相视一眼："忽略了什么？"

苏暮雨手按住伞柄，随时准备用出十八剑阵："我们，并不会认可提魂殿，也不会再认可三官的存在。我们新的暗河之中，不再有你们的存在。"

"看来是我们自作多情了啊。"水官并不愤怒，甚至也没有多么惊讶，"只是你们，把事情想得过于简单了。"

"这是一份邀请。"天官从怀中拿出了一张金帖，轻轻一挥，丢向了苏昌河。

苏昌河接过金帖，笑道："莫不是三官中谁要成婚了，邀请我们前去赴宴？"

"你们想要一个答案，想要建立一个新的暗河，那么这个人你们需要去见一下。"天官沉声道。

苏昌河问道："去哪里见？"

"天启城。"天官朗声道。

"天启城？"苏昌河和苏暮雨都一惊。天下四城，北天启、南雪月、西慕凉、东无双中，代表着皇运之气的天启城，那可是萧氏皇族所居之地，城中遍布着天境高手，寻常江湖人可不敢轻易踏足那里。

"那所见之人又是谁？"苏暮雨问道。

水官幽幽地说道："所见之人的先祖，在百年之前创立了暗河。至于剩下的，等你们到天启城之后，自然便会得到答案。"

"收起你的阎魔掌吧，在黄泉当铺中杀人，也只有你这样的疯子才想得出来。"天官转身，带着水官和地官二人朝着门口走去，苏暮雨也收起了油纸伞，退到一边，并没有打算真的拦住他们。等他们三人离开之后，苏暮雨看向苏昌河。

"天启城啊。"苏昌河笑道，"听起来似乎有几分有趣。"

苏暮雨轻叹一声："如果你曾经去过天启城，就不会觉得那里有什么有趣的地方。"

天启城。

"世上有两个戴恶鬼面具的人最可怕，一个是你师父我。"一个覆鬼面的白发男子躺在长椅上，一根画满符箓的长棍斜靠在他的身旁。

"还有一个呢？"一个眉宇间带着几分贵气的少年坐在他的身旁，正面对着一张棋盘自己与自己对弈。

"还有一个是暗河的傀，所谓傀，人中之鬼，他也有这样一张面具，只是我的鬼面阴森中还带着几分可爱，不似他那般肃杀。"白发男子笑道。

"鬼面就是鬼面，戴着可爱的鬼面，更可怕。"少年笑了笑，落下一子，"赢！胜三目！"

"自己与自己对弈也能下得这般得意？"白发男子懒洋洋地问道。

少年点头道："天下人那么多，又怎能一个个地胜过去？每日胜过一次自己，不就一日比一日强了？"

"此言也算有理，但一个人的天地总是有限的，不然历史上的那位棋手就不会寻遍天下高手，只为觅得神之一手了。"白发男子回道。

"神之一手，那是何物？"少年问道。

"是面临绝境时下出的那一手能彻底改变战局的棋。那一手之后，生死逆转！"白发男子站起身来，"就像两军对垒，你这边节节败退，却突然一名如神灵降世般的将领策马杀出重围，带领失败的那一方彻底逆转了战局。就像我以为，那个组织会在这一次的混乱之中彻底离开历史的舞台，可它还是活了下来，在那个和我一样戴着鬼面的人手中。"

"你是说那个鬼面人就是这个组织混战中的神之一手？"少年问道。

"准确地来说，是他和另一个人一起做到的。"白发男子从怀里拿出了一张白纸，又将上面的内容仔仔细细地看了一遍，"真是令人惊叹啊，他们两个年轻人联手，便能让这个传袭数百年的暗河组织变了天。"

"暗河，之前很少听师父提起。"少年将棋子收了起来。

"据说世上有一条河，是常人无法看到的，只有在最深的深夜，循着月光你才能依稀看见它。沿着这条河流往上走，就能找到他们，他们是黑夜里的利刃，最凶狠的刺客。"白发男子冷笑一声，"楚河，以后若是遇到他们，千万不必对他们手下留情，他们要杀你，你就先把他们杀了。"

"暗河连皇族都敢杀？"少年皱眉道。

"暗河谁都敢杀，不过历史上倒是从未出现过皇族被暗河所杀的事情，甚至说，连暗河的人进入天启城的事，都很少发生。"白发男子回道。

"那暗河是什么来历呢，寻常的杀手组织怎么可能存在这么长的时间？"少年又问道。

"比起杀手组织来说，他们更像是一个家族。只是关于他们的来历，百晓堂中曾是有所记载的，只是等我接手的时候，关于暗河的隐秘都被人给毁掉了，现有的这些都是后来才一点点整理出来的。"白发男子轻叹道，"但我总有预感，暗河的背后还有一只手，这只手，就在天启城之中！"

少年微微一挑眉："哦？"

"堂主。"一个盲目少年忽然出现在了门口。

"竹。"少年喜道，"今日怎有空来此？我刚把棋盘收了，来来来，下一局。"

"今日无空，我是来传消息的。"竹手轻轻一甩，将一根竹管丢向白发男子。白发男子伸手接过，取出了竹管中的字条，看完之后沉默了许久。

少年好奇道："师父你在想什么呢？"

"我在想，暗河的答案，或许很快就能揭开了。"白发男子沉声道。

"以暗河的行事作风，还未进入天启城，就被我们百晓堂率先得了消息。"竹的声音有着不符年纪的老成，"这其中怕是有什么问题。"

"自然有问题，暗河是故意让我们百晓堂知道他们中有人正在前往天启城。"白发男子冷笑一声，"我自然不会认为我们百晓堂的消息网已经强到能这么早就探寻到暗河的行踪。"

"暗河行事，从来都是只为杀人，怎么会故意泄露行踪？"少年皱眉一想，"难道说，他们此行不是为杀人而来？不为杀人入天启……总不是来探亲的。"

"那个和我一般戴鬼面的家伙，可不是普通人，他就是想让我知道，而一旦我知道，很多事情就会变得不一样了。看起来是个好人，实际上也是个狡猾的家伙啊。"白发人轻轻摇头。

少年笑了笑："百晓堂，天下百晓，这既是师父的骄傲，亦是师父的烦恼啊，师父说人狡猾，自己还不是个老狐狸。不过徒弟有一计，能让师父的烦恼，再变成师父的快乐。"

"什么快乐？说来听听。"白发人疑惑道。

"把这消息高高挂起，一百两黄金可看一次。"少年竖起一根手指头，"谁都可以来买，只要有钱。而且消息不止卖一人！"

白发人先是一愣，随后拿起地上的木棍在少年头上轻轻一敲："这是你的快乐吧，你个小财迷！小狐狸！"

而此刻在天启城，另外一处隐秘的宅院之中。

一个白发苍苍的老者手中也同样握着一张字条，他将字条放在烛火边点燃，沉声道："只来了一个人？"

"一人一剑，已在途中。"半跪在地上的黑衣人回道。

"执伞鬼苏暮雨，这个名字我不止听到过一次了。"老者缓缓道。

"当年围杀叶鼎之的七人中，有他一个。而且据其他参加围杀之阵的人说，当时若没有苏暮雨关键的一剑，他们对阵叶鼎之没有半点机会。光论杀人术而言，苏暮雨犹在当时七人中的雪月剑仙李寒衣之上。"黑衣人说道。

"再强的人，也不过是一人。而我要的，是整个暗河入天启。"老者低喝道。

"消息已经都传给三官了，剩下的，属下再派人去问。"黑衣人垂首道。

"好。这一批年轻人给了我很大的惊喜，可再大的惊喜，也必须得唯我所用！"老者厉声道。

"立夏之际，喝一杯秋露白，不应景，但是来了天启城的贵人，谁又能不喝一杯秋露白呢？"一身红衣的魁梧男子独自坐在雕楼小筑正中央的方桌旁，晃了晃手中的酒壶，眼睛瞥向角落里的男子，"公子说是吧？"

角落里的男子只点了一壶酒，一碟小菜，桌子旁放着一柄油纸伞，面对红衣男子的提问，他轻轻摇头："今日不是雕楼小筑卖秋露白的日子，遗憾了。"

"我请你喝啊。不过是区区一壶秋露白罢了！"红衣男子一抬手，将手中的酒壶给打了出去，那酒壶冲着角落中的男子直飞而去，眼看着便要将其砸中了。而男子只是微微侧首，瞳孔眯了一下，那酒壶的去势就在瞬间缓慢了下来，他一抬手，就将酒壶握在手中了。

"今日打烊，各位客官还请离开！"店小二见状立刻冲了出来，朗声喊道。

那些酒客倒似并不是第一次见到这场面，也不过多询问，将银子放在桌上便迅速地离开了。

"萍水相逢，这酒金贵，承蒙这位兄弟客气，我便只喝一杯。"男子倒了一杯酒，随后手一挥，将酒壶又给丢了回去。

"你叫我兄弟？"红衣男子抓住酒壶轻轻地扣在了桌上，"你可知你面前的这个英俊潇洒，可以在任何时候来此都能喝上一杯秋露白的神秘男子是谁吗？"

"北离大将军，雷梦杀。"男子沉声道。

"你来自江湖，不该叫我大将军。你该叫我雷门弃徒雷梦杀，或者北离八公子中的灼墨公子！"雷梦杀说完后撇嘴笑了一下，"可惜啊，现在年纪大了，说公子有些不太合适了。你说是不是，暗河的傀大人，苏暮雨。"

苏暮雨微微垂首："不愧是灼墨……先生？"

"哈哈哈哈哈。先生二字不敢当，我虽出身学堂，却没什么学问。听说你曾与我的女儿并肩作战过，你们二人是以平辈相称吧？叫我一声叔叔不亏吧？"雷梦杀笑道。

苏暮雨无奈地叹了口气："还是叫您灼墨公子吧，虽然女儿都已是剑仙了，但雷将军仍是少年心性，这一声公子还可以叫的。"

"不错，说吧，今日来找我有何事？"雷梦杀喝了杯酒，"虽然你们暗河不是什么好东西，但听说你还不错，参加过共御魔教那一战的一些朋友，对你都不吝赞美。只要不是让我帮忙杀人之类的事，我应该可以帮你。不过我的时间不多了，很快我就又要率军出征了。"

"灼墨公子你错了，我来雕楼小筑，只是为了喝一喝这里的酒，我并不知道您在这里。"苏暮雨平静地说道。

雷梦杀嘴角微微抽搐了一下，他又低头喝了一杯酒："哦，是吗？那倒是我自作多情了啊。那你来天启城是……"

"暗河已经有了新的大家长，我不再是傀，来天启城，也只是故地重游。"苏暮雨回道。

雷梦杀微微眯起眼睛："故地重游？苏公子之前来过天启城？"

"在我很小很小的时候，曾随父亲来过一次。"苏暮雨将一块碎银放在了桌上，"感谢灼墨公子款待，喝上了大名鼎鼎的秋露白。酒很好，不愧盛名。"说完之后，苏暮雨便拿起了桌上的油纸伞，走出了雕楼小筑。

雷梦杀摩挲着手中的酒杯，脸上的笑意渐渐消失："执伞鬼苏暮雨，了不起的家伙啊。"

苏暮雨就这么背着那柄油纸伞在天启城中晃荡着，他走进了天下第一大赌坊千金台，沉默地在最中央的那张赌桌上的"小"字上押下了一千两的银票。

"公子，瞧你脸生得很，第一次来？"旁边一名身子干瘦、眼眶深凹的年轻男子问道。

苏暮雨点了点头："久违千金台大名，今日来看看。"

"来看看？第一手就下一千两白银？"男子惊道，"一来便要斩龙？"

"何谓斩龙？"苏暮雨疑惑道。

"你看这木牌上记着的，便是这一路下来的点数，如今已经连续八把都是大了，这时出一把小，便是所谓的斩龙。方才从第五把开始，便有人开始斩龙，如今这些人都输得干干净净。以我所见，你还是……"男子低声劝道。

坊主轻轻咳嗽了一声："买定离手？"

男子急忙道："听我的，换大！斩龙的可都死光了！"

"便离手。"苏暮雨沉声道。

"唉……这钱还不如送给我……"男子摇头叹道。

"开！"坊主掀开了宝盒，只见三个骰子分别为三、三、二，"八点，小！"

旁边观看的那男子一惊："兄台好硬的赌命啊！"

"多谢了。"苏暮雨从桌上拿走了两张一千两的银票，转身离开。

方才那男子目瞪口呆，竖起了大拇指："见好就收，这是高手！"

雅阁之中，挥着折扇、体态臃肿的男子看着下方离开的苏暮雨，幽幽地说道："此人不一般，谁啊？"

"从他刚进门开始，属下就派人找他的来历了，目前还没有答案。"旁边的侍从回道。

"屠二！"男子低喝一声。

原本坐在一旁打瞌睡的男子身子一颤，睁开了眼睛："何事？我正在梦里听曲呢！扰我清梦，小心我揍你！"

"你的姑娘已经走了，再也不会回来了。她如今的丈夫还是雪月城的城主，你还是老老实实地学点本事，以后从我手中接过千金台的担子吧。"男子皮笑肉不笑地说道，"下面那个人，去查查他的来历。"

"又不是下雨天，背着把伞？奇怪的人。"屠二看了一眼下方的男子，打了个哈欠，推门下楼而去了。

苏暮雨走出了千金台，眼神往后轻轻一瞥，随后一笑，继续朝着下一个目的地行去。半个时辰后，苏暮雨在那处高大的院落之前停下了脚步，一路跟踪而来的屠二也是一惊，低声骂道："真是倒霉，这家伙怎么到了——"

"学堂。"

一个穿着一身白色长袍，气质儒雅的中年男子从学堂之中走了出来，他虽然乍看之下就像是一个普通的私塾先生，可当那眉眼抬起之时，一股锋锐的杀气瞬间散出，惊得门口树上的麻雀慌乱地飞走了。

苏暮雨的长袍轻轻扬起，微微侧首："先生是？"

"学堂祭酒，陈儒。"中年男子沉声道。

苏暮雨垂首道："原来是陈先生，久仰。"

"我猜你是暗河的执伞鬼，作为一个杀手，最重要的是隐藏自己的身份和行踪，但你看来似乎在向整个天启城宣告，暗河执伞鬼，已经踏入天启城。"陈儒幽幽地说道。

"天启城中遍地是天境高手，我这般的小人物进城，能掀起这么大的波澜吗？"苏暮雨摇头道，"先生高看我了。"

"再厉害的天境高手也害怕黑夜中的利刃，何况是最锋利的那一柄。"陈儒冷笑了一声，"苏公子来学堂有何事？"

"敬仰已久，前来一观。"苏暮雨缓缓道，"年幼时父亲曾带我路过此处，他指着学堂的牌匾对我说过，长大后一定送我来这里，由天底下最好的老师教我。我问父亲，他不是天底下最强的吗？他说凡世之天，他伸手可触，但是学堂之内，才是天上之天。"

"你的父亲？是暗河中的哪位？"陈儒问道。

"我父亲不是暗河中人，他姓卓。"苏暮雨转身，"来此已经见到了学堂，还见到了陈儒先生，已经很是有幸了，在下告辞。"

"不进去看看？"陈儒笑了笑。

苏暮雨也笑了一下："若陈先生是真心的，自然可以进去。"

"苏公子是个有趣的人，是陈某小气了。"陈儒缓缓道。

苏暮雨垂首行了一礼，便转身继续朝前行去了。

"他刚刚去了千金台？"陈儒朗声说道，一听就知道是在问那鬼鬼祟祟躲在角落里的屠二爷。

屠二爷见行踪被发现，也不再躲藏，直接走了出来："是啊，然后来了学堂。他都和你说了什么，陈先生？"

"去千金台之前到了哪里？"陈儒没有回答屠二爷的话。

屠二爷从怀里拿出了一张字条，伸手一摊，将上面的字给显露出来：雕楼小筑，雷梦杀。他苦笑道："这苏暮雨，不会真当是来天启城游耍的吧，一日之内要把所有有名的地方都给走个遍？"

陈儒笑道："那你觉得，苏暮雨的下一站，会去往何处？"

"总不会是钦天监吧？"屠二爷冲陈儒挥了挥手，"不管去哪儿，我还得继续跟着！"

钦天监之中，手持拂尘的白发道人睁开了眼睛，他微微一笑："暗河的鬼，也敢来此处造次？"他手一抬，一道黄符落在了他的手中，他伸指在黄符之上落下几笔，随后猛地一挥，那道黄符便破窗而出，飞过了大半个钦天监，直冲着那背着油纸伞的年轻人而去。

苏暮雨仰起头，手朝前一伸，便将那黄符握在了手中。

黄符之上，只有一个字。

请。

请这个字，很有意思。

是"请走""请进""请滚""请来"，甚至是"请赴死"，都有可能，就看你怎么理解。但理解错了，就是将对方的意思彻底颠倒了。

苏暮雨握着黄符，看着不远处的钦天监，希望能等到第二张黄符。

足足等了一刻钟之后，也没有第二张黄符飞来，苏暮雨轻叹一声，转过身："看来国师并不欢迎我。"

躲在暗处的屠二爷浑身一颤，心里嘀咕道：他这是在和谁说话呢？

"今日去了那么多地方，也该累了，敢问天启城最好的客栈是哪一家？"苏暮雨语气恭敬。

屠二爷悄悄地打量了一下四周，除了苏暮雨外，并没有其他人在，他一愣："难道真的是和我说话？"

"千金台的这位朋友，不必藏了。"苏暮雨无奈地说道。

屠二爷叹了口气，点足一掠来到了苏暮雨的面前，伸出一指便打向苏暮雨。

"寒冰指，来得好。"苏暮雨微微颔首，也伸出一指，与屠二爷那一指相撞，只听一声冰裂般的声音传来，屠二爷收指连退三步，随即垂首看着自己的那根手指，上面已经满是寒霜，他的声音微微有些颤抖："你也会……"

"也不是什么高明的武功。"苏暮雨淡淡地说道。

屠二爷伸出左手，拂去了那根手指上的寒霜："离这里三里处有一家名为朝来的客栈，在天启城算是排得上号，你可以去那里住。"

"多谢了，我叫苏暮雨，暗河苏家家主，应他人之邀来天启城一观。此行不为杀人，请不必多虑。"苏暮雨垂首道。

屠二爷一愣："暗……暗河，苏家家主？"

"是。曾经我被称为傀，你应当听过我的名字。"苏暮雨转身离开。

屠二爷的双腿微微有些发颤："该死的屠大，差点把我给害死。"

苏暮雨很快就来到了屠二爷所说的朝来客栈，要了一间最宽敞的上房住了进去，他原本是个颇为节俭的人，加上出任务需要保持行踪隐秘的关系，往往出门便是睡在别人家的横梁之上，如今得知自己坐拥金山银山，花起钱来倒也不手软了。他还点了一桌子的酒菜送到房间，似是要招待客人。

但是直到宵禁的更声响起，也没有人敲响他的房门。他轻叹一声，正准备起身，却见一张金帖破窗而入，落在了他的手中。

与黄泉客栈中，三官送来的那张一模一样。

随即一个人黑衣人翻身而入，一剑抵在了苏暮雨的胸前："你只来了一日，可整个天启城的重要人物都知道你来了！"

"只因为他们都知道我来了，所以任何人在今夜来寻我，他们都不会觉得奇怪。"苏暮雨伸手将那柄长剑给拨开，"对于他们来说，你是想来探寻我来天启城的目的罢了。"

黑衣人笑了一下，收起了长剑："你很聪明。因为对于我们来说，你若现了身，我们是第一个要来寻你的人。因为这天启城的暗处，由我们守护。"

黑衣人将剑收起，但瞬间左手一抬，一柄连接着锁链的镰刀冲着苏暮雨的面门飞了过去。

"飞镰剑？"苏暮雨低喝一声，抓起了身旁的油纸伞，攻了回去。

"好见识。"黑衣人右手急甩，那锁链一寸寸地缠住了油纸伞，最后寒光一闪，镰刀斩向苏暮雨的脖颈。苏暮雨双手伸出一指，一道寒气射出，直接挡住了那镰刀。

"喝啊！"一声暴喝自上方响起，只见上方的屋顶被踏破，一个魁梧汉子手握流星锤直接冲苏暮雨的头顶砸下。苏暮雨立刻甩出一枚飞刀，逼得黑衣人不得不收了镰刀后撤，随即他便撑开了油纸伞，往头顶一扬。魁梧汉子一锤打在了油纸伞之上，却未对那油纸伞造成半点伤害，苏暮雨轻轻一抬伞，往后退了三步。

两柄长刀自他背后显现而出，向着他拦腰斩去。苏暮雨一个翻身跃起，又有两柄剑拦住了他的去路，他轻叹一声，手轻轻一旋伞柄，十七柄利刃迸射而出，同时将那双刀双剑给逼退，并且将魁梧汉子和黑衣人的路也拦住了。

这屋子虽然不小，但是十七柄利刃连接着傀儡丝插于墙上，已经将整个屋子的每一处角落都纳入了他的必杀之地。

黑衣人笑道："这便是传说中的十八剑阵，终于见到了。不错，转瞬之间，绝一切生机。"

"天启城影宗第一护卫团，鹰眼。"苏暮雨沉声道，"我也听过你们的名字。原来站在暗河背后的，是你们。"

黑衣人笑道："我叫乌鸦，奉宗主之命，前来见你。"

苏暮雨微微皱眉："影宗宗主，易卜？"

黑衣人点了点头："宗主的大名，不敢直呼。"

"国丈大人嘛，森（身）份尊贵得很。"窗户在此时忽然被打开，一个瘦高的人坐在窗沿之上，慢悠悠地抽着烟。

"喆叔。"苏暮雨微微一愣。

乌鸦也是一惊："你是苏喆？"

"小娃娃，么（没）礼貌。"苏喆翻身而入，直接从乌鸦身旁走过。

乌鸦只觉得一股强大的压力突然袭了过来，连喘息都变得艰难起来了，他擦了擦额头上的冷汗："原来暗河，并不是只有一个人来到了天启城。"

"我方才刚到，赶了一路，累了。"苏喆打了个哈欠，"里（你）们，明天再来吧。"

"宗主说……"乌鸦还想说话。

"我不是说，明日再来吗？"苏喆轻轻一甩手中的佛杖，一枚金环射出，打向乌鸦的面门，乌鸦冷哼一声，伸手一把握住了金环。

"不可！"持流星锤的男子惊呼一声，但已经来不及了。乌鸦握住金环的那一刻，金环便在他手中疾速飞旋起来，直接剐走了他的一片血肉，他惨叫一声，立刻松了手，金环也飞回到了苏喆的佛杖之上。

苏喆冷哼一声："不自量力。"

"这四个字的官话说得很标准。"苏暮雨笑了笑。

"好。那我们明日再来。"持流星锤的男子拉住乌鸦，翻身从窗户口退了出去，其他四名影卫也悄然离开了。

苏暮雨手一伸，将十八剑阵收起，苏喆无奈地摇头："里（你）这个剑阵，打一次架，捡一次破烂，换个剑法练不好吗？"

苏暮雨淡淡地一笑："习惯了。喆叔你怎么会来，你不是已经离开暗河了？白神医还在钱塘城里等你。"

"先去见了她，才来找的里（你）。"苏喆慢悠悠地抽着烟。

"发生了什么事？"苏暮雨问道。

苏喆找了条凳子坐了下来："接下来的事，我会说得很慢，用最认真的官话说。当日在蛛巢之中，鹤淮找到了一本书。"

苏暮雨点头："我记得这件事。"

"一开始鹤淮以为只是本话本，看着玩罢了。但是那日儒剑仙谢宣也看到了这本书，他说这本书是史书，记载的事情都是真实的。"苏喆刻意压低了声音。

苏暮雨也坐了下来："喆叔，你不要刻意压低声音，这样显得很奇怪。"

"氛围要做足嘛。"苏喆抽了口烟，"三百年，萧氏先祖萧毅起于微末，于乱世之中带领着自己的军队，杀出了一条通往皇城的路，最终推翻了大秦朝的统治，建立起了一个空前强势的王朝，也就是我们现在所生活的北离。站在萧毅身后的十七个最著名的开国功臣，被称为五柱国十二将。这些是你我都知道的历史。"

苏暮雨点头："萧毅开国的这段历史，茶馆里都说倦了。"

苏喆点点头："但茶馆里的说书人并不知道的是，其实一开始萧毅想封的是六柱国，但有一人甘愿退了下来，并称'习惯了作为影子，便不想走到阳光之下'。这个人叫易水寒，在萧毅起兵的过程中，也并不是百战百胜，有好几次已经面临绝境了，但敌方的将领却突然被暗杀了，这就是易水寒以及他麾下的影子团所为。"

苏暮雨眉头紧皱："莫非……"

"在北离建国以后，易水寒建立影宗护卫天启。既然天启城有了影子守卫，偌大的江湖，更需要这样一个影子。于是易水寒麾下的三名最顶尖的刺客，带领着他们手下之人，入了江湖。那本书的故事只说到了这里，后面的内容想必你我都能猜到，这三人分成三家，建立起了属于自己的家族，便是你我所熟悉的苏家、谢家、慕家。这个替萧氏皇族守卫江湖的影子，便是暗河。"苏喆朗声笑道，"没想到吧，我们杀了一辈子的人，一直觉得自己恶贯满盈，可到头来仔细一算，我们吃的还是皇粮！"

苏暮雨沉默许久后，才缓缓说道："江湖之上，一直说我们暗河无人不杀，不管是朝堂上的高官贵胄，还是江湖上的黑白龙首，只要钱给够，甚至连皇帝都能杀。可事实上，我们竟然是替皇帝扫清全天下障碍的影子。这未免有些……讽刺了。"

"有些人，明面上不能杀，但暗地里却必须死。"苏喆自嘲地笑了笑，"知道这些以后，我想，还不如做个收钱买命的杀手呢。"

"影宗，作为天启城的影子，虽然人们知道他们的存在，但对于他们的了解，却并不多。"苏暮雨沉吟片刻后缓缓道，"我知道的是，这一代他们的第一高手是洛青阳，曾经是太安帝身旁的护卫，因多次救驾被赐了一座城。"

"慕凉城，孤剑仙洛青阳。"苏喆放下了烟杆，"若是此人出手，就有一些麻烦了。"

"洛青阳已与影宗决裂，我曾听李寒衣说过此事，但其中细节并不知晓。我认识一个人，他应当对影宗有所了解，喆叔，得麻烦你走一趟了。"苏暮雨说道。

苏喆一愣："我认得，是谁？"

"雪月城三城主，司空长风。"苏暮雨沉声道。

苏喆一愣："那个一枪破了孤虚阵的家伙啊。"

"他当年是天启城的朱雀守护使，与影宗有过不少交集。我与他的情分算不上多深，但应当足够他告诉我们一些关于影宗的消息。"苏暮雨微微颔首，"麻烦喆叔了。"

"刚到天启城，又要离去了啊。"苏喆轻叹一声。

"喆叔当然可以休息一夜，不必如此着急。"苏暮雨的语气中带着几分歉意，"喆叔本已经不是暗河的人了，要不我传信让昌河去吧，虽然……他有可能被赶出来。"

"罢了罢了，你这里太过冷清，我去教坊司那边睡一夜。"苏喆笑了笑，提起佛杖走到窗边，"既然知晓了暗河的真相，那么接下来你们有何打算？"

苏暮雨不假思索地回道："暗河，将不再是任何人的影子。"

"很好。"苏喆从窗户口翻身落下。

国丈府。

易卜坐在正厅之中，正和一人对弈。

乌鸦众人在此时赶到，易卜微微扬起头，眉头一皱："苏暮雨呢？"

乌鸦捂着受了伤的右手，恨声道："他让我们明日再去。"

"明日。"易卜拈起一枚棋子，"再去？"

"我早就说过，如今的暗河不再是当年的暗河了，他们来不是被招安的，而是来征伐的。"对弈之人笑道，他的声音中带着几分阴寒。

易卜站起身，手中微微用力，将那根棋子捻成了粉末："一帮年轻人，以为自己拥有与我谈判的筹码吗？"

"易卜，你不得不承认，他们确实有足够的筹码。若是百年之前的影宗，那么暗河自然只有俯首称臣的份，可是现在，暗河的实力比影宗还要更强。"对弈之人起身，"你能做的，只能是和他们联手。放下你的身段吧，国丈爷。"

易卜想要发怒，但最后还是长叹一声，坐回到了长椅之上。

"或许你可以找一找你的那个好徒弟，看他愿不愿意帮你。"对弈之人转过身，"至于我的条件，你可以再想想。"

"不必了。"易卜冷哼一声。

"你将一群狼引入了天启城，你可能很快会后悔这个决定。"对弈之人走出门去，他穿着一身黑袍，帽子压下遮住了他的面容。

乌鸦忍不住转头想要看他。

那人察觉到了，转头看了一眼乌鸦一眼，乌鸦只觉得浑身像是在瞬间被针芒刺中了一般。

"这样的人，还想和琅琊王相抗？"那人笑了笑，不再回头。

易卜坐在长椅之上，看着面前的棋局，沉默了许久后轻叹一声："明日也不必去寻他。"

"不去？"乌鸦一愣。

"三官回来了吗？"易卜问道。

乌鸦摇头："从黄泉当铺中离开后，他们去了一个地方。"

"什么地方？"易卜又问道。

"据说上代大家长，偷偷建了一个……家园。"乌鸦沉声道。

北离南境。

无名山村之外。

晨光初起。

苏昌河躺在一片田野之中，嘴里叼着一根狗尾巴草，看着村子中升起的袅袅炊烟，笑道："好香的饭菜味啊。"

慕雨墨在一旁把玩着一只蝴蝶，轻轻摇头："应该你去天启城，然后让苏暮雨来这里的。"

苏昌河耸了耸肩："他说害怕失望，所以先让我来看一看。我想他是怕自己来了，就走不出去了。"

"你说这里面，是不是住着苏暮雨喜欢的女子？"慕雨墨问道。

"或许吧，他只说有一个故人，大家长将她安排进了家园。这家园之中，住着的都是暗河中人留在凡世之间最在乎的人，大家长建了这个村子，将他们保护了起来。你有尚在世间却不在暗河的珍视之人吗？"苏昌河问道。

慕雨墨点了点头："有的，在唐门。"

"真是个重色轻友的家伙。我就没有了，如果突然哪天有人和我说村子里住着我曾经的亲人的话，我怕是会提刀进去把他们都杀了吧。"苏昌河撇了撇嘴，随后站起身，便看到一个提着一篮子野菜的素衣女子站在他的面前，女子虽然一身村妇打扮，却依然难掩绝色之姿，而更不协调的是，她的腰间还挂着一柄长剑。

女子警惕地看着苏昌河："你们是谁？"

苏昌河笑了笑："我叫苏昌河。我见过你的。"

女子摇头："可我并没有见过你，你这么特别的人，我若是见过，定不会忘记。"

"当年苏暮雨脱离暗河去救你，我一直偷偷地跟着他。后来他为了救你跌下山崖，我救下了他，然后将他带回了暗河，至于你，应该是被大家长带到了这里。"苏昌河淡淡地说道。

"我明白了。我叫萧朝颜。"素衣女子神色一缓，"他……还好吗？"

"暮雨朝颜，倒是相配的名字。"苏昌河看了一眼慕雨墨，"看来暗河中不少的女子都要心碎了啊。"

"他算是我的兄长。"素衣女子轻轻摇头，"你们突然来此，是发生了什么变故吗？"

"算不上。你的暮雨哥哥现在好得很。"苏昌河伸了个懒腰，"雨墨，保护好他们，我去去就来。"

慕雨墨笑道："身为一个大家长，你还事事都亲力亲为啊。"

"是啊。都当上大家长了，这种打架的事情，还得我亲自来！"苏昌河长叹一声，"很没有地位啊。"

"饿了。"苏昌河闻着那饭菜香，舔了舔嘴唇，从怀里拿出了一个油纸包，里面裹着花生米，他拿出一粒丢进了嘴里，"吃粒花生米解解馋。"他一边吃一边走，走到了入村子的道子口，在路边一块大石上坐了下来。

山风吹落了几片树叶，周围一片宁静，只有树叶的沙沙声，和苏昌河咀嚼花生米的声音。

"出来吧，三官大人。想找你们时你们消失得无影无踪，不想找你们的时候你们三番两次地出现。你说，这是不是贱啊！"苏昌河恶狠狠地咬了一口花生米。

"你怎么会在这里？"地官率先走了出来。

"抓人软肋，以此要挟，你们这些人，不对，是咱们这些人，不老干这事嘛。"苏昌河不屑地笑了笑。

地官眉头紧皱："我们猜到这里会有人，本以为会碰上执伞鬼，却没想到是你。"

"因为我和你们是一样的人，这个家园里有着许多暗河中人在世间唯一的牵绊，但我没有牵绊，打起来我不怕你们。你们把整个村子屠了都没关系，我只要把你们三个杀了就行。"苏昌河吃完了最后一粒花生米，吹了吹手里的灰，拿出了一柄匕首，"不废话了，打吧。"

地官冷笑道："你这么有自信，一个人能杀死我们三个？上一代的大家长都不敢说这样的话。"

"你可以试试嘛。你放心，一旦这里出事，暗河的人就会送信到天启城，苏暮雨不会再和那所谓的暗河背后的手有任何谈判，直接就是拔剑。"苏昌河将匕首对准地官，"暗河的现在由无名者掌管，一切都是全新的开始。那一屋子的金银财宝我们都可以不要，不要觉得自己有足够的筹码。"

"既然是全新的开始，那便不是暗河，既然你们要保留暗河之名，那我们手上便有足够的筹码。"地官回道。

"话真多。"苏昌河纵身一跃而出，手中匕首冲着地官的脖颈刺去。

地官冷哼一声，挥出手中判官笔，两人擦身而过。

苏昌河轻轻一转手中的匕首，笑道："高居于神殿之上，早就忘了杀人为何事了吧？"

地官一愣，手中判官笔已经落地，手腕之上出现一道血线，他沉声道："好快的身法。"

"寸指剑，寸许杀人。"苏昌河笑道，"你以为你们面对的人是谁？"

"年轻人，太过嚣张了。"天官出现在了苏昌河的身后，将手搭在了他的肩膀上。

苏昌河微微侧首："天官大人的身法才是真正的快啊。"

"我只要一用力，你的肩膀就废了。"天官冷冷地说道。

"试试？"苏昌河轻轻一挑眉。

"好！"天官毫不犹豫地加重了手上的力道，但是苏昌河的肩膀却从他的手中滑了下去，他一惊，"化骨功。"

"哈哈哈。"苏昌河点足一掠，直接往后退了三步，收起了手中的匕首，"你们想要暗河的力量，但我们还不知道，你们能给我们什么。"

"你的意思是？"天官沉声道。

"谈判，拿出你们应有的诚意来。而不要老想着如何威胁我们。这片家园，我希望以后都看不到你们的影子，不然就是鱼死网破。"苏昌河微微扬起头，"鱼死网破这样的事情，我经常做，你们知道的。"

"好。"天官和地官同时离开了，而一直没有现身的水官终于开口了："我很欣赏你，苏昌河。"

苏昌河笑了笑："你有什么资格欣赏我？"

"就这么算了？"地官愤愤不平地问天官。

天官面无表情："既然苏昌河提前料到了我们要来此处，那么他一定做好了准备。如他所言，现在是我们需要他们的力量，如果在这里就决裂，天启城那边很难交代。"

水官微微一笑："天启城的影宗已经没落了，而暗河，要比从前更加强大。我们的选择，是否可以……"

天官眼睛微微一眯："你在说什么？"

村子口，慕雨墨打量着萧朝颜，疑惑道："你长这么美，也甘心待在这样的小村子里？"

"容貌和待在哪里有什么关系？"萧朝颜笑道，"这个村子很好，你若是在这里待上一段日子，也不会舍得离开。这里和外面不一样，待在这里没有那么多的纷扰，时间就像是凝滞了一般。"

"希望能有这个机会。"慕雨墨笑道，"你说苏暮雨是你的兄长？"

"其实仔细说来不是的，我的父亲是他父亲的徒弟，若论辈分，我应该唤他一声师叔。"萧朝颜低头一笑，"我总以为很快就能见到他了。"

"快了，很快。他去做一件很重要的事情，等事成之后，他一定会回到这里了。我曾经听他提起过家园，我一直以为那是他做的一场梦，却没想到真的有这样一个地方。"慕雨墨点头。

苏昌河在此时哼着小曲儿慢悠悠地走了过来："我至今也仍然觉得，苏暮雨这家伙是在做梦。"

"搞定了？"慕雨墨打量了一下苏昌河，发现他浑身上下干干净净，不像是刚进行过打斗。

"暂时走了，这地方不能待了，你和这位苏暮雨的好妹妹带着村子里的人换一个地方吧。"苏昌河说道。

萧朝颜摇头："这地方我们待了很多年，这里是我们的家，我们不能走。"

"命重要，还是村子重要？"苏昌河问道。

萧朝颜拍了拍腰间的长剑："我们自己亦有能力守护村子。这里是家园，若能随意抛弃，又怎能称得上家园？"

"虽然我还是觉得你脑子不太好，但是有胆识。"苏昌河转过身，"雨墨，召集下人马守护这里吧。等到我和苏暮雨把事情都解决了，那便不用搬去任何地方，这里便是最安全的家园。"

慕雨墨轻叹一声："本以为之前已经结束了，却没想到又是一场新的战争的开始。"

"是啊。"苏昌河仰头看着天，"可我总觉得，只要我苏昌河活在世上一日，我与这世间的战斗都不会停下来。"

"蓝（难）怪雪月城被称为江湖第一城呢，但是武城的名号仍然属于无双。"苏喆坐在一处路边茶铺的木板凳上，周围雾气氤氲，搭着白毛巾拎着茶壶的小二一边干活一边叫唤着："热腾腾的鲜花饼马上就要出炉喽！"

街道两旁都是些酒楼茶铺，叫卖声不绝于耳，头上戴着花环的卖花女孩脸上带着淳朴的笑容，纵马而过的白衣少年腰间配着的华美长剑一看便是一指便能敲碎的花把势，怎么看都不像是个江湖第一城。

这些人难道都是深藏不露的高手？

"客官，您要的鲜花饼来了。"小二捧着一个木盘走了过来。

苏喆手指轻轻一抬，一枚铜币弹射出去，撞在了那木盘之上，那小二手中的木盘立刻脱手而出，连着那鲜花饼一起飞了出去。苏喆急忙起身，接过那木盘往上轻轻一举，便接回了那鲜花饼。

小二轻吁了一口气，擦了擦额头上的汗："抱歉，客官，我……"

"么（没）事。"苏喆挥了挥手，随后坐了下来，伸手拈起了那鲜花饼，还未入口便闻到了一股淡淡的花香，他微微一笑，心想若是女儿来这里就好了，她最爱吃这些甜食。他咬了一口饼，又喝了一口茶，坐在那里正琢磨着，方才那小二却忽然在他面前坐了下来。

"方才那一下，是客官你悄悄动的手吧？"小二冲着苏喆眨了眨眼睛。

果然是扮猪吃虎。苏喆伸手握住了身旁的佛杖。

"客官你这样的，我见多了。一定是慕名而来的江湖人，以为这雪月城个个都是高手，可是我们雪月城的外城，都是些长居此地的普通百姓，只是受内城那些高手庇佑，日子过得比外面要舒坦些罢了。"小二笑道。

"内城，外城？"苏喆微微皱眉。

小二点了点头，随后伸手一指，指着那远处高耸入云的高阁："登天阁外，仍是凡城，过了登天阁，方能见雪月。"

"见雪月？撒（啥）意思？"苏喆问道。

小二微微一笑，双手抱拳，露出高深莫测的笑容："雪月城岂是普通人想拜访就能拜访的，闯过五层，就能进雪月城一观了。"

"一共几层？"苏喆问道。

"一共十六层，若能闯过十六层，百里东君都能收你做徒弟。"小二好奇地打量了一下苏喆，"兄台，你年纪……大了点。"

"哈哈哈哈。"苏喆喝尽了碗中之茶，放下了三枚铜板，握住佛杖起身离开。

"客官，鲜花饼两个铜板，普洱茶两个铜板，应该是四个铜板。"小二道。

苏喆终于确定面前这个小二真的只是个凡人了，他用手轻轻地敲了敲桌子："还有一枚，在盘子下面粘着。"说完之后，他便朝着那登天阁慢悠悠地走去，一边走着一边丢了一粒槟榔进嘴里。而就当苏喆快要走到登天阁之前的时候，他突然停住了脚步，微微侧首。

隔壁酒楼二楼上挂着的风铃随风轻轻吹响。

"不欢迎我登阁？"苏喆笑问道。

"你再往前走一步，苍山之上会有一剑下山，震得这满城花落。我不想，收拾起来很麻烦，很花钱。"来人轻叹一声。

"里（你）我不是第一次见面了，里（你）什么时候变成个恋财兹（之）人了？"苏喆幽幽地问道。

"说来话长，我请你喝一杯风花雪月，便到此为止吧。除非，你想见的人，不是我。"来人回道。

苏喆笑着转过身："我来此当然是来找你，枪仙，司空长风。"

东归酒肆。

一壶风花雪月被小二端了上来，司空长风主动为苏喆倒了一杯，苏喆则好奇地打量着这个酒肆："东归，莫非这个酒肆系（是）他……"

"他回来后便长居此处，只可惜他很少回来。雪月城三个城主，一个云游四海，一个痴迷剑道，只有我一个当家的。"司空长风也给自己倒了一杯酒，语气中满是愁意。

"当家的意思是，有一个家。"苏喆笑道。

"你一个暗河杀手，怎么说起这种温情的话来了？"司空长风微微皱眉，"说吧，你来雪月城有何事？听说最近暗河发生了一些变故，变天了？"

苏喆眯了眯眼睛："司空层主说得模糊，其实心里清楚得很吧。"

"雪月城也有不错的情报组织，天下大事，纵然不如百晓堂那般无所不知，但暗河龙头变首这样的事还是知道的。苏昌河让你来的？让我们雪月城以后不要插手你们暗河之事？"司空长风摩挲着手中的酒杯，"回去告诉他，别做梦了。暗河落到他这个疯子的手里，迟早有一天，我们是要一战的。"

"误会了，是苏暮雨让我来的。"苏喆叹了口气，"看来我们新的大家长在江湖之上风评确实不好啊。"

"苏暮雨？"司空长风一愣，"他有何事？"

"早（找）你打探点消息。"苏喆喝了一杯风花雪月，眼睛一亮，"则（这）酒不错，让我带一壶走？"

"消息？"司空长风疑惑道，"要消息难道不应该去找百晓堂吗？到我这里来做什么？"

"他嗦（说）你资（知）道。关于影宗，关于易卜。"苏喆装出一副一无所知的样子，耸了耸肩，"我只是个带话的啊。"

"那个老禽兽啊……"司空长风冷哼一声，"我确实和他有过节，离开天启城之前，我把他揍了一顿。"

"哦？"苏喆放下了酒杯，"这么大的事，暗河却不知道。"

"你们当然不知道，天启城的朱雀守护和影宗宗主当街决战，这样的事传出去岂不是皇族之耻？只可惜啊，我在江湖之上少了一桩显赫的战绩流传啊。"司空长风略带遗憾地说道。

"司空城主一枪破孤虚阵的战绩，已经足够名扬天下了。"苏喆又喝了一杯风花雪月。

司空长风神色微微一变，随后便换了个话题："你们要查影宗做什么？据我所知，暗河从未有参与过任何关于天启城的斗争。"

"苏暮雨说，不要问。"苏喆笑了笑，"不知道司空城主是否愿意？"

"不说理由？"司空长风手指轻轻敲了敲桌面，"随意给暗河消息这件事，可是非常可怕的啊……"

苏喆依旧笑着，似乎对司空长风的回答并不在意："我并不知道苏暮雨为何这么说，反正他让我带的话就是这些。"

"当年魔教东征之战，苏暮雨曾经出手救下过我雪月城两位长老和十五名弟子的性命，这是雪月城欠他的恩情。他是想用这份恩情来换一个消息，但以他的性格，他不喜欢挑明。"司空长风轻叹一声，"他真是我见过活得最累的杀手了。"

"原来如此。"苏喆点头道，"我居然不姿（知）道。"

"也罢。"司空长风摇头道，"反正我向来讨厌影宗，只是断了和苏暮雨的这点情分，倒挺可惜的。"

"哦？"苏喆微微挑眉，"哪里可惜？"

"不想与他为敌。"司空长风挥了挥手，"罢了罢了。反正影宗我也十分讨厌，说一些他们的消息给你们听也无妨。你们想要问哪一方面？"

"所有。"苏喆放下了酒杯，掏出了烟杆，一副打算慢悠悠听故事的架势。

"影宗，如其所名，是影子一样的存在。他们在暗处维护着天启城的安稳，直接听命于皇帝本人，三省六部都没有资格统率他们。几代之前，影宗在天启城中的地位奇高，有一段时间与阉党两雄并列，几乎将皇帝都给架空了。后来阉党覆灭，影宗的权力也被削减了许久，一直到这一代的易卜当权的时候，影宗几乎到了可有可无的地步。但是易卜是个心比天高的人，一直都想着重振影宗，可他武功虽然高，但在天启城中，能压过他一头的人不在少数，光是那位浊清公公，实力就远在他之上。但好在他手中还有一个筹码。"司空长风喝了杯酒，轻叹一声。

"谁？"苏喆问道。

"天下第一美人，易文君。"司空长风幽幽地说道。

苏喆抽了口烟："这个名字有几分耳熟……"

"任何见过易文君的人都无法否认，无论你见过再多漂亮的女子，但她仍然是最漂亮的那一个。"司空长风偷偷往周围看了一下，发现并无他人外才继续说，"在易文君还很小的时候，易卜就有意要与当时权倾朝野的叶大将军结亲，这本是一桩美事，二人从小青梅竹马，本就是天造地设的一对，可惜后来大将军获了罪，易卜的计划也就被迫中止了。又过了几年，等到易文君的容貌已经可称人间绝色之时，当时还是景玉王的明德帝无意中，又或者在某些人有意地安排下，见到了她。"

"见色起意？"苏喆笑道。

"当然，大家都说是一见钟情的。"司空长风叹气道，"这一见，导致了一场浩劫的诞生。景玉王纳易文君为妃，但易文君在出嫁之前遇到了叶鼎之。"

"叶鼎之！"苏喆一惊，"魔教教主！"

"世人皆以为几年前的那场浩劫，是因为北阙复国，但世人不知道的是，叶鼎之其实是叶大将军的儿子，他和易文君相爱，却被明德帝拆散，那场魔教东征其实是为了易文君而来的。"司空长风沉声道，"但最后，易文君还是回到了皇城之中，成了宣妃，易卜也成了国丈爷，影宗的地位也随之水涨船高了。可惜啊，若是洛青阳没有因为易文君的事情和易卜决裂，如今的影宗，确实有机会重现当年的辉煌。"

苏喆吐出一口烟："司空层（城）主里（你）说的这些……骇人听闻啊。不过你最后说可惜，那就表示如今的影宗，还没有做到易卜想要的那样。"

"影宗作为皇离天军和禁卫军之外的守护天启城的存在，已经数百年了，但是这一代，出现了四位守护，他们也不受三省六部管辖，但是却是站在光明之下，受万人敬仰的。"司空长风伸出一根大拇指指了指自己，"比如我，朱雀使，司空长风！"

"那么影宗的存在，便没有意义了。"苏喆点了点头。

"青龙使心月姐姐，心剑传人，剑冢之主，玄武使唐怜月，唐门本代第一人，朱雀使，我，天下仅有一位的枪仙，白虎使，他的身份不便提，但说出来绝对是最震撼的那一个。"司空长风又给自己倒了一杯酒，"我们四人，受同一个人征召集结。他说，自今日之后，天启城将永远活在光明之下，不再需要黑夜中的影子。"

"琅琊王。"苏喆沉声道。

"琅琊王萧若风，因为当年的结亲一事，他十分讨厌影宗，当年自己的兄长需要影宗的帮助，所以他并没有阻止那件事情的发生，但明德帝继位之后，他就着手做了很多事情，为的就是让影宗从天启城中消失。"司空长风幽幽地说道，"虽然影宗如今仗着易卜国丈爷的身份，还在苟延残喘，但以琅琊王做事的能力，用不了多久……"

"原来如此啊。"苏喆若有所思地说道。

"关于影宗，我知道的已经全部告诉你们了。不知道在我所说的这些故事中，是否有苏暮雨需要的。"司空长风站起身，"酒也喝了，故事也听了，苏喆先生？"

"这便告辞，不打扰了。"苏喆站起身握住佛杖，佛杖之上的金环叮叮当当地响着，像是催魂的铃声，"这里的酒很好喝，鲜花饼也很好次（吃），可惜以后怕是不欢迎我了。"

"告诉苏暮雨，情分虽然没了，但是来雪月城里走一走，一杯水酒还是喝得的。"司空长风缓缓说道。

"我们家暮雨，人缘可真好啊。"苏喆挠了挠头，"不像小仓（昌）河啊，令人头疼。送你了！谢谢你的酒！"苏喆从怀里拿出了一个油纸包朝天一丢。

司空长风伸手接过，看了看里面的物事，哭笑不得："酒仙酿的风花雪月，就换回这个？槟榔？"

"槟榔，很好次（吃）的。"苏喆挥了挥手，头也不回地离开。

天启城。

清晨。

苏暮雨推开了窗户，一股带着几分微热的风迎面吹来，有几分炎炎夏日的前兆了。苏暮雨深深地吸了一口气，他很喜欢此刻天启城中的这股味道。

是一种真真切切活着的感觉。

窗户之下，一个女子持剑而立。

女子穿着一身素衣，腰间挎着一柄长剑，眉宇之间英气十足。

这便是无论是江湖还是皇城，都赫赫有名的"剑心有月"了。

苏暮雨微微垂首，淡淡地一笑。

女子转身，朝着前方行去。片刻之后，苏暮雨已与他并肩而行。

"寒衣写给我的信上提到过你，说你剑法很好。她很少会夸人剑法好，我想，若你不是来自暗河，或许能成为她的良人。"李心月淡淡地说道。

苏暮雨笑道："前辈说笑了。"

"你长相俊秀，性子看着也稳，应当不错的。可惜你来自暗河，于是便只能说笑了。"李心月手在腰间轻轻甩过。

苏暮雨一愣，立刻点足后撤。

李心月腰间长剑震鸣了一声，却未出鞘，李心月手在腰间甩过后却未拔剑，只是伸指冲着苏暮雨轻轻一点。

一道霜寒剑气冲着苏暮雨的眉心袭去。

苏暮雨微微往后一仰，两道剑眉之上染上了一道霜寒，他再往后一退，后背靠在了石墙之上。

李心月手又放回到了剑柄之上："我不喜欢暗河的人，你来天启城，有什么目的？"

"只因是暗河，所以便没有了白日行走世间的资格吗？"苏暮雨反问道。

"哼，这几日你在天启城中晃悠，逛过西市，去过茶楼，听过琴曲，登过雀台，倒确实像是来天启城中游玩一般。"李心月冷笑道，"只是，这些事，你喜欢吗？"

苏暮雨点头："喜欢的。"

"妄言！"李心月直接拔出了长剑，一股剑风吹过，吹起了她的头发，"暗河的杀手，会喜欢这种凡世中人日常的欢娱吗？"

"难道前辈觉得，暗河的杀手，喜欢的就是杀人吗？"苏暮雨苦笑着摇了摇头。

"我是天启城四守护之首。"李心月沉声道。

"我知道，但就算是天启城四守护之首，也没有办法阻拦一个人自由地行走在天启城的阳光之下。"苏暮雨回道。

"寒衣说你不喜多言，想是她搞错了。"李心月收回了长剑。

"心剑，剑谱之上位列第三，今日得见，有幸。"苏暮雨垂首道。

"但我并不想见你的十八剑阵，有的剑是剑，而有的剑，是凶器。我不相信你来天启城只是为了游观，但现在你也确实没有做出任何出格之事，我也不能就这样把你赶走。"李心月轻叹一声，"但一旦你做出

-251-

出格之事，我会毫不犹豫地动手。"

"前辈。我想找你问一个人。"苏暮雨忽然说道。

李心月一愣："问我？你这小子，还会顺杆子爬啊？"

"玄武使唐怜月，我有事要和他聊一聊。"苏暮雨回道。

"你找唐怜月？"李心月微微皱眉，"何事？"

"婚事。"苏暮雨平静地说道。

"婚事？"李心月倒是吃了一惊，但很快她的表情就恢复了平静，"唐怜月之前说有事离开了，还没有回来。"

"没有回来……"苏暮雨微微皱眉，心里隐隐有了一个猜测。

"喂，那小子……在外面招惹了哪家姑娘？"李心月还是按捺不住心中的好奇心，低声问道。

"暗河，慕家。"苏暮雨回道。

李心月倒吸了凉气，摇头离开了："都说暗河慕家的女子……招惹不得啊。"

苏暮雨无奈地笑了笑，江湖之上，关于慕家女子的传言确实都不太好，说是她们个个精通媚术，是狐妖转世，多少江湖豪杰都死在了她们的床榻之上。但是慕雨墨，其实是个有些傻乎乎的家伙啊……他转身走回了客栈的房间。

房间之中，手缠绷带的乌鸦坐在那里，冷冷地看着苏暮雨。

"不是说第二日来，我等了你多日。"苏暮雨缓缓说道。

"那是你们定的第二日，我们想要哪一日来便哪一日来。三日之后，宗主请你赴宴。"乌鸦将一张金帖放在了桌上，"悄悄地来，不要让任何人发现。"

黄泉当铺。

慕家如今的家主慕青阳把玩着手中的铜币，跟着苏昌河站在那黄泉之旁，问道："大家长带我来这里做什么？这一次要取那黄泉当铺中的东西？"

"带你见一个人。"苏昌河回道。

"什么人？"慕青阳问道。

"摆渡之人。"苏昌河微微垂首，看着那站在靠岸的木船之上，抬

-252-

头盈盈而笑的红衣女子。

"公子又来了啊。"女子柔媚一笑。

"红婴，每日在此摆渡，黄泉当铺给你多少银子？"苏昌河问道。

女子低头作羞涩状："想不到公子还记得奴家的名字，奴家在这里替人摆渡，不收银子，只等一个有缘人。"

"我旁边这个，能不能当你的有缘人？"苏昌河指了指身旁的慕青阳。

慕青阳一把握住了半空中的铜币，看了眼红婴，又看了眼苏昌河："大家长这是要把我卖了啊？"

"公子可知奴家所说的有缘是何意呢？"红婴笑问道。

"你叫红婴，红姓在世上很少见，可是你的姓？"苏昌河问道。

红婴一愣，随后摇头道："奴家没有姓。"

"今日之后，你便有了，你姓慕。"苏昌河转过身，"他是慕家之主，便是我说的有缘人。"

"暗河大家长，要抢我黄泉当铺的人？"黄泉对岸，有一响若洪钟的声音传来。

"那间屋子中的物事，自己挑选足够的筹码，这个人，我带走了。"苏昌河头也不回地离开。

慕青阳低头一笑："姑娘，今日之后，便是我慕家之人了。"

"不是姑娘哦。"红婴从船上下来，走过慕青阳身边的时候，已经变成了一个俊秀无比的男子。

这张男子的脸，慕青阳也很熟。

苏暮雨。

慕青阳打了个寒战，低声喃喃道："真是见鬼了。"

小满十日刀下死。

夜幕降临。

苏暮雨换上了一身黑色斗篷，将那油纸伞藏在了斗篷之中，准备离开客栈。

"可累死了。"就当他要出门的时候，苏喆从窗户口跳了进来，径直走到了木桌旁，都来不及倒水，直接拿起茶壶就往嘴里倒水。

"喆叔。"苏暮雨一惊，"你这么快就回来了。"

"累洗（死）我了。"苏喆长舒了一口气，"则（这）不是四（事）情紧要，赶紧过来把事情告诉里（你）。"

苏暮雨点头："司空长风给了什么关键的消息？"

"影宗的敌人确定了，系（是）琅琊王萧若风！"苏喆沉声道。

苏暮雨一惊："是他。"

"原本影宗管天启，暗河管江湖，井水不犯河水。但系（是），影宗在天启城快被琅琊王给灭了，所以把我们召来。"苏喆拿起桌上一块点心开始啃了起来，想是这一路上真是赶路赶疯了，"影宗，和天启四守护，他们正在争权！"

"天启四守护，唐怜月，唐二老爷……"苏暮雨恍然大悟，原来一开始影宗给三官下了命令，让大家长亲自出手对付唐二老爷，是为了对付玄武使唐怜月。唐二老爷是唐门之中最支持唐怜月的人，杀了他引唐怜月离开天启城，再借暗河之手除掉唐怜月，便替他们抹去了一个劲敌。但最后唐怜月和暗河之间，并没有爆发极大的冲突，但唐怜月仍未回天启，想是唐门之中，还另有变故发生。

"你在想什么？"苏喆问道。

苏暮雨回过神来，轻叹一声："天启城的这浑水，有些麻烦了。"

"看里（你）要出去？"苏喆这才发现苏暮雨的一身行头。

"是。易卜约我一见，我在天启城闲逛了半月，他终是忍不住了。"苏暮雨回道。

苏喆微微皱眉："要我陪你去吗？"

"不必了。既然知道了他们的目的，那么很多事情就比较好解决了。"苏暮雨摇头道。

"那行，若有四（事）情，发令箭，我去救你。"苏喆敲了敲身旁的佛杖。

"喆叔，你已不是暗河之人了。"苏暮雨笑道。

苏喆摇头："但我还是希望……里（你）以后棱（能）叫我一声，岳父。"

苏暮雨无奈地摇了摇头，推门走了出去。

客栈之外，自苏暮雨踏入的那一日起就布满了眼线，他一出门，便感觉到周围有无数双眼睛在盯着自己。他穿着一身黑衣，隐入了黑暗之中，那些人立刻闻风而动，追了上来。可苏暮雨的身法之快，在暗河之中都少有敌手，除非是李心月这样的高手亲自前来，不然其他人不可能完全跟上他的行踪，再加上那群人中，还有影宗的人藏在其中。他们帮着苏暮雨一起搅乱了这一场追踪，导致其他各方的势力很快就跟丢了苏暮雨。

千金台的屠二爷就是其中之一，他低头骂了一声，然后说："回去又要被屠大给教训了。"

李心月留下的一名探子见丢了苏暮雨的行踪，当机立断立刻拉住了身旁的一名同伴："去将军府，告诉青龙使，苏暮雨不见了。"

国丈府。

屏风之后，身穿黑色斗篷的男子躺在一张长椅之上，身旁的木桌上点着一根香，男子闭着眼睛，似在休憩。

"你的身份，这样日日从那里离开，难怪不怕被琅琊王他们所发现吗？"易卜站在他的身旁，脸色凝重。

"何来日日一说，今日你设宴见人，我才特意前来。"黑衣人笑着摸了摸手中的玉扳指，"至于琅琊王，他就算知道又如何，他敢惹我吗？"

易卜皱眉道："若你真的这般对其不屑一顾，又何须来找我结盟？"

"宗主，他到了。"屏风之外，乌鸦沉声道。

"你要一起？"易卜问那黑衣人。

黑衣人笑道："不必了，我在这里看着他便好。"

易卜冷笑了一下，转身走了出去，苏暮雨正巧从屋外进来，两人四目相对。苏暮雨微微颔首："易宗主。"

易卜一愣："你和我想象中的很不一样。"

"哦？"苏暮雨平静地问道，"如何不一样？"

"你的代号是执伞鬼，这一代暗河中数一数二的杀手，但你的身上，没有杀气。"易卜幽幽地说道，"你像是一个剑客。"

苏暮雨淡淡地一笑："剑客？"

"剑客身上会带着剑势，比如雪月剑仙李寒衣，走到哪里都带着一股霜寒剑势，道剑仙赵玉真，出剑便有桃花香，儒剑仙谢宣，出剑若书现，还有我那个曾经的弟子洛青阳，独居一城剑势凄凉。而你，你的身上带着雨水。"易卜看了看苏暮雨背上的油纸伞，"清清冷冷，剑势若雨，你当杀手，可惜了。"

"易先生找我来，是想劝我离开暗河吗？"苏暮雨问道。

"不过是有感而发。"易卜挥了挥袖，"坐。不知苏公子喜欢吃什么，便叫了斋月楼的见天宴，都是天启城的特色菜。"

"多谢。"苏暮雨随着易卜走向旁边的木桌，眼睛往屏风微微一瞥。

屏风之内的黑衣男子微微一笑。

易卜坐了下来，给苏暮雨倒了一杯酒："苏公子，请。"

"谢过易宗主。"苏暮雨拿起酒杯一饮而尽。

乌鸦等人随侍在一旁，全都看着苏暮雨，眼神中带着几分凛冽的杀气。

"苏公子可能一直还在困惑，影宗和暗河之间，原本看着并没有任何联系，可为何却突然又似乎有了千丝万缕的关系。"易卜放下酒杯，开门见山地说道。

苏暮雨点了点头："暗河的任务都是由提魂殿派下来的，我们一直以为是江湖上的人出了高价找提魂殿下了杀人的单，却没想到，竟是影宗下派的任务。"

"这段事情，就要追溯到北离开国的时候了。"易卜饮下了一杯酒，随后将暗河和影宗之间的历史一五一十地讲给了苏暮雨听，和之前苏喆告诉他的猜测几乎没有任何区别，说完之后，易卜看着苏暮雨，静待他的反应。

但苏暮雨只说了一句话——

"但是如今执掌暗河的苏昌河以及我，与几百年前的影卫团，没有任何的关系。"

易卜笑了，他给自己倒了一杯酒，没有再继续说下去。

屏风之后的黑衣人也笑了笑。

苏暮雨放下了酒杯，随时准备拔剑而起。

"终究还是太年轻了啊。"许久之后，易卜才再度开口，"暗河几百年来都归属于影宗，常人无法寻到的暗河宗门地址、暗河分布在江湖上的各大蛛巢、你们每个人的真实身份、每个人的武功和弱点以及画像，所有的资料卷宗都藏于影宗之内。只要你们一叛离，所有的这些信息都会出现在江湖之上，暗河的仇家遍布江湖，而你们，将会成为被追杀的对象。"

苏暮雨微微垂首，神色平静。

"你们一定会以为，如今的影宗，空占着一个国丈爷的名头苟延残喘，在天启城之中早没有了当年的威风，连暗河都不如，又何来资格做暗河的主人。可是，只要我愿意，我便能毁掉暗河。你们想要建立新的暗河，想要重新开始。可是……"易卜冷笑一声，"放下屠刀，立地成佛？沾满鲜血的杀手们，放眼江湖，皆是你们的仇人。"

苏暮雨心知易卜所说并不是空穴来风，暗河之所以这么多年来能够安然无恙，便是因为无处可寻的宗门居所以及遍布天下的蛛巢基地，若这些被曝光于世，那么他们就只能一生都活在逃亡之中。他轻吁了一口气："说出你的条件。"

"让你们来天启城，是需要你们帮我杀人。"易卜微微一笑，苏暮雨终究是落入了他的掌控之中。

"谁？"苏暮雨问道。

"琅琊王萧若风。"易卜沉声道。

苏暮雨眼睛微微闪烁了一下，最后说道："暗河是替萧氏皇族扫平江湖的影子，而影宗是暗中护卫天启城的影子，那么天启城中的事，应与暗河无关。琅琊王身为萧氏皇族，刺杀他亦违背了二者所守卫的理念。我不明白其中的缘由，还请宗主细说。"

易卜瞳孔微微缩紧："我收回方才的话，你虽然年轻，但是很聪明。"

"这个任务不是影宗应当做的，这是宗主的私心。既然是私心，那便需要……"苏暮雨伸出一只手，摊开在桌上，"交换筹码。"

"你想要什么？"易卜幽幽地说道。

"方才你说的那些，都要从这个世上彻底消失，暗河从此以后与影宗无关。"苏暮雨扬起头看向易卜。

易卜沉默许久，站起身来："今日便谈到这里了吧。送客。"

"宗主比我更清楚，你要我们做的是一件什么样的事。琅琊王是北离军武第一人，朝堂之上，就连皇帝都得让他三分。江湖之上，他是雪月城主百里东君的师兄。杀了他，得罪整个天下。"苏暮雨转过头。

"我不觉得你能和我谈条件。"易卜右拳微微握紧。

"如果关于暗河的消息散于江湖之上，那无路可归的我们，会将天启城作为我们的第一站。或许天下人容不下我们，但我们也会让影宗，从这个世上消失。"苏暮雨最后看了易卜一眼，然后瞥了瞥那面屏风，走出了大门。

他走之后，屏风背后的人也走了出来，他摸着手中的玉扳指，笑道："不错的年轻人。有魄力，很聪明，武功也很高。"

"他方才一进来就察觉到你的存在了，你没有刻意隐藏气息？"易卜疑惑道。

黑衣人摇了摇头："不，在他进来之前我就用了绵息功，彻底隐藏住了自己的气息。他武功很高，年纪轻轻就超过了上一代的苏家家主。要想控制住他们，影宗是不够的。"黑衣人拍了拍易卜的肩膀，朝着外面走去。

天启城朱雀大街，李心月站在望高楼之上，正在四处观望着天启城的动静，就当她巡视了一圈后，她的目光停留在了西南方位。

一个头戴斗笠，右手执着佛杖的瘦高男子站在远处的屋檐之上，正看向她。

李心月一愣，立刻拔剑向前冲去。

瘦高男子微微一笑，朝着下方纵身一跃，身影很快就隐入了黑暗之中。

李心月打了个嗯哨，不少藏匿在黑暗中的高手都行动了起来，帮助李心月一起拦截那个瘦高男子。

"还系辣（是那）个麻烦的女人。"瘦高男子笑了笑，佛杖往前一甩，七枚金环飞射而出，打退了那些追上来的人，而有三枚金环同时打向了李心月。李心月长剑一挥，直接将那三枚金环打了回去："果然是你！苏家苏喆！"

苏喆转过身，手中佛杖往前一伸，收回了那三枚金环，随即冲着李心月一笑："大美棱（人），好多年不见了。"

"你来天启城做什么？"李心月怒喝一声，持剑奔向他。

苏喆点足后撤："来看一个朋友。"

"天启城里，怎会有人和你做朋友？"李心月冲到了苏喆的面前，一剑冲着苏喆刺去，苏喆和苏暮雨不同，她是亲眼见过苏喆杀人的，切切实实体会到这个绝世杀手的可怕之处，这样的人，不能出现在天启城！

"则（这）话嗦（说）的，我现在系（是）个好人了。"苏喆拿佛杖一挡，被李心月一剑打出了七步之外，"里（你）个婆娘，剑法还是那么霸道。"

"里（你）个洽（吃）槟榔的，官话还是那么烂！"李心月怒道。

就当二人对峙之时，旁边客栈的窗户忽然打开了，苏暮雨探出头来，低头唤道："李前辈。"

李心月仰起头，一愣："你不是……"

苏喆收起佛杖，笑着走上前："这便系（是）我来寻的朋友，么（没）问题吧？"

"我说过，你若是做什么出格的事，我一定会将你赶出天启城。"李心月冷冷地说道。

"喆叔已经不是暗河的人了。"苏暮雨摇头道，"还请前辈放心。"

"不是暗河的人了？"李心月微微皱眉，看向苏喆，"你被逐出暗河了？"

苏喆耸了耸肩："我找到我女儿了，我现在系（是）有家的人了。"

李心月神色微微一变，犹豫了一下最后还是没有说话，收起长剑再看了苏暮雨一眼后转身离开了。

琅琊王府。

穿着一身青色长袍的男子正坐在院中喝茶，他面容儒雅，长袍垂地，带着几分慵懒和闲适，倒是与传说中的那个军武之神并不相像，只是当他放下手中的军报，一双剑眉抬起之时，眼神中的锋锐之气还是令人不敢直视。

"就这些了？"萧若风问那送来军报的兵士。

兵士点头："就这些了。"

"二师兄这家伙话那么多，写的军报却是惜字如金……"萧若风连连摇头，"这么多年了，也没个改变。"

"因为平日里聊的都是废事，所以废话多，军报里说的是军情，每一个字都关乎到很多性命，自然要惜字如金。"一个温柔的女声忽然自院外传来。

"心月姐姐来了。"萧若风笑着起身，传信的兵士收回军报后立刻退了下去，李心月走进院内，看着萧若风："你看起来这几日倒过得很是闲适。"

萧若风挠了挠头，有些不好意思："姐姐这是问罪来了啊。抱歉抱歉，这次又让二师兄去领军了，本来应当我去的。"

"开个玩笑，别害怕。"李心月坐了下来，给自己倒了杯茶，"我知道你为何不想去。"

萧若风点了点头："最近朝中事务颇多，马上就是大朝会了，确实有很多事需要去做。"

"大朝会这等小事，也值得你去操心吗，你是怕又是你带军打了胜仗。"李心月叹了口气，"如今你的军功，放眼历朝历代，除了开国皇帝萧毅和天武帝萧天何，谁能比得过你？若这胜仗再打下去……"

"心月姐姐，便说到这里吧。"萧若风将茶杯往桌上轻轻一扣。

"你这个人啊，总是把这些事情闷在心里。"李心月摇头道，"你活得太累了，再这样下去会憋出心病来的。有什么事不能直接说呢，连皇位都是你让给他的。"

萧若风微微一皱眉，本想要开口却终究还是忍住了。

"我知道你想说什么，罢了罢了，我就不提了。我只是提醒你，有些话，说出来总比憋在心里比较好。"李心月喝了杯茶，"我来找你，是有一件别的事。"

"何事？要你亲自跑一趟？"萧若风问道。

"暗河中有人入了天启城。"李心月沉声道。

萧若风点了点头："我知道。二师兄离开天启之前遇到那人了。执伞鬼苏暮雨，我听小师弟提起过他，似乎对他的评价还不错。"

"是。原本只他一人入天启，我觉得并不能算是什么大事，但是昨夜，我又遇到一个人。苏家苏喆，当年的苏家第一高手。当年天血河一役，他一个人杀了九十六个一流高手。"李心月腰间的心剑微微震鸣起来，"是个狠角色。"

"暗河？"萧若风摩挲着手中的茶杯，"他们去任何地方，都只有一个目的，杀人。那苏喆我护送镇西侯来天启城的路上见过一次，当年暗河谢家接了一个委托，要杀镇西侯，后来苏喆带着苏昌河苏暮雨来了，直接终止了那一次的任务。"

"江湖传言，暗河能接任何的杀人单。包括皇帝。"李心月压低了声音，"他们来这里，会不会是为了杀你？"

"杀我？"琅琊王笑着摇了摇头，"为什么会觉得是我？我这么遭人厌恶吗？"

"你的存在威胁到太多人的利益了，镇西侯手握兵权，那也是远在西境，而你身处皇城，就如同当年的叶大将军。"李心月回道。

"怎么又说回去了……"琅琊王苦笑道。

客栈之中，苏喆轻轻地敲打着佛杖的金环："所以呢，你真的要去杀琅琊王？"

"在提魂殿面前，我有三不接的准则，而琅琊王，本就不是我会接的杀人单。"苏暮雨轻轻摇头，"更何况，萧氏皇族三代以来的第一人，

-261-

又岂是那么好杀的？"

"辣里（那你）打算如何？"苏喆问道。

"先假装与影宗谈条件，然后找到将其一击即溃的办法，毁掉所有有关暗河的卷宗，让暗河就成为那个生于江湖长于江湖的组织。"苏暮雨轻叹道，"本以为九霄城中那一战便是终点了，不知道这一次之后，会否还有下一个阻碍。"

"有人的地方，就有江湖，有江湖的地方，就有纷争。"苏喆说出了一句流利无比的官话，"更何况，你有一个喜欢纷争的好兄弟。他撒（啥）时候来？"

"天启城中的一切，我已经派人告知他了。"苏暮雨往窗户的方向微微一瞥，"他另有重要的事情去做了。"

苏喆也往窗户的方向看去："又有客人来了，里（你）就不能挑个安静点的客栈吗？"苏喆伸手打出一枚金环，冲着窗户飞去。窗户被推开，一个尚未到束发之龄的少年郎挥出衣袖，直接卷住了那枚金环，但金环去势却远超出他的想象，直接将他的衣袖卷了个粉碎。他微微皱眉："五十两银子没了！"

那金环最终在窗沿上轻轻一敲，弹回到了苏喆的佛杖之上，苏喆摸了摸下巴，略有些惊讶："小砸（子）！功夫不错啊。"

"小小年纪，就能接喆叔的金环。你是谁的徒弟？"苏暮雨看着面前的少年。

"是我的徒弟。"一个白发覆鬼面之人从窗外飞了进来，"许久不见了啊，执伞鬼！"

苏暮雨一愣："白虎使？"

苏喆也是一惊："天启四守护之白虎！"

鬼面人笑道："自从当了这破白虎使以后，感觉人见了我，都不把我当人看了。"

"不到十个时辰，便见到了天启城中四守护中的两位了。"苏喆笑道，"我们好大的面子啊。"

苏暮雨也微微一笑："我来了多日，一个都未曾见到，喆叔才来一夜，便见到了两个。是喆叔的面子。"

"哦？"苏喆挑了挑眉。

"天血河一役，一人独战九十六名一流高手，最终将其全部击杀，救暗河大家长于生死之间，你很有名。"少年忽然说道。

"小砸（子），知道的事情还挺多嘛。你叫什么名字？"苏喆问道。

少年微微垂首："我姓萧。"

萧是个寻常的姓，放眼天下，萧姓人数不胜数。

但放在天启城中，萧这个姓氏就很不一样了。

北离皇帝姓萧，天启城中，只有萧氏皇族这一脉姓萧。

"萧？"苏暮雨缓缓说道，"我听说这一代有一个六皇子，武学天分极高。"

"便是我的这个徒弟了，北离六皇子，萧楚河。"白虎使笑着拍了拍身旁的这位少年郎的肩膀，"别看他年纪轻轻，入天境也只不过是一步之遥。"

"哦？"苏喆好奇地打量着面前的少年，"则（这）么厉害。"

"不知六皇子殿下和白虎使造访此处，所为何事？"苏暮雨问道。

白虎使伸了个懒腰："不为何事，只是想看看大名鼎鼎的暗河执伞鬼，究竟有怎样的实力！"话音刚落，他突然拔出了腰间的长棍，冲着苏暮雨急掠而去。

苏暮雨微微俯身，一把握紧了手中的伞柄，白虎使和其他的对手不一样，若真要和他一战，那么必须一开始就用出最强的杀招。

"暮雨，退下。"苏喆挥出佛杖与白虎使的长棍相撞，佛杖之上的金环叮叮当当地作响，他看了一眼棍上的符箓，眼睛一亮，"这系（是）无极棍！"

"苏喆先生好见识。"白虎使抬起一棍，在空中舞出一朵棍花，随后那棍花散出百朵千朵，绚烂无比，只是最后都化为了一道极为刚烈的棍风，冲着苏喆当头砸下。

苏喆将佛杖往地上一顿，随后双手一挥，那佛杖之上所有的金环都四散出去，在他的周围疾速地飞旋着，形成了一道屏障，只听"当"的一声，棍风敲打在金环之上，十余枚金环摔落在了地上，摔成了碎片，而白虎使也手握无极棍往后连退了三步。

"听说天血河一战之后，你已经是半个废人了。"白虎使扶了扶自己的面具。

"传言这件事，又有几分可靠？"苏喆笑道。

"我这里的消息，从来不是传言。"白虎使笑了笑，"楚河，你也动动身子。"

"等师父这句话很久了！"萧楚河闻言大喜，立刻拔出了腰间长剑，刺向苏暮雨。

苏暮雨一惊，这少年郎虽然看起来仍未到束发之龄，但挥出的这第一剑，却具有强大的杀伐之气。他挥伞一挡，伞骨微颤，上面覆盖着的油纸伞却在瞬间碎裂。他一愣："你这套剑法是……"

"北离开国大皇帝萧毅所传，裂国剑法！"萧楚河又对着苏暮雨挥出一剑，"还请苏前辈，出剑！"

"原来是裂国剑法。"苏暮雨微微颔首，"世间最难学成的剑法之一，被称为世间杀伐剑第一。你小小年纪，居然会裂国剑法。"

"前辈很懂剑啊。"萧楚河继续一剑接着一剑地打去，但苏暮雨仍只是用油纸伞抵抗，并没有真正出剑。

"我父亲很懂剑，这些都是他与我说的。据说这套剑法极为刚猛霸道，寻常之剑根本无法驾驭这套剑法，当年大皇帝萧毅手握天斩剑，配上裂国剑法，天下间几乎没有能与其匹敌者。想必六皇子殿下手中的这柄剑，也不是凡品。"苏暮雨边退边说道。

"这是我叔叔借我用的，昊阙剑。"萧楚河回道。

"原来是琅琊王的昊阙剑，位列剑谱的名剑，难怪能驾驭住这裂国剑法。"苏暮雨赞叹道。

萧楚河却有些不耐了，他已经出了十几招，可面前的这个人却只是不停地闪避着，分明是不愿意与自己一战，他无奈道："前辈，是觉得我没有资格与你一战？"

苏喆和白虎使仍在对峙中，苏喆虽然依旧漫不经心地笑着，但肋下已经有些隐隐作痛了。

天血河一战后，他已经是半个废人了。这的确不是传言，而是事实。不然他也不会从傀的位置上退下来。他已经没有了当年可以拼死一战的底牌了。

而白虎使则气定神闲，语气轻松："我们的对决并没有太大的意义，不如看看他们的。"

"死掉一个天赋异禀的皇子，会是什么样的重罪？"苏喆问道。

"那得看你们有多大的胆子了。"白虎使微微一笑。

"出剑！"萧楚河大喝一声，挥出昊阙剑，房屋中的门窗桌椅在那个瞬间全都分崩离析，一道奇绝无比的剑气攻向了苏暮雨。

这一次，他退无可退。

苏暮雨微微侧身，手指在伞面之上轻轻一夹，直接抽出了一柄剑刃，随后朝前挥去，剑刃碰上了那道裂国剑气，被一点点地打成了粉末，但苏暮雨左手往后一伸，又一柄利刃落在了他的手上，等他接过那道细刃之后，一个瞬身已经来到了萧楚河的身边。

然后他就停了下来。

他左手的剑刃抵在萧楚河的胸前。

白虎使的无极棍点在他的背后。

而苏喆的佛杖也已经高高举起。

萧楚河舔了舔嘴唇："前辈的剑术很强。"

苏暮雨没有理会其他人，直接将手中的剑刃插在了地上："这不是剑术，这是杀人术。"

"走吧，徒弟。现在知道什么是天外有天，人外有人了吧。"白虎使一步向前，直接拎起了萧楚河的衣领，带着他从窗户中跳了出去。

萧楚河落地之后，神色倒没有半点沮丧："难怪师父你之前把他说得那么厉害，剑法确实高超。"

"人家已经说了，那不是剑法，而是杀人术。"白虎使拍了拍萧楚河的脑袋，"你剑法虽高，天赋虽强，但未曾经历过生死，所以我特地带你一起来。就是想让你看看，什么是真的……生死之斗。"

萧楚河先是一愣，随后皱眉思索了一会儿，随后点头道："待徒儿回去后，再好好想一想方才的对决。原来师父这一次来，是来带我历练一番的。"

"只是顺便罢了，我来此，只为多一些消息。"白虎使从怀中拿出了一个小本，一支朱颜笔，在上面缓缓写下了几行字。

"什么消息？"萧楚河问道。

"苏喆，确实不是当年的苏喆了。"白虎使幽幽地说道，"但是苏暮雨，比起当年，更强了。"

"天启城四守护，青龙使李心月是心剑传人、剑冢女主，朱雀使司空长风是雪月城三城主、世间仅有的枪仙，玄武使唐怜月是唐门本代弟子的第一人，未来唐老太爷的继承人，这三位守护都大名鼎鼎。但是唯独白虎使，他覆鬼面，披白发，无人知晓真正的身份。"苏暮雨看着手中那已经破烂不堪的油纸伞，看向苏喆，"方才一战，喆叔对他的身份可有猜测？"

"无极棍，是黄龙山的至宝。"苏喆缓缓说道，"则（这）个人，莫非出身道门？"

苏暮雨低头沉吟片刻，随后摇头道："应当不是道门的人。我心中不安，他比李心月要可怕。"

"哦？里（你）觉得白虎犹在青龙之上？"苏喆疑惑道。

"李心月的心中只是天启城的安定，我只要不触及她的底线，她便不会对我们动手。但是这个人不一样，他方才来，为何而来，我猜不透，他为何而走，我亦猜不透。他带着自己的目的，而且心思很深。"苏暮雨轻叹道。

苏喆笑着摆了摆手："别想这些了，以前都系（是）我们找别人麻烦，现在轮到别人来找我们麻烦了。也算是一报还一报。何时把昌河辣（那）小子叫来？"

"再等等。"苏暮雨摇头道。

"唉，不要每日都辣（那）么苦大仇深，兰（难）得来了天启城，带你去点有意思的地方转转？"苏昌河拍了拍苏暮雨的肩膀。

苏暮雨一愣："天启城里知名的地方，我这些日子倒是都转过了。"

"都系辣（是哪）里？"苏喆道。

"千金台、钦天监、问天石、龙起园……"苏暮雨一个一个说道。

苏喆急忙摆手："停停停停停，都系（是）些甚（什）么破地方！"

苏暮雨挠了挠头："都是天启城里最有名的地方啊……"

"我呸！"苏喆字正腔圆地骂了一声，"天启城里最有名的地方，当然是……"

苏暮雨想了一下："皇宫？"

"教坊司！"苏喆朗声道。

日落西山，一盏盏灯笼点起。

大半个天启城都在此刻开始慢慢进入沉睡，而这个地方，则刚刚苏醒。

教坊司，三十二阁。

一大片悬挂在空中的红色灯笼下，苏喆手中举着佛杖，佛杖之上挂着一个玉酒瓶，晃悠悠地走着："暮雨啊，里（你）来了天启城，也不知道来这里逛逛？"

"我……"苏暮雨不知该如何作答，想了一下，回道，"不识路。"

"有理有理，这种地方，一个人走着，总是容易迷路的。"苏喆晃了一下佛杖，里面的酒水洒落而来，苏喆微微张口，喝下了一口酒，"酒不醉人人自醉啊。"

"喆叔，你什么时候这样喝酒了？"苏暮雨疑惑道。

苏喆尴尬地笑了一下："因为这样，显得很风流。"

"喆叔，为何你官话又突然变好了？"苏暮雨又问道。

苏喆又尴尬地笑了一下，"里（你）管那么多干吗辣（啦）！"

"那喆叔，我们现在去喇（哪）里？"苏暮雨又问道。

"百花楼上百花开，百花开尽美人来。"苏喆晃了晃佛杖上的酒壶，"自然是去百花楼了。"

百花楼。

姹紫嫣红。

身材曼妙，身着轻纱的绝色女子们挥着绣着牡丹的纱扇，踩着那悠扬的古琴声，在阁内悠然地走着，她们或自顾自地聊着天，或走向各自心仪的公子敬酒，或独立在一旁听着那琴声发呆，但当苏暮雨出现的时候，所有人都朝着他望了过去。

苏暮雨独立站在那里，迎着那些目光，有些茫然。

他曾经立于险地，面对着三十六把杀人无数的长刀，都极为淡然。

可唯独这一刻，却只剩下了茫然。

苏喆苦笑了一下："唉，看来我应当一个人来的啊。"

"喆叔，下一步，应该做什么？"苏暮雨犹豫着问道。

"你想做什么？"苏喆微微一笑。

"我想走……"苏暮雨当然说的是实话。

苏喆无言以对。

一身紫衣的美艳少妇从楼梯之下款款走下，她似乎很早以前就是百花楼的掌事了，从那时起，她就是这般风韵犹存，然而多少年过去了，花开花谢，岁月却没有在她脸上留下过多的痕迹，依旧是那般风情万种，勾人心魂。她看了一眼苏暮雨，微微一笑："公子是第一次来？"

"是的。"苏暮雨回道。

"这般如玉的公子莅临百花楼，向来是予取予求的，公子今日无需花一两银子，可以做任何你想做的事情。公子想做什么？"紫衣少妇温柔地问道。

苏暮雨微微扬起头，想了想，回道："我想听听这琴声。"

紫衣少妇一愣，随后温柔地一笑："我不怕你喝最好的酒，睡最漂亮的姑娘，就怕你听曲。上一次来这里听曲的那个年轻人，可带走了我阁内最赚钱的姑娘呢。"

"嗯？"苏暮雨不知紫衣少妇这是拒绝还是同意。

"去吧。"苏喆用佛杖轻轻推了一下苏暮雨，苏暮雨踉跄了一下，紫衣少妇已经转身朝着楼上走去，他便立刻跟了上去。

二楼之上，有一高台，四周覆着白纱，其中坐着一个女子，正在抚琴，虽然看不见那女子的面貌，但琴声婉转温柔至极，想必抚琴的女子则定然是温柔如水的吧。

"公子通音律？"紫衣少妇笑问道。

"略懂。"苏暮雨淡淡地说道，他们来到了高台之外，除了寥寥几个位置空置着以外，其余已经坐满了人，其间有一人听着很是入神，摇头晃脑地沉浸于琴曲之间。

一曲奏罢，那人睁开了眼睛，丢了一粒花生米进嘴里，然后一转头就看到了苏暮雨，吓得差点没从椅子上滑下来。

"是你。"苏暮雨一愣，正是前几日跟踪他的千金台二当家屠二爷。

屠二爷看着苏暮雨，声音微微有些颤抖："我这次可没有跟踪你啊。"

"莫担心。"苏暮雨走到了屠二爷身旁坐了下来，"我也是来听曲的。"

"苏公子……"屠二爷想了半天才想出了个措辞，"好雅兴啊。"

"你从哪儿带来这么个俊秀小郎君啊？"紫衣少妇从二楼上走回到

楼下，拿手中的纱扇敲了敲苏喆的胸膛。

"是我的小兄弟，想检验下是不是个可靠的男人。"苏喆笑道。

紫衣少妇一愣："怎么的？在我这楼里逍遥快活的，就不是个可靠的男人了？还有，你检验男人做什么？"

"忘记和你说了，我找到我的女儿了。"苏喆掏出烟杆，点燃了烟草。

紫衣少妇先是一惊，随后喜道："那敢情好，这不是这些年来你最大的心愿吗？"

苏喆点了点头："是啊。然后我的这个女儿认识了你方才见到的那小子，我总觉得她好像喜欢上他了。这小子，我是看着他长大的，其他方面都是可靠的，男女之情上倒是半点都不了解。"

紫衣少妇看了看二楼："那这小子算是通过你的考验了？"

苏喆抽了口烟，满意地说道："来到这姹紫嫣红的百花楼，却只想着听曲，这我就放心了。"

"可我看面相，那小子，是一生凉薄的命啊。"紫衣少妇轻叹一声。

"你不是也说我是要死在半路上的那种人吗？可我现在还是好好地站在这里，还有了个女儿。"苏喆笑着说道，"我们的家族正在发生很大的变化，这小子，一定可以改变那所谓的命运。"

二楼之上，苏暮雨见那屠二爷紧张，便主动与他搭话："二爷常来听曲？"

屠二爷正襟危坐："以前是常来的。当年可是国手风姑娘坐镇其中。风姑娘走了就许久没来了，现在抚琴的是晚儿小姐，听朋友说琴音不逊色于风姑娘，我便来听听。"

"哦？感受如何？"苏暮雨问道。

"虽然在我心中仍然不及风姑娘，但也确实算得上不凡了。"屠二爷回道，"公子觉得呢？"

"哦。对于乐律，我也只是略懂罢了。"苏暮雨摇头道，"并没有什么资格去评判别人。"

"铮"的一声，高台之上，那女子重重地拨动了一下琴弦。屠二爷立刻做了个噤声的动作："再聊下去，晚儿小姐就该生气了。"

苏暮雨轻轻点了点头，没有再继续说话。

屠二爷舒了口气，看来这个传言中的顶级杀手并没有那么恐怖，竟然还显得十分友善，也不知是那传言过分夸大了，还是实际上当此人拔出剑之后才会化身为恶魔。总之还是先听曲吧，一会儿找个机会溜走。

堂间顿时安静了下来，女子重新抚琴，只是这一次的琴曲忽然变了曲势，一改方才的温柔婉转，而突然变得极具杀伐之气，曲音快速激昂，就像将众人带到了那个万马奔腾的沙场上一般。屠二爷闭着眼睛，听着那琴曲，慢慢地身上就开始出汗，呼吸也变得急促起来，这自然是琴音所无法做到的，定是那抚琴之人借着那琴音以内力在控制场间众人。

屠二爷已经意识到了这一点，他想挣脱那控制，却无法做到。

而场间其他人更是难以抵抗，全都陷入到了梦境之中。

梦境之中，刀光剑影。

万马奔腾。

有一女子持古琴位于沙场之中，任由身旁的人生死搏斗，却浑然不觉，只是抚琴的速度越来越快，琴音也越来越激昂。狂风吹过，吹起她的面纱。

面纱之下的容颜，不是一般的绝色，带着寻常女子未有的锋芒。

"起！"苏暮雨忽然站了起来，双手一挥，场间众人但凡带着剑的人，腰间之剑都应声而出，围绕着苏暮雨疾速地飞扬起来。苏暮雨抓过一柄从高台之上飞来的长剑，随后纵身一跃起身，用手中之剑同时击中了场间的其他五柄。

"叮叮叮叮叮"，响起了一阵极为清脆悦耳的长剑碰撞声。

同时那些长剑也在空中四散飞开，形成了一朵剑花的模样。

苏暮雨则在原地轻轻一旋，长袍飞起，尽是风流之意。

他以剑成歌，以剑成舞，正是回应着那女子的琴曲。

"好！"高台之上的女子来了兴致，那琴曲转瞬之间，由杀伐之气变成了苍凉之感。

仿佛一战休止，万骨皆枯。

独有一人存活在世间，行立于沙场之上，是无尽的苍凉与孤独。

苏暮雨长剑轻轻一挥，那飞旋空中的五柄长剑忽然落下，围在他的身边，将他困了起来，而苏暮雨困于剑阵之中，犹豫了片刻之后，忽然将剑朝天一指，长剑脱手而出，直接穿破了屋顶。

月光映射进来，照在了那白衫围绕的高台之上，显现出了一种极为温柔的淡蓝色。

曲音戛然而止。

众人从梦境之中醒了过来，每个人都浑身是汗，但又感觉到前所未有的畅快，他们相视无言，也弄不懂方才到底发生了什么。

"回。"苏暮雨手一抬，身旁的那五柄剑都回到了原本的剑鞘之中，最后一柄剑自空中落回，他接过后朝前轻轻一挥，那柄剑穿破了白纱落在了琴师的身旁。

琴师起身，笑道："这位公子，好俊的剑舞。"

"姑娘的琴曲更是厉害。"苏暮雨微微点头，"暮雨今日能够听到这一曲，也算是不虚此行。"

紫衣少妇在此时走了上来，看见这幅景象微微皱眉："晚儿，叶大将军派来接你的马车已经在下面候着了。"

"好。"女子微微侧首，最后看了一眼苏暮雨便领着侍女走了下去。

"叶大将军？"苏暮雨喃喃道。

"叶啸鹰，北离军中仅次于琅琊王和雷梦杀的狠角色。"屠二爷解释道。

"原来如此。"苏暮雨微微点头。

紫衣少妇走了过来，看了一眼苏暮雨，又抬头看了一眼上方的那个洞，无奈地叹了口气："虽然我说了今日公子来百花楼的一切花销都可以免除，但是不代表苏公子可以拆了我这百花楼啊。"

苏暮雨急忙从怀里拿出了一张银票："非是有意，我赔。"

屠二爷看着抠了抠鼻孔，低声自语道："这不是从我们千金台里赢走的钱吗……"

国丈府。

"苏暮雨在暗河之中威望很高，但毕竟如今的家主是苏昌河，苏昌河与苏暮雨不一样。苏暮雨看重情义，而苏昌河看重利益，若真想和暗河合作，不妨等苏昌河来了再谈接下来的事。"站在堂下的人身穿官服，神色凝重，正是三官之中的天官。

"你有把握能和苏昌河谈判？"易卜站起身，沉声问道。

"有。即便是马上要夺得眠龙剑之时，苏昌河依然不愿意放弃苏暮雨的性命，那么只要我们能够抓住苏暮雨，便能逼他就范。"天官伸出一拳，握紧，"然后倾暗河整个宗门的势力，杀死天启城中的一位王爷。至于以后暗河是否还存在，已经没有了意义。"

"好。那便更改计划，不等苏暮雨表态了，今夜就把他下进影狱！"易卜长袖一挥。

"遵命。"天官立刻退下，其他两个身影紧随着他离开。

教坊司中。

苏暮雨和屠二爷并肩而行，从百花楼中走了出来。

屠二爷的步伐有些踉跄，似是喝得有些多了："以前听闻苏公子大名，还以为苏公子是人间修罗，没想到今日一见，竟是风流少年！我与你一见如故，不如……"

"咻"的一声，一支羽箭划破长空，袭向屠二爷的脑袋。屠二爷微微侧首，眼睛瞥到了这支羽箭，可身子却不听使唤，来不及闪躲了。苏暮雨伸出两指，直接夹住了那支羽箭。

羽箭距离穿透屠二爷的脑袋，只有咫尺之遥。

"这……这……谁敢在教坊司中杀人！"屠二爷惊呼一声，一身的酒立刻就醒了。

又有三支羽箭袭来，苏暮雨丢掉了手中的那支，正欲动手，却听屠二爷一声怒喝，率先冲上前，双掌一挥："退！"

只见一道寒气飞出，三支羽箭立刻被凝成了冰柱，摔在了地上裂成了碎片。

屠二爷怒气冲冲地说道："什么人？鬼鬼祟祟，暗箭伤人！"

"此事与你无关。"一根判官笔落在了屠二爷的边上，冲他胸口轻轻一划，屠二爷挥拳一挡，整个人被震出了三步之外，他定睛一看，面前的竟是个穿官服之人，只是此人的官服却非如今北离正统的官服，而像是道观庙宇中的那些神鬼所穿的官服。

屠二爷微微皱眉："什么人装神弄鬼？"

"二爷请退下，这些人是为我而来的。"苏暮雨走上前，伸手抓住屠二爷的肩膀，将他拉到了身后。

"这是苏公子你的仇家？"屠二爷问道。

苏暮雨微微抬首，左侧的屋檐之上，水官正微笑着看向他，右侧的屋檐之上，天官则第一次拔出了他的配刀，而面前的那个满脸怒色的，自然就是地官了。苏暮雨笑了笑："算不上仇家，他们以前也是暗河之人。"

屠二爷一愣："他们又是什么鬼？"

苏暮雨微微摇头："他们不是鬼，是坐在神庙之中的神。而我们这些执剑人才被称为鬼，也就是你所说的人间修罗。"

屠二爷咽了口口水，怒意下来之后，心中的恐惧就又升上来了："听不太懂，总之好像很可怕。"

"倒也没有，只是今夜出门有些匆忙，没有带武器。"苏暮雨轻叹了口气，今夜他是真的犯了一个很严重的错误，因为觉得带兵器来教坊司这样的地方有些奇怪，所以他将兵器留在了客栈之中。

这段时间或许给了他一个错觉，他在很偶尔的时刻，能够作为一个普通人行走在这座城池中。

可毕竟他不是一个普通人，天启城也不是一座普通的城池。

"兵器？"屠二爷浑身上下翻了个遍，最后掏出了一柄匕首，"我向来不用兵器的，只有这一柄匕首，必要时刻用来防身。"

"很好。"苏暮雨手一挥，那匕首便落到了他的手中，他手指轻轻一旋，一朵剑花在他手中绽开，"寸指剑，我也学过一阵，虽然不如昌河，倒也派得上用场。"

"你不是还有个朋友来了百花楼？"屠二爷问道。

"是啊。打得热闹点，拖一拖时间，等喆叔赶来。"苏暮雨点了点头。

"他不会来了！"地官低喝一声，挥起判官笔攻了上来。

"二爷退下，此事与你无关。"苏暮雨左手推了一下屠二爷的肩膀，将他推出了十步之外，右手持着寸指剑迎上了地官的判官笔。

地官的判官笔飞速挥舞着，有了当日与苏昌河一战的经验，这一次他不再轻敌，一挥手就用出了自己最强的实力。苏暮雨挥舞着寸指剑，失了兵器上的优势，暂时只能被打得一步一退。

奇怪的是，他每退一步，地上就会显现出一个字。

映着那红色的烛光，转瞬即逝。

苏暮雨一共退了四步，地上就出现了四个字。

分别是，伏、节、死、谊。

"这是神仙笔！"屠二爷认出了这门武功，"小心，地上的一个字就是一道气，一会儿气随笔出，他想寻你罩门。"

"多嘴！"右侧屋檐上的天官冷哼一声，又挥出一支羽箭。

这一次屠二爷故技重施，再挥出一道冰霜之气，可这一次羽箭直接破了那寒气，逼得他连退三步连勉强避开。

"二爷，速速离开。"苏暮雨一边闪躲，一边低头看着地上，发现那些一闪而过的字迹并没有完全消失，仔细一看还能辨别出来，他立刻俯身来了一记扫堂腿，试图抹去那些字，但地官早有准备，一笔落下，挡住了苏暮雨的腿。

"起！"地官判官笔一抬，方才写下的那四个字分别化为一道真气，攻向了苏暮雨。

苏暮雨寸指剑猛挥，又被打退了三步，还好屠二爷的匕首一看便不是凡品，在这般猛烈的击打之下，也毫发无损。而地官则趁着苏暮雨后退，又立刻在地上写下了四个字。

生、荣、死、哀。

"神仙笔，怎么写的都是死的事。"苏暮雨幽幽地问道。

"因为今日是你死期，神仙也难救。"地官冷笑道。

地官判官笔猛地一抬，地上的那四个字也化作四道真气，直接攻向苏暮雨。苏暮雨提起匕首勉强一挡，只听一声细微的清脆声响起，那匕首终究是崩了一道口子。

破绽已现！

天官眼睛微微一眯，拔起长刀一跃而下，对准了苏暮雨的脑袋就砍了下去。

苏暮雨急忙提起匕首一挡，整个人都被压得弯下了腰。天官再一用力，苏暮雨的匕首瞬间崩裂成碎片，情急之下，他双手奋力一挥，将那碎片全都打了出去。天官立刻抽刀猛退，那些碎片从他身边划过，终究还是没有伤到他。

但苏暮雨手上已经没有任何兵器了。

地官的判官笔再度向前，长笔猛挥，又写下了十个字。

都是同一个字。

死死死死死死死死死死。

苏暮雨的衣袖被那判官笔卷得粉碎，他无奈之下只能纵身跃起，一生中学过的所有武功都在他脑海中转了一圈。最后他选择了伸出一指，冲着地官挥出。

指剑。

他一指点在了地官的判官笔之上。

那判官笔从笔尖之处开始，一点点地崩裂，一道剑气直接划过了这支笔袭向地官。地官立刻弃了判官笔，点足后撤。

苏暮雨站在原地，方才伸出的那一指已经变成了乌青色。以手指挥动无上剑气，这是无剑城中一本秘籍上所记载着的武功，但这对身体的负荷极其之大，若没有日复一日的练习，那么一道剑气便代表着废掉一根手指。

苏暮雨还有九根手指，还能挥九道剑气。

天官自然不会给苏暮雨喘气的机会，立刻挥刀赶了上来，苏暮雨转过身，准备再挥出一指。就在此时，一柄长剑忽然从天官身后袭来，天官察觉到了，立刻侧身对着那长剑砍出一刀。长剑被他砍飞后在空中打了个转，又落了下来。

"青城山，御剑之术？"天官谨慎地往后一退。

但那柄长剑却没有再攻向他，而是从地面之上扫过，来到了苏暮雨的面前。

天官这才发现，长剑之上还挂着一根极细极薄的丝线。

暗河的傀儡丝。

苏暮雨接过长剑，转过身。

穿着一身白袍，身材修长的女子背着药箱，抱着拳站在那里："苏暮雨啊，食了人间烟火后越来越不一样了啊，教坊司都敢来了啊。"

苏暮雨有些尴尬："是你父亲带我来的。"

"啧啧啧啧啧，所以你是无辜的？"女子耸了耸肩。

"我作证，苏公子只是听了个曲儿。"屠二爷立刻站了出来。

"来教坊司只听曲，就像我去了天启城的雕楼小筑，然后……"女子顿了顿，"喝了壶普洱。你知道这叫啥吗？"

"叫啥？"屠二爷和苏暮雨异口同声地问道。

"当了那啥还立那啥。"女子笑道。

苏暮雨想了想，点了点头："当机立断！"话音刚落，他纵身一跃，持剑来到了女子的身边，苏暮雨一挥剑将偷袭上来的地官打了出去。苏暮雨随后手在女子的肩膀上轻轻一推，推到了屠二爷的身旁，"二爷，帮我照看白神医。"

"白神医？"屠二爷疑惑道。

女子笑道："白鹤淮，药王谷辛百草的小师叔。"

屠二爷立刻伸手道："久仰久仰。"

白鹤淮"啪"的一下打开了他的手："什么久仰久仰，我在江湖上根本没有露过面，净说瞎话。所以你方才说的话，我也不信了。"

屠二爷神色尴尬："姑娘你弄得我都不知道该说啥了。"

苏暮雨得了这柄长剑，身上的气势立刻发生了变化，独自一人对战持刀的天官和失了判官笔的地官，也丝毫不落下风。

"三官之中，武功最强的，竟然是水官。"苏暮雨曾经与水官有过极为短暂的交手，其实力之强，远在这两人之上。

天官眉头微微一皱，低喝道："还不下来帮忙！"

"来了。"水官纵身落下，右手一摊，一道水汽在他手中慢慢凝成，最后成了一柄匕首的模样。他落到了天官的身边，然后手掌一推，将那柄水汽凝结而成的匕首插进了天官的后背。

"你！"天官对其怒目而视，但一身气力已泄，手中的长刀摔落在了地上。

屠二爷看着眼前的变故，一时反应不过来，他转头想问白鹤淮，却猛然发现，他们所有人都被一阵雾气包围了。

苏暮雨轻吁了一口气，看着浓雾之中，走出了三个人。

暗河大家长，苏昌河。

慕家家主，慕青阳。

以及那黄泉边穿着红衣的，摆渡女。

"看来我们来得正是时候啊。"苏昌河摸了摸自己的小胡子，得意地笑着。

地官见状来不及多想，立刻点足一掠想要逃跑，却见苏昌河率先跃起，手中匕首轻轻一划，直接就割破了地官的喉咙。地官尸体落地，苏昌河也落到了苏暮雨的面前，手中轻轻旋转着匕首，将上方的鲜血给甩落在地："怎么样，我的寸指剑才算是真正的杀人利器吧？"

苏暮雨轻叹一声："动静闹得太大了。"

"在我的孤虚阵中，就算苏家家主将天地倒悬，都不会有人发现。"慕青阳丢着手中的铜币，得意地说道。

"你和水官联手了？"苏暮雨问道。

水官将面前已失去了意识的天官推倒在地："我很欣赏你们二人。"

"还是那句话，你没有资格欣赏我。"苏昌河走上前，低头看了一眼地上的天官，又转头看了眼红衣女，"可看清了？"

"看清了。"红衣女走上前，手在脸上轻轻一抹，再转头时，面容已和地上的天官一模一样了。

"这是我们慕家新的伙伴，慕婴。"苏昌河看向苏暮雨，"我给他取了个代号，千面鬼，不错吧？"

苏暮雨无奈地摇了摇头："黄泉当铺没找你算账？"

慕婴对苏暮雨微微俯身，行了一个礼，他的面容已和天官别无二致，但是声音却仍是那娇媚妖娆的女声："奴家慕婴，见过苏家家主。"

教坊司。

苏喆坐在床边慢悠悠地抽着烟，看着一地兵器的碎片，和那些瘫软倒地的女子，轻叹一声："我苏喆，可不系（是）那种会因为美色而乱了神志的人啊。"

"哦？不系（是）吗？"一个温柔的女声自屋外响起。

苏喆吓得手一抖，手上的烟杆差点都没拿稳："里（你）怎么来了？"

"我怎么来了，我来看看狗爹你，在做什么快乐的事情啊。"白鹤淮看着屋中那些昏迷过去的女子，"一个两个三个四个，狗爹你不是受了重伤，身体不好吗？"

"都系（是）误会！"苏喆急道。

"哦。原来你受伤是误会啊。"白鹤淮幽幽地说道。

"不系（是），不系（是）指这个误会！"苏喆满头是汗。

"想不到喆叔，也有这般苦恼的时候啊。"苏昌河也跟着走进了屋内。

苏喆放下了烟杆，看向苏昌河："原来是你这个坏东西来了，难怪我说怎么今天来个教坊司，都有人要杀我呢。"

苏昌河耸了耸肩："若我不来，今日才要出大事了。"

"苏暮雨呢？我正准备去寻他，他辣（那）边估计也遇到麻烦了。"苏喆着急要离开这个房间。

"不必去了。"苏昌河笑了笑，"现在的苏暮雨中了醉梦蛊，睡得像是条死狗，正被人拖去换赏钱了呢。"

国丈府。

易卜微微抬眉，只见鹰眼团的乌鸦从外面快速走了进来，冲着易卜点了点头。

"好。"易卜按捺不住心中的喜悦，得意地笑了一下，走出了大厅。只见天官和水官站在那里，苏暮雨被水官拎着衣领瘫软坐在地上，他紧闭双眼，看起来已是失了神志。

"他被下了毒？"易卜问道。

"给他下了醉梦蛊，就算他是大罗金仙，也没办法用半点武功了。"水官回道。

易卜俯身，手指在苏暮雨的手脉上轻轻一搭，发现苏暮雨体内的真气全都像是陷入了一场永不会苏醒的醉梦一般温和绵软，他点了点头："做得不错。不过怎么回来的只有你们二人，地官呢？"

"他死了。"水官的语气没有任何波澜，"毕竟要活捉苏暮雨，并不是那么容易的事情。"

"可惜了。"易卜也没有刻意伪装出悲伤的样子，轻描淡写地说了句后便转过了身，"将苏暮雨关进影狱之中。"

"是。"水官回道。

"天官，为何一直不说话？"易卜微微侧首，幽幽地问道。

天官面无表情："兄弟死了，宗主只言一句可惜，可于我而言，却不仅仅是可惜这么简单。我不想多说，宗主又何苦问我。"

"原来如此，是易某冒昧了。"易卜沉声道。

水官意味深长地笑了笑，随后说道："对了，易宗主。还有一个好消息要告诉你。"

"什么消息？"易卜问道。

"苏家大家长，苏昌河，他入天启城了。"水官缓缓说道。

"来得这般巧？"易卜摸着腰间的剑柄，低声喃喃道。

水官拎起了地上的苏暮雨："是啊，就是这么巧。要是他早来了一步，我们的计划便无法执行。"

"先不必去寻他，看看他若是找不到苏暮雨，会有何反应。"易卜笑道。

"还是易宗主想得周到。"水官扛起了苏暮雨，朝着影狱的方向行去，天官面无表情地转过身，也跟了上去。这个天官自然是慕婴所假扮的，等到他们离开了易卜的视野之后，他才开口说道："方才这个易卜怀疑我了。"

"易卜此人生性多疑，不过方才你化险为夷。"水官回道。

"这位兄台，擅用成语啊。"慕婴笑着说道。

水官看了一眼她，撇了撇嘴："你的脸长得和天官一模一样，可声音却是这般千娇百媚，我还真有些毛骨悚然的感觉。"

慕婴捂嘴一笑，故意做了娇俏状，眼睛冲着水官微微一眯。

"令人作呕。"水官无奈道。

两个人带着苏暮雨来到了国丈府的最深处，水官解释道："这里本是影宗宗门，一直以来伪装成天启城中一位富商的宅邸，易卜成了国丈后，索性直接将此处变成了国丈府。最深处便是影狱，关押着一些重要的犯人。"

影狱之外，两名魁梧刀客守在那里。水官伸手亮了一枚令牌后，两名刀客拉开了影狱的大门。水官领着慕婴和苏暮雨走了进来，影狱之内阴暗潮湿，随处可见拷问所用的刑架，可各个牢房之中却是空荡荡的，并没有什么人关押在其中。

"说得那般厉害，怎这里面空无一人？"慕婴问道，"我多年未出那黄泉当铺，如今北离治安这么好了，连犯人都没有了。"

"曾经是影宗是天启城的影子守卫者，但是当光明最盛，连黑夜都能照亮之时，也就不需要什么影子了。如今琅琊王掌控着守卫天启，守卫北离的权力，那么影宗这里，自然也没有什么必要扣押犯人了。甚至有的犯人到了这里后没多久，就被琅琊王给提走了。"水官回道。

"难怪易卜这么想杀死琅琊王。"苏暮雨忽然开口了，声音虚弱至极。

"中了醉梦蛊还能说话？"水官将苏暮雨丢到了旁边的一间铁牢

之中。

苏暮雨盘腿在地上坐了起来："这醉梦蛊不比一般的毒药，我这几个时辰已经在试图运起真气突破身子中的那层枷锁，可试到现在，也不过能勉强说话罢了。"

"那是自然。"水官笑道，"这可是我最得意的东西了。"

"我还没有来得及问昌河，你为何会选择和我们合作？"苏暮雨问道。

水官想了一下："一定需要有一个利益上的理由，我说我欣赏你和苏昌河，可以作为一个理由吗？哦对了，苏昌河又要说了，我没有资格欣赏他。"

苏暮雨沉吟片刻，最后回道："我明白了。"

"哈哈哈哈。其实我自己也不明白。"水官转过身，幽幽地说道，"只是我觉得，有些时候，发生一些大的改变，是非常有意思的事情。"

朝来客栈。

苏昌河看着收拾得一尘不染的房间，笑道："苏暮雨这家伙，难得过几天普通人的日子，也把自己过得那么辛苦。"

白鹤淮放下了药箱，坐在了一旁的凳子上："或许他自己并不觉得这样辛苦，反而很快乐。"

"你说得有理，我们苏暮雨这样优秀的男子，若是讨回家去，定是既待人温柔体贴，又能包揽家务，就是没什么赚钱的本事，但配上你，那岂不是如鱼得水？"苏昌河笑得一脸贱兮兮。

"我啊，一生就贪这财，还就喜欢能赚大钱的男子。"白鹤淮白了一眼苏昌河。

"哦，系（是）吗？"苏昌河笑道。

白鹤淮轻叹一声："我那老爹是不是和你说了什么奇奇怪怪的话？你们是不是觉得我已经非苏暮雨不嫁了？"

苏昌河挑了挑眉："那，系（是）吗？"

"男女之间的感情，不应当仅仅只有男女之情。或许前段时间的相处，我确实对苏暮雨有些好感，但好感的最终不应当一定要转化成爱情，它可以有很多种结局。而且苏暮雨那样的人，我总觉得他不会爱上别人。"

白鹤淮缓缓说道。

"这么确定？"苏昌河追问道。

"什么时候，他的眉眼能彻底舒展开来的时候，再让我那父亲想那风月之事吧。"白鹤淮笑道。

"是个好姑娘。"苏昌河轻轻点头。

"啧啧啧，被你一个大坏蛋称作好姑娘，也不知值不值得高兴。"白鹤淮耸了耸肩。

"什么人？进来！"苏昌河猛地一挥手，只见大门瞬间被推开，一个身穿黑衣的年轻人正站在那里，有些惊讶："不愧为暗河大家长，居然瞬间就察觉到了我的到来。"

"你是谁？"苏昌河沉声道。

"影宗，乌鸦。"乌鸦提着剑走了进来，"知道苏大家长入了皇城，特来一见。"

"苏暮雨呢！"苏昌河怒喝一声，"他约我在此处相候，为何他的人却不在这里！"

白鹤淮坐在一旁，在心里默默地翻了一个白眼，她想笑又不敢，只得拿起桌上的茶杯喝水。

乌鸦冷笑道："你想见苏暮雨？"

"当然！他是我苏家家主，是我苏昌河一生最好的朋友，就算失去大家长之位，我也决不允许苏暮雨受到一点点伤害。若你们敢对他做什么，我一定会和你们拼到底！"苏昌河攥紧了拳头。

乌鸦眼睛微微一眯，随后笑道："大家长不要如此紧张，苏暮雨如今正在影宗宗门做客，一切无恙，只是……"

"只是什么？"苏昌河猛地抬眉，一阵强大的杀气散出，整个屋子中的门窗都像是被狂风吹拂而过，噼里啪啦地响着。

乌鸦不久前也和苏暮雨对决过，感觉过对方极强的剑术，但是苏暮雨的身上却没有苏昌河这般可怕的杀气，他往后微微后撤了一步："只是从客人变成主人，或者从客人变成犯人，就看大家长的诚意了。"

"我的诚意？"苏昌河冷笑道，"想试探我的诚意，是一件很没有诚意的事情，也是一件很危险的事情。"

乌鸦面对苏昌河锋锐的眼神，这一次没有后退，反而往前走了一步：

"我们一直所做的不就是世间最危险的事情吗？"

"此话倒是没有错。我很欣赏你。"苏昌河收起了自己的杀气，拿起桌上的茶杯喝了口水，"直接说吧，你们要我做什么？"

"我们要大家长，取下琅琊王的人头。"乌鸦手一挥，屋内所有的门窗都在那一刻闭紧。

"什么？"苏昌河一掌握碎了手中的茶杯，"你可知你在说什么？"

"暗河不是什么人都能杀吗？我就将世上最难杀之人放在你的面前。"乌鸦转过身，"不必这么快就给我们答案，想清楚了再……"

"再什么？"苏昌河的声音忽然变得极为阴冷。

乌鸦整个人瞬间就僵住了，一滴冷汗从额头上落了下来，他咽了咽口水，看着前方，只剩下了白鹤淮一个人独坐在那里。而苏昌河的声音，则是从他的身后响起的。

然后他的脖子上微微一寒。

乌鸦不敢转头，他害怕自己一转头，头颅就整个地滑下来了。

苏昌河笑了笑，收起了手中的匕首："放心，我没有杀你。你们手中不是还拿着苏暮雨的命吗？我怎么敢杀你呢？"

"大家长……"乌鸦脸微微抽搐了一下。

"滚吧，既然苏暮雨是客人，那么多做些好吃的给他，他不能吃辣，记住了。"苏昌河拍了拍乌鸦的肩膀，走回到了白鹤淮的身旁。

白鹤淮想起了钱塘城中苏暮雨吃辣时的场景，忍不住想笑，但立刻又憋住了。

因为乌鸦依旧站在那里，一动不动。

"怎么还不走？你要留下来吃饭？"苏昌河微微皱眉。

"那便告辞了。"乌鸦终于反应过来，立刻推门离开。

苏昌河笑着问白鹤淮："怎么样？我方才演得还可以吧？"

白鹤淮笑着点头："前面的演技简直拙劣，不过后面回归了本色，简直是神来之笔。这个乌鸦回去之后，一定会把刚才的故事描述得绘声绘色。"

"哈哈哈哈。"苏昌河朗声笑道，"只有真真假假，才能够显得真。不过方才，我是真的想杀了他，差点没忍住就一刀把他的头给割了。"

白鹤淮喝了口水："还好你忍住了。"

"便如此吧。"苏昌河坐了下来，"希望他们别亏待我们的小木鱼啊。"

"那他说的那件事，你打算如何做？"白鹤淮微微皱眉，"我虽然不关心朝事，但是琅琊王这个名字，太过响亮了。影宗布局了这么久，原来是为了杀他，可杀了他，天下大乱。"

"那自然是要去会一会。"苏昌河轻轻转了一下手中的匕首，"都说暗河什么人都能杀，我倒也想试试，这天下最难杀之人有多么难杀。"

"你疯了？"白鹤淮惊道。

"我本就是个疯子啊。"苏昌河舔了舔嘴唇。

"桃花面为吉，桃木剑为凶。"慕青阳将手中的铜币高高抛起，随后一手扣住，"大家长，我想这一次算都不用算。"

"哦？"苏昌河笑道。

"必是桃木剑那一面。"慕青阳抬起手，看着那剑面，苦笑道，"凶得不能再凶了。"

"琅琊王萧若风，这般难杀吗？"苏昌河幽幽地说道。

"说得唬人一点，比皇帝还难杀一些。"慕青阳收起铜币，"毕竟除了北离军武第一人外，他还有另外一个身份，当年的天下第一李长生的亲传弟子，以及如今的天下第一有力争夺者百里东君的小师兄。"

苏昌河摸了摸自己的小胡子："百里东君啊，我也见过的。"

"哦？如何？"慕青阳问道。

苏昌河眼睛微微一挑："当年差点一剑就把他杀了。"

慕青阳一愣："大家长这般神勇？"

"哈哈哈哈当年他还不会武功，我对他可是抬手可杀，可惜当时他的身旁还有温家家主温壶酒在，我就没有出手。没想到啊，只是因为我的一时隐忍，竟成就了一个天下第一。"苏昌河故作感慨地说道。

慕青阳有些不屑地耸了耸肩："大家长，人家能成为天下第一是因为拜了李长生为师，而不是因为你。反言之，当年你若是动了手，那么现在的他应该还是天下第一，可我们暗河……就不是现在的这个大家长了。"

"哈哈哈哈这么看不起你的头儿，这样吧，你给我们卜一卦，看看当时若我们动了手，如今的故事当是如何的。"苏昌河说道。

慕青阳轻轻摇头："卜卦之事，能算未来的可能，算不得过去的可能。"

"那么既然有卜卦，有没有解卦，你说我们此行是大凶，那么如何逢凶化吉？"苏昌河伸手接过慕青阳手中的铜币，对着那日光仔细地打量起来。

"可惜啊，就算是造出这枚铜币的那个人，也困于自己的命运之中，不能解卦。"慕青阳走上前取回了铜币，"大家长，我只有一个问题。"

"说。"苏昌河转过身，已经准备离开。

"我能不能不去……"慕青阳语气中竟是苦涩。

"不能。"苏昌河摇头道，"暗河之中，只有你陪我进了天启城，我要去送死，也只能拉你做垫背了。"

"喆叔不也在天启城吗？他可比我能打多了。"慕青阳说道。

苏昌河笑了笑："喆叔已经不是我暗河的人了，他也应当有他自己的生活了。"

"唉。"慕青阳伸了个懒腰，"我也想拥有自己的生活啊。"

学堂。

陈儒原本躺在竹榻上小憩，忽然闻到一缕茶香，他吸了吸鼻子，从竹榻上坐了起来，看着那久违的身影正坐在木桌旁煮着茶。

"若风，你怎么来了？"学堂之中，没有所谓的尊卑地位之分，所以陈儒唤他，直接就唤了名字。

萧若风微微侧首："先生醒了。我昨夜忽然梦到了师父和师兄们，就想回学堂看看。"

"梦到了什么？"陈儒走下竹榻，坐到了萧若风的面前，他还记得他第一次见萧若风的时候，萧若风还是个意气风发的少年，在雕楼小筑之上喝了七盏星夜酒后一跃破境，可到了后来，萧若风眉宇间的愁意便越来越浓了，直到现在，萧若风坐在那里，便带给人一种沉重而萧索的感觉。

萧若风给陈儒倒了一杯茶："并没有梦到什么特别的事情，只是很多年以前学堂中的一些普通场景罢了。那时候东君还没有拜入师门，顾师兄也没有回到柴桑城。他和二师兄每日都是抢对方的酒喝，柳月师兄和晓黑师兄则永远戴着斗笠，可隔着斗笠也隔不住他们互相讽刺，而洛轩师兄则总是安安静静地坐在一旁吹着笛子，从来都不参与这些纷扰。"

"那你呢？"陈儒喝了口茶，问道。

"我？"萧若风想了一下，"我和师父坐在一起，我想和师父下一局棋，可师父不同意，他说，我迷路了。"

陈儒愣了一下，放下了茶杯："别想太多，你只是想他们罢了。不如找个时机找他们重聚一下。便回到这学堂吧，李先生行踪难寻，就由我这个学堂祭酒来替你们主持如何？"

萧若风沉默了许久，最后还是摇了摇头："大家都有了各自的选择，各自的生活，让他们看到现在的我，想必会是失望的吧。"

"你是北离的大英雄，天下的大英雄，没有任何人会对你失望，即便是李先生也没有这个资格。"陈儒沉声道，"我只是希望你，不要自己对自己失望。"

"谢过先生了。"萧若风轻轻点头，喝了杯茶，"天启城中，能与我这样说话的人越来越少了。"

"你身边的朋友，要么心思太过单纯，比如雷梦杀夫妇，要么心思太过复杂，比如那个戴着面具的家伙。"陈儒轻叹一声，"而我，则不能算是你的朋友。"

"先生是我所敬重之人。"萧若风回道。

"有过后悔吗？你本有另外一条路可以选的，海阔天空，你若不将自己困于这皇城皇族之内，应当会过得更加恣意快活。"陈儒问道，"像你的其他那些师兄一样。"

"当如今的我想起曾经的那些想法时，就会有些失落。在那些梦中，我也能持剑策马，行过花海，来到我心爱的女子面前。"萧若风站起身，披上了那件黑色的披风，"可是，若是所有人都在江湖，那么江湖也就不会是如今的江湖了。"

"我从一开始就想到了，你虽然遗憾，但不后悔。"陈儒笑道。

"有些事，总要有人去做。"萧若风轻叹道，"也谢过先生这些年来在学堂中的付出了。"

"我也即将离开学堂，我有个师侄会来接替我的位置做一段时间的祭酒，他曾与你并列为北离八公子。"陈儒说道。

"是谢宣啊。"萧若风笑了笑。

"是啊，但他不会在学堂中待上很久。而学堂，其实也到了……它该与众人告别的时候了。"陈儒缓缓说道。

雕楼小筑。

萧若风找了个角落里的位置坐了下来。天启城中认识他的人很多，他那么多次凯旋都是城中万民相迎，但是他独自一人坐在那里喝酒时，却并没有人发现他。

其中当然有一个原因是和常理不符的，在朝中一人之下万人之上的王爷，怎么会在此时，在毫无护卫的情况下，独自一人坐在雕楼小筑中喝酒？

另一个原因，自然也是萧若风用了些诡道之法。

他出身学堂，师从当年的天下第一李长生，而李长生虽然执掌天下第一学府多年，可自己本却是个离经叛道之人，除了正常的刀剑功夫外，对于那奇门遁甲、阵法诡术也都极为精通。萧若风就从其中学了一个术法，名为"来鸿去燕"。当他坐在那里，那些在酒楼中进进出出的酒客们，会天然地忽略他，就算偶尔有人注意到了他，可看向他时，他的面容也会忽然变得模糊。

店里的掌柜倒是并不受这个术法的影响，他亲自放了一壶酒，一碟小菜在那个桌上，随即便问了一句："殿下许久不曾来小筑了，今日突然到此，是约了什么贵客吗？"

萧若风摇了摇头："没有。只是突然想来这里坐一坐。"

掌柜若有所思地点了点头，随后便退下去了："那小的就不打扰了。"

萧若风拿起酒杯，微微仰起头，看着雕楼小筑的屋顶。

那里曾经挂着一壶酒，乃是雕楼小筑最珍贵的陈酿秋露白。

但如今那里空空荡荡的，什么都没有。

当年是他的小师弟百里东君，以七盏星夜酒挑战了雕楼小筑的秋露白，最终胜过了雕楼小筑中最强的酿酒师谢师，随后纵身一跃从那屋顶之上取走了那陈酿秋露白。那场比试，他也是评判者之一，并且在饮下七盏星夜酒后，一跃破境，多年以来在武学上的桎梏，都瞬间冲破了。

可后来小师弟走了，那些师兄们也陆陆续续离开了。之后他接受了王爷之位，帮助了自己的兄长登上了皇帝的位置，打败了南诀，拯救了天下，成了世人眼中的大英雄。可他的武功却不再有精进，他的武功停在了饮下酒的那一刻,以后那么多年的苦练,也只能勉强再迈出几步罢了。

"若你入江湖,你或许在以后可以继承我的名号,可若留朝堂,便只能驻足于此了。你可明白?"当年的李长生曾这样和他说过。

"先生,能驻足于此,对出生于萧氏一族的我来说,已是莫大的幸运了。"萧若风当年是笑着回答的。

师父啊,你还能再次出现,予我以教导吗?

"再好喝的酒,带着愁意喝,也会变得很苦。"一个身影忽然坐在了萧若风的面前。

萧若风微微抬起头,看着面前的这个年轻人。

年轻人留着两撇漂亮的小胡子,打理得非常细致干净,眼神中带着几分讥诮,坐下时的姿势也有些随意狂妄,斜靠在那里,毫无礼节可言。

可就在这随意之间,他破了萧若风的"来鸿去燕"。

掌柜的惊讶地发现了这一幕,立刻便打算走过去阻拦,但萧若风冲着他轻轻抬了抬手,示意他不必过来。

"暗河新的大家长,苏昌河?"萧若风淡淡地说道。

苏昌河习惯性地摸了一下自己的小胡子:"我们曾经见过一次。"

"我记得。当年你们来围杀镇西侯,但后来又退走了。"萧若风幽幽地说道。

苏昌河朗声笑道:"哈哈哈。当年若是不退走,或许世间就少了一个拯救苍生的大英雄。"

"你很自信。"萧若风拿起了一个空酒杯,给苏昌河倒了一杯酒。

苏昌河接过来后一饮而尽:"人的野心自然是要足够大,才能有战斗一生的欲望啊。而作为我们杀手来说,能杀死世间最难杀死的人,就是最大的野心。"

"说得有几分意思。"萧若风也笑了,"这句话,值得饮上一杯。"

"只是我没有想到,世人口中,光芒万丈的琅琊王,会独自一人坐在酒馆中饮酒。"苏昌河笑道,"你很孤独。"

"从某种意义上来说,是的。"萧若风点头。

"那就很有意思了。世人口中,若人间恶魔的我却很少会觉得孤独,只因为我的身边,一直有一个值得托付生死的兄弟。"苏昌河又主动给自己倒了一杯酒。

"暗河在什么地方？"萧若风忽然没头没脑地问了一句。

苏昌河愣了一下，随后回道："在无名深山之中，暗流终结之处，你无法寻到，只有在最深最黑的夜里，循着那月光，可以靠着接引的使者找到那条通往暗河的路。"

"玄之又玄，亦是江湖。"萧若风倒了倒酒杯，却再也没有倒出一滴酒水了，他摇头叹道，"酒喝完了。"

苏昌河看了看周围，酒楼之中已经空无一人，慕青阳出现在门边，轻轻地合上了雕楼小筑的大门。他再看向萧若风："既然酒喝完了，那么……"

"当年你围杀镇西侯，和执伞鬼苏暮雨带来了一众杀手，可今日你来杀我，却总共只有两个人。"萧若风笑了笑，"不是说我是世间最难杀的人吗？"

"当年的我，和今日的我，已经截然不同了。"苏昌河从袖中拿出了一柄匕首，"而我跟了你许久，今日你的身边是真正的无一人。因为今日的你，刻意让自己不被别人发现。"

"哦？"萧若风挑了挑眉。

"因为你想要刻意地看一看，这个天启，这个天下，没有你琅琊王会是如何。是不是依然还是那个样子，是不是你这些年的抉择取舍，根本就不值得。"苏昌河笑道。

"若你不是杀手，倒真的值得与你真正喝上一场酒。"萧若风抬起头，认真地打量起面前的这个杀手。

"可惜啊。世间不可能无你琅琊王，你在光明处，有人仰望，而你在黑夜里，有我们等着你！"苏昌河一跃而起。

萧若风一抬手，昊阙剑应声而出，他朝前一挥，撞在了苏昌河的匕首之上。苏昌河被打得往后退了三步，萧若风的衣衫轻轻扬起随后又缓缓落下，他长吁了一口气："在天启城中，我许久没有打过架了。"

慕青阳取下了背上的桃木剑，竖在面前，嘴上轻轻念叨着什么，随后一道流光在剑身上一甩。

萧若风面前的苏昌河忽然就变成了三个。

"暗河中人还会道家术法？"萧若风语气依旧波澜不惊。

"只要能杀人，不分佛家道家儒家，你家我家他家，都是好法。"

萧若风手中的匕首挥舞出一朵朵刀花，将萧若风的面前的酒桌瞬间劈成了粉末，随后刀花舞向萧若风，每一击都直取他的要害。

萧若风则一直在避退，他的身影几乎在雕楼小筑中跑了一圈，却始终不再出一剑。

"殿下不肯拔剑，是想拖延时间？"苏昌河冷笑道。

萧若风摇了摇头："我只是忘了该如何出剑。"

"忘了？"苏昌河微微皱眉，手中的匕首划破了萧若风的衣袖。

萧若风继续点足后撤："我曾经有一剑，名天下第三。因为我的师父李长生他有一剑，名天下第二，寓意我为天下第二，谁敢称天下第一。"

"那你的天下第三，便是自学堂李先生之后，剑术之道，便在于你了。"苏昌河笑道，"我该和那家伙换一下的，让他来杀你。"

"可我挥不出那一剑了，我还记得创剑时的快活，用剑时的豪迈，可当我提剑而起时，便只觉兴致寥寥，而昊阙剑也并没有回应我。"萧若风语气依旧十分平淡，似乎对自己身处险境并没有那么担忧。

"昊阙只是一柄剑罢了。"苏昌河占尽了上风，借助慕青阳的秘法，他一人化作三影，在一点点地绝萧若风的生机。

"名剑有灵。"萧若风轻叹一声，随后纵身一跃跳至空中，闭上了眼睛。

苏昌河吃了一惊，就在这个瞬间，萧若风身上的气势忽然又变了，一股强大的威压震慑而下，慕青阳手中的桃木剑忽然开始剧烈地颤动起来。

不好！苏昌河心中低喝一声，立刻暴起向萧若风打去。

但萧若风已经举起了剑。

"我的心中已经没有了所谓的天下第三。"萧若风的长剑落下，"只剩下了天下。"

剑光闪起，若长虹贯日。

慕青阳呕出一口鲜血，手中的桃木剑落在了地上，碎成了粉末，被那剑风一吹，便消散如烟了。

但苏昌河却没有退后，他的三道虚影重新融为一道，迎上了这萧若风的"天下"一剑。

这一剑恢宏至极，带着无上的光芒。

可在苏昌河看来，这一剑空洞、苍白，虽然有着包容万象的宏伟，但是剑意之中，有着太过的仁义宽宏，而少了真正能置人死地的杀心。这样的剑，他不怕。

因为世人眼中的"天下"，从来都没有他的容身之地。

"叮"的一声，萧若风睁开了眼睛。他的身影和苏昌河交错而过。

两人落地。

苏昌河毫发无损，但他眼神往后一瞥，发现慕青阳已经彻底昏迷了过去，没有了再战之力。

而萧若风的衣袖已经被斩得粉碎，手中的昊阙剑震鸣不断，似乎在提醒着他方才那一击的凶险。

"你这一剑杀的是人心，能击退执剑者的杀意。"苏昌河冷笑了一下，"可我不一样。"

萧若风看着手中的昊阙剑："是啊。毕竟没有一剑，真正容得下整个天下。"

"啪"的一声，雕楼小筑的大门被斩得粉碎。

身穿素衣，手持长剑的女子从屋外走了进来，她的身子挺得笔直，像是一柄剑，她的眉眼含锋，像是一柄剑，她的声音冷峻，更像是一柄剑："一个人跑出来喝什么酒，还当自己是那个任性的皇子吗？"

萧若风微微抬首，笑了："心月姐姐。"

苏昌河紧紧地握住了手中的匕首："天启四守护，青龙使。"

"我就知道，暗河的人来天启城没什么好事，你和苏暮雨那家伙不一样，寒衣和我说过，见到你，不要犹豫，直接杀了！"李心月不再多言，直接对苏昌河出了一剑。

苏昌河浑身一寒，那一刻，他只觉得，雕楼小筑中的每一个地方都布满了剑，面前有剑，身后有剑，头顶挂剑，脚下踩剑，连那酒香之中都布满了剑意，他仿佛来到了一个只有剑的世界，而那些剑锋芒毕露，只有一个目的——

杀了他。

那是比他还极致的，杀人意。

这便是剑心冢的"心剑万千"了。

苏昌河暴喝一声："破！"那些剑意在他的这一声怒吼之下，总算被避退了片刻，他得了一息喘息，立刻对着李心月丢出了一柄匕首，李心月长剑一落，直接将那匕首按在了地上。但那匕首之上，还连接着一根丝线，苏昌河左手一挥，那匕首忽然从地上飞旋起来，直接将李心月的心剑给缠住了，他再一拉，整个人就落到了李心月的面前。

"死吧。"苏昌河又举起另一柄匕首，对着李心月的胸膛刺了下去。

"狂妄。"李心月直接松开了心剑，双手一抬。

只见数十柄剑影落在了两个人的身旁，将他们整个地围了起来。

"什么？"苏昌河一惊，想要后退，他本以为自己给李心月设了一个圈套，却没有想到，自己落到了李心月布下的杀局之中。

"落！"李心月微微一笑，那些剑影便冲进了两个人的身体之中，只是那些剑影落在李心月的身上，引得李心月身上的气势越来越强，而落在苏昌河的身上，却让苏昌河感觉若万蚁噬心般的痛苦。

他惨叫一声，一身衣衫被瞬间染红，他急忙点足后撤，但那些剑影却又立刻跟了上来。

"退！"一柄佛杖落在了他的面前，将那些剑影打得粉碎。

李心月微微皱眉："是你。"

苏喆落下，握住了佛杖："没错，系（是）我。"

李心月冷哼一声："就算是你来了，也没有用。"

苏喆微微侧首，看着昏迷过去的慕青阳和身受重伤的苏昌河，有些无奈地抓了抓脑袋："麻烦了啊。"

"许久不见了，苏喆先生。"萧若风淡淡地说道。

苏喆微微一笑："殿下好记性，害（还）记得我呢。"

"催命铃，夺命环，不敢忘。"萧若风也笑了一下。

"我已经不系（是）暗河的人了。"苏喆拿起佛杖，挑起了慕青阳的身体，随后伸手抓住了苏昌河的衣领，"放我一条生路，如何？"

"当年苏喆先生，也曾在占尽上风之时放过我们一条生路。"萧若风挥了挥手，示意李心月让开，"心月姐姐，放苏喆先生离开。"

李心月依旧持剑站在原地，剑气强盛："放虎归山，后患无穷。"

"一定要打？"苏喆沉声道。

"心月姐姐，放苏喆先生离开。"萧若风又说了一遍，这一次加重了几分语气。

李心月轻叹一声，收了那一身剑气，默默地退让到一边。

"多谢了。"苏喆带着那两人纵身离去。

李心月走到萧若风的身旁，语气中带着几分责怪："为什么要放他们走？我已经派人让白虎赶来了，他们没有半点机会。"

"既然他无杀我之心，我又何苦要杀他们呢。"萧若风回道。

"无杀你之心？"李心月环视了一下被砸得稀烂的雕楼小筑，"你确定？"

"我确定，虽然他看起来已用了全力，但暗河大家长的实力，可不应当只是如此。"萧若风捡起地上的一只碎碗，"有趣。"

"所以你说，他们精心制造了一场对于你的杀局，可最终的目的却不是为了杀你，而是将自己置于死地。这太荒谬了。"李心月摇头道。

"有时候，世事就是这般荒谬啊。"萧若风笑了笑。

朝来客栈。

苏喆将苏昌河和慕青阳同时甩进了房间之中，白鹤淮原本正躺在椅子上优哉游哉地吃着舒心斋的糖饼子，见状一惊，立刻从椅子上蹿了起来："怎么搞成这样了？"

"先救人要紧，其他的一会儿再说。"苏喆擦了擦额头上的汗。

白鹤淮看了一眼苏昌河，又看了一眼慕青阳："看起来都快死了，先救谁？"

"先救头儿、先救头儿。"慕青阳猛地睁开了眼睛，从地上爬了起来，"我醒了，不对，我撑得住！"

苏喆眉头一皱："你小子装死？"

"非也非也，是真被那一剑给打晕了。"慕青阳急忙摆手，"但那一剑只诛心，不杀人，所以我外伤不重，不像头儿……头儿这是，被万剑穿心了啊。"

"你……你闭嘴。"苏昌河张了张嘴唇，勉强骂出了这几个字。

"这是遇到了什么人，剑法这般可怕？"白鹤淮从腰间抽出了一块白布，上面布满了银针，她手一挥，那些银针就落在了苏昌河的身上，"先把血止住。"

"天启青龙使，心剑传人。"苏喆掏出了烟杆，"那剑气强得，把我都吓到了。"

白鹤淮伸手搭了一下苏昌河的脉搏，微微皱了皱眉，最后无奈地看了苏昌河一眼："真是个坏坯子啊……"

苏昌河笑了一下，方才那痛苦不堪的模样顿时荡然无存，他说道："神医，我都这般凄惨了，你怎么还骂人呢？"

白鹤淮从药箱里翻出了一个药瓶，随手丢给了慕青阳："用这药给苏昌河涂满全身，一日三次。一瓶用完了再来找我要。"

"就这药便可以？"慕青阳有些不相信。

"用这药我还嫌浪费了。"白鹤淮白了慕青阳一眼，随后看向苏昌河，"说吧。你又在打什么坏主意？弄得这般凄惨，看起来唬人，但实际上一点内伤都没有，搁我这演苦肉计呢！"

"嘘。"苏昌河做了个噤声的动作，其他人立刻不再说话了。

影宗的乌鸦在此时推门而入，看着躺在地上，一身血污的苏昌河，愣了一下："听说你刺杀琅琊王失败了？"

"原本成功了，但是青龙使李心月突然赶到，你为何不替我们拦着他？"慕青阳先开口反问道。

乌鸦本还想奚落责备几句，可这一句话就被噎了回来，他皱眉道："我也不知你们今日要在雕楼小筑中动手。"

"废话，机会仅在瞬间，哪有时间提前知会你们，你们影宗眼线遍布全城，我们明明已经发出信号，可你们却完全不知，来得还不如李心月快。大家长若死了，我定带领暗河众人与你们决一死战！"慕青阳句句诛心，说得铿锵有力。

乌鸦轻叹道："大家长受伤这么重，接下来还有机会吗？"

"乌鸦。"苏昌河强撑着站了起来，"错失了这一次的机会，那么琅琊王身旁一定会加多守卫，想要再杀他，就很难了。"

乌鸦点头："是。很多时候，机会只有一次。"

"不。机会还有，但是需要付出很大的代价。"苏昌河眯起了眼睛，流露出一丝狠厉，"我这一次定要让琅琊王死无葬身之地。"

"大家长想要如何？"乌鸦问道。

"我要召集暗河三家所有精锐入天启。"苏昌河沉声道，"只为杀他一人。"

"暗河所有精锐入皇城？"乌鸦一惊。

"相信我，不会有任何人察觉到，等他们察觉之时，就已经死了。"苏昌河用那只满是血污的手拍了拍乌鸦的肩膀，"我今日已拿出了我的诚意，也希望易宗主，拿出他的诚意。"

乌鸦沉吟许久，最后转身道："好。"

白鹤淮和苏喆相视一眼，他们已经了解到苏昌河这步棋的打算了。一个苏昌河，一个苏暮雨，即便再强，可走进这浩大的天启城中，也只不过是一粒石子砸进了一处池塘中，但那带着刀剑入天启的修罗恶鬼们全都到达，便像是无数的石子砸进了池塘。

势必掀起滔天巨浪。

苏昌河微微一笑，他知道易卜不会拒绝。因为他没有任何理由拒绝。

影狱。

苏暮雨坐在牢房的角落中，也不知是水官的刻意安排还是他自己幸运，整个影狱之中，只有他这间牢房的上方，有一个巴掌大小的窗口，有微弱的光亮从那个窗口透射进来，偶尔也会有飞过的麻雀在上面停留一小会儿，好奇地打量着下方的这个囚犯。苏暮雨终日也就仰着头，看着那个小窗口，发呆。

就算是这样的日子，他也觉得有些意思。

这样无人打扰的牢狱生活，反而能让他好好思考很多的事情。

可今日，终究还是有人来打扰了。

一个穿着黑色斗篷的瘦高男子站在牢房之外，用手指轻轻地敲了一下铁栏杆，苏暮雨这才回过神来，转头看到了那个男子。

"你是北离数一数二的杀手，我站在那里许久了，你居然毫无察觉。"男子声音中微微含笑，"有些难以置信。"

"因为我在一个绝对安全的地方，不必担心任何人来杀我。"苏暮雨淡淡地回道，"在这样的环境里，我不会耗费力气再去做一个杀手。"

"你很有意思。"男子微微垂首。

苏暮雨微微皱眉："我见过你。你是那日屏风后面的人。"

"哈哈哈哈，原则上来说，我们那日还不算真正的相见。你单凭气息便能够认出我，不错。"男子笑道。

苏暮雨笑了笑："因为你很特别。"

"有多特别？"男子问道。

"虽然你我之间隔着一座牢笼,虽然你现在看起来对我并没有敌意,但我觉得,只要你愿意,还是可以杀了我。"苏暮雨沉声道。

男子伸出一根修长莹白的手指,轻轻地搭在铁栏之上："若是你愿意,我现在可以救你出来。"

"万事皆有条件,易卜有他的条件,而你也必然会有……你的条件。"苏暮雨摇头道。

"不错。只是易卜这样的人,与他交换条件并没有太大的必要,因为他太弱了,杀了他,取而代之,分明是更好的选择。"男子幽幽地说道。

苏暮雨眉头微微一皱,手指之上凝聚出了一丝剑气。

"哈哈哈哈。"男子似乎看穿了苏暮雨的这个小动作,朗声笑了起来,"看来我说对了。"

"易卜很弱,但你很强。"苏暮雨缓缓说道。

"是的。我很强。"男子轻叹一声,"甚至我曾经以为,我是这天下最强的人。但是如今我却依然不得不像个亡命之徒,寻求这个天底下最深处的影子合作。"

"你是……"苏暮雨猛地想到了一个名字。

"嘘……"男子阻止了苏暮雨,"除非你已经决定了与我合作,不然,请不要说出这个名字。因为,我真的会杀了你。这是一件很可惜的事情。"

苏暮雨往后退了一步："可如果我现在拒绝你,你难道不是也会选择杀了我？"

"不,我还想看看你们与影宗的搏斗。"男子笑道。

苏暮雨沉吟了片刻,继续说道："如今我被困在这里,大家长或许会选择和影宗合作。你想到的搏斗,可能不会出现了。"

"笑话。"男子冷哼一声,"昔日影卫团跟随开国大皇帝征伐天下,每当战局陷入困顿之时,便常有敌将首领被影卫团割去头颅之事发生。影宗这些年来,一直以此为傲,可是琅琊王是不一样的,他的周围都是整个天下都屈指可数的绝世高手,甚至他自己,都是学堂李先生得意的弟子。他想要复制昔日影卫团的荣耀,可也不看看自己的实力和对方的实力,若此事真这么简单,那当年敌将为什么不派人直接把大皇帝给杀了？"

苏暮雨一愣，这一次他选择了保持沉默，没有再说话。

"你很聪明，但是朝堂之上的事情，并不简单。"男子转过身，"希望你们不要让我失望。"说完之后，男子便头也不回地走出了影狱。

苏暮雨待他走后，终于舒了一口气，靠着墙斜躺下来："真是麻烦啊。"

国丈府中。

易卜攥紧了拳头，低喝道："他进去了？"

"是。"乌鸦站在下方，眼神有些闪烁，"弟子无能，不敢阻拦。"

"废物……废物！"易卜忍不住破口大骂。

"他若拦我，我自然会杀了他。平白失去一个徒弟，并不值当。"身穿黑色斗篷的男子自屋外走了进来。

"你……"易卜伸出一根手指，指着男子，神色愠怒，"这国丈府岂是你想来就来的，这影狱，岂是你想进就进的！"

"若你当年没有那般对待你的女儿和徒弟，今日这国丈府，或许还真的不是我想来就来的。可惜啊。"男子略带嘲讽地笑道，"往事不能回首。"

易卜冷笑道："你说我选错了，可你当年，不也是选错了吗？"

"多嘴。"男子手一抬，易卜直接被打退了三步，两人实力之悬殊，可见一斑，难怪他敢对这影宗如此蔑视。

"你与苏暮雨相见，说了什么？"易卜问道。

"放心吧，我自然是招募他，但他拒绝了我。"男子笑道，"易卜，我有一句话要劝你。"

"什么话？"易卜沉声道。

"不要试图去掌控比你更强的物事。"男子留下这最后一句话后，身影便消失了。

易卜沉吟许久，最后长叹一声："我又何尝不知道呢，但这已是我影宗最后的机会了。"

"宗主，今日，我去见苏昌河了，他们布置了一次对琅琊王的刺杀，几乎成功。"乌鸦突然说道。

易卜眉头紧皱："几乎成功，就是没有成功。"

"是，任务失败了，苏昌河身受重伤，但他也同时与琅琊王结下了死仇，他要求召集所有暗河精锐入天启城。"乌鸦回道。

"所有暗河精锐？"易卜深吸了一口气，"稍有差池，天启城便会陷入可怕的混乱之中。"

"那是阻止苏昌河？"乌鸦犹豫着问道。

"不，予他准许！"易卜握紧了拳头，"只要苏暮雨在我手中，我就赌他……不敢胡来！"

黑衣人离去不久之后，苏暮雨便靠在角落里睡了过去。他做了个梦，梦到了几年前，震惊天下的魔教东征那一战刚刚结束，他们从雪月城中拜别李寒衣，准备回到暗河。

夕阳西下，两个人赶路累了，便别站在一处屋檐下歇脚。

"这不对劲。"苏昌河看着空无一人的街道，微微皱眉，"这才不过是黄昏之时，可长街之上居然一个人都没有。"

"哈哈。"苏暮雨笑道。

苏昌河不明所以，疑惑道："你笑什么。"

"今日是除夕，大街上自然无人，就连平日里最勤劳的商贩，此刻也都回家去了。"苏暮雨摇头笑道，"所以这一点都不奇怪。"

"哦。今日是除夕吗？"苏昌河淡淡地说了一句。

两个人就不再说话了，苏暮雨抬头看着空中的晚霞，苏昌河拿出水囊开始喝水。

"好香啊。"苏暮雨忽然吸了吸鼻子。

"的确好香。"苏昌河也闻到了，"是什么东西？"

"是油豆腐的味道。"苏暮雨淡淡地说道，"寻常人家过年时候都会做的一种食物，是一种比较蓬松的豆腐，在油里炸过，有钱人家的话还会在里面塞满肉馅。"

"想吃。"苏昌河舔了舔嘴唇，"去抢一点来？"

"每年的除夕，是那些穷苦人家一年中少有的好日子，不要在这样的日子里给别人带来烦恼。"苏暮雨摇了摇头，拍了拍身上的尘土，"我们继续赶路吧。"

"你小时候会期盼过年吗？"苏昌河忽然问道。

苏暮雨点了点头："自然。过年那段日子是一年中最快乐的时光了。

不管过去的一年有多少的烦恼，似乎在新的一年到来之际，都可以清空。大家开开心心地吃完一顿饭，等到天再亮起时，一切都是新的开始。"

"你说得太过书卷气了。我听人说，大家喜欢过年，只是因为很多平常舍不得吃的东西，过年可以吃到。"苏昌河说道。

"寻常人家确实如此。但我小时候家里殷实，这方面倒没有什么太大的感觉。"苏暮雨回道。

苏昌河伸了个懒腰："忘了你以前还是个富家公子了。"

"你从没有过过年吗？"苏暮雨问道。

苏昌河自嘲地笑了一下："自我有记忆起便是和弟弟一起流浪。后来被带进了暗河。暗河中从来没有过年的说法，所以我自然也没有过过年。"

"遗憾了。可惜如今没有酒馆营业，不然也该请你喝上一杯。"苏暮雨回道。

就在两人交谈间，门口的木门忽然被人打开了，一个佝偻着背的老妇人站在那里，有些惊讶："你们是……"

"奶奶不必害怕，我们只是过路的旅人，停下来歇歇脚。现在便走。"苏暮雨温和地说道。

"大过年的，还要赶路啊。"老妇人仔细看了看苏暮雨，是个面善的俊秀年轻人。

"是啊，出来办些事，路上耽搁了。"苏暮雨点了点头，"昌河，我们走。"

"唉。除夕的日子只有大城里的客栈还开着门，最近的大城你们还要走四五个时辰。进来先吃顿年夜饭吧。"老妇人拉住了苏暮雨的衣袖。

"嗯？"苏暮雨微微一愣。

"哦？"苏昌河笑了笑。

苏暮雨看向老妇人，不知为何，老妇人眼神中更多透露出来的，并不是一种热情，而是……恳求。

"好。"苏暮雨点了点头。

两人随着老妇人的引领走进了屋子，屋子中比较昏暗，只点着一盏油灯，厨房里还烧着火，老妇人给他们一人倒了一杯热水后就又走进厨房了。苏昌河四处打量着这间屋子，幽幽地问道："不怕有诈？"

"再无耻的杀手，也不会选择在除夕杀人。"苏暮雨也看了看这间屋子，显而易见，这间屋子的主人很贫穷，用家徒四壁来形容也不为过了。苏昌河找了个位置坐了下来，吸了吸鼻子："是你说的油豆腐。"

"嗯。"苏暮雨看着角落里放着两块灵牌，灵牌前面各自放着一个鸡蛋。

"这样的日子，当然应该坐下来吃一顿热腾腾的饭，怎么还要赶路呢。你们家里父母若是知道今天你们都没一个地方歇脚，怕是会难过的吧。"老妇人捧着两碟菜走了出来，一碟是普普通通的炒青菜，一碟就是苏暮雨方才说的油豆腐。

苏暮雨急忙走上前接过了老妇人的菜，替她放在了桌上："老奶奶，您家中只有你一人吗？"

老妇人愣了一下，随后点了点头："嗯。"

"您的孩子呢？"苏昌河忽然问道。

老妇人转过身："和南诀打仗，死了。"

"抱歉。"苏暮雨看了一眼苏昌河一眼，随后对老妇人微微垂首。

"无妨。本说是今年打完了仗就能回来过年了。方才我听到门口有动静，还以为是他的那些同伴带回来的消息出了问题，以为是他回来了，却没想到遇到的是你们。我就当你是他派来和我一起过年的。"老妇人抹了抹眼角的泪水，又走进了厨房，"你们先吃，我去炒两个鸡蛋。"

"苏暮雨，你没有骗我，这个油豆腐很好吃。"苏昌河已经坐在了桌旁，吃完了一块油豆腐，"不过和你说的不一样，这位老奶奶虽然家里穷，但也在里面塞了肉。"

"她和自己的孩子有约定，本来孩子今年要回来过年了。那是她给他的孩子做的。"苏暮雨轻叹一声，"虽然别人已经告诉她你的孩子已经死了，但她仍然还抱有一点幻想。"

"这是我这辈子第一次吃年夜饭。"苏昌河笑了笑，随后朗声道，"奶奶，快些来一起吃啊。"

夜深人静，外面的鞭炮声终于停了下来。

苏暮雨和苏昌河离开了老妇人给他们安排好的那间屋子，苏昌河放了一个银锭在那张吃饭的桌上。

"这般豪气。"苏暮雨笑道。

"想不到吧。向来有美名的苏暮雨什么都没有留下，杀人如麻的送葬师倒留下了一个银锭。"苏昌河挑了挑眉。

"吃完饭后，我就把身上的五枚铜板留给老奶奶了。"苏暮雨回道。

"怎么才五枚铜板？"苏昌河撇了撇嘴。

"因为我总共只有六枚，还有一枚要买馒头。"苏暮雨老老实实地回答。

"唉。穷鬼。"苏昌河推门走了出去，走出十余步后，他忽然止步，转过头。

苏暮雨也停下了脚步："如何？"

"除夕快乐。苏暮雨。"苏昌河咧嘴笑道。

苏暮雨从梦中醒来，咂吧了一下嘴。

"吃饭了。"守卫不耐烦地敲了敲铁栏杆。

"刚好饿了。"苏暮雨笑了笑，看了看守卫从铁栏外塞进来的食物，一个窝窝头，一碗看不起不太干净的白米粥和一碟咸菜，笑容随即凝固在了他的脸上，他这才从方才的梦中回过神来。

"快吃。"守卫催促道。

苏暮雨摇了摇头："每日都是这稀粥咸菜，能不能换些东西。"

"那你想吃什么？"守卫怒喝道。

"我想吃油豆腐。"苏暮雨平静地回道。

守卫先是愣了一下，随后瞪大了眼睛，像是听到了什么了不得的笑话，朗声大笑起来："油豆腐？你以为你是什么座上宾吗？你是阶下囚！赶紧把粥给我喝了，不然你连这粥都喝不了！"

"油豆腐，是不是还要带肉馅的那种？"一头白发的男子悄无声息地出现在了守卫的身边，守卫转过身吓了一跳，立刻躬身行礼："水官大人。"

水官俯身，捡起了地上的窝窝头，在那守卫的头盔上敲了下，发出了清脆的"咚"的一声："这窝窝头可真够硬的。宗主想要和别人谈条件，结果就安排这样的饭食？"

守卫犹豫了一下："宗主并没有交代什么……影狱来的罪人，向来都是吃这些的……"

"去，给苏公子准备油豆腐，还得是带肉馅的那种。"水官将那窝窝头随手一丢，丢到了守卫的怀里，"苏公子还想吃什么？"

"再来一碗热腾腾的白米饭即可。"苏暮雨回道。

"去办。"水官丢出一粒碎银，守卫接过后不敢多言，匆忙地离开了影狱。

"今日怎的有空来看我？"苏暮雨见守卫离开后问道。

"今日清晨，影狱是不是来了一个人找你？"水官问道。

"是。"苏暮雨点头。

"你可知他是谁？"水官瞳孔微微缩紧。

"不知，但是猜到了。"苏暮雨直截了当地回答。

"那你可知，他虽然看起来已经淡出了整个天启城的风云诡谲，但依旧是一个谁都不敢惹，就连琅琊王都要对其时刻保持忌惮的危险人物？"水官幽幽地说道。

苏暮雨轻叹一声："就算知道又如何，见不见他，并不是我所能决定的事情。"

"你们聊了什么？"水官又问道。

"他想和暗河合作，但并没有开出条件。"苏暮雨摇头，"我没有同意。"

"也没有拒绝？"水官语气中带着一丝寒意。

"你好像，很在意这个人。"苏暮雨察觉到了水官今天的一些异常。

水官轻吁了一口气，脸上重新换回了那带着几分讥诮的笑容："只是因为此人实在太过可怕，相比于易卜来说，要可怕十倍百倍，所以我有些失态了。我只是想提醒苏家家主，切莫与这个人做任何交易。"

"易卜甚至决定要动用暗河来刺杀琅琊王，都不选择和此人合作，其间凶险我自然能察觉到。"苏暮雨点了点头，"你放心。"

"好。大家长已经按照他的计划进行了一次对琅琊王的刺杀，刺杀自然失败了，大家长假装受了重伤，以此为借口要求易卜准许所有暗河杀手精锐入天启城。"水官说道。

"拔剑的时候快到了。"苏暮雨沉声道。

"是。拔剑的时候快到了。"水官冷笑道。

朝来客栈。

苏昌河躺在床上，身上缠满了白色的绷带，慕青阳坐在他的身边，丢着手中的铜币玩。

"那份名单，都派人交给七叔了？"苏昌河忽然问道。

"已经派人送去了，按照七叔的速度，怕是那些人现在就在路上了。"慕青阳回道，"那名单我看了眼，大家长你可真狠。"

"怎么说？"苏昌河笑问道。

"抛开谋略武艺来看，你的那张名单选择的标准，只有一个……"慕青阳刻意压低了声音，"谁最能杀人，谁来。"

"这不就是暗河的源头嘛。"苏昌河挑了挑眉，"只可惜啊，在我的名单上，本该有一个慕词陵，但我寻不到他了。"

"慕词陵。三家家主都畏惧到要把他钉进棺材的主儿，大家长敢用他？"慕青阳也是一惊。

"他们太过愚蠢了，慕词陵的力量的确强大到了让人畏惧的地步。但是慕词陵此人，对于权势二字并没有任何的兴趣，他只想成为一柄刀。那么作为统领家族的家主，所想的不应该是封住这把刀，而是用好这柄刀。"苏昌河回道。

"哟，说得倒有几分道理啊。"一个豪迈的声音自屋外响起。

"谁？"慕青阳收起铜币，拔出了腰间长剑。

房门被踢开，一个身穿红衣的男子站在外面，他往前走了一步，想要进屋，却被撞了一下，又退了出来。

因为他身上横挂着一柄陌刀，实在太长了，给他原路撞了回去。

他耸了耸肩，收好了陌刀，重新走了进来。

"慕词陵！"慕青阳惊呼一声。

"是我是我。不要跟见了鬼一般大吼大叫。"慕词陵咧嘴一笑，"不然杀了你。"

苏昌河笑着让慕青阳把剑收了起来："你终于来找我了。"

慕词陵眼神中流露出一丝凶光："你知道我要来找你？"

"只是觉得这是一个可能。"苏昌河看着慕词陵的陌刀，"因为我觉得你身上的蛊还没有解。"

"慕子蛰那浑蛋骗我！"慕词陵怒道，"那个浑蛋在哪里！我要找他算账。"

　　"我猜测，他应当也在这天启城中。"苏昌河从床上坐了起来，"我们来做个交易吧。我现在可以让慕青阳把你的蛊毒彻底解掉。"

　　"你可以？"慕词陵看了一眼慕青阳。

　　慕青阳看了苏昌河一眼后说道："并不是什么难事。"

　　"还有，我可以给你一个……杀死慕子蛰的机会。"苏昌河又说道。

　　"成交。"慕词陵直接说道。

　　"不问我的条件？"苏昌河一笑。

　　"不必了，你的条件也无非是我要帮你杀人。"慕词陵拍了拍身上的陌刀，"这交易，很公平。"

第八幕　芒种

乙酉甲申雷雨惊，
乘除却贺芒种晴。

　　"这就是天启城啊。"一个背着长剑的男子摘下了风帽，仰头看着那块恢宏的牌匾，神色带着几分嚣张，"看起来也不过如此啊。"

　　"那些江湖人都说天境高手世间罕见，可光这座城里，喊得上名号的就有数十个，这还不包括那些蛰伏在各个府邸，未曾显过山露过水的。"另一个与他打扮相同，但整个人看起来要更加彬彬有礼的剑客走在他的身旁，幽幽地说道。

　　"哦。你的意思是我这点实力，不够看喽？"走在前面的男子漫不经心地打量着身边的人。

　　"我们这样身份的人，在拔剑之前越不够看，才越显得厉害。"身后的男子回道。

　　"你我理念不同，我想要名扬天下，而你只想做个安静的鬼。也不知家主是怎么想的，竟将你我总安排在一起执行任务。"前面的男子摇头叹道。

　　"正因为你我不同，所以才会安排在一起。若给你安排个与你一般杀人必留名，留名必张扬的同伴，你早就死了。"慢悠悠地行在后面的男子笑道。

　　两人就这么边聊边逛，在天启城中看似漫不经心地闲逛了一个多时辰之后，来到了一个装饰华美的客栈门前。

客栈名为"凤起潮鸣"。

"不错。"行在前面的男子点了点头，对这个客栈表示了认可，随后走进客栈，直接上了二层，最左侧的那间房开着门，两人踏了进去，房门便关上了。

穿着道袍，背着桃木剑，留着一缕青须的男子坐在房间里的木椅上，看到二人进来，笑道："苏遮天，苏长风。"

苏遮天走上前，直接在那道士面前坐了下来："慕青阳？怎么是你？我们家主呢？"

慕青阳耸了耸肩："你们家主，被影宗给关起来了。"

"家主何等实力，能被影宗给关起来？"苏长风走上前，眉头微皱。

"这里可是天启城，人家的地盘啊。"慕青阳笑了笑。

"什么时候营救？何时动手？谁抓的？我先去杀了！"苏遮天低喝道。

"莫急，等人齐了，自有你一战的机会。在这里等着我来传令。"慕青阳起身，"这几日可以好好逛逛天启城，但千万不要暴露自己的身份。"

"莫名其妙。"苏遮天冷哼道。

"得令，谨遵慕家主之命。"苏长风抱拳躬身。

"真是个奇怪的搭配啊。"慕青阳笑了笑，转身离开，半个时辰后，又出现在了另一家客栈之中。

一个浑身上下裹得严严实实，戴着一双银丝手套的女子正坐在房间内看书，而另一个身穿紫衣，容颜绝色的女子斜靠在长椅之上，正在小憩。

慕青阳走进去后，那紫衣女子眼睛微微睁开，瞥了他一眼："你来了。"

慕青阳倒吸了一口冷气，看着紫衣女子修长的腿，随后遮了一下眼睛："无量天尊！"

"喂喂喂，你现在是家主了！"戴着银丝手套的女子轻轻拍了一下桌子。

"喀喀。"慕青阳清了清嗓子，笑道，"慕雪薇，慕雨墨，许久不见了。"

"雨哥呢？他怎么不在？"慕雪薇看了一眼慕青阳的身后，并没有第二个人了。

慕雨墨打了个哈欠："是啊。雨哥呢？"

慕青阳挠了挠头："为什么我见苏家的人，他们问我苏暮雨怎么没来，我见我们自家的人，也问我苏暮雨为什么没来……"

"所以他为什么没来？"慕雪薇追问道。

"因为他被抓了，现在在影宗的大牢里关着……"慕青阳无奈道。

"什么？"慕雪薇一惊，立刻站了起来，"影宗在哪里？"

慕青阳以手抚额："若是被抓的是我，你会如何？"

"从长计议。"慕雪薇回道。

"那如今是苏暮雨，又当如何？"慕青阳又问道。

这次却是慕雨墨回答他："事不宜迟。"

"我哭了。"慕青阳伸手抹了一下眼睛。

慕雪薇也觉得有些不好意思，急忙道："倒也不是这个意思。"

"我装的。"慕青阳放下了手，神色平静，"苏暮雨在影狱中暂时不会有任何危险，我今日来也并没有任务指派给你们，我只是确认一下各家派来的人是否就位了。你们二人也是第一次来天启城，随意逛逛，但不要太引人注目了。"

"好。"慕雨墨和慕雪薇相视一眼，同时应道。

慕青阳临走前又看了一眼慕雨墨，摇头叹道："若是你要出门，记得戴上面纱，不然……怕是很快就要暴露身份了……"

"好。"慕雨墨笑道。

慕青阳又离开了这家客栈，最后绕了很大一圈后进了一家茶馆，茶馆里说书先生正说着开国皇帝萧毅的丰功伟业，讲得那是一个唾沫横飞，台下掌声如雷。慕青阳则穿梭在喧闹的人群里，左躲右闪，最后来到了最里面的雅座。他在两个瞪着虎眼的魁梧男子的注视下掀开了幕帘，走了进去。

"好！"正恰逢那坐在前方的魁梧中年人听到兴起，站起来猛地叫了一声好。

慕青阳吓了一跳，无奈道："七叔……"

魁梧中年人转过身，看着慕青阳："哦，青阳来了啊。"

慕青阳看了一眼中年人，又看那满屋子健硕凶蛮的年轻男子，只觉得这屋子里的杀气都快把那茶馆的屋顶给掀开了，他擦了擦头上的冷汗："七叔，你这是把整个谢家都搬来了啊。"

魁梧中年人自然就是谢家家主谢七刀，他笑了笑，上前拍了拍慕青阳的肩膀："毕竟是来皇城，我们这样的人，一生可能只有一次机会，带着兄弟们来见见世面。"

慕青阳整个后背都湿透了，他苦笑了一下："怕是不妥……"

"放心。我借了别人的身份。如今我们是五虎断山派，入天启是参加武会的。无人会怀疑我们的身份。"谢七刀看穿了慕青阳的疑虑，宽慰道。

国丈府。

"暗河，这是带了一支军队入天启城。"乌鸦的语气中带着一丝忧虑，他在影宗之中向来以天不怕地不怕著称，可以在见过那些暗河杀手之后，他才真正明白，黑暗中的刀是多么可怖。

"要杀死琅琊王，便需要一支军队。"易卜紧握拳头说道。

"可是，我怕我们难以掌控他们。"乌鸦回道。

"你带着鹰眼团守住影狱，在暗河完成任务之前，不让任何人接近。"易卜想了一下，又继续说道，"包括我！"

"包括宗主？"乌鸦重新确认了一下。

易卜点了点头："包括我！"

"遵命！"乌鸦手一挥，六名藏在暗处的影卫纷纷现身，一共七人离开了正堂赶往影狱。他们之中的人，虽然单独来看并不算特别厉害的高手，但七人联手，组成鹰眼之阵时，却也是极为难缠的对手，即便是如今很多人心中的天下第一百里东君，当年在帮助叶鼎之闯天启城之时，也曾被他们所拦下。

"宗主，这是一场赌博。"易卜身旁一名影卫突然开口道。

"当年在青王和景玉王之间，我选择了景玉王，那一次我赌赢了！"易卜沉声道。

"可这一次的赌博不是下注，而是将自己放在了赌桌之上。"那名影卫提醒道。

"是，所以这一次我赌的是，当今圣上也想让琅琊王死！"易卜低声道。

影卫一惊，皱眉道："当今圣上和琅琊王情同手足，甚至……那皇位都是琅琊王让给他的。"

"便是因为这皇位是琅琊王让的。"易卜冷笑道。

"何时动手？"影卫问道。

"三日之后，琅琊王会去风晓寺问佛，独自一人，不带任何护卫。这是他每年都保持着的习惯，让暗河在那里动手。"易卜沉声道。

影卫疑惑道："平日里看不出琅琊王竟是虔诚信佛之人。"

易卜摇头道："说是问佛，琅琊王其实是去见人。"

"见人？"影卫又问道，"什么人值得琅琊王不带任何护卫去见？"

"如今的北离佛道第一人，忘忧大师。"易卜回道。

影卫大惊道："忘忧大师，那不是……"

"是，就是那个收养了魔教少主的忘忧大师。那大师虽然如今是寒山寺的住持，但曾经住在风晓寺中，和琅琊王是好友。当年琅琊王帮助景玉王拦住了叶鼎之，但是他没有杀叶鼎之，而是将叶鼎之交给了忘忧大师，让忘忧大师帮他去除心魔。但最后因为天外天的原因，他的计划失败了，叶鼎之还是入了魔，因此给这北离带来了一场浩劫。琅琊王心中自责，所以每年都会在风晓寺中密会一次忘忧，询问忘忧那叶鼎之之子的事由，并且给予自己能提供的帮助。"易卜顿了一下，冷笑道，"不然全天下都知道叶鼎之之子在寒山寺，那寒山寺又如何能如此平静？多少人想让他死。"

"当今圣上就想。"影卫回道。

"是啊。说起来这个孩子也是我的外孙。"易卜轻叹一声，"听说他极为聪敏，不像天启城中的这个顽劣不堪。"

"那我去知会暗河，三日后动手。"影卫没有再继续问下去。

"好。这是一场战争，自然需要一支军队。"易卜按住了腰间的长剑，"告诉他们，必要之时，我也会拔剑。"

"遵命。"影卫沉声道。

朝来客栈。

苏昌河拿着匕首削着苹果："人，来了多少？"

"按照大家子给的单子，一共六十二名暗河都已经入了天启城，七叔多带来了十八名，所以一共是八十人，其实三十六人已经刻意暴露在了影宗的视线之中，而有二十人隐藏了身份，但被影宗偷偷发现，所以还有二十四人，影宗毫无察觉。"慕青阳回道。

"我已经废了，我杀人的匕首只能削削苹果了。"苏昌河咬了一口苹果。

慕青阳抹了抹眼睛："我的剑都废了，而且我死了也没人替我收尸，他们只会关心苏暮雨。"

"所以二十六人，与杀琅琊王这件事无关。"苏昌河幽幽地说道。

"二十七人。"原本躺在一旁的长椅上小憩的白鹤淮忽然睁开了眼睛，说道。

"你不是暗河中人，这件事与你无关。"苏昌河匕首一挥，一半苹果落地，他轻轻一打，便落到了白鹤淮的手里。

白鹤淮也拿起来咬了一口："但我是苏暮雨的朋友，他们也是钱塘城药庄的搭档。"

"好吧。"苏昌河笑了笑，"那可别死了啊。不然他会怪我的。"

"我可是苏喆的女儿。"白鹤淮挑了挑眉，"不对，我那爹呢，这一次他有什么任务？"

"他的任务——"苏昌河缓缓说道，"可是最重要的。嘘声，影宗来人了。"

大门被推开了，一名陌生的影卫走了进来。

"不是乌鸦？"慕青阳起身问道。

影卫拿出一枚令牌："乌鸦另有要事，我乃影宗左影卫使，洛天翔。"

"听说你们影宗当年的右影卫使就是孤剑仙，明日还与我一样，都是青阳。"慕青阳笑道，"你是左影卫使，也姓洛，想必也很厉害。"

洛天翔面无表情地摇了摇头："洛师兄剑法盖世，整个影宗几十年也只出了这么一个剑仙，我不如他甚多。"

"那右影卫使，此行前来，所为何事啊？"慕青阳问道。

洛天翔沉声道："三日之后，风晓寺，劫杀琅琊王。"

"杀人的时间应当由杀人者定。"苏昌河冷哼一声。

洛天翔又重复了一遍："三日之后，风晓寺，劫杀琅琊王！"

"杀人的时间应当由杀人者定。"苏昌河也重复了一遍。

"杀人者乃影宗，你我皆只是刀。"洛天翔伸出了一只手，"而握刀的那只手告诉你，关键时刻，他会亲自出手。"

"回去告诉易卜宗主，三日之内，我们要更多的情报。杀琅琊王，不是一句话便能决定的事情。"慕青阳回道。

"这是自然。"洛天翔点头，"此战，我们都已没有退路。"

三日之后。

风晓寺。

一个穿着有些破旧的袈裟的老和尚坐在蒲团之上，微微垂首，似已入定。

禅房里只点了一盏油灯，有点昏暗。

一身素衣的贵气男子推开了禅房的大门，走到了和尚的面前。

很多年前，他们曾是忘年之交，男子常来老和尚这里听禅，只是最后也未曾悟道，而是选择了拿起兵器，走上了一条与当年老和尚建议的截然不同的路。素衣男子自然便是名扬天下的琅琊王萧若风，而那看起来有些寒酸的老和尚，如今虽然只在一座并不大的寺庙挂了个住持之名，可却是公认的世间佛道第一人——忘忧禅师。

"大师。"萧若风轻声唤道。

忘忧依旧低着头，没有回应他。

"大师。"萧若风又唤了一声。

这次他得到了一个特别的回应——忘忧发出了一声鼾声。

"大师，别睡了，大师！"萧若风无奈地拍了拍忘忧的肩膀。

忘忧猛地睁开了眼睛，冲着萧若风微微一笑："若风，许久不见了。方才我做了个梦。"

"哦？梦见了什么？"萧若风似笑非笑地问道。

"我梦到了十几年前，你们在百品阁里喝酒，最后你们都被李先生给灌醉了。然后南诀剑仙雨生魔一剑袭来，李先生一头撞破了百品阁的屋顶，与其进行了一场惊世骇俗的剑仙对决。"忘忧缓缓回道。

"大师，我们相识多年了，又何苦在我面前装高人。你梦见了天香斋的百素宴，从清晨一直吃到日落。"萧若风无奈地笑了笑。

"若风你是如何得知的？"忘忧吃了一惊。

"口水流出来了。"萧若风在忘忧面前盘腿坐了下来。

"罪过罪过。"忘忧擦了擦嘴巴。

萧若风倒了两杯热茶，一杯推到了忘忧的面前："那孩子，最近怎么样？"

"他和他父亲一样，是一个武学奇才。"忘忧回道。

"这些你已说了很多次了，若是小师弟亲自教导他，以后应当和他父亲一样，不是天下第一也差不离了。"萧若风轻叹一声。

"天下第一也未必是什么好事。"忘忧微微一笑。

"去年见大师时，大师眉宇间带着几分愁意，害怕他以后会走他父亲的老路。可今日再见大师，大师的心情却是不错。"萧若风喝了口茶。

"有因才有果，而无心的因，若一开始种下的就不是仇恨，那便不会结恶果。去年此时，我没有想明白这个道理。"忘忧回道。

萧若风却依旧眉头紧锁："可若是有人刻意去种下这因果呢？"

"无心离开他父亲时才五岁，可未来陪伴他度过那些岁月的是老和尚我。"忘忧微微一笑。

"大师变了。"萧若风忽然一笑，眉间愁意尽散。

忘忧笑了笑："哦？如何解？"

"以前大师或许只当无心是你的一个弟子，可现在看来，大师已将无心当成了自己的孩子。"萧若风点头道，"若是这般，我就放心了。"

忘忧叹了口气："本来我已远离尘埃，你却偏偏又将我拉进来。"

"佛陀悟道，也不是一开始就坐在菩提树下，得见过这凡尘，经历过这苦恨爱仇，才能真正地悟道。若给大师一座古庙，一间禅房，远离人世诵经百年，也不会对大师的道有半分增进的。"萧若风沉声道。

忘忧冷哼了一声："你是大师，还是我是大师？"

萧若风微微垂首："大师，是若风孟浪了。"

"你这孩子。"忘忧无奈地摇了摇头，他正欲开口说些什么，可一件物事忽然穿破了窗户打了进来，他急忙双手合十，怒喝一声，"起！"

只见一座铜钟幻影将忘忧和萧若风包裹，那东西撞在了幻影之上，发出了"咚"的一声，便被打了出去。

忘忧皱眉道："阿弥陀佛，怎会有人找到此处？"

萧若风轻叹一声："苏先生，我本以为那次的相见，会是我们的最后一次相见。"

"我本来也系则（是这）样想的。"苏喆举着佛杖走了进来。

"那是什么改变了苏先生的想法呢？"萧若风沉声问道。

"是则（这）该洗（死）的命运啊！"苏喆长叹一声。

"降魔法杖？"忘忧看着苏喆手中的佛杖，语气有些惊讶。

"大师好见识，正是降魔法杖！"苏喆字正腔圆地说道。

忘忧看着苏喆："你是他的徒弟。"

苏喆点了点头："是的。他将这降魔法杖交给我时，曾说起过大师和他的渊源，今日有幸得见大师，实在是令苏某又惊又喜啊。"

忘忧微微垂首："暗河表达惊喜的方式，还是如此特别。"

萧若风耳朵微微一动，听到了院子里的声响，他轻叹一声："你们知道我来此不会带护卫，所以觉得这是杀我的最好时机？"

"老和尚我有心钟百道，拦住过很多绝世高手。"忘忧站起身，"老和尚我就是琅琊王此行的护卫。"

苏喆摇了摇头："我们从来不觉得能够杀死你，杀死你的代价太高了，暗河承担不起。"

萧若风皱眉："那为何一次又一次地来刺杀我？"

"说了，这是该洗（死）的命运啊！"苏喆猛地一甩手中的佛杖，数十枚金环飞出。

"阿弥陀佛。"忘忧双手合十，一道比方才要巨大数倍的铜钟幻影出现，将那些金环全都拒之门外。

萧若风手一抬，昊阙剑已经出鞘，他微微俯身："风晓寺中若出现杀孽，便是我的罪过了。"

苏喆笑了笑："那不妨就酣畅淋漓地打一场，不造杀孽如何？"

萧若风低声疑惑道："何意？"

苏喆轻轻一转佛杖："这些年当王爷当得很憋屈吧，难道你不期待，再来一场少年时的对决吗？不为生死，不为利益，只为打得痛快！"

萧若风仰起头："你说的是顾剑门和雷梦杀，我少年时也不喜欢这样。"

"就当是我的误解吧。"苏喆冲上前，抬起手中佛杖，重重地砸在了那铜钟幻影之上，"来，学堂小先生萧若风！我们战个痛快！"

铜钟幻影剧烈地摇晃了一下，但依旧没有散去，苏喆倒退了三步，笑道："好一个般若心钟。"

"大师，撤去心钟吧，就让我与他一战。"萧若风持剑朝着苏喆走去。

"好！"忘忧双手一挥，心钟散去，随后他点足一掠，冲到了大院之中，只见数十名杀手执剑朝着他冲来，他双手合十，心钟瞬间祭起，将那些人全都给打了回去。

而房间内，萧若风一剑刺出，与苏喆的佛杖相撞，将他直接横扫在了地上，苏喆在地上打了个滚，退到了三步之外："好霸道的剑法！"

"这是我萧氏祖传——裂国剑法！"萧若风长剑一剑接着一剑挥出，声势之霸道，在一开始便压制住了苏喆。

"天魔十六舞！"苏喆佛杖猛地一扫，十六枚金环飞出，冲着萧若风飞速地打去。

萧若风长剑狂舞，组成了一道密不透风的剑气之墙，抵挡着那些金环，随后萧若风一剑又一剑刺出，看似舞了一套剑舞，实际上却是将那些金环一枚接着一枚地串了起来，随后他再将那些长剑重重地往地上一扣，便将那些金环全都打了个粉碎。

"没想到世间竟有这般霸道的剑法。"苏喆惊骇道。

"若无这般霸道，又怎能一统天下？"萧若风再猛挥一剑。

可这一次却被苏喆给挡了回来，苏喆手中佛杖猛挥，脚下步伐急变，竟也似在跳舞。

"这便是真正的天魔十六舞？"萧若风沉声道。

"是的。很少有人能见到这场天魔舞，见过的都死了，而小先生你会活下去。"苏喆佛杖一挥，可身后现出的却是天魔幻象，"而天魔，将永远与你共行。"

朝来客栈。

苏昌河解下了手臂上的绷带："喆叔他们已经动手了？"

"风晓寺中，杀机已现，喆叔说了，一定打得惊天动地。"慕青阳回道。

"那传天杀令下去吧，真正的刀也该现了。"苏昌河笑道。

"属下等这一天已经许久了。"慕青阳从背上拿出了一柄崭新的桃木剑。

"天启城没有意思吗？我猜苏暮雨就算待在影狱之中，也会觉得别有一番滋味。"苏昌河幽幽地说道。

"很无趣啊，永远觉得自己身上有一根线提着，而今日，就是斩断此线的时候。"慕青阳挥了一下手中的桃木剑。

"新雕的桃木剑？"苏昌河问道。

"青城山求来的。"慕青阳回道。

"你那么喜欢做一个道士？"苏昌河撇了撇嘴。

"也曾想过羽化登仙，驾鹤而去。"慕青阳将手中的桃木剑朝天一举。

国丈府。

"苏喆带领苏家一众杀手在风晓寺埋伏了萧若风，风晓寺中仅有萧若风和忘忧两人精通武艺，而天启城中李心月得到消息赶过去，最快也得小半个时辰，应当是来不及了。"洛天翔说道。

易卜点了点头："我要的不是应当，再派些人手上风晓寺，不要再袖手旁观，直接动手！"

"直接动手？若是暴露了……"洛天翔忧道。

易卜冷笑道："只要他死了，那么这个天启城中做主的就不是他了，何惧之有！"

"是！"洛天翔点头应道，立刻退了下去。

影狱之外。

"天官"和水官缓缓前行着，见到守在外面的乌鸦后，水官神色微微一变，等走到那些守卫面前后，水官微微垂首，语气颇为恭敬："这影狱的守卫，怎么换成了鹰眼团？"

乌鸦看了他一眼，漫不经心地说道："毕竟里面关押着暗河的苏家家主，以前的那些守卫，别人随意便能支配，担不起这重任。"

"原来如此。"水官点了点头。

"你来此所为何事？"乌鸦看了水官一眼。

水官一笑，往后撤了一步："有些事想要问一下苏家家主。"

"哦？什么事？"乌鸦的手慢慢地挪向腰间长剑。

"一些暗河内部的事，你也知道我们三官本来就常驻暗河提魂殿，很多事情只有我们知道。"水官回道。

"听着也不是什么要紧的事，那便再等几日吧。宗主有令，这些日子不允许别人来见苏暮雨。"乌鸦回道。

"这是为何？"水官疑惑道。

"宗主的命令，需要告诉你原因吗？"乌鸦眉毛微挑。

"明白了。"水官笑着点了点头，便与天官一同退了下去。

两人走到了另一个院子后，"天官"才终于开口了："莫非是那易卜察觉到了什么？"

"不可能，易卜这个人，若真是有所察觉，定是毫不犹豫地直接抹杀我们。他向来做事谨慎，估计今晚也害怕暗河有所异动，所以特地加强了影狱的守卫。"水官摸了摸下巴，"这便有些麻烦了，需要有人进入影狱，将苏暮雨放出来。"

"这有何麻烦？"一个熟悉的声音自水官身旁响起，水官吃了一惊，转头便看到了"易卜"，浑身汗毛竖起，下意识地便要动手。

"是我啊。"再次回答他的又变成了那个妩媚的女声，那"易卜"捂嘴笑道。

"暗河中人本就擅长易容术，可像你这般出神入化的，我倒是从来不曾见过。"水官轻吁了一口气。

"待我去换身衣服，再去那影狱门口试一试。""易卜"一挥长袖，便消失在了那里。

片刻之后，"易卜"便出现在了影狱门口。

鹰眼众人急忙行礼："宗主！"

"嗯。""易卜"点了点头，"这里可有异常？"

"方才，水官来过，说要找苏暮雨，被我给赶走了。"乌鸦回道。

"易卜"拍了拍水官的肩膀："不错，今日不同往日，多一事不如少一事，你做得很好。"

"多谢宗主夸赞。"乌鸦抱拳道。

随后"易卜"便抬腿从乌鸦身边走过，眼看着便要推门入影狱了。乌鸦吃了一惊："宗主这是？"

"易卜"皱眉道："怎么，连我也不能进去了？"

"属下不敢。"乌鸦低头道。

"哼。""易卜"挥了一下衣袖，急忙前行，可才走出一步，便感觉背后一道疾风袭来，他猛地转头，乌鸦的长剑已至面前！

"大胆！""易卜"怒喝一声，长袖一挥，卷住了乌鸦的长剑。

乌鸦冷哼一声，长剑急转，将那"易卜"的袖子卷得粉碎："还装？"

"易卜"点足一掠，退到了十步之外，眉眼一转，露出一个带着几分妩媚的诡异微笑，声音也重新变回了女声："你是怎么发现的？"

乌鸦冷笑道："宗主曾和我有过约定，即便是他，也不能进入影狱。而如今就算宗主必须要进去，也必然会和我提起这个约定，而你方才过来，却似乎从没有这件事情的发生，自然是人假扮的。"

"易卜"捂嘴一笑："想不过那易卜也有聪明的时候。"

"水官和天官刚吃了闭门羹，你便来了。"乌鸦轻轻抬起手，"看来……"

"你很聪明。"一道水柱打向乌鸦，乌鸦急忙撤身，水官出现在了乌鸦的身旁，一手抓住了乌鸦的手腕，乌鸦手腕吃痛，手中的令箭摔落在了地上。

"叛徒！"乌鸦低语一声。

"慕婴！"水官看向那"易卜"。

"易卜"手一挥，变回了那妩媚女子的模样，她纵身穿过人群，想要闯进影狱。

"拦住他。"乌鸦怒喝道。

其余六人立刻成阵，直接将慕婴打了回去，乌鸦也趁势左手执剑，一剑逼退水官。水官左袖一挥，手中慢慢凝结出一柄水剑，攻向乌鸦。乌鸦也立刻执剑相迎，但双剑相撞，水官的那柄水剑直接穿过了乌鸦的铁剑，乌鸦一惊，急忙后撤，那柄水剑也忽然四散开来，直接洒向了乌鸦的胸膛。

水官笑了笑，手中轻轻一挥，一柄水凝成的水剑盘旋在他的指尖。

乌鸦微微垂首，幸好他及时撤退，避开了那大部分的水剑，但仍有一滴落在了他的左腹处，留下了一个血点。

"我也不知道易卜是怎么想的，暗河的实力早就远超于影宗了，他却还指望着一些陈旧的传统来控制暗河。"水官笑着说道，"我不比我那两个愚蠢的同伴，我只选择强者。"

"你们想要救苏暮雨？"乌鸦持剑后撤，其余六人则向前几步，走到了他的身旁。

慕婴秀眉一挑："这个阵法是……"

"星辰北斗阵。"水官沉声道，"这个阵法杀人的本事一般，但是困人的本事却绝对是世间阵法中数一数二的。"

"有本事，便来破阵。"乌鸦冷笑道。

慕婴思索片刻，摇头道："这阵，以我们二人之力，一时半会儿不可能破。而在这里打斗起来，即便他们不发出传令箭，声响太大，肯定也会被影宗其他人发现。"

水官沉默许久之后，最后还是伸指一挥，将手中的那柄水剑打了出去。

国丈府院墙之外。

"小神医，没想到我们竟然还能再相见。"慕雨墨笑着伸出了一根手指，上面趴着一只莹白色的蜘蛛。

白鹤淮笑着从怀里拿出了一个药瓶，对着那蜘蛛倒出了一滴晶莹剔透宛若露水的药水："能再次见到慕大美人，鹤淮也是十分高兴啊。"

那蜘蛛张开了嘴，将那滴药水整个都吞了下去。

"这小家伙到时候能找到苏暮雨吗？"白鹤淮问道。

"放心吧。这只蜘蛛从养出来开始就是专门为寻找苏暮雨而特制的，同样的蜘蛛，我还养了几十只呢。"慕雨墨将手指落在地上，那只蜘蛛便立刻爬走了。

白鹤淮疑惑道："还有这样的蜘蛛呢？"

"以前一起执行过几次任务，当时备下的。神医不要多想哦。"慕雨墨笑道。

"慕大美人也和你们的大家长学坏了，开始开我的玩笑了。"白鹤淮以手扶额，"可不是你们想的那样啊。"

"知道嘛，都是朋友，都是好朋友！"慕雨墨朗声道。

苏暮雨躺在影狱之中，隐隐约约听到了外面的打斗声，他站起身，试图运功，可依旧毫无作用。那天为了不让易卜生疑，是真的被水官下了醉梦蛊，可水官若进不来，那醉梦蛊无法解，他也无法破这影狱牢门而去。正当他思考对策的时候，一阵窸窸窣窣的声音在他脚边响起，他低头一看，便看到了那只白色的蜘蛛。

"雨墨的寻踪蛛？"苏暮雨一喜，低头将那白蜘蛛拾了起来。

"你说苏暮雨能知道我们的计划吗？"院墙之外，白鹤准问慕雨墨。

慕雨墨想了一下："他总不会觉得，我派只蜘蛛进去，是给他逗闷子的吧？"

"也是。"白鹤准点了点头。

苏暮雨打量着那白蜘蛛，犹豫了片刻后叹道："有点恶心啊。"说完之后他便张开了嘴巴，直接将那只蜘蛛丢了进去。

"你说会是什么味道？"白鹤准又问那慕雨墨。

"嘎嘣脆，鸡肉味。我吃过的。"慕雨墨一脸自豪。

苏暮雨当然是没有咀嚼，直接就吞了进去，片刻之后，他就明白了自己的猜测没有错，这蜘蛛之中，确实藏着那醉梦蛊的解药。他的内力一点点地恢复过来了，而且如那水官之前所说的，醉梦蛊初解之后的内力，还要比中蛊之前更为充沛。他伸手在那铁栏之上轻轻一掰，直接就将那牢门给拉了开来。

影狱之外，水官和慕婴已经连续发起了十几次攻势，但都被那七人给打了回来，而那七人则岿然不动，似乎是铁了心就要这么拖到底了。

直到影狱的大门忽然打开，苏暮雨从里面缓步走出来。

"哈哈哈哈哈。"水官朗声笑道，"还真是个能给人惊喜的家伙啊。"

乌鸦也是一惊，低喝道："该死。一开始就该给他绑上锁龙链的！"

"哪有所谓的一开始呢？"苏暮雨从后面轻轻推出一掌，直接就将那星辰北斗阵给破了。

那七人忽然摔落在地上，苏暮雨纵身一跃，夺走了乌鸦身上的那柄长剑，他轻轻掂了掂："勉强先用一下它吧。"

"你去做你该做的事情吧，这里就交给我们了。"水官笑道。

"多谢了。"苏暮雨垂首道。

"能见证一些改变，是我的荣幸。"水官微微仰头。

国丈府，万卷楼。

这是国丈府内的一处禁地，守卫之森严甚至比起那影狱来说还要严密数倍。苏暮雨才刚刚踏入万卷楼外十丈之地，就有一支羽箭落在了他的面前，那羽箭带着千钧之力落在了地上，激起了一地的尘土，而羽箭也几乎有大半直接没进了土中。

这样强势的羽箭，若是击中了常人，是能将整个人都给拦腰截断的。

苏暮雨微微抬首。这影宗之内，果然还藏着他们并不知道的高手。在入影宗之前，水官就曾告诫过他们，目前影宗展现出来的实力，似乎不足为惧，根本不是暗河的对手，但这很有可能是影宗刻意制造出来的假象，在影宗之内，或许还隐藏着许多一流高手。

万卷楼三楼之上，有一人收起了手中的弓箭，他沉声道："此人是谁？他发现我了。"

"不知。若是宗门内部之人，应当不会擅闯万卷楼。"一名守卫皱眉道，"他在干吗？"

只见苏暮雨走上前几步，伸手握住了羽箭的尾部，一把将那羽箭从土中拔了出来，他扬起头，眯了眯眼睛。

"闪开！"楼上那弓手大喝一声。

身旁那些守卫也立刻反应过来，全都俯身倒地。

苏暮雨握住那羽箭原地飞旋了一下，随后一把将那羽箭丢了出去，羽箭之上带着雷霆之势，分毫不比长弓引出的羽箭要来得逊色。

"有些本事。"那弓手再次引弓，射出一箭，两支羽箭在空中相撞，苏暮雨丢出的那支羽箭直接就被斩成了两半，而弓手射出的那一支，则直接冲着苏暮雨袭来，与方才的警示不同，这支羽箭，带着杀人之心。

"落！"苏暮雨低喝一声，纵身跃起，一剑就将那羽箭斩成两截。

"是入侵者，发号令通知宗主，其他人，上前拦他。"弓手厉声道。

"遵命！"七名刀手从万卷楼下跃下，冲着苏暮雨奔去，同时，一朵烟花在空中炸起。

国丈府外。

苏昌河微微仰头："看来我们的苏家家主，已经动手了。"

"既然家主已经动手，那我苏遮天也理应跟上。"苏昌河的身旁，苏家剑手苏遮天已经持剑向前。

"那大家长，九霄城一战，我们无缘拔剑，但这一次便由我二人先行开路了。"苏长风也拔出了腰间长剑，跟了上去。

"都给我退下！"只见一手持陌刀的高大身影落下，直接将那国丈府府门劈得粉碎。

"慕词陵！"苏遮天往后一退，长剑猛挥，打飞了那些木屑。

"哈哈哈哈。影宗的杂碎们，还不速速出来受死。"慕词陵朗声笑道。

国丈府，议事厅。

洛天翔慌忙地冲了进来："暗河中人在一个红衣刀手的率领下冲进来了！"

"报！万卷楼那边发出了令箭，应当是有人闯入了！"又有一名影卫赶到。

"宗主！水官带着一名精通易容术的女子劫狱！苏暮雨现在已经离开影狱了！"紧接着又一名影卫匆匆忙忙地跑了进来。

"他们同时派人袭击琅琊王和攻击国丈府，为的是什么？"洛天翔不解道。

"只怕风晓寺那边的袭击是假，对我们影宗的围攻却是真的蓄谋已久。"易卜攥紧拳头，"派出府上所有人马对付他们，另外知会三老，前往万卷楼。"

"为何是万卷楼？"洛天翔问道。

"因为暗河畏惧的从来不是影宗的武力，而是因为影宗掌控着他们所有的秘密。他们只要毁去万卷楼中的那些卷宗，便能够彻底隐匿行踪，建立起一个真正的崭新的暗河。"易卜轻叹道，"这一次，赌输了啊。"

"你赌他们会因为要自由而服从于威胁，可你不明白，他们这一路上走来，就是因为从不害怕威胁所以才能越来越接近自由。"一身白衣的男子落在了易卜的面前，"我早就提醒过你了，易宗主。"

"比起他们，你的确是更好的交易对象，可是没办法，握住眠龙剑的是他们。"易卜按着腰间的剑柄说道。

"我早就劝说过你，第一天苏暮雨来府上，就应该杀了他。"白衣男子转过身，苍白的脸上挂着一丝冷笑，竟是曾经的慕家家主慕子蛰。

"这么说来，当年冠姓之礼上，你直接杀死他们，便也不会有今日这些事了。"易卜回道。

"是啊。今日，便由我完成当日未完成之事吧。"慕子蛰缓步走了出去，"杀死苏昌河，夺回眠龙剑，我统率暗河，再来与易宗主做一场交易。"

万卷楼外。

苏暮雨与那七名刀手缠斗在一起，苏暮雨越战越是吃惊，这七人中任何一人的实力都不在那乌鸦之下，可进入天启城后，影宗带给他的感觉就是，乌鸦已是影宗之中仅次于宗主易卜的存在了。而三楼之上的那名弓手，明显实力更在乌鸦之上。

"世上竟真有如此精妙绝伦的剑法。"那弓手也是越看越惊，他拉满弓弦，对着下方的苏暮雨许久，却仍未找到一个可以出手的时机。

苏暮雨与那刀手缠斗之间，也在注意上方的那名弓手，可略微分了神，却被一名刀手找到了破绽，一刀划破了他的衣袖。

"便是此刻！"弓手立刻松弦，羽箭飞出，在空中划出一声惊鸣，冲着苏暮雨急袭而去。

苏暮雨一笑，长剑忽然变势，直接引得面前与他对剑之人猛退。最终那支羽箭便直接贯穿了那名刀手的胸膛。

方才那个破绽，是苏暮雨故意卖的！他借三楼那弓手之箭，破了这个困住他许久的刀阵。如今七人只剩下六人，刀阵顿时破绽百出，苏暮雨连连挥剑，打得那些刀手连连退避。

"越来越有趣了。"弓手连着引弓，发出三箭，暂时将苏暮雨逼退，随后纵身一跃，从三楼之上跳下，"报上你的名字。"

"暗河，苏暮雨。"苏暮雨朗声道，"你的名字？"

"影宗，谢在野。"弓手轻轻旋转了一下手中的长弓，"我听过你的名字，执伞鬼。"

钦天监。

身穿道袍，满头白发的男子站起了身。

"师尊。"围坐在他身旁的一众道士纷纷俯首。

"这一觉睡了许久啊。"男子轻甩拂尘，打了个哈欠，朝前迈出一步，便跨出了星阁之外，再迈出一步，人便已经出了钦天监。

"国师此行何去啊？"钦天监门口，一名守门的道童轻声问道。

"看望故人。"国师再一甩拂尘，身影便消失在了那里。

道童抹了抹眼睛："国师还是这么高深莫测啊。"

天启城城西尽头。

这里的夜晚一片寂静，因为这里是陵墓所在之地。

全天下最大的陵墓。

北离皇陵。

这里由禁军把守，前朝最具权势的五大监坐镇，寻常人在三里之外便纷纷避让而行，但是齐天尘却直接出现在了皇陵之外，而他的面前，还站着一个身穿黑衣斗篷的人。

正是之前，曾在影狱之中见过苏暮雨的那人。

"竟是国师。"那人沉声道。

"齐某昨夜做了个梦，梦见了浊清公公，一时兴起，便来此地寻公公了。想与公公下一局棋。"国师微微垂首笑道。

原来此人便是前朝五大监之首浊清公公，曾经的大内第一高手，天启城中权势最盛之人。北离历朝历代，为平衡朝堂势力，向来给宦官一党赋予极大的权力，以至于几代之前曾出过阉党之乱，后来为了防止这种情况再发生，历代皇帝驾崩之后，随侍其身旁的五大监就要被派去镇守皇陵，无故不得离开半步。浊清虽然不论武功还是权势，都是这几代中最高的大监，但也没有逃离这个命运，自太安帝归西之后，他便一直留于皇陵之中，至少在外人看来，是如此的。

浊清公公笑了笑，摸了摸手里的玉扳指："国师真的很会挑时间啊。"

"齐某不仅会挑时间，还很会拖时间。"国师依然淡淡地笑着。

"可惜国师有梦，浊清今夜却没有这般雅兴。"浊清公公往前踏了一步。

"按照先祖的遗训，守陵的太监不得离开皇陵半步，可方才浊清公公，就又走了一步。"国师举起拂尘，指了指浊清的身后，"还不算上那七八九十一百步……"

"有些话，说得太明白就没有意思了。"浊清公公沉声道。

"是啊。有些话，说得太明白就没有意思了。"国师点了点头，依旧半步没有退让。

"看来国师今日是一定要拦我了。"浊清公公微微扬起头。

国师从怀里掏出了一张糖饼，咬了一口："倒也不是，就是真的想下棋了。"

"我们要是打起来，整个天启城都会颤一颤吧。"浊清公公轻叹道。

"自百里东君和叶鼎之大战皇城之巅后，天启城就很久没有热闹了。"国师咬着糖饼，"或者说有些热闹，在夜里发生，在清晨结束，很多人都看不到。"

浊清公公往后退了半步，但右手轻抬，似要退回皇陵，又似要直接冲出去。

国师吃完了一张糖饼，脚在地上轻轻一顿，一个八卦之形缓缓展开。

"若是当年头上没挨李先生那一下，今日便真要与国师战上一场了。"浊清公公轻叹一声，收回了右手，转过身，"也不知是李先生料事如神，还是单纯地就是想要欺负我。"

"别想了，他就是想欺负你。"国师拍了拍浊清公公的肩膀，"还是与我下棋有些意思。"

国丈府，万卷楼。

谢在野连着又射出三箭，如今他和苏暮雨之间的距离不过十丈之远，长箭离弦声才刚响起，便已到了苏暮雨的面前。

苏暮雨持剑挡箭，可那箭势却过于凶猛，每一箭都震得他虎口猛颤，逼得他只能转守为攻，连连逼退。他这一生遭遇过不少绝世的刀手剑客，可这般厉害的弓手往往只会出现在战场之上，他还是第一次遇到。

"不错。若我没有他们六人策应，光我一人，还真杀不了你。"谢在野这一次直接从箭筒中取出了七支羽箭，上弦引弓，对准了苏暮雨，"但是这一击七星连珠，你一定接不住。"

"七星连珠？"苏暮雨一愣。

"就是当年楼洛城一战中，那取下楼王性命的一箭！七星连珠，杀你一个暗河杀手，浪费了！"谢在野高喝一声，松开了弓弦。

那原本围在苏暮雨身旁的六名刀手闻声后纷纷避开，苏暮雨急忙挥剑挡下一箭，结果直接被打飞了七步之远，随后又一箭赶到，苏暮雨再挡，可却觉得胸口一阵气血翻涌，这一箭的威势竟比上一箭要凶猛近一倍！

莫非一共七支箭，却要更强七倍？

等苏暮雨接那第三箭的时候，他已经确认了心中的想法，但同时他听到了清脆的"咔嚓"一声，他手中的长剑，已经崩了一个口子，若再接一箭，那么势必长剑崩裂，等到最后的那三箭到来，就真的死无葬身之地了。

这时，苏暮雨忽然立住身，长剑轻旋，又变了剑势，变得很慢很缓，然后挥出了一个圆，成八卦之形。

然后第四支箭便被苏暮雨"顺"了出去，不是挡住，也不是打飞，而是顺着苏暮雨的剑势飞了出去。

"这是……"谢在野皱眉道，"太极剑？"

苏暮雨又深吸了一口气，再迎上了第五箭，这一次比上一次要艰难一些，但还是顺利地"顺"了出去。

"一个杀手，居然会这世间最缓最慢的剑法。"谢在野疑惑道。

等到第六箭的时候，苏暮雨还想照猫画虎再来一次，可手中的长剑在碰到这一箭的时候终于彻底碎裂，苏暮雨慌忙中弃剑侧身，那羽箭只是擦破了他的肩膀。

但还有第七箭。

此时，苏暮雨忽然纵身跃起。

空中不知何时多了一柄油纸伞。

苏暮雨一把握住伞柄，随后朝下一挥，油纸伞与那最后一箭相撞，只听"砰"的一声，油纸伞像是一朵花一般绽放开来，十七柄利刃飞射而出，将那箭势化解得一干二净，而且冲着谢在野急袭而去！

谢在野手握弓箭，死死地盯着那飞来的剑雨，他并不是已经被吓到不敢躲了，而是他在脑中已经设想了无数种对抗的方案，但都无济于事，这是一记必杀的死招。

绝一切生机。

该死！

谢在野无奈之下再次举起长弓，将箭筒中所有的羽箭全都搭在了弦上。

"不必试了，你必死无疑。"一个洪亮的声音忽然自谢在野身后响起。

"爷爷……"谢在野一愣。

只见一名须发皆白的老者忽然拦在了谢在野的面前,老者猛地抬手，怒喝一声："退！"只见一股浩瀚的真气汹涌而出，迎接迎上了那十七柄利刃。

苏暮雨见状立刻左手一挥，收回了那十七柄利刃，随后稳稳落地。

苏昌河幽幽地吹着口哨，旋转着手中的匕首，走到他的身边："果然每一个关乎暗河生死存亡的大事，都需要你我二人联手才能摆平啊。"

"你早来一会儿，这万卷楼早就被拆了。"苏暮雨语气中带着几分抱怨。

"哦？"苏昌河一笑，"是责怪我来得晚了？"

苏暮雨轻叹道："因为这三个人，看起来就很不好对付。"

除了方才那名须发皆白的老者外，另有两名老者出现在了他们的面前，其中一名身形枯瘦，穿着一身白衫，夜风吹起，倒像是挂着一具骷髅，而另一名也面容儒雅，留着三缕青须，看起来倒像是一名学识渊博的老先生，而率先出手的那位，身材魁梧，声如洪钟，不怒自威。

"你们二人，便是暗河现在的掌事人？看起来很是年轻。"魁梧老者问道。

苏昌河笑道："暗河大家长苏昌河，见过三位前辈，旁边的这位是苏暮雨，如今的苏家家主。"

"他方才所用的，可是苏十八的十八剑阵？"那名白衣老者问道，他的声音暗哑，极难辨认。

谢在野一惊："十八剑阵？"

"是。"苏暮雨点头道。

"哈哈哈哈哈哈。没想到有生之年，我竟还能再次看到十八剑阵重现于世。"白衣老者的笑声阴森可怖。

苏暮雨疑惑道："听前辈的意思，你以前见过这十八剑阵？见过那苏十八？"

"在我幼年的时候，苏十八已经是古稀之年了，他最后一次用十八剑阵时，我有幸见到，如今过去多少年了？"白衣老者伸出手指头盘算起来，"六十年，还是七十年？"

"别算了。算得太清楚，就把自己的日子算死了。"儒雅老人轻声劝道。

"你说得对，不记得日子，就不记得自己活了多少岁，就能够一直活下去。"白衣老者收回了手指头。

苏暮雨和苏昌河相视一眼，都看到了彼此眼神中的惊讶，创出这十八剑阵的苏十八，几代之前的暗河第一杀手，这个名字向来只存在于传说之中，可面前这个人却是真真切切地见过那传说。

"敢问前辈尊姓大名。"苏暮雨沉声道。

那儒雅老者一笑："这小辈听了你方才的话，定是觉得我们三人也是那名扬四海之人。这就让你失望了，我们三人在江湖之上，都是无名之辈。"

"就算曾经有过名，用的也不是我们的真名。"白衣老者幽幽地说道。

"我叫谢辟又。"魁梧老者朗声道。

"我叫慕浮生。"白衣老者的声音依旧暗哑难辨。

"我叫苏子言。"儒雅老者仍旧带着淡淡的笑意。

这三个名字，苏昌河和苏暮雨在过往二十多年的江湖经历中确实闻所未闻，但是等到这三人将名字说出口的时候，他们内心的震惊却远比听到什么绝世高手的名字还要夸张。

因为这三人分明姓谢、慕、苏。

这便是暗河三家之姓。

"你们是？"苏昌河瞳孔微微缩紧。

"哈哈哈，他们听到我们的姓氏很是惊讶啊。"苏子言笑道，"没错。我们与你们暗河那三支本就是一脉而承，当年我们的先祖有一些人去了江湖，而有些人则留在了这里，我们三人便是留在天启城这一脉的后人。"

"只是你们的先祖罢了，并不包括我们二人。"苏昌河冷笑道。

"哦？"苏子言笑容渐渐褪去，"此言何意？"

苏暮雨轻轻拨动了一下那十七柄利刃："我与昌河皆是无名者出身，我们只是自幼被暗河收留，身体中并未流着那三族的血。"

"原来如此。当年我就不同意这无名者计划，如今果不其然，暗河三家已经被外人掌控了，难怪他们会闯到这里，要与我们影宗为敌。"谢辟又声音中隐隐有些怒意。

"新旧更迭，本就是这世间的规矩，王朝都尚不能万古永存，又何况区区暗河呢。"那慕浮生倒是语气平静，"年轻人，你们今日来此，是要闯这万卷楼？"

"是。如今暗河虽由我们兄弟二人执掌，但麾下仍以三家血脉为主，也都是三位前辈的同宗人，还请三位前辈能够让开此路，免得起了冲突。"苏暮雨沉声道。

"这万卷楼中没有金银财宝，也没有武功秘籍，只是藏着那天下隐秘之事，你们闯这里是为了什么？"谢辟又问道。

"既然有天下的秘密，自然也包括暗河的秘密。"苏子言恍然大悟。

慕浮生冷笑道："你们想毁掉万卷楼？"

"烧毁万卷楼里所有的隐秘。"苏昌河摸了摸自己的小胡子。

"也烧毁暗河和影宗之间所有的牵扯和关系。"苏子言按住了腰间的长剑，"看来不管此事成与不成，开国时期先祖所留下的用影子来守卫天下的愿望，终究是破灭了啊。"

"早就破灭了。暗河和影宗早就不是守卫这天下的影子了。"苏暮雨左手一抬，十七柄剑刃飞起，"我们不过是那些站在阳光下的人，权力争斗过程中的棋子罢了！"

"在野，避远一些。"谢辟又轻轻一推，将身后的孙子推了开去，"让我来会一会这传说中的十八剑阵。"

苏暮雨纵身跃起："荣幸之至！"

"这便是所谓的影宗，凭此实力还想指引暗河？"一柄陌刀在影宗府邸之中横冲直撞，所过之处皆血溅三尺，无人能挡。

苏长风和苏遮天看得目瞪口呆，就连向来目中无人的苏遮天也是难以置信："什么刀法，这么霸道。此人真的姓慕，不是姓谢？"

"愚蠢。"慕词陵陌刀一挥，又将一名冲上来的剑客手中长剑按在了地上，他再轻轻一甩，就将那柄长剑斩成了两段，随后陌刀再起，便要斩落对方的头颅。

"止！"一声低喝响起。

慕词陵微微垂首，便看到几只白色的纸蝶飞舞在他的身旁，他急忙把陌刀一收，一身红色真气暴起，那几只白色纸蝶随即爆炸，但只是扬起了一地尘土，并没有伤到他分毫。慕词陵抬起头，咧嘴笑道："你果然还活着。"

慕子蛰缓缓落地，一身白袍飞扬，他看着慕词陵："你个叛徒，身为慕家之人，竟跟随苏家人行事。"

"白痴。"慕词陵伸出一指，掏了掏耳朵，"暗河都已经变天了，还在想着苏家慕家。你已经被洪流抛下了，死吧，和那死去的旧暗河。"慕词陵再次一把握住陌刀，冲着慕子蛰狂奔过去。

苏长风持剑护在一旁："慕家前任家主慕子蛰，暗河之中最阴诡妖邪之人。"

苏遮天按着剑柄蠢蠢欲动："也是我想一战之人啊。"

"当年若不是你偷学阎魔掌，傀之位定然是在慕家中人选择，便是因为你胡作非为，才导致慕家被忌惮，而我失去了继任傀的机会。"慕子蛰长袖为剑，与慕词陵那陌刀相撞。

慕词陵冷笑道："若我没有偷学阎魔掌，那继任傀之位的人便应当是我了。你应该感谢我，是我给了你继任慕家家主的机会！"

"妄言！"慕子蛰手一抬，忽然一张古琴从远处袭来，落到了他的身旁。

苏长风吃了一惊："这是慕家的天音九转琴。"

"名字好长，什么来头？"苏遮天疑惑道。

"这是慕家的宝物。我回到宗门之后苦寻多日未得，原来竟是被他给随身带着。"背着桃木剑的慕青阳也赶到了。

"原来是慕家家主。"苏遮天笑道，"不上去一战，和慕子蛰比一比，两任家主谁更强？"

慕青阳摇头道："很明显，他强啊……"

苏遮天一愣："你倒是坦诚……一点进取之心都没有嘛。"

"要啥进取之心啊，我们慕家在暗河本就不是以好勇善战著称的……"慕青阳看了看那一地兵刃的碎片和哀号着的影宗门人，咂吧了一下嘴，"至于这两个人嘛，都是例外、都是例外。"

"那你觉得，他们二人，谁能赢？"苏长风问道。

慕青阳拿起手中的铜币，朝天一挥："花面是慕子蛰，剑面是慕词陵。"铜币在空中打了一个转后落了慕青阳的手背上，慕青阳一手扣住，笑着看向苏长风和苏遮天。

苏遮天仰头道："慕词陵会阎魔掌，没有输的道理。我赌一百两银子。"

"若慕子蛰真的能用天音九转琴，那么并不会逊色于阎魔掌，我也赌，赌一百两银子，慕子蛰赢。"苏长风眼神中难得流露出一丝兴奋，竟是个好赌之人。

"你总觉得，是因为阎魔掌才导致了这一切的发生，那么今日，我便不用阎魔掌。"慕词陵身上的红色真气一点点散去，他挥起手中陌刀，

"我便只用我手中的刀，取你人头。"

"我能反悔吗？"苏遮天懊恼道。

"不能，买定离手。"慕青阳抬起手，呈现在眼前的，是那桃木剑的一面，他也是吸了口凉气，"慕词陵啊，可别砸了我的招牌。"

慕子蛰将天音九转琴竖在他的身旁，手指在琴弦上轻轻一扫，无数纸蝶自暗处飞扬而起。

慕青阳也是一惊："他竟真的学会了。"

那些纸蝶全都冲着慕词陵飞了过去，慕词陵陌刀狂舞，只听一声声爆炸声响起，顿时将慕词陵的攻势困在了原地。

慕子蛰则闭上了眼睛，似乎完全沉醉在了琴声之中，他手指在琴弦上飞舞，琴声越来越迅疾，那些纸蝶也越来越疯狂地朝着慕词陵扑去。

"雕虫小技，你只会这些微末的伎俩嘛。"慕词陵怒喝一声，手中陌刀往地上重重地一顿，一股强绝的真气散出，直接将那烟雾打散，那些纸蝶也都被震退出了三丈之外爆炸。

琴声戛然而止。

慕子蛰手扣在琴弦之上，依旧没有睁开眼睛。

慕词陵打算持刀上前，将那破琴斩得粉碎，可他突然发现，还有十几只纸蝶没有被击散，依旧悬浮在他的身旁。

慕子蛰手指微微地颤动着，琴声细碎，若有若无。

"快跑！"慕青阳大喝一声，甩出了手中的桃木剑。

"退！"慕子蛰猛地一按琴弦，一股强大的真气冲着他们袭来，打飞了那柄桃木剑，慕青阳接回剑，又被逼得退了三步。

慕词陵垂首，看着那些纸蝶之上牵扯着的丝线，已经形成了一张网，将他整个人都围了起来。

琴声在此时再变。

变得狠厉迅疾，像是猎人捕猎的网，终于到了收网的时候了！

那些纸蝶也全都冲着慕词陵飞去。

所有的傀儡丝在瞬间收紧。

慕词陵知道这并不是普通的傀儡丝，而是最为锋锐的傀儡刀丝，世间唯一无刃的兵器，能在瞬间将他切成八块，他急忙俯身，将那陌刀举起，勉强挡住了那傀儡丝。

慕子蛰继续抚琴，琴声越来越快，那傀儡丝也压得越来越紧，慕词陵咬着牙勉力支撑着，陌刀的刃口开始崩裂。

"现在用出阎魔掌，你还有一丝生机。"慕子蛰冷笑道。

"说不用就不用。"慕词陵咬牙道，"杀你这么个阴阳怪气，不敢正面交手的家伙，不需要阎魔掌！"

"当年慕家有你我二人，本是我们慕家这一代崛起的最好机会。可你偏偏不听师尊所言，我行我素，才导致如今的慕家依旧是三家之中最边缘的那一个。"慕子蛰的声音中带着一丝怨恨。

"我，只为自己活！"慕词陵朗声道。

十八年前，暗河，月影阁。

"子蛰，你为何而活？"坐在高台之上的老人一边喝着茶一边问道。

台下那名一身白衣，样貌俊秀的年轻人抱拳道："为慕家之荣耀而活！"

"哦？何解？"老人瞥了他一眼。

"我慕子蛰，要兴盛慕家，让慕家在下一代能够真正地统率三家！"年轻人眼神中闪着坚毅的光芒。

"那词陵，你又为何而活呢？"老人又转头，看着那个面容还要更年轻几岁，神色有些漫不经心的少年。

少年嘴里叼着马尾草，原本已经走神了，听到老人的话才回过神来，他神色有些犹豫："嗯……"其实他并没有听清老人问什么，所以只能假装自己在思考。

"词陵，你为何而活？"老人自然知晓少年的这些小心思，只能又问了一遍。

"家主啊，你怎么老问这些高深莫测的东西啊……"少年有些无奈。

"词陵，不得无礼！"慕子蛰怒道。

老人喝了口茶，依旧神色淡然，语气也是不紧不慢："高深莫测吗？那便以你最简单的心去揣测。"

"那当然是为自己而活。"少年朗声道。

"哦？"老人放下了茶杯，"为自己而活？"

"慕家是由每一个活生生的慕家子弟组成的，每一个慕家子弟若是能真真正正地为自己而活，成长为一个强大的存在，那么自然慕家兴盛，自然慕家能够统领三家。"少年看着老人，目光灼灼。

老人轻叹一声："词陵，你对成为一个强者，很执着啊。"

"若我成为暗河最强，那么慕家自然便是暗河最强。"少年笑道。

慕子蛰看着少年，那一刻他的心中忽然升起一阵迷茫，亦有几分羡慕。

两人的天分相差无几，但比起慕子蛰来说，慕词陵是个太过简单的人。

别人打他，他就打回去。

别人杀他，他就先别人一步把对方杀了。

别人压得他抬不起头，他就偏偏要站起来。

"喝啊！"慕词陵持着陌刀一点点地站了起来。

慕子蛰一身白袍飞扬，手指在琴弦之上飞扬，每根手指都要被琴弦给钩出血来了，可那张压着慕词陵的刀网却仍是一点点地被破开。

慕青阳惊骇道："竟然真的没有用阎魔掌的武功就破了这天音九转琴！"

苏遮天兴奋道："我赢了我赢了，我果然没有看错人。"

苏长风则微微皱眉："还没结束。"

"蝶变，千机舞。"慕子蛰怒喝一声，古琴之上突然发出了一声厉鬼般的嘶吼声，琴弦随即应声而断，慕子蛰呕出一口鲜血，染在了琴声之上。

而随之那张刀网也崩裂开来，那些傀儡丝毫无规则地冲着慕词陵打了过去。慕词陵先是抽身猛退，得了一息喘息后再狂舞手中陌刀，只听清脆的金属碰撞声响起，随即便是皮肉被撕开的声音。慕词陵的肩膀、腹部、手臂接连都挂了彩。

"不行。"慕青阳持剑想要向前帮忙。

"赌局还没有结束，你不能插手。"苏长风拉住了他。

苏遮天点了点头："是的。赌局还没有结束。"

"他不姓苏，你们自然不担心。"慕青阳皱眉道。

"他姓什么我不管，我只知道他也不想你帮他，他若想赢，此时运起阎魔掌功法，破这强弩之末的刀阵，又有何难？"苏长风问道。

"都不难！"慕词陵双手握住刀柄，轻轻挥出了一个圆，随后他往前踏了一步，突然之间整柄陌刀都裂成了碎片，摔在了地上，但那刀阵也已经被彻底被毁去了，慕词陵一身血红，嘴角却依然带着那桀骜的笑意。

慕子蛰苦笑了一下，轻叹一声："我败了。"

"是啊！你败了！"慕词陵怒喝一声，挥拳冲到了慕子蛰的面前，看那架势，是要一拳把慕子蛰连同那天音九转琴给砸得粉碎了。

"住……住手！"慕青阳挥出手中桃木剑，拦住了慕词陵一瞬，随后纵身冲到了慕子蛰的面前，一把夺过了那天音九转琴，闪到了一边。

"这可是我慕家至宝，词陵你可莫要冲动。"慕青阳又看了慕子蛰一眼，"至于……"慕子蛰曾是慕家之主，也算是慕青阳的半个师父，虽说他加入了彼岸，也就等于宣告了和这个师父的决裂，但毕竟亦有情义在身。

"真以为当了慕家家主，便能定义我的生死，我输给的是慕词陵，而不是你。"慕子蛰冷笑一声。

慕词陵被那桃木剑逼退之后，也冷静了一下，没有再立刻向前追击，他转过身去："让他走吧。我们本也无仇。"

"若你我二人联手，今日暗河做大的，又怎会是苏昌河和苏暮雨。"慕子蛰沉声道。

"这便是你我的区别。我从不与人联手。"慕词陵回道。

"哈哈哈哈哈。"慕子蛰朗声一笑，随后双手一张，又有无数纸蝶从暗处翩翩飞起。苏长风和苏遮天立刻拔剑："这家伙怎么没完没了。"

"我今日，才终于明白师父那番问话的意思了。"慕子蛰仰起头，那些纸蝶飞到了他的身边，将他整个人都围了起来，随后纸蝶便燃烧了起来，熊熊火焰瞬间就将慕子蛰的整个身子都包裹了起来，而等当纸蝶燃尽，化成落灰之时，慕子蛰的身体也已经消散不见。

"化成灰了？"苏遮天咂舌道。

"无药可救啊。"慕词陵朝前走了几步，但最终还是因为气竭整个人都栽倒在了地上，但他仍旧还继续说着话，"师父当年那番问话根本就没有意义。"

"既然没有意义，但为何过去了几十年，慕子蛰死前说起那番话时，你就能知道是哪番话？"慕青阳蹲下，问慕词陵。

慕词陵笑了一下："因为那糟老头子的每一句话都没有意义。暗河没有意义，慕家没有意义，杀人没有意义，只有我慕词陵的存在，有我自己的意义。"

"竟是个哲学家！"慕青阳假装震惊。

"白痴。"慕词陵翻了个白眼，晕了过去。

"师父，我们大晚上地跑到这里来做什么？"天启城的高台雁归台之上，穿着飞云纹长袍的少年郎打了个哈欠坐了下来，一双腿挂在那里晃荡着。

"楚河，你太懒了，能坐绝不站，能躺绝不坐，就不能和你皇叔学一学，腰杆挺得笔直，走到哪里都是皇室典范。"白发面具男无奈地说着。

这一对师徒自然就是百晓堂堂主，天启四守护之中的白虎使姬若风，以及六皇子萧楚河。在这个看似平静实则暗潮汹涌的夜晚，别人正在厮杀，而他们则在这里，俯瞰着这座城。

"皇叔那样太累了。"萧楚河笑着说道，"我想活得自在一些。师父你有空带我去看看江湖吧。"

"看看江湖？今夜我们在这里，看的就是这处江湖啊。"姬若风垂首，看着西南方向的那座府邸，"江湖并不是有江有湖的地方，而是有人的地方，天下间没有比这天启城更江湖之地了。"

"师父，我又没有千里眼，能看得见什么啊？"萧楚河挠了挠头。

"我也没有啊。我在等一把火。"姬若风伸手一指，"在那个方向。"

萧楚河微微皱眉："一把火。"

天启城，一处富丽堂皇的宅院。

一辆装饰华美的马车缓缓行到院子门口。

一名身穿黑衣的武士等候在那里，见到马车之后急忙行礼。

"告诉你家主子，时机已到。"马车中的人沉声道。

"遵命。"黑衣武士立刻转身回府。

风晓寺中。

满地都是兵器的残刃。

忘忧大师累得满头是汗，他盘腿坐下来，开始打坐休息："累死老和尚我了。当年挡下李先生都没有这么累。"

"是我们比李先生还要强的意西（思）吗？"苏喆站在忘忧的身旁，抽了口烟后，优哉游哉地说道。

"当然不是。是李先生比较会照顾老年人。"忘忧想了一下，"不对，他自己比谁都老……"

"哈哈哈哈。"苏喆看向周围，"影宗的那些人全都退走了，想必是天启城里已经传信给他们了。我们的戏不必再演下去了。"

"多谢苏喆先生，许久没有如此尽兴的一战了。"萧若风走到苏喆的身边，他的身上虽然挂着脸，脸上却难得带着几分笑容。

"我们这里的戏就演到这里了，而这场争斗的最终结果，还系（是）要看天启城中的那两兄弟了。"苏喆将手中的烟杆递给了萧若风，"你也来丘（抽）一口？"

萧若风摆了摆手："先生客气了。"

"要不来次（吃）一颗槟榔？"苏喆从怀里掏了掏，最后掏出了一堆碎渣子丢在了地上，"么（没）得。刚刚被你一剑给打碎了。"

"先生是有趣的人。"萧若风笑道。

忘忧轻呼了一声佛号："槟榔配烟，四脚朝天。"

"分明是法力无边，大师你妄言。"苏喆笑道。

影宗门外。

白鹤淮有些按捺不住了："怎么过去了这么久还没有动静？我们也进去吧。"

慕雨墨摇头道："等待昌河的信号吧。他说唯有万不得已的时候，才会传令我们也进去。"

"唉，他们做事就是笨，为何一定要进去刀刀见血呢。你的千蛛阵，配上我研制的奇毒，搞定这影宗不是轻而易举的事情。"白鹤淮有些生气地说道。

"神医着急了。"慕雨墨低头一笑。

白鹤淮有些无奈："你难道不着急？"

"放心吧。"慕雨墨拍了拍白鹤淮的肩膀，"只要他们两兄弟联手，就从来没有输过。"

　　影宗之内，最后一场真正能决定这一夜的战斗还在进行之中。

　　苏暮雨同时操纵十七柄利刃，将那剑阵的精妙运用到了极致，谢辟又和苏子言两人一刀一剑联手，却始终未能穿破这剑阵的防御。

　　谢在野在一旁看得一阵心寒，低声道："若方才他就用出了这剑阵的功夫，我怕是已经死了。"

　　"年纪轻轻，就有此等剑术，实在是令人惊骇。"苏子言挥剑挡下了一柄利刃，"可惜你是一个无名者，不然我便忍不住想要夸赞我们苏家人与生俱来的剑术天赋了。"

　　"慕浮生，看了这么久，你觉得如何？和你当年见过的十八剑阵有何不同？"谢辟又问道。

　　慕浮生在一旁看了许久，眼睛越来越亮，神色也越来越兴奋："太妙了太妙了！"

　　"怎么个妙法？"苏子言皱眉道。

　　慕浮生手微微有些颤抖，似乎也忍不住想要上去打上一架："就仿佛几十年前的那一幕，又重现在了我面前。只可惜当年我只是一个幼童，无缘上去亲身一战，而如今我亦是暮年，再得见这绝世剑术，也便只能惊羡了。"

　　"说了那么多，谁强一些？"苏子言问道。

　　慕浮生不屑地笑了一下："剑法之道，岂止于强弱？"

　　苏暮雨那边虽然看起来占尽上风，但却是越战越慌。因为这几人一边打一边聊天，言语之中都是对苏暮雨这剑术的称赞，而没有半点惊慌之意，似乎苏暮雨的剑术越强，他们反而越是开心。

　　"苏暮雨，他们不是在和你对决。"苏昌河神色严肃地提醒道。

　　苏暮雨点了点头："我知道，他们是在引导着我，一点点地用出这完整的十八剑阵。看似我占尽上风，实际上我只是提线的木偶，在他们的引领下展示剑术。"

　　"年轻人很聪明。"苏子言微微一笑，"所有这十八剑阵，你可已展现完全？"

　　苏暮雨轻轻一旋手中的细剑："此阵为十八剑阵，而前辈始终只见十七剑，未见这第十八剑，又如何能算得上见得全貌呢？"

"有理有理，那便用出你的那第十八剑。"苏子言回道。

"第十八剑，只论生死。"苏暮雨沉声道。

"那就和你论一论生死。"苏子言剑势忽变，一道疾风在长剑刮起，而一旁的谢辟又更是一步登先，挥着手中的大刀，一鼓作气连着斩断了三柄利刃，几个纵身便已经冲到了苏暮雨的面前："若论生死，便由我先来！"

谢辟又持刀冲到了苏暮雨的面前，长刀落下，斩出一道雷霆。苏暮雨仍然没有挥起右手之剑，点足往后一掠，避开了那长刀，随即左手一挥，那十几柄利刃再度飞下，冲着谢辟又砸了下去。谢辟又侧身闪过，微微一笑。

苏暮雨止步，微微垂首。

"方才那一刀……"苏昌河皱眉道。

"我明明躲过了。"苏暮雨看着自己的胸膛之上，出现了一道淡淡的血痕。

"你的十八剑阵，我们已经见识过了。但是我的刀法，你还没有见过。"谢辟又先是俯身，随后急旋而起，将苏暮雨再次追上的利刃全都打开。

"谢家的旋地刀。"苏暮雨低喝一声。

一阵刀风吹过，谢辟又手持长刀又来到了苏暮雨的面前："还不出剑？"

"出！"苏暮雨终于动了手中的细雨剑，但挥剑上前，在还未到谢辟又面前的时候就被挡了回来，他一惊，随后谢辟又的刀就挥了过来，苏暮雨一时之间来不及再出剑，便只能猛退，这一退刻意地比方才那一退又要往后了一步。

但方才的血痕还是又深了一分。

"很敏锐的年轻人。"谢辟又笑道。

"身在暗河，能活到我们这个年纪，都有这分敏锐。"苏暮雨沉声道。

"我知道了，那是谢家失传的刀法，影刃术。"苏昌河忽然说道。

"影刃术……"苏暮雨微微皱眉，他听说过这一门刀法，虽然持刀者只握一刀，但刀仿若有影，刀出之前是一道影，刀落之后又有一道，虽出一刀，却可见三刀之威。

"原来在如今的谢家，这门刀法已经失传了吗？不过也不奇怪，这门刀法本就不好练。"谢辟又朗声笑道，随后再出一刀，"再一刀，便能见你要的生死了。"

苏暮雨轻叹一声，随后细雨剑挥出，他这一剑也来得更加诡异，先挡住了第一重刀影，随后剑势又起，挡住了第二重实刀，然后又出了第三起剑势，将第三重刀影也化得一干二净。寻常剑势都是阵阵枯竭的，而苏暮雨的这一剑却越来越强。

宛若潮水，一浪高过一浪。

"这是……"慕浮生忍不住踏前一步。

苏昌河也挥着手中匕首往前一步，这三个人中，他能看出来最强的乃是慕浮生，只要他一动手，苏昌河便会毫不犹豫地出手帮助苏暮雨。

"这是春雨剑法，潮生。"苏子言厉声道，"小子，你究竟是谁？"

苏暮雨一剑化去谢辟又的刀法后，又接着直接一剑贯穿了谢辟又的肩膀："你错了。这套刀法之所以在暗河失传，并不是因为它难练。"

"那是因为什么？"谢辟又问道。

"是因为它并不适合杀人。再精妙的刀法，若不是绝顶的杀人术，在暗河之中亦会被遗忘。"苏暮雨勾了勾左手，那些利刃飞袭过来。

"爷爷！"谢在野见苏子言和慕浮生没有出手相助的意思，立刻拾起地上的羽箭，对着苏暮雨便射了出去。

苏暮雨微微皱眉，左手一挥，拦下了那些羽箭。谢辟又得了一息喘息，立刻拔刀退了回去。谢在野立刻上前扶住了他："没事吧，爷爷。"

"春雨剑法，潮生式！无剑城城主是你什么人！"谢辟又死死地盯着苏暮雨。

"这么看来……确实有几分相像。"慕浮生幽幽地说道。

苏子言也点了点头："的确。没想到无剑城城主竟然还有后人，后人竟然还成了暗河的无名者。着实有趣。"

"杀了他吧。"慕浮生上前一步，"我们没有别的选择了。"一掌挥向苏暮雨，掌间之上有红紫色的真气流转。

苏昌河冷笑一声，也向前一步，拦在了苏暮雨的面前，随即挥出一掌，掌间之上也有红紫色的真气。

两掌相撞，苏昌河稳固不动，而慕浮生则往后退了三步。

"你竟也会阎魔掌！"慕浮生惊骇道，"就算是暗河大家长能够练这门武功，可你成为大家长，也不过只有数月之久。"

苏昌河摸了摸自己的小胡子，笑道："因为我早就为成为大家长的这一天而做准备了。"

"把偷练秘籍说得这般清新脱俗。"慕浮生冷笑道，"好。那就让我看看，你究竟有几重功力在身上。"

"方才我一步未退，而你连退三步。你我之间的差距，难道还不够明显吗？"苏昌河说完之后便要上前一战，却被苏暮雨拉住，苏昌河转头，看到苏暮雨冲着自己轻轻摇头。

"昌河，你先退下。"苏暮雨缓缓道。

"这两个联手，你不好对付。"苏昌河皱眉道。

"只要我还站着，你便不需要动手。"苏暮雨持剑向前，"今夜我们还有最后一个敌人没有赶到，等他到来，你再出手与他一战。"

苏昌河愣了一下，最后还是摇头笑了笑："罢了罢了，便听你的吧。"

"感觉被小瞧了啊。"慕浮生耸了耸肩。

"便让我来领教一下你的春雨剑法。"苏子言持剑攻来，他的剑法极为飘逸轻盈，一看便是苏家人的剑势。

苏暮雨对这样的剑势了如指掌，索性暂时弃了十八剑阵，只手持细雨剑与其对剑，苏子言出一剑，他也出一剑，两个人的剑招看起来几乎一模一样。

苏昌河看着看着便松了口气："难怪暮雨这么有自信。"

"你用的是苏家的吹花剑法？你觉得光靠这门剑法便能赢过我？"苏子言冷笑道，"这门剑法，每日修习一遍，已整整练了六十年。"

"是嘛。"苏暮雨一剑划破了苏子言的衣袖。

苏子言微微皱眉："你这不是吹花剑法？"

"天启城的三家，是否真的懂得杀人为何物呢？"苏暮雨剑势再变，瞬间就压制住了苏子言，"你们在天启城中养尊处优，钻研武道。一代又一代过去，你们不再是那黑暗中的影子，而是光芒之下的豪门贵族。杀人这件事，离你们已经太远了吧。"

"但它离我很近！虽然我自己也很讨厌这一点！"

这便是苏暮雨所寻觅到的面前的这三位老人的弱点。

他们剑法武艺极高，这些年一直被影宗尊为供奉安享在天启城中，并不需要参与真正的生死之战。所以他们的剑法再高，武功再强，在杀人之术上比起苏暮雨来说，却是远远不及。

"吹花剑法，第十式，曾名落雪，招式唯美隽永，堪称苏家剑法中的最美一剑。"苏暮雨一剑扫开苏子言的长剑，左手一挥，尚未折损的十三柄利刃飞至空中。

苏子言轻轻咳嗽了一下，握剑的手微微有些颤抖。

"但后来被改了，现在名，落血。"苏暮雨大手一挥，"已成必杀一剑。"

长剑如雨落下！

苏子言仰起头，长剑轻轻一旋，一道剑气乘风而起："年轻人，也别太小看人了。"他的那道剑气撑起了那十三柄利刃，慕浮生趁势冲苏暮雨一掌推出。

"小心，他的阎魔掌，亦有八重功力！"苏昌河提醒道。

苏暮雨却只是笑了笑，随后运起浑身真气硬扛住了慕浮生的这一掌，只听"轰"的一声，万卷楼外烟尘四起，慕浮生难以置信地看着面前的苏暮雨："你不躲？"

苏暮雨直接一剑将慕浮生身子贯穿："当年在入鬼哭渊之前，暗河的教习曾和我说过一句话。"此刻的苏暮雨胸膛之上是一个阴森可怖的血印，一身衣衫之上已被鲜血染红，但至少他仍然站立着，而慕浮生已经半跪在地。

慕浮生咬牙道："什么话？"

"杀手只要做到一点就算是成功，那就是我还没死，而你却死了！"苏暮雨拔出了长剑，随后那漫天剑雨化成碎刃落了下来，苏子言抵抗不住，弃剑后撤，身上被那漫天剑雨留下了满身伤痕。

慕浮生倒在地上，用手捂着腹部的伤口，苏暮雨方才那一剑还差一寸便伤到了他的要害，若偏离那一寸，慕浮生必死无疑，他仰头看着苏暮雨："可你却没有杀我。"

"我没有杀你，是因为没有必要。"苏暮雨沉声道，"你们与暗河三家本是一宗同源，这样的死战没有意义。"

苏昌河不满地喊了起来："喂喂喂。我们可和他们流着不一样的血啊。"

"虽然我们二人是无名者，但是我们的不少同伴，他们和你姓着一样的苏，一样的谢，一样的慕。暗河向来是一个不讲感情的组织，但我希望，以后会不一样。"苏暮雨轻叹一声，"我希望现在的他们，也能和你们一样，拥有着能在阳光之下自由行走的日子。"

苏子言和谢辟又相视一眼，同时走上前，扶起了地上的慕浮生，苏子言开始运功为慕浮生疗伤，而谢辟又则看向苏暮雨。

"若以后暗河三家子弟需要帮助，希望你们也可以用家族的形式协助他们。"苏暮雨对谢辟又说道。

谢辟又轻叹一声："我们本就是一体的，影宗统率暗河三家，同时也在天启城供奉着我们三家。"

"别的我不敢和你保证，但这一点可以。"苏暮雨收起了手中的长剑，"今日之后，将不再有影宗。你们在这里退去，不会有任何人来找你们的麻烦。"

谢辟又沉吟许久后长叹一声："罢了。"

"有些事终究要改变的。"苏暮雨看了苏昌河一眼，"我们终将要踏到暗河的彼岸，在彼岸之处，不应当只是长夜，还应有光明。"

"好。"谢辟又沉声道，"老夫很欣赏你。"

"谢辟又！"苏子言厉声道。

"够了。"谢辟又摇头道，"易卜并不是一个值得跟随的首领，这一点我们三人早就知道。而且天启城中，如今是琅琊王所率领的天启四守护占据主导之位，影宗早就已经失势了，与其跟着他死，不如另谋出路。"

"唉。"苏子言也知谢辟又所言非虚，犹豫了一下后还是没有说下去。

"那么苏公子，我们便就此告辞了。"谢辟又缓步退后，"希望你能实现你的愿望，带来一个新的暗河。"

"暗河已经是新的暗河了，只是世人心中的暗河，还未曾改变。"苏暮雨淡淡地笑了笑。

谢辟又等三名老人连同那最开始守楼的谢在野纵身离开了，苏暮雨一个趔趄往前摔了一步，差点就要倒在地上。苏昌河向前扶住他："何必如此，方才若我们一起动手，便不会弄得这般狼狈了。"

苏暮雨摇头道："若你动手，便真是不论生死不休了。"

"嗯哼。"苏昌河耸了耸肩，"我不喜欢这些琐碎的事故，杀了便杀了，一切推倒重新来过不就是了。"

"有些东西可以推倒重新来过，有些东西不可以。"苏暮雨深吸了一口气，重新运转了一下体内的真气，随即朝前走去，他取下了一旁的火把，"比如这座万卷楼，便要彻底毁去。"

"住手！"一个厚重的声音自他们身后传来。

苏暮雨没有转头，继续朝前走着："昌河，现在便是你出手的时机了。我也打不动了。"

"对于他，我可以不论生死，不死不休了吧。"苏昌河舔了舔嘴唇。

"把他骨灰都扬了！"苏暮雨持着火把推开了万卷楼的门。

"得嘞。"苏昌河朝前走了几步，最后挠了挠头，"等等，苏暮雨。为什么我总觉得你才是大家长，我是个打杂的呢？"

这一次没有人回应他了，因为苏暮雨已经走进了万卷楼中。

"唉。"苏昌河摇头道，"越来越没有尊严了。"

"让开。"方才说话之人持剑来到了苏昌河的面前。

苏昌河甩出一柄匕首，落在了那人的面前："认真说来，虽然我们已经间接地打过很多次交道了，但这是我们的第一次真正意义上的相见吧。影宗宗主，易卜先生。"

易卜一愣，随后说道："你是暗河大家长，苏昌河。"

"正是正是，暗河打杂人，苏昌河。"苏昌河手上紫气流转，"奉暗河苏家家主苏暮雨之命，在此，留下你的性命！"

万卷楼中，灯火通明，原本守卫在那里的应该都是天启三家中人，应是得到了三老的传令，都已经迅速退走了，苏暮雨行走在空无一人的楼中，看着旁边密密麻麻的铁架子之上，皆是封闭严密的木格，每排架子之外还都带着大的木质牌子，牌子之上皆是城池的名字，例如最大的天启城，几乎占据了整个一层楼的位置。

苏暮雨拾级而上，走到了第二楼，便看到了雪月城、无双城的标识，他从旁边经过，看到了百里东君的名字，关于他的情报覆盖了一整排木架，看起来颇有气势。苏暮雨随便伸手打开了一个木格，里面放着一张信纸，他笑了笑，摇头道："即便知道对方所有的情报又能如何，他还是天下第一，你还是对付不了他。"苏暮雨没有看那信纸，直接将木格合上。

　　若是江湖上任何一个大门派的掌门来到这里，一定会感受到前所未有的惊骇，因为这些木格之中记载着的很多事情，甚至是关于他们自己的那些事，都是他们都早已忘却但是却十分致命的，相对应的，你也在这里能找到许多仇家的情报，只要得到便能置其于死地。当然，这些对于别人价值千金，对于苏暮雨来说却毫无意义。

　　"你方才放下的那一张纸，值一百两黄金。"一个年轻的声音忽然在苏暮雨身后响起。

　　苏暮雨微微侧首，看到了方才那个神箭手谢在野站在楼梯之旁，他疑惑道："你还没走？"

　　"爷爷让我留下来，他说或许你会需要我的帮助。"谢在野缓缓道。

　　苏暮雨摇头："我不需要帮助，我只要一把火烧掉这里就行了。"

　　"很少有人在这些情报面前可以保持淡定，但凡是一个有见识点的江湖人，都知道这些东西背后的价值。"谢在野笑了笑，"但我信苏家家主的话，这些对于你来说，并不代表着什么，你可以不在意。"

　　"他们的价值越大，拥有他们的代价也就越大。"苏暮雨继续继续向上走去，"你走吧，替我谢谢谢老爷子。"

　　"但如果真的一点都不在意，一把火烧了这里便可以了，又何必一层一层地看过去呢。你想看的东西，我可以帮你寻到。"谢在野走到了苏暮雨的前面，领着苏暮雨一口气上了六层，来到了万卷楼的顶层之下。

　　顶层之下被一道铁门封住了，铁门之上写着四个字：无妄之地。

　　"何为无妄之地？"苏暮雨问道。

　　"他似无处不在，又无处可寻，藏匿于天地之间，又影响着这天地的风云变幻，便是所谓的无妄之地。"谢在野从怀里拿出了一把钥匙，走上前将挂在铁门上的铜锁打开，"你应该庆幸能够遇见我，不然在这么短的时间里，你就算翻遍整个万卷楼也找不到这里。"

　　铁门被推开，里面漆黑一片。谢在野拿出一支羽箭，折断了箭首，在一旁的火把上点燃之后，将手中的羽箭射了出去，羽箭在房间之中飞旋了一圈，随即那乌黑不见五指的屋子也变得亮堂了起来。两边摆放着漆黑的铁架子，而苏暮雨和谢在野的面前，是一只振翅而飞的黑鹰雕塑。

　　"这是影宗当年的图腾，黑鹰，一种只在夜晚狩猎的可怕猛禽。"

谢在野解释道，"至于你想要寻的东西便在这里了。"

"逍遥御风门、无极剑宗、天水云境，这些都是在江湖之上绝迹多年的门派。"苏暮雨看着左手边那些门派的名号，微微皱眉道。

"看似绝迹，实际上还隐藏在山野市井之中，谁又知道呢？"谢在野双手环抱在胸前，耸了耸肩。

"百晓堂、凤栖楼……"苏暮雨再往右边看，这些都是在江湖上赫赫有名但无人知道他们究竟在何处的门派，"暗河！"

"是的。暗河的情报全在这里。"谢在野笑道，"这便是我猜你要寻找的东西，但我也不确定你要找的这里是否有，影宗并不是万能的，不然天下百晓就不会是百晓堂了。"

"你没看过？"苏暮雨问道。

谢在野摇头道："没有特批的手令，是不能够随意翻阅这楼中的任何情报的。而我是守楼之人，我们立过誓言，此生不能翻看其中的任何一封情报。若是我看过，或许就知道你是无剑城的后人了，爷爷他们若是早就有准备，也不会败得那么惨了。"

"原来如此。"苏暮雨走到了标着暗河的铁架之旁，有一排的最左侧标着"无名者"三个字，那些小木格上则写着每个人的名字，其中苏暮雨和苏昌河两个人的名字被了红，格外显眼。

"当然，我也不能确定，你无剑城少主的身份，究竟在一开始有没有被探寻到。毕竟当年成立无名者计划的时候，影宗内部存在着很多的争议，有些无名者进行了非常详细的身份调查，而有的其实是暗河各家为了自身的实力而强行纳入门下的。"谢在野幽幽地说道。

"我一开始便没有抱太大的希望。"苏暮雨推开了自己的那一格，里面放着一沓纸，说厚也不算厚，说薄也不算薄，他的手破天荒地居然微微颤抖着，犹豫了片刻之后才将手伸了进去，拿出了关于自己的那沓纸。他打开后便低头看了起来。

谢在野则在一旁观察着苏暮雨的神色，即便是向来喜怒不形于色的苏暮雨，此刻的瞳孔也极具地扩大着，但苏暮雨仍然很快地克制住了自己的情绪，选择不再继续看下去，而是将那沓纸收入了怀中。谢在野笑了一下："看来结果是，有。"

苏暮雨没有回答他的话，而是打开了旁边那个写着"苏昌河"的木格，直接看都没有看就将里面的那沓纸也收入了怀中，随即他就没有再看那些木格一眼，转身走到了谢在野的身旁："把这栋楼都烧了吧。"

"烧了？"谢在野也是一惊，"整栋楼？"

"是的，烧了。整栋楼。"苏暮雨点头道。

"你若是舍不得，便交给我吧。"苏暮雨对谢在野说道。

谢在野笑了笑，耸了耸肩："我自十六岁时便被派来守楼，在这万卷楼中待的时间比在家族中还要多，对这里已然有了一些感情，让我亲手毁掉它，还是有些不忍心啊。"

"也是。"苏暮雨将旁边的火把一支支推落在地，随后和谢在野一起走出了顶层。但等两个人回到下一层的时候，苏暮雨忽然又转过了身。

"怎么？"谢在野问道。

"落了一些东西，你在这里等我。"苏暮雨又转头回到二楼。

谢在野看着苏暮雨的背影，陷入了内心的挣扎。此刻的苏暮雨已经受了重伤，谢在野观察了他许久，确信他此刻是强撑着一口气，随时都有可能倒下。他的手微微颤抖，他很想拿起那长弓，对着苏暮雨的背后射出一箭，改变今晚这场争斗的结局。这也是三老让他留下，真正交代给他的任务。

他们三家在天启城中待了数代，一直依托于影宗，这样的关系岂是苏暮雨几句话就能够改变的，方才三老的妥协不过是因为形势所迫罢了，如今若是能反败为胜，那么……

谢在野右手握着长弓，左手已经犹豫着要去寻那羽箭，他双手的颤抖也逐渐蔓延到了全身。赢，便能改变这一切。输了，那么他便必死无疑，暗河对三家的寻仇也会不死不休。这样的抉择确实很难。

但一直到苏暮雨的身影消失在了顶层口的时候，谢在野也没能真的拔出一支羽箭，他舒了一口气，浑身的气力一下子都卸了下来。他擦了擦额头上的汗，心里一阵后怕，脑海中一片空白。也不知过了多久，苏暮雨从顶层走回到了他的身旁，此刻的顶层已经彻底地烧了起来，火焰的灼热感让谢在野一下子清醒了过来。他问道："你……你去上去寻了什么？"

"这便不方便告诉你了。"苏暮雨伸手道，"借你长弓一用。"

谢在野吓了一跳："你……你要做什么？"

"你不是不愿意亲手毁掉这座楼吗，借你长弓，帮我节省一些时间。"苏暮雨回道。

"哦。哦。"谢在野虽然还是不太明白，但还是将手中的长弓，以及腰间的箭筒全都递给了苏暮雨。

苏暮雨接过了长弓和箭筒，随即学着谢在野方才点燃顶层火把的样子折断了一支羽箭的箭首，在旁边的火把上点燃之后，引弓将其射了出去。长箭带出一阵旋风，从谢在野的面前划过，谢在野终于彻底回过神来："你也会箭法？"

"学过。"苏暮雨用射出一支羽箭，很快就将这一层也都点燃了，"你有什么想要留下的东西吗？"

"我？"谢在野疑惑道，"苏家家主何意？"

"比如这里藏着你仇家的情报，或者是你爱的人的所有信息，你平常因为影宗的规矩不能随意翻阅一页，但是今日你可以将他们都带走。我不会管。"苏暮雨又拉起了一支羽箭。

谢在野笑了一下，挠了挠头："我十六岁就来这里守楼了，哪有什么仇家啊。至于喜欢的人，不是什么大人物，只是……"

"那便不用告诉我了。这是你的弱点啊。以后若你我再次为敌，那便是你的顾忌。"苏暮雨打断了谢在野的话。

谢在野立刻醒悟过来，没有继续说下去，他自小被家族看重，十六岁就让他来做这守楼首领，虽然练得了一身武艺，但在一些阴谋诡谲上却远远比不上别人，更不用说曾是暗河之傀的苏暮雨了。他此刻甚至有些怀疑，方才苏暮雨背后的破绽是他故意露出来的，是对自己的考验。

"那就继续吧。"苏暮雨手持弓箭，继续下楼。

雁归台上。

原本已经昏昏欲睡的萧楚河忽然瞪大了眼睛，他转头惊喜地说道："师父，那边，真的燃起了一把火！"

"是啊。这把火终于还是燃起来了。"姬若风也站起身来，摸着腰间的长棍，"我等这一把火也等了好久了。"

"那个方向是……"萧楚河想了半天，"国丈府？老七他外公的府邸？师父，你和那老头有仇啊。"

"那个老头没有资格和我结仇，他不过是继承了祖上的荣荫。"姬若风拍了拍萧楚河的肩膀，"走吧。我们下去吧。"

"去国丈府看看？"萧楚河有些兴奋。

"想看热闹？"姬若风敲了一下萧楚河的脑门。

"有热闹当然要看，有人夜烧国丈府，这是多大的热闹啊！"萧楚河回道。

"看不得。你也知道那是宣妃父亲的宅邸，想想自己的身份，能够在今夜出现在那里吗？"姬若风无奈地说道。

"好吧好吧。"萧楚河挠了挠头，"我也就是说说。"

国丈府外。

白鹤淮看着那燃起的高楼，舒了口气："他做到了。"

慕雨墨笑道："我都说了，慕雨和昌河联手，从来就没有失手过。"

"有人来了。"白鹤淮微微皱眉，一辆马车在这个时候缓缓地停在了国丈府外。一个身材高大的男子从马车之上走了下来，只见他穿着一身紫衣蟒袍，看起来颇有几分贵气，面容看起来带着几分阴柔之气，但同时也夹杂着一点狠厉，他微微侧首，躲在暗处的白鹤淮整个后背都冒出一阵冷汗。按说她的位置是不可能被看到的，但她分明感觉到那个男人在看自己。但男子很快就转过了头，随后一个穿着紫衣的少年从马车上跳了进来，跟着男子走进了国丈府。

白鹤淮转过头，想要询问慕雨墨，却发现慕雨墨整张脸都变得煞白，双手不住地微微颤抖。她急忙一把握住慕雨墨冰凉的手："怎么了？"

慕雨墨嘴唇微微颤抖："方才那个人，太可怕了。"

"他对你出手了？"白鹤淮问道。

慕雨墨摇了摇头："我想放出追魂蛛去探一探他的底细，但是……"慕雨墨长袖一挥，一地蜘蛛的尸体展露在了她们的面前。

"我的蜘蛛，在方才那一刻，全都死了。"

万卷楼外。

苏昌河收起了匕首，擦了擦嘴角的血迹："不愧是影宗宗主，差点就被你给杀了。"

易卜倒在血泊之中，手中长剑已经被斩成了两截，他看着那火焰熊熊烧起的万卷楼，眼神中满是不甘与无奈，但到了最后他只是叹了口气："一切终于结束了啊。"他回想起了很多年前，在天启城的长街之上，他和自己最疼爱的徒弟拔剑相向。

"青阳，我对你很失望。"易卜看着那个自己一手培养出来的徒弟对着自己拔出了剑。

"师父，我对你也很失望。"后来被称为孤剑仙的绝世剑客洛青阳彼时还真是个刚刚冒头的年轻人，他低头思索了一下后这样回答了他的师父。

随后两人大战了一场，易卜赢了，但洛青阳的那句话却始终萦绕在他的耳边。

"我一直在想，会不会有一天对师父拔剑。我想那一天到来的时候，我就再也不畏惧师父了。我就敢去追寻自己喜欢的物事了！"

自己喜欢的物事是什么呢？

易卜好像从来都不知道这个问题。

自他出生之后，就一直被自己的父亲教导要重振影宗，这个目标像是种子一样在他心里生根发芽，他这一生似乎没有任何喜好，只是在为着这个目标努力。小时候，他最盼望的就是夜幕降临，那个时候他就可以将头蒙在被子中，什么事都不用去管，也不用再听到父亲的训导，那个时候他不再是什么影宗复兴的希望，而只是个普普通通的孩子。后来有一天，他的父亲死了，他只能接过父亲留下的剑，成为影宗有史以来最年轻的宗主。他一直希望自己能有一个儿子，这样他就把父亲留下的期望又接着传下去了，可惜到头来只有易文君一个女儿，还将她作为复兴影宗的筹码给交换了出去。再后来，他遇到了洛青阳。

洛青阳成为一代剑仙，被赐予了一座城池，却还是与他分道扬镳。

他的这一生，算是无比失败的吧。影宗不仅没有振兴，还在他的手中彻底消失了，他还失去了自己的女儿和心爱的徒弟。

"据说人死之前，过往之前的一切都会像跑马灯一样在眼前闪过。我看你发了许久的呆，是也在回想自己的一生吗？"苏昌河一脚踩在了易卜握着断剑的手上，"别想了，看着我。"

易卜从回忆中缓过神来，他看着苏昌河："动手吧。"

"我问你，天启城中，还知道暗河和影宗关系的，都有谁？"苏昌河俯身问道。

易卜冷笑道："你想要把他们都给杀了吗？"

"是又如何？"苏昌河也笑了笑，"你觉得我杀不了你，可我不是还把你们都给杀了。"

"放心吧。如果让人知道，在江湖上恶名昭著的杀手组织背后竟是朝廷所控，那么会引起天下的恐慌吧。知道暗河存在的只有寥寥几人罢了。"易卜回道。

"寥寥几人，便是有人，说出他们的名字。我可以留你全尸。"苏昌河脚下微微用力。

"昌河。"苏暮雨的声音自他身后传来。

苏昌河微微侧首："如何？找到你想要的东西了吗？"

苏暮雨点了点头："找到了。"

"这老头子怎么处置？"苏昌河说出口又立刻后悔了，"不对，我问你做什么，我才是暗河之主啊。要我说，手脚都先砍了吧，不然他是不会告诉我们天启城中都还有谁盯着我们暗河的。"

"你就算斩断了他的手脚，他也不会告诉你的。"苏暮雨看着地上的易卜，"你也杀过不少人，这样的眼神，你应该也见过不少。"

苏昌河摇头道："你这人啊，就是无趣啊，我不过就是想折磨他一下罢了。"

"走吧。"苏暮雨从易卜的身边走过。

"还有什么想说的吗？"苏昌河低头问那易卜，"秉承着最后一点良知，我愿意听一听。"

"是影子便一生都是影子，影子若想走到阳光之下，便只能消失。"易卜用尽最后的气力说道，"你们，终将会失败。"

"真是晦气。"苏昌河随手一挥，丢出一柄匕首，彻底了结了易卜的性命，他从易卜身上跨过，追了上去，"苏暮雨，今日我们也算是大获全胜，我请你去碉楼小筑喝上一杯吧。"

"我们烧的不是影宗，而是国丈府。"苏暮雨无奈地看了苏昌河一眼，"得立刻离开天启城才是。"

苏昌河一愣，琢磨起了易卜方才的话。影子若想走到阳光之下，便只能消失。那么影宗不再成为影宗，还拥有了国丈府的身份，是不是便是所谓的影子走到阳光之下，所以易卜方才的那番话不仅是在诅咒他们，更是自己现境的写照。

"在想什么？"苏暮雨问他。

"没什么。"苏昌河摇了摇头。

两人并肩而行，彼此都沉默了一会儿，直到走过了影宗的正堂，他们忽然停下了脚步。苏昌河立刻将那些匕首握在了手上，一身杀气陡然而起："什么人？"

一身紫衣蟒袍的高大男子站在他们面前，身旁跟着一个看年纪不过十三四岁的少年郎。

"暗河大家长，苏昌河。暗河苏家家主，苏暮雨。"紫衣人笑道，"久仰。"

苏暮雨看着此人，只觉得他和那日见过的浊清公公无论是神态还是装扮都极为相似，甚至身上的那股"气"一模一样，但面容明显要更加年轻一些。他想到了一个可能，沉声道："你是大监，瑾宣公公？"

苏昌河一愣："大内第一高手。"

紫衣人笑了笑："好眼力。你我从未相见，却能够一眼就认出我。"

"那我呢，我是谁？"那少年冲着苏暮雨和苏昌河问道。

苏昌河握着手中的匕首，随时准备出手："或许你是谁，并不那么重要。"

"这是你第一次真正见到这天下，对他们说出你的名字。"瑾宣摸了摸手里的玉扳指，"大点声。"

"北离七皇子。"少年往前走了一步，"萧羽。"

"北离七皇子。"苏暮雨微微皱眉，"我见过你们的另一位皇子，他和你看起来很不一样。"

萧羽笑了笑："是哪一位？"

"六皇子，萧楚河。"苏暮雨回道。

萧羽的笑容凝固在了脸上，他皱眉道："是他啊。"

"萧羽殿下是宣妃娘娘的孩子，与六皇子殿下同一夜诞下，只是晚了些许时分。"瑾宣缓缓说道，"宣妃娘娘，苏家主应当见过。"

苏暮雨点了点头："见过。在我们围杀叶鼎之的那一战的最后，我们落于绝境之中，是宣妃娘娘和孤剑仙赶到，才阻止了叶鼎之。"

"是啊。这样说来，宣妃娘娘也算是你的救命恩人了，真是有趣。"瑾宣微微笑着，"那你又是否知道宣妃娘娘和这影宗的关系。"

苏昌河沉声道："宣妃是易卜那老头的独女，影宗和当年的景玉王府联姻的牺牲品。"

"是的。所以萧羽殿下实际上是易卜的，外孙。"瑾宣将双手拢在袖中，语气淡然。

苏昌河和苏暮雨相视一眼，都在彼此眼睛中看到了一丝凝重。两个人刚经历过一番大战，已然元气大伤，而突然出现在他们面前的这个大监瑾宣，却比他们方才战斗的那些人还要更加可怕，是即便二人毫发无损，都很难将其斩杀的对手。

瑾宣拢在袖中的右手慢慢地搓着左手的扳指，他好像很喜欢这样无人说话的时刻，仿佛局面一切竟在自己的掌控之中。

"大监。"萧羽轻声唤了一句。

瑾宣笑着看向苏昌河："大家长，你的杀气过于凛冽了，我只感觉我的脸上像是有寒冬腊月的风吹过，刀割一般疼。"

苏昌河冷笑一声："面对大内第一高手，一不留神就会被你杀了，又怎能压下自己的杀气？"

"那苏家家主呢？"瑾宣又看向苏暮雨。

"若是寻仇而来，那么自当应战。但我看大监的意思，似乎并不是为此而来的。"苏暮雨回道。

瑾宣点了点头："易卜的生死，我们并不在意。只是在他死后，按照传承来说，影宗的接掌人应当是……"

"是我。"萧羽接着说道。

"影宗？"苏暮雨微微挺直了身子。

"苏家家主，我也感受到你的杀气了。"瑾宣笑道，似乎并不在意，"看来影宗这个词，你们很不喜欢，所以今夜之后，不再会有影宗，只有暗河。"

萧羽点了点头："影宗将会随着这把大火，彻底在这天底下消失。"

"能让影宗在这个世上消失，并不是一件容易的事情，至少靠着你们的这把火，还无法做到。"瑾宣幽幽地说道，"关于暗河的一切，很快就会被人挖出来，你们也会真正被视为罪犯而通缉，想要从黑夜中走到光明，可光明之中，往往藏着更多危险。"

苏昌河略微思索，忽然收起了手中的兵刃，挺直了腰背："原来是来谈条件的。"

瑾宣笑了笑："是谈条件吗？"他伸出一指，冲着苏昌河轻轻一点。

苏昌河挥出一掌，打向那道真气，可只觉得那道真气在碰到他的掌间之时便忽然消散了，等他再回过神来，便觉得胸腔之中一股气血翻涌，靠着他运气强行镇压下去才算恢复正常。他皱眉道："这是什么武功？"

"总之，是一门很有趣的武功。"瑾宣笑道。

"我会接管影宗留下来的势力，但是世间不会再有影宗，今夜发生的这一切，也只会是一场意外。而暗河，从今夜起，便只是暗河。"萧羽缓缓说道。

"条件？"苏暮雨沉声道。

"暂时没有任何条件。"瑾宣轻轻一拂袖，"暗河是很强大的存在，我们只是想多一个强大的朋友，这个理由足够吗？"

"这个理由，有点可笑。"苏暮雨语气诚恳。

瑾宣愣了一下："苏家家主，真是个有趣的人呢。"

"没有人会愿意以这么大的代价来换一个朋友，除非这个朋友，很有用。"苏暮雨仰头道，"但若是为了利用，那便不是所谓的朋友了，这两者，是违背的。"

"这是苏家家主对于朋友的定义，而我认为，大家长对于朋友的定义，会不一样。"萧羽看向苏昌河。

苏昌河咧嘴一笑："我对于朋友的定义，就是苏暮雨。"

"令人感动啊。"瑾宣仰头，看着空中的明月。

"但不管如何，若大监真的愿意帮这个忙。"苏暮雨沉声道，"暗河，会记下这份情谊。"

苏昌河耸了耸肩："毕竟，我们没有别的选择不是。"

"那么，再会吧。"瑾宣和萧羽侧身，让开了一条路。

"告辞。"苏暮雨和苏昌河立刻从他们身边穿过，朝着影宗大门的方向行去。

瑾宣和萧羽则继续朝前行去，萧羽幽幽地问道："你说他们带走我们给他们留的东西了吗？"

瑾宣看着面前正在一点点坍塌的万卷楼："看方才的情形，一定会的。他们二人的兄弟情义，比我们想象中的还要深厚啊。"

"那就有意思了啊。"萧羽冷笑道。

"朋友？"瑾宣低头一笑，"我们确实需要朋友，但是，只要一个就够了。"

"萧羽斗胆问一句大监，你更看好谁最后能走到我们面前？苏昌河，还是苏暮雨？"萧羽问道。

瑾宣想了一下："苏昌河吧。我总觉得，他与我们是同路之人。"

快走到大门口的时候，苏暮雨忽然从怀里拿出了一沓纸："昌河，这个给你。"

苏昌河接过："这是什么东西？万卷楼里拿出来的。"

"关于你的那一格，放着这些纸，我没有看，但我猜应该是记录着你的身世。"苏暮雨回道，"你不是一直都记得小时候的事了吗。看看上面写了什么，或许会有帮助。"

苏昌河犹豫了一下，最后摇头笑了笑，将手高高举起，一阵疾风扫过，将那沓纸给卷得粉碎，"过去的事情，管他做什么。以后，暗河，你我，只有明天。"

天启城，皇宫。

穿着一身龙袍的明德帝正在用早膳，瑾宣从屋外缓步走了进来，面色凝重，眉头微皱。明德帝放下手中的玉碗，看了他一眼，随后轻轻一挥袖："都下去。"

随侍在一旁的宫女太监立刻从屋内退了出去，并且轻轻关上了门窗。

"这么早就来寻孤，有何事发生？"明德帝问道。

"昨夜影宗府邸大火，国丈爷易卜，被烧死了。"瑾宣尽量用平静的语气说出了这段话。

"什么！"明德帝却是大惊，"易卜，他死了？"

"是。火烧得很大，整个国丈府都被烧没了，死伤无数。"瑾宣点头道。

"也就是说……"明德帝幽幽地说道。

"影宗从昨夜起，便不复存在了。"瑾宣回道。

明德帝拿起身旁的茶盏，掀开茶盖喝了一口茶，神色才一点点地镇定下来，他轻叹一声："要做到这般决绝吗？"

瑾宣轻叹一声："一山不容二虎，更何况，他一直都不喜欢易卜。"

"真的……"明德帝眉头皱得更加紧了，"是他做的吗？"

"昨天有探报传到宫中，说昨晚他并不在自己的府中。"瑾宣回道。

"这般决绝的行事，倒不似他的作风。"明德帝摇头道。

"可我们的这个王爷，和以前也已经很不一样了不是吗？"瑾宣幽幽地说道。

明德帝放下了茶盏，那茶盏在瞬间碎裂，瑾宣急忙垂首，往后退了一步。

"罢了。"明德帝摇头道，"既然说是失火，那便是失火，让大理寺处理一下。"

"遵旨。"瑾宣沉声道。

"宣妃知道这个消息了吗？"明德帝忽然问道。

瑾宣立刻回禀道："今日一早，七皇子殿下就已经入宫了，现在想必宣妃娘娘也该知道了。"

太华殿。

白色的长纱垂下，将内室和外堂隔绝了开来。

萧羽跪在外堂之中，神色忧伤："母妃，外公的死，决然没有这么简单，定是遭人毒手！"

内室之中，只见一个女子的身影正在梳头，动作不紧不慢，似乎情绪丝毫没有因为萧羽带来的那个消息而有所波动。这个女子自然便是曾被称为天下第一美人的宣妃娘娘，原名易文君，乃是影宗宗主易卜的独女。

"母妃！"萧羽朗声道。

"别哭了。"宣妃的声音带着一分疲倦，"你对你这个外公何时有过感情？他素来不喜欢你，你也甚少同他来往，我又不是不知。"

萧羽擦了擦眼泪，无奈道："可外公，毕竟是我们在天启城中最大的庇护啊。而且母妃，就算我不难过，难道你也不难过吗？"

"传封信到慕凉城吧。"宣妃沉默了片刻，缓缓说道。

萧羽一愣："是要通知义父来天启城调查此事吗？剑仙临城，那可是……"

"不，只是告诉他。"宣妃回道。

"母妃，为何你能这般平静？"萧羽疑惑道，"莫非真如传说中所说，你对外公将您嫁给父皇一事，非常的……"

"住嘴。有些话，不是你应当说出口的。"宣妃呵斥道，"我不难过，是因为我知道这一天，迟早会到来。"

萧羽微微皱眉，摇头道："孩儿不明白。"

"如今的天启城不再需要影宗了，父亲他以为自己能改变这一切，可天下早已被改变。"宣妃推开帷幕走了出来，岁月并没有在她的脸上留下任何的痕迹，她依然还是那个天下第一的美人，"所以他终究会被抹杀。"

琅琊王府。

"昨夜你去了哪里？"李心月持剑站在琅琊王的身后，冷冷地问道。

"去了风晓寺，见了一位故人。"萧若风喝了口茶，缓缓道。

"你可知昨夜发生了什么？"李心月追问道。

"据说影宗没了。"萧若风笑了笑，"你应该很清楚是谁做的。"

"我不明白暗河来天启城，为何目的竟是消灭影宗？整个朝堂都知道，影宗在朝堂上最大的政敌，是我们。"李心月沉声道。

"你认为，是我找的暗河？先前暗河对我的刺杀，只是刻意铺垫出来的假象？"萧若风依旧淡淡地笑着，顺手也给李心月倒了杯茶。

李心月无奈地叹了口气："不是我认为，是天启城的人都会觉得影宗的覆灭与你有关，包括你的那位兄长也会这么认为。"

萧若风放下茶杯："那便让他们这么认为吧。"

"可我不认为你会选择这样的方式。"李心月说道。

"所以你我能是朋友。"萧若风将李心月的那杯茶递给了他。

而此刻天启城中，暗河悄悄潜入天启城中的杀手们也同时悄无声息地都离开了。

朝来客栈之中，屠二爷前来寻友一同听曲，却只发现了一间空荡荡的屋子，他沉吟许久后长叹一声："终究还是离开了啊。"

白鹤淮纵马行在天启城外，问着身旁的苏暮雨："此去一别，何时才能回天启城啊。"

"希望再次回来之时，能真正心无旁骛地走在长街之上。"苏暮雨笑道。

白鹤淮想了一下："是能心无旁骛地走在教坊司之中吧。"

"那是你父亲所想。"苏暮雨回道。

"里仄凑（你这臭）小子，又开喆叔的玩笑。"苏昌河策马行在他们身旁，学着苏喆的语气调侃道。

苏暮雨此时转头，看着那已经渺小不可见的城门："昌河，我们一定能实现我们的理想的吧。"

"你那也叫理想吗？别人的理想，是要当为国为民的大将军，或者拯救苍生的剑侠客，你只是想当一个普通人啊。"苏昌河笑道。

苏暮雨愣了一下："那你呢，你的理想可以称作理想吗？"

"那是自然。"苏昌河猛地挥了一下马鞭，"我不仅要带领暗河走到那阳光之下，更要成为那光芒！"

"那好的。那我便做你的剑。"苏暮雨朗声道。

白鹤淮挠了挠头："那我就替你们疗伤吧……如果实在治不好，就让我父亲给你们搜丝（收拾）！"

"哈哈哈哈哈哈。一言为定！"苏暮雨少见地大笑起来。

图书在版编目（CIP）数据

暗河传 / 周木楠著 . — 广州：广东旅游出版社，
2023.12
ISBN 978-7-5570-3147-3

Ⅰ . ①暗… Ⅱ . ①周… Ⅲ . ①长篇小说 – 中国 – 当代
Ⅳ . ① I247.5

中国国家版本馆 CIP 数据核字 (2023) 第 187523 号

暗河传
AN HE ZHUAN

出 版 人：刘志松
责任编辑：梅哲坤
责任校对：李瑞苑
责任技编：冼志良

广东旅游出版社出版发行
地址：广州市荔湾区沙面北街 71 号首、二层
邮编：510130
电话：020-87347732（总编室） 020-87348887（销售热线）
投稿邮箱：2026542779@qq.com
印刷：北京君达艺彩科技发展有限公司
地址：北京市北京经济技术开发区（通州）东石东一路 2 号院 3 号楼 8 层 806
开本：880 毫米 ×1230 毫米 1/32
字数：350 千
印张：11.25
版次：2023 年 12 月第 1 版
印次：2023 年 12 月第 1 次
定价：49.80 元